笔花六照

梁羽生 著

北京大学出版社
PEKING UNIVERSITY PRESS

梁羽生

目录

新版序 / 陈心宇 01

一九九九年初版自序 / 梁羽生 05

甲辑 武侠因缘

与武侠小说的不解缘 003

早期的新派武侠小说 021

　　——在香港浸会大学的演讲

中国的"武"与"侠" 031

　　——在悉尼作家节武侠小说研讨会上的发言

武侠小说与通识教育 035

　　——在广西师范大学的演讲

中国武侠小说略谈 044

公案侠义小说 050

只因藏拙创新招 052

达摩·禅宗·秘笈 056

太极拳一页秘史 058

谈"新派武侠小说" 061

凌未风·易兰珠·牛虻 064

魔女三现　怀沧海楼 067

回归·感想·声明 071

有才气　敢创新 074

　　——序卢延光的《武侠小说插图集》

新世纪的武侠小说 076

冒险到底 078

乙辑 师友忆往

胡政之·赞善里·金庸 083

　　——《大公报》在港复刊轶事

弄斧必到班门 087

　　——在伯明翰访问华罗庚教授

华罗庚传奇 091

金应熙的博学与迷惘 105

亦狂亦侠　能哭能歌 142

　　——怀念"百剑堂主"陈凡

悼沙枫 146

荣辱关怀见性情 149

　　——悼蔡锦荣

论黄巢　怀高朗 151

　　——传奇性的历史人物

文学院长的风流 156

怀士堂前喜见层楼拓 159

挽聂绀弩联 162

京华犹剩未残棋 166

记刘芃如 168

缘结千里　肝胆相照 172

　　——记谢克

缘圆两度见圆融 175

　　　——怀念刘渭平教授

丙辑　诗话书话

杨振宁论诗及其他 181

原子物理学家的诗 184

廖凤舒的《嬉笑集》......188

重印《新粤讴解心》前言 192

闲话打油诗 196

黄苗子的打油词 200

挑曹雪芹的错 207

水仙花的故事 209

日本汉学家的水仙词 212

锦心绣口笔生花 214

　　　——"沟通艺术"的对话

看澳洲风流　盼大同世界 219

　　　——序张奥列新著《澳洲风流》

雪泥鸿爪　旧地深情 223

　　　——序黄文湘《美游心影》

武侠·传记·小说 226

　　　——序林真《霍元甲传》

柳北岸的旅游诗 228

尤今就是尤今 240

音符碎在地上 244

杜运燮和他的诗 253

无拘界处觅诗魂 259

　　　——悼舒巷城

舒巷城的文字 265

铿然一瓣莲花去 273

　　　——谈舒巷城的诗

罗孚给徐铸成的祝寿诗 276

从两首诗看徐訏 280

梦境是一片胡言？ 282

梦谶的解释 284

从《雷雨》到《阿当》......286

《啼笑姻缘》题诗 288

章士钊的南游诗 289

两偈·顿渐·陈寅恪 292

饶宗颐初会钱锺书 294

饶宗颐与敦煌学 296

敦煌学是伤心史 298

澳大利亚的中国移民文学 300

走近黄惟群 304

　　　——读《黄惟群自选集》

《雷雨》《阿当》《耍花枪》......308

展艺华堂信有缘 310

　　　——听雨楼诗札书画拜嘉藏品展览

不拘规格的名联 313

丁辑 读史小识

"万岁"从来多短命 317

圣明天子半庸才 319

末代皇帝的命运 321

霸王难免别虞姬 324

"六国大封相"纵横谈 328

汉代女尸背后的王侯 331

中国历史上第一次筹码不足的风潮 333

五胡十六国 336
　　　　——略谈当时的民族问题

武则天是否淫妇 339

脉脉争新宠　申申詈故夫 343

秦桧是"两个中国论"的祖宗 346

元宵杂谈 350

论南北朝之庄园经济 354

戊辑 旅游记趣

悉尼桂林山水观 371

敢夸眼福胜前人 374

谈天气　怀大理 378

何必江南赶上春 380

雁山红豆之忆 382

小国寡民之乐 384

在朴茨茅斯食海鲜 387

签证·食宿·交通 390

"买嘢"和"睇嘢" 393

长屋风情 396

还乡小记 400

己辑 棋人棋事

围棋

中国围棋的传统风格 407

围棋争说聂旋风 409

聂旋风摇撼本因坊 412

赵治勋双冠在望 417

三字真言：寻常心 419

迷上围棋的名人 421

挑战中日棋圣 423

让子遇险冷汗流 425

新老沉浮各不同 427

——围棋世界三事

围棋世界两新星 431

象棋

象棋国手杨官璘 435

——其人·其艺·其事及其《棋国争雄录》

九连霸胡荣华 441

七大名手的棋风 445

序《广州棋坛六十年史》 448

"棋坛三杰"的浮沉 451

棋事杂写（六则）......455

虎斗龙争一局棋......462

　　　　——一九七五年全国象棋赛杨胡决战述评

古晋观棋......470

港澳棋队的表现......474

　　　　——古晋观棋之二

归心马战术的新发展......478

皇帝与兵马......492

　　　　——谈象棋与西洋棋的差异

棋赛纪事词（两首）......495

二○○四年再版后记　烟云吹散尚留痕......497

新版序

回想儿时生活，父亲的书房必然浮出脑海。六十年代香港空调不普及，亦不便宜，只有父亲的书房安装了空调。夏天炎热，我放学后便待在他的书房中。书房摆放了不同类别的书籍，有文学、历史、诗词、哲学，还有科幻小说，等等。对于从小喜欢看书的我，无疑是进入了一个宝库。我下午便在他烟雾弥漫、窗花熏黄的书房中，一边看书一边看着父亲肥胖的背影在急速地爬格子，生怕灵感一过便写不出来了！

儿时印象中的父亲是很严肃的。他可说是旧派人，家教甚严，"严父慈母"这句话常挂在口边。直到少年上中学后彼此才真正有所沟通交流。谈的都是文学、小说和历史方面的东西。从他的小说中可看到他是人性本善论者，他内心的世界是完美的，人的情操是伟大的，但与现实世界不免有所脱节。我看他的小说不多，而他对我说他的小说创作心得也不多。他说得最多的是历史，闻人逸事，尤其是诗词、对联的创作技巧与品赏。这方面内容后来都在他的"有文笔录"专栏中得到展现。按照出版社建议，先把有关民国诗词的部分整理出来。

从小观察他写作的过程，我最欣赏的是他对创作诗词、书中联目的投入、坚持和执著。父亲从小酷爱中国古典诗词，一生投入在诗词、对联的研究上，更将在这方面的创作放进其作品中，为武侠小说注入了更多的文化内涵。我喜欢父亲小说的回目、诗词，多于其小说中的情节。他作品中《七剑下天山》的《八声甘州》和《白发魔女传》的《沁园春》均被梁迷所爱，津津乐道。

父亲生前著作很多，种类也很多，除武侠小说外，还有散文、历史、名人逸事、诗词、对联的研究、棋评，等等。他一生只送了一本书给我及嘱托我给他好好保留一套书。前者是《笔花六照》，后者则是《名联观止》。他说《名联观止》乃其一生治学心血之所在，得好好保存，使此书能留传后世。他是希望《名联观止》成为其联话"全集"的，在写完《大公报》的"联趣"专栏后，他曾在《香港商报》另写"联之趣"专栏，两个专栏的内容有近似也有不同，但后者直到去年才由北京的渠诚先生着手整理，所以这次把新整理出的"联之趣"的独特部分附录在《名联观止》最后。

　　父亲对诗词的喜爱是直至最后一刻，他在临终前数月《唐宋词选》不离身，手握此书重复翻读至残如破卷；他还不时在书中写下一些阅后心得，令我体会到《论语》"朝闻道，夕死可矣"这句话。在弥留清醒时看见我在身旁，他对我念了一遍柳永的《雨霖铃》："寒蝉凄切，对长亭晚，骤雨初歇。都门帐饮无绪，方留恋处，兰舟催发。执手相看泪眼，竟无语凝噎。念去去，千里烟波，暮霭沉沉楚天阔。　　多情自古伤离别，更那堪，冷落清秋节。今宵酒醒何处？杨柳岸晓风残月。此去经年，应是良辰好景虚设。便纵有千种风情，更与何人说？"此后再无语。

　　父亲移居澳大利亚可以说是他人生的一个分水岭，不仅是他"金盆洗手"不再写武侠小说，他的人生处世态度亦有很大的转变。父亲受传统中国文化影响甚深，颇有名士气，有时做人处世不免有点我行我素。在社交聚会中遇上一些从商或国学文化不足的朋友，他会觉得话不投机，不多搭理。移居悉尼后，他却做到将世上一切浮名放下，走入众生。就像回到童年时代，戏玩人生。他常和一群青年人谈天说地，玩游戏直至深夜。他爱吃东西，二十多年来与住所附近小区的食店、餐厅的老板和服务员，不论种族、年龄、阶层，都混得熟络，如老朋友般。他给人的印象是一个传统的旧式中国文人，但竟能融入截然不同的异地文化，生活之中乐而忘返直至终老，令我颇感意外！

　　看到父亲的非武侠小说著作《笔花六照》和《名联观止》以及"有文笔

录"专栏在北京大学出版社重新整理出版,十分高兴,感到父亲一生的愿望终能向目标迈上一大步。

《笔花六照》承载着父亲一生的经历和回忆,出版社和渠诚先生均建议增添一些内容,包括近年所得到的父亲在岭南大学时的论文,以及他在写武侠小说以前用"梁羽生"笔名所作的其他文章,还有他在上次"增订"以后所作的、来不及收进文集里的文章。此次重读《笔花六照》,勾起了我在英、澳游学时父亲来探望我共游的往事,不胜感触。印象最深可说是和他探望华罗庚先生。华老是世界有名的数学家,但为人随和,对当时二十岁的我,他态度和蔼慈祥,毫无架子,至今未忘。

当然父亲一生亦不免有遗憾之事。他以武侠小说成名,但他心里更希望自己的诗词、文学艺术创作能得到认同。随着时代的变迁,华人社会对旧中国文化修养下降。新一代读者只着重他小说中的情节,能真正懂得欣赏其文学创作技巧的人渐少。

忆起先父时,我总是不禁想到他生于二十世纪是生不逢时,还是上天对他的眷顾。他生于二十世纪,令他成为新武侠小说的开山名家,在名小说家中占一席位。如果他生于十九世纪或更早的年代,他的小说只会被大众知识分子视作一种"闲书",不入殿堂。但他却可能成为一位受士林拥戴的大词人,风流名士!我相信这是他更希望得到的地位,他渊博的学识及才华才能真正被充分认识。

每次到他坟前,看见他碑上所刻的自挽联"笑看云霄飘一羽,曾经沧海慨平生",都不免勾起这份迷思。

陈心宇
写于二〇一五年四月八日

一九九九年初版自序

　　写作生涯五十年，我大约也可算得是个"资深写作人"了。我写小说，也写散文。小说是"独沽一味"，全属"武侠"；散文呢？则真是"散"得"厉害"了，山水人物、文史诗词、对联、掌故、象棋、围棋，几乎什么都有。这并非我的知识广博，只是说明我的兴趣之"杂"。我曾说过："我是比较喜欢写随笔一类文字的，不拘内容，不论格式，说得好听是谈古论今，其实则是东拉西扯。"（一九八○年三月，我在《星洲日报》写的"笔·剑·书"专栏开场白。）我这个人不惯受拘束，"有兴趣有材料就写，没有就不写"，这也比较适合于我的性格。

　　武侠小说我写了三十五部，除了一部《武林三绝》因为还需要修改外，其他三十四部都出版了。我的写作，以数量而言，武侠小说最多，联话其次（仅在《大公报》就写了三年零四个月每天见报的专栏），联话虽然可以列入散文范围，但毕竟较"专"，因此我同意出版社的意见"单独成书"，如今出版的联话，亦可以说是"全集"了。出版界的朋友对我说，武侠小说和联话你都已出了"全集"，现在应该是你考虑出部散文全集的时候了。我懂得他们的意思，我现在已经步入晚年，是应该趁着精力还许可的时候，加紧工作了。

　　但考虑的结果，我决定还是出"选集"。因为我的散文数量颇多，而且散见于港、台、海外各地报刊，要出"全集"，"工程"浩大，倘若"天假以年"，慢慢做吧。当务之急，是先出一部较有特色的选集。

　　我以前曾出过二又三分之一部散文集，因为最早结集的那部《三剑楼随笔》是和金庸以及百剑堂主合写的。这些选集，其目录编排是按时间先后为序，而时间则止于八十年代初（大约是一九八二、八三年）。

现在这部选集则是分门别类的了，共分六辑：甲辑"武侠因缘"，乙辑"师友忆往"，丙辑"诗话书话"，丁辑"读史小识"，戊辑"旅游记趣"，己辑"棋人棋事"。故以"笔花六照"作为书名。《山海经》和《大唐西域记》等书都记载有能够"光华四照"的奇花，花能"四照"，亦能"六照"（"六"在数字中更具整体意念），这个书名不过是借古籍的"无稽之言"来做"新的杜撰"而已。其实我本是"笔不花"（我的第二本散文集名），当然更不敢与"奇花"相比。

《笔花六照》所选的文字，写作时间最早的一篇是《凌未风·易兰珠·牛虻》，写于一九五六年十月，最后一篇则是一九九八年十月写的《围棋世界两新星》。数量上以从一九七八年到一九八二年这段时期写的最多，退休（一九八六年）之后所写的也不少，约占三分之一以上。退休之后所写的文字倒是我自己觉得比较满意和"分量较重"的（当然这只是自己和自己比较而言），例如《与武侠小说的不解缘》以及《金应熙的博学与迷惘》两篇。还有《华罗庚传奇》这一篇虽然写于一九八〇年，却也是第一次收入选集的。

最后要特别说明的是，作为"选集"而言，"棋人棋事"这一辑是"全新"的。围棋、象棋都是我的爱好，我曾经编过《大公报》的象棋专栏（杨官璘的《棋国争雄录》就是在这个专栏发表的），写过围棋、象棋评论；也曾经以《新晚报》象棋记者的名义，采访重大赛事，包括全国棋赛和亚洲棋赛。不过我所写的棋话棋评，散见报章，整理不易，现在才能选辑成书，亦算了却一桩心愿。为了追上目前的"棋势"，我补写了一篇《围棋世界两新星》和两首象棋方面的《棋赛纪事词》。诗词方面，我本来准备另出一部"专集"的，但因这两首词不仅与"棋事"有关，并且可补本辑文字之不足（在时间方面，它是说到一九九三年的第三届世界象棋锦标赛），所以选出来"先行"发表。

一九九八年十月于悉尼

武侠因缘

与武侠小说的不解缘

一九七九年，我与华罗庚教授在英国的伯明翰（Birmingham）相识，当时他刚刚看完我的《云海玉弓缘》，觉得很有趣，认为武侠小说是成年人的童话。成年人都喜欢看武侠小说，少年自是更加不用说了。因为限于经济条件和知识水平，少年的读物自是远远不及成年人的多样化，而且"童话"也毕竟是属于他们的。

童年时代：看的武侠小说不多

不过在我的童年时代，我看的武侠小说却没有比别的孩子多，甚至可能更少。因为父亲从小就要我念《古文观止》、唐诗宋词；虽然没有明令禁止，但却是不喜欢家里的孩子读"无益"的"杂书"，尤其是他认为"荒唐"的武侠小说。"绣像小说"如《薛仁贵征东》《薛丁山征西》《万花楼》之类是看过的，这些小说，虽然写的是武艺高强的英雄，但只是一般的通俗小说，不是武侠小说。

属于武侠小说的，似乎只偷看过两部，《七剑十三侠》和《荒江女侠》，内容如何，现在都记不得了。还有就是兼有武侠小说性质的公案小说，如《施公案》《彭公案》《七侠五义》等。对《七侠五义》的印象比较深刻，尤其是锦毛鼠白玉堂这个人物。这个人物虽然缺点很多（或许正是这个缘故，他的形象就特别生动），却不失为悲剧英雄（他的收场，是陷入铜网阵，被乱箭射成刺猬一般）。还有，《水浒传》是当然看过的，《水浒传》虽然是"官逼民反"的农民起义小说，把它作为武侠小说是不适当的，但其中一个个的英雄豪侠故事，如"林冲雪夜歼仇""武松打虎""李逵与众好汉劫法场""鲁智深三拳打死镇关西"等，都具有武侠小说的色彩。

平江不肖生（向恺然）的《江湖奇侠传》是踏入中学之后才看的，这部小说，我觉得开头两本写得较好，写的大体是正常武功，戏剧性也较浓；后来就越写越糟，神怪气味也越来越重了（我并不排斥神怪，但写神怪也是需要技巧的，不能胡闹），写到笑道人与哭道人斗法之时，已迹近胡闹，我几乎看不下去了。不过，我对书中写的"张汶祥刺马"那段故事，倒是甚为欣赏。这段故事，武功的描写极少，但对于官场的黑暗和人性丑恶却有相当深刻的描写。

少年时代：唐人传奇影响最深

有一点比较特别的是，在我的少年时代，对我影响最深的武侠小说却是唐人传奇。我认为那是中国最早的武侠小说，它作为"传记文学"的一支，起源于唐代中叶安史之乱以后，藩镇割据的时期。至于《史记·刺客列传》里的荆轲、聂政，《游侠列传》里的朱家、郭解虽然都是"武侠"一流人物，但这些列传属于"传记"体裁，并非小说写法，所以还不能称为"武侠小说"。我是从初中二年级就开始读唐人传奇的，这些传奇送给同班同学他们都不要看，我却读得津津有味。

唐代的武侠小说都是短篇，如《虬髯客传》《红线传》都不到三千字，在这么短的篇幅中，写故事、写景物、写性格，每一方面都写得很精彩，这确是极不容易的事。《虬髯客传》的故事大家耳熟能详，不必赘述。这里只举其中写李靖、红拂在旅舍初会虬髯客一段为例，让我们看看作者的艺术手法：

行次灵石旅舍，既设床，炉中烹肉且熟。张氏（红拂）以发长委地，立梳床前。公（李靖）方刷马，忽有一人，中形，赤髯而虬，乘蹇驴而来，投革囊于炉前，取枕欹卧，看张梳头。公怒甚，未决，犹刷马。张氏熟视其面，一手握发，一手映身摇示公，令勿怒。急急梳头毕，敛衽前问其姓。卧客答曰："姓张。"对曰："妾亦姓张，合是妹。"遽拜之。问第几，曰："第三。"因问妹第几，曰："最长。"遂喜曰："今日幸逢一妹。"张氏遥呼："李郎且来见三兄！"公骤拜之，遂环坐。曰："煮者何肉？"曰："羊肉，计已熟矣。"客曰："饥。"公出市胡饼，客抽腰间匕首，切肉共食。食竟，余肉乱切送驴前食之。

短短一段，写红拂慧眼识英雄，不拘小节；虬髯客豪迈绝伦；而李靖则多少有点世俗之见，直到红拂摇手示意之后，方知来者乃是英雄，三人性格，都是恰如其分。对白精练，读之如闻其声，如见其人。

《红线传》的主角红线是潞州节度使薛嵩的婢女，另一个节度使田承嗣想吞并潞州，薛嵩惧，红线便自告奋勇替他去探虚实。一个更次，往返七百余里，将田承嗣床头的金盒取回为信，令得田承嗣赶忙修好。一场战祸，遂得避免。书中写红线往探魏城（田承嗣驻地）之后：

嵩乃返身闭户，背烛危坐。常时饮酒数合，是夕举觞十余不醉。忽闻晓角吟风，一叶坠露，惊而试问，即红线回矣！

寥寥数十字，写了薛嵩的焦急之情，又写了红线的"轻功"妙技，传神之极。

唐人传奇对我的影响很深，我写的《大唐游侠传》《龙凤宝钗缘》……这一组以唐代为背景的武侠小说，就是取材于唐人传奇，把空空儿、精精儿、聂隐娘、虬髯客、红线这些虚构的传奇人物和真实的历史结合，让他们"重出江湖"的。

中学时代，我看的武侠小说也不算多，对近代的武侠小说更是看得少之又少。心理学家说，童年、少年时代欠缺的东西，往往在长大后要求取"补偿"，我在读大学那四年期间，大量的阅读近代武侠小说，或许就是基于这种欲望。另外一个因素，是受到一位老师的影响。

这位老师是史学大师陈寅恪的关门弟子金应熙，当年岭南大学最年轻的讲师，"四人帮"倒台后任中山大学的历史系主任，现在则是广东历史学会的会长。

陈寅恪是不鄙薄俗文学的，他有《论〈再生缘〉》一书，将这部清代才女陈端生着的弹词小说，拿来与希腊、梵文诸史诗比较 [1]，对它的传奇性和艺术性都推崇备至。金应熙虽然没有这方面的著述，却也是标准的武侠小说迷。在岭大教书的时候，还珠楼主和白羽的新书一出，他必定买来看，而且借给有同好的他的学生看。我不但向他借书，还经常和他谈论武侠小说，谈到废寝忘餐。

不过，或许是受金师的影响吧，我读的近代武侠小说，也是有点偏好的，白羽、还珠的作品我是必读，其他作家的就只是选读了。白羽是写实派，对人情世故，写得尤其透彻；还珠楼主是浪漫派，其想象力之丰富，时至今日，恐怕还是无人能与之比肩。他们走的路子不同，我对他们的作品则是同样喜爱。

---

[1]　陈寅恪在《论〈再生缘〉》一书中说："弹词之书，其文词之卑劣者，固不足论。若其佳者，如《再生缘》之文，在我国自是长篇七言排律之佳诗，在外国亦与诸长篇史诗，至少同一文体。"

欧洲骑士文学

欧洲在中世纪也曾流行过武侠小说，称为"骑士文学"。中国读者比较熟悉的《撒克逊劫后英雄传》就是其中一部。西方小说中的"骑士"和中国小说的侠客有相同处，也有不相同处。

相同处是大家都勇武豪侠，抑强扶弱；不相同处是：一、西方的骑士必定要认定一个"主人"，效忠主人；二、"骑士"的称号必定要国王或至少什么大公爵之类的封予，而中国的"侠士"则是民间尊敬的称号；三、西方的骑士总是效忠君王，维护为基督教而战的"圣战"，而中国传统小说中的"侠客"，尽管不敢反对皇帝，但也还有许多独往独来、笑傲公卿的人物。

我认为中国传统小说中的"侠客"要比西方的"骑士"可爱得多。西方的武侠小说对我影响甚微，倒是那些属于"正统文学"范畴的西方古典文学名著对我影响较大。不过总的来说，接受西方文化的影响无论如何都是比不上接受中国传统文化的影响的。有人认为我的武侠小说"不脱其泥土气息"，或许就是这个缘故。

志愿在于学术研究

尽管我在大学喜欢看武侠小说，但我的志愿还是在于学术研究的，做梦也想不到我这一生竟然会跟武侠小说结下不解之缘！

武侠故事每多"奇缘"，偶然性的因素，往往影响人的一生，我的"故事"虽然说不上"奇"，但确实是因偶然的因缘才写上武侠小说的。一位与我相识多年的诗人朋友，曾这样感慨地说："假如当年没有吴陈比武之事，假如不是当年某报主编忽发奇想，拉他'助阵'的话，这位现代书生如何会轻功了得、'登萍渡水'、闯入'武林'？但'下山'（《七剑下天山》）之后，如此良久地浪荡江湖，连他本人也是始料不及的吧？"[1]

"当年"是一九五四年（舒文误记为一九五二年）。"某报主编"是香港《新晚报》当时的总编辑罗孚。"吴陈比武事件"发生于香港，比武的地点则在澳门。这是两派掌门人之争，太极派的掌门人吴公仪和白鹤派的掌门人陈克夫先是在报纸上笔战，笔战难分胜负，于是索性签下了"各安天命"的生死状，相约到澳门比武。擂台设在澳门，这是出于香港禁止打擂台而澳门不禁之故。五十年代初期的港澳社会还是比较"静态"的，有这样刺激性的新闻发生，引起的轰动自是可想而知。以那天的《新晚报》的新闻为例，大标题是："两拳师四点钟交锋；香港客五千人观战。"小标题是："高庆坊快活楼茶店酒馆生意好；热闹景象如看会景年来甚少见。""高庆坊"和"快活楼"是澳门的赌场之名，由于有擂台比武，间接令得澳门的赌场也大发横财，观战的已有五千人，谈论的就更多了。

第一篇武侠小说

这一天是一九五四年一月十七日，过了三天，我的第一篇武侠小说《龙虎斗京华》就在《新晚报》开始连载了。罗孚后来回忆这一事件说："这一场比武虽然在澳门进行，却轰动了香港，尽管只不过打了几分钟，就以太极拳掌门人一拳打得白鹤派掌门人鼻子流血而告终，街谈巷议却延续了许多日子。这一打，也就打出了从五十年代开风气，直到八十年代依然流风余韵不绝的海外新派武侠小说的天下。《新晚报》在比武的第二天，就预告要刊登武侠小说以满足'好斗'的读者；第三天，《龙虎斗京华》就开始连载了。梁羽生真行，平时口沫横飞而谈武侠小说，这时就应报纸负责人灵机一动的要求起而行了，只酝酿一天就

---

[1]　舒巷城：《杂写梁羽生》，《梁羽生的武侠文学》，台北：风云时代出版公司，一九八八年，六十四页。

奋笔纸上行走。"[1]

说"真行"，这是给我脸上贴金，其实我毫无把握，对技击我固然一窍不通，写小说也还是破题儿第一遭呢。所以初时我一直在推，被罗孚"说服"之后，也还要求多考虑几天，但第二天预告就见了报，我也就只好"只酝酿一天"，就如北方俗话说的"赶鸭子上架"了。

由于第一天见报的小说还没有想好具体的情节，有的只是模糊的故事架构，于是我先来段"楔子"，说些"闲话"，以一首词作"开篇"，调寄《踏莎行》：

> 弱水萍飘，莲台叶聚，卅年心事凭谁诉？剑光刀影烛摇
> 红，禅心未许沾泥絮。　　绛草凝珠，昙花隔雾，江湖儿女缘
> 多误。前尘回首不胜情，龙争虎斗京华暮。

"临时任务" 欲罢不能

写《龙虎斗京华》时，我本以为这是"趁热闹"的"临时任务"，最多写一年半载，就不会再写了，没想到欲罢不能，这一写就是三十年。"卅年心事凭谁诉"倒似是"封刀"时的作者自咏了。

好，那就诉一诉三十年来的甘苦吧。

武侠小说一向被排斥于"正统文艺"之外，"难登大雅之堂"。八十年代之前的大陆，更是将武侠小说列为"禁区"。我写武侠小说之后，甚至有朋友带着惋惜的口吻和我说："唉，你怎么写起武侠小说来呢？"在这里且撇开"好""坏"的问题不谈，因为文学意义上的好坏，是另

---

[1]　柳苏：《侠影下的梁羽生》，北京：《读书》，一九八八年第三期。文中将吴陈比武的年份误记为一九五二年。《新晚报》的"预告"是在一九五四年一月十九日刊出的，"在比武的第二天"云云应作"在比武过了两天"，"柳苏"是罗孚的笔名。

一回事。且谈一谈"难""易"的问题吧。其实,写武侠小说需要多方面的知识,如果认真去写,恐怕要比写"正统"的"文艺小说"更难。写以现代人为主角的文艺小说,不一定需要懂得中国的历史,写武侠小说就不行。

记得我一开首写武侠小说,就碰上一个难题,闹出"笑话"。武侠小说虽然应该以"侠"为主,"武"也是不可少的。我只学过三个月的太极拳,对古代兵器的知识更等于零。"武"这方面的知识,实在不够应付。《龙虎斗京华》有一处地方写到判官笔,我根本没见过判官笔,怎么写?只好参考前辈名家的写法,"稍作夸张",哪知一刊出来,就给行家指出:"照你这样说的来使判官笔,非但根本刺不着对方的穴道,反而会弄伤自己"!

涉猎古代兵器知识

碰了这个钉子,我开始涉猎一点古代兵器的知识了。不涉猎还好,一涉猎,更有几乎难以下笔之感。

古代兵器,名目繁多,岂止"十八般武艺"。只拿武侠小说中侠士最常用的剑为例吧,剑有单剑、双剑(俗称鸳鸯剑)、长剑、短剑之分,使用方法因其形式不同而有分别。而且在各个不同的历史时期,所铸的剑也有其不同的特点。远自春秋战国时期,中国的铸剑艺术已是盛开的奇葩了。

倘若要得到更多一些有关剑的知识的话,那还要博览历代的"论剑"之书 [1],那些书除了论剑质之外,还旁及剑上的铭文、装饰、花纹

---

[1] 论剑之书,自汉以来,无代无之,举其著者,如梁华阳道士陶弘景著的《古今刀剑录》;唐虞世南撰的《北堂书抄》中"武功部"的《论剑》;宋《太平御览·兵部·论剑》卷三四二;明李承勋著的《名剑记》等。

等。例如战国名剑刃上的"糙体天然花纹"，就是极有艺术价值的，即《越绝书》所谓"捽如芙蓉始出，烂如列星之行，浑浑如水之溢于塘，严严如琐石，观其才，焕焕如冰释"是也。

举一可以例百，对中国古代兵器的研究，已经成为一种专门学问了，近代学者周纬著的《中国兵器史稿》就用了整整三十年工夫，和我写武侠小说的时间一样长久。试想如果要按照各种古代兵器的不同特点"如实"描写，一招一式都有根有据的话，会得到什么效果？只怕未得专家的称赞，就先被读者讨厌了。我这样说并非不必讲求专门知识，只是要用在适当的地方。小说的创作和学术著作毕竟不同，无须那么"言必有据"。否则，就变成教科书了。当然，这也只是我个人的看法。

回头再说我对这个难题的解决方法吧，写实既不可能，我只好"自创新招"，改为"写意"了。

由于我完全不懂技击，所谓着重写意的"自创新招"，只能从古人的诗词中去找灵感，例如"大漠孤烟直，长河落日圆"这两句诗，我就把它当做"剑法"中的招数，前一句形容单手剑向上方直刺的剑势，后一句形容剑圈运转时的剑势。又如杜甫《观公孙大娘弟子舞剑器行》中有这么几句："㸌如羿射九日落，矫如群帝骖龙翔，来如雷霆收震怒，罢如江海凝清光。"虽然"剑器"非剑[1]，但我也从其中找到灵感，引用为描写"剑意"的形容词，不辞通人之诮了。

由"写实"转为"浪漫"

我和金庸的小说在海外被称为"新派武侠小说"[2]，对我而言，这

---

[1] 清沈德潜注："辞有剑器、胡施、胡腾等名，则知非舞剑也。后人用误者多。"见沈德潜选注的《唐诗别裁》。

[2] 金庸的第一部武侠小说是一九五五年《新晚报》连载的，只比我迟一年，柳苏在《侠影下的梁羽生》中误记为迟了三年。

个"新"是在"旧"的基础上逐步摸索出来的。我的第一部小说《龙虎斗京华》虽然颇受读者欢迎,我自己却很不满意,那只能算是"急就章"的、不成熟的作品。五十年代,大陆文艺的主流是写实主义,我在"左报"工作,自是不能不受影响,于是决定走白羽的路子,但写下去就渐渐发觉实在是不适合我走。"写实"来自生活的体验,白羽有丰富的人生经历,做过苦力、小贩、校对、编辑[1],故其写世态人情,特别透彻。我却是出身于所谓读书人家,一出校门,就入报馆,写一两部或者还勉强可以"藏拙"(其实也藏不了),再写下去,就难以为继了。既然还受到读者的欢迎,报馆非要我写下去不可。"欲罢不能",只好改弦易辙,由"写实"而转为"浪漫",从"白羽的路子"转为"还珠的路子"。不过,还珠楼主那种奇诡绝伦、天马行空的幻想能力,也是要学也学不来的,因此我小说中如果有些"浪漫色彩",主要倒不是来自还珠,而是来自西方的古典文学名著。

偏爱历史和诗词

当然,如果说我早期的武侠小说毫无特色,那也是"故作谦虚"的,《龙虎斗京华》以义和团事件作为背景,触及的是"真实的历史",我是试图以"新"的观点来解释历史的。这部小说引起的议论很多,说明还有人注意。现在看来,这部小说是有失偏颇的,虽然我也谈到了义和团的缺点,但是受到当时大陆"史论"的影响,毕竟是正面的评价较多,后来我多读了一些义和团的史料,就感到它的不足之处了。另一方面,是有关诗词的运用,似乎也还受到读者的喜爱。我想不管怎样,既然这两者,历史和诗词,是我的"偏嗜",那就让它保留下去吧。我就是这样,逐渐走出"自己的路子"。现在看来,这条路子似乎也是走得

---

[1]　白羽生平见冯育楠著的《泪洒金钱镖》和宫以仁撰的《略论白羽作品之特色》。

对的，历史方面就有评论家认为："梁羽生作品特具的浪漫风格，形成与正统历史发展相平行的草野侠义系谱，从这个草野侠义系谱回看权力纠结的正统王朝，甚至构成了对中国历史的一种诠释和反讽。"[1]诗词方面，也有人指出："梁羽生虽然以新派武侠小说而知名，其实在中国传统文学，尤其是诗词创作上的素养，却更值得注意。"[2]

运用西方小说技巧

我的第三部小说是一九五五年在《大公报》连载的《七剑下天山》，这部小说是受到爱尔兰女作家伏尼契的《牛虻》影响的。牛虻是一个神父的私生子，后来成为革命党人，父子在狱中相会一节，非常感人。我把牛虻"一分为二"，男主角凌未风是个反清志士，有类似他的政治身份。女主角易兰珠是王妃的私生女，有类似他的身世。不过在中世纪的欧洲，教权是可以和王权分庭抗礼甚至高于王权的，清代的王妃则必须服从皇帝。但"戏剧性的冲突"就不如原作了。《七剑》之后的一些作品，则是在某些主角上取其精神面貌与西方小说人物的相似，而不是作故事的模拟。如《白发魔女传》主角玉罗刹，身上有安娜·卡列尼娜不能忍受上流社会的虚伪，敢于和它公开冲突的影子；《云海玉弓缘》男主角金世遗，身上有约翰·克里斯多夫宁可与社会闹翻也要维持精神自由的影子；女主角厉胜男，身上有卡门不顾个人恩怨、要求个人自由的影子。

从《七剑下天山》开始，我也尝试运用一些西方小说的技巧，如用小说人物的眼睛替代作者的眼睛，变"全知观点"为"叙事观点"。其

---

[1] 陈晓林：《萍踪侠影录·新派武侠·梁羽生》，台北：《中央日报》，一九八八年一月二日。

[2] 李永平：《梁羽生作品的悲剧美感》，台北：《中央日报》，一九八八年一月二日。

实在《红楼梦》中亦早已有这种写法了，如刘姥姥入大观园是刘姥姥眼中所见的大观园，贾宝玉的房间被她当成小姐的香闺，林黛玉的房间反被她当成公子的书房，而不是由曹雪芹去替她介绍。不过，在旧武侠小说中还是习惯于由作者去定忠奸、辨真伪的；故事的进行用时空交错手法；心理学的运用，如《七剑下天山》中傅青主为桂仲明解梦，《云海玉弓缘》中金世遗最后才发现自己爱的是厉胜男，都是根据弗洛伊德的潜意识理论。在西方小说技巧的运用上，我是不及后来者的，但在当时来说，似还有点"新意"。

真实历史人物

历史方面，我采用"半真半假"手法，主要人物和历史事件是必须真实的，次要人物和情节就可能是虚构的了。《萍踪侠影录》基本根据正史，《白发魔女传》则采用稗官野史较多。《萍踪侠影录》曾被改编成京剧，一九八四年十一月在北京演出。这是大陆自一九四九年以来第一个改编自武侠小说的京剧。小说以明代"土木堡之变"作背景，我写了一个真实的历史人物于谦。于谦在明英宗朱祁镇被入侵的外敌俘虏之后，明知会有不测之祸，毅然不顾，另立新君，他非但挽救了国家的危亡，而且在击败外敌之后，力主迎接旧帝回来。后来朱祁镇回朝，发动政变，夺回宝座，果然就下旨把他杀掉。这是历史上著名的"忠臣悲剧"，堪与岳飞的"风波亭"冤狱相比。我是含着眼泪写于谦之死的。

但写真实的历史人物，以真实的历史事件作背景的小说，有时也会给作者招来莫名其妙的烦恼。我的《女帝奇英传》写了另一个真实的历史人物：中国唯一的女皇帝武则天。我之写她，是因为她的一生，极富传奇色彩；我写她建立特务制度的过错、罪恶，但也不抹杀她善于用人的政治才能。观点和历史背景的分析主要根据陈寅恪的两部著作——

《隋唐制度渊源略论》和《唐代政治史论稿》。《唐代政治史论稿》里一开首就引《朱子语类》一一六"历代类三"云：

> 唐源流出于夷狄，故闺门失礼之事不以为异。

陈氏论述此条云："朱子之语颇为简略，其意未能详知，然即此简略之语句亦含有种族及文化二问题，而此二问题实李唐一代史实关键之所在，治唐史者不可忽视者也。"陈氏从种族及文化立论，看问题是要比只知简单地写武则天为"淫妇"深入得多的。

不过，虽以"女帝"作书名，故事的主线却并非放在武则天身上。这部小说曾先后在香港、台湾地区和新加坡的报纸连载。台湾报纸连载时对它的内容曾作简介，指出："背景是唐代女帝武则天的瑰奇浪漫事迹，但情节却环绕在两对江湖儿女永难消泯的恩怨情仇之上。……梁羽生为本书主角设下的难题，事实上也是那个时代诸多历史恩怨的爆发。"[1] 我认为这个"简介"是很恰当的。

偏要写武则天

这是就作品本身的评论。但有些人却不是这样，他们对有历史背景的小说，好像特别"敏感"，喜欢猜测小说中人物"影射"的是什么人，甚或猜测作者写作的目的。这部小说在大陆未经我同意盗印出版后，一位朋友和我说："你这部小说引起的议论可还当真不小呢，什么人物不好写，你却偏要写武则天！"我问："犯了什么禁忌？"他说："难道你不知道江青自比武则天？有人怀疑你写此书是为了讨好江青呢！"听了此话，倒真令我啼笑皆非了，江青自江青，武则天自武则天，怎能因

---

[1]　陈晓林：《简介梁羽生及其〈女帝奇英传〉》，《台湾日报》，一九八八年一月一日。

为江青自比武则天，就给她们画上等号？武则天能文能诗，不论好坏，也有政治才能，江青连慈禧太后也比不上，凭什么比武则天？我告诉朋友，我的《女帝奇英传》是一九六一年开始在《香港商报》连载的，有案可查，那时江青在政坛上还未出道呢。

我一向胸无大志，对政治亦无兴趣，罗孚曾在一篇谈金庸的文章中提及我的一件往事："查良镛这一份办报的兴趣也是梁羽生所没有的。当《明报》办得已是站得稳时，有人也劝过梁羽生，既是一时瑜亮，何妨也办一报。梁羽生笑说没有这个兴趣。"[1] 我并不特别喜欢柳永的词，但我却欣赏他这一句："忍把浮名，换了浅斟低唱？"

"苦"的说过了，也说说"甘"的吧。

写武侠小说三十年，最大的快慰当然是看到武侠小说逐渐获得"各方"的"认同"，它的社会地位也似乎是"今非昔比"了。

五十年代初，香港的大报或自命大报是不屑刊登武侠小说的，用罗孚的话来说，"它们就像流落江湖卖武的人，不大被人瞧得起"。时至今日，不但香港的大报在刊登，海峡两岸的大报、海外著名的侨报也都在刊登了。

香港是老家，新加坡是"第二家乡"

如果说香港是我武侠小说的老家，则新加坡可算是"第二家乡"，我的小说在新加坡报纸出现，仅落后于香港一年。罗孚在写我的文章中，提到新马报纸重金礼聘香港武侠小说作者的事，新加坡最早登我的小说的报纸《新报》，在当时还是未入"大报"之列。虽是"礼聘"，却非"重金"，只是当地的"一级稿酬"。但这个虽非重金的稿费，却最令我难忘。当时的新加坡还未独立，《新报》曾因内容出问题，被禁出

---

[1]　柳苏：《金色的金庸》，北京：《读书》，一九八五年第二期。

版。我有一批稿件因失了报纸的"时效"未能刊出。但香港的翻版小说非常快，在报上连载的小说，几乎是每十天就出了一本小册子，早已充斥新加坡市场了。后来，《新报》易名《民报》创刊，也是《民报》主编的黄科梅仍坚持要"照付稿酬"，说是不能连累作者因报馆的意外事件而受损失。稿酬事小，这个守信重义的精神却是最为难得。

新加坡的大报是踏入六十年代之后才连载我的小说的。《星洲日报》和《南洋商报》都在刊登，所付的稿酬也的确是超乎当时"标准稿酬"的"重金"了。

迟来的解禁　意想不到的欣悦

大陆的报纸则是八十年代初才开始刊登的，虽然迟了二十多年，在大陆却是"最早"。一九四九年后，武侠小说在大陆已属"禁区"，连提也没有人提，好像武侠小说从未存在过一般。大陆也是先在"小报"刊登，然后才是大报。"小报"是作为《花城》和《广州文艺》增刊的《南风》，一九八一年二月开始连载；销数在大陆数一数二的报纸，足以称为大报的《羊城晚报》，则是迟至一九八四年十月才开始连载我的《七剑下天山》，但在当时也还是最早刊登武侠小说的"官方大报"。在刊载过程中，曾经受到很多人反对。同年十二月，北京邀请我参加"全国第四届作协代表大会"，会上，在我所属的那个小组中也有讨论武侠小说，至少武侠小说的"禁区"虽然尚未明文开放，亦算得是官方默许的开放了。大陆也因而掀起一股武侠小说的高潮。有朋友对我说："这回武侠小说总算是登上大雅之堂了。"不错，这个"堂"虽然不是某个"大雅君子"的私人之堂，但却是集中了全国著名作家的会堂，足够分量称为"大雅之堂"。

武侠小说在台湾是从未受过歧视的，但对我的小说"解禁"则是一九八七年年底的事。虽然是迟来的解禁，却令我有最为意想不到的欣悦。一九八八年一月十八日，台北的文学、戏剧界开了一个"解禁之后的文学与戏剧"研讨会。"以梁羽生作品集为例"说明问题。研讨会的重要论点之一是"解禁可望弥补文化断层"，与会者《联合报》副刊主编哑弦认为："由梁羽生作品集的问世，可见已到了'武侠小说研究学术化'的时候，并且由专人研究撰写武侠小说发展史。"[1]

一九八八年一月二日，台湾《中央日报》首先连载我的《还剑奇情录》，由台静农先生题字。台老是台大前中文系主任，著名书法家，鲁迅的门生，那时已八十多岁了。他是我心仪已久的文学前辈，在报上得见他为我的小说题字，实有意外之喜。继《中央日报》之后，台湾的民营大报《联合报》刊载我的《塞外奇侠传》；另一民营大报《中国时报》从八月开始，也在连载我的《武林天骄》。

同年七月下旬，我首次访问台湾，参加《中央日报》副刊主办的"武侠小说算不算文学"座谈会，参加者有"中央研究院"美国研究所所长孙同勋、台大外文系教授林耀福、武侠小说专家叶洪生、小说家黄凡、散文家陈晓林等多位学者，结论是"一致赞成应归属于文学领域"。[2]

以文会友　何止人生乐事

得见武侠小说的地位提高是第一个"甘"，第二个"甘"则是属于作者的"所得"了。古人云"以文会友"是一种乐趣，我也曾写过其他类型的"文"，发现还是武侠小说最能结交朋友。

武侠小说的读者是最热情的，他们对小说的投入，甚至超过作者。我写《萍踪侠影录》时，接过几位女读者的来信，认为女主角云蕾并非特别出色。"不服气"张丹枫何以对她情有独钟。写《女帝奇英传》写到

---

[1]　台北：《民生报》，一九八八年一月十九日。
[2]　台北：《中央日报》，一九八八年七月二十九日。

李逸之死时，也有读者来函认为不该悲剧收场，"贡献"几个可以令他"起死回生"的办法。

热情的读者不一定可以成为持久的朋友，我当然还有因武侠小说之"缘"而成为老朋友的人。新加坡的一位副刊编者与我相交二十多年，当真可说得是肝胆相照，一九八七年他过香港，我与他谈古论今，一时之间，颇有纳兰容若赠顾梁汾词中所说的"有酒唯浇赵州土，谁会成生此意？不信道遂成知己。青眼高歌俱未老，向樽前拭尽英雄泪"之感。

因武侠小说之缘而结识的新朋友，也往往是一见如故，那次在台北，我和许多新朋友谈得都是十分投机。其中有对武侠小说的知识非常广博的学人，谈起武侠小说，只有我向他请教的份儿；也有对我的小说比我还更为熟悉的作家，对我的小说评论之中肯，令我为之心折。

除了益友，还有良师。华罗庚教授虽然是老一辈的学者，思想却极"新锐"，他对武侠小说的观感，对我甚有启发作用。有趣的是，谈起武侠小说时，他似乎童心犹在，他的腿不太灵活，有一次谈得兴起时，曾伸拳比画几招。可惜一九八五年六月，在日本作学术演讲时，不幸突发心脏病逝世，有如士兵之死在前线。已故老词人刘伯端最讲究格律，对我小说中的词，往往可以整首念出来，在谬赞之余，也直率地指出我某一首词的某一个字不协音律。清史专家汪孝博（杅庵）则在武侠之外，对我的"联话"写作帮助更大。

第三个"甘"则是更加"自我"，说出来只怕给人骂我只知"独善其身"了。除了还会写点东西之外，别无谋生本领。"所幸"的是，武侠小说的"市场价值"的确要比"严肃文学"高一些，所以还可养家活口，不至于像古代文人那样潦倒终生。

多年前我曾在一篇题为《著书半为稻粱谋》的短文中，借龚自珍的一首诗答友人：

少小无端爱令名，也无学术误苍生。白云一笑懒如此，忽遇天风吹便行。

我写武侠小说，纯属偶然的因缘，故曰"忽遇"也。

写武侠小说是需要丰富的幻想力的，我认为过了五十岁，已是不适宜于写武侠小说的年龄了。一九八一年，我已经五十六岁，只因朋友知我有"封刀"之意，集了龚诗两句给我："且莫空山听雨去，江湖侠骨恐无多。"为酬雅意，拖迟两年，恰好凑满"三十"之数，虽然实际的时间是二十九年零八个月，但计年的习惯是取其约数，所以也可自称是写武侠小说三十年了。

无钱购买"金盆"去"洗手"，余资倒还可以在澳洲悉尼的郊区买一层楼。悉尼雨量甚少，附近亦无空山，所以只好海上看云。看云的情调似也不差于听雨，人到晚年，理应退休，想白云也不会笑我"懒如此"了。

一九八八年十月三十日完稿于悉尼

一九九八年十月重校

早期的新派武侠小说

——在香港浸会大学的演讲

开场白

说老实话，贵校请我来讲武侠小说，我本来不敢应邀的，因为我在一九八三年就已"封刀"，武侠小说那是早已放下的了。一九八七年移民澳洲之后，更是连兴趣都已差不多转移到别的文学领域了。如何还敢"接招"？但邝教授和我说："不必紧张，你只当做是讲故事好了，讲自己的故事。说不定从你的故事中，也可以提供一点资料，给研究武侠小说的专家学者参考。"他这一说，倒真的打动我了。我如今快八十岁了，老人记远不记近，说说早期的新派武侠小说，我大概还可凑合。

释 题

"早期"的界定为一九五四年至一九五八年，这是我个人的看法。"新派武侠小说"，这是当时公众的说法，八十年代之后出版的"现代文学史"中，亦大都沿用这个名称了。这段时期我认为是"探索期"，一方面形成了新派武侠小说（早期）的模式，一方面又在追求自我突破，打破"定型"，而以一九五八年作为一个比较明显的分界线。（在这一年，我完成了《白发魔女传》，金庸的《射雕英雄传》亦已写了大约十分之八。）

白头宫女说玄宗

套用股票市场的术语，新派武侠小说真是其兴也速，一开始上市（见报），就有颇不寻常的走势。一九五八年更是它的第一个高峰。辛弃疾词句："四十三年，望中犹记，烽火扬州路。"句出他六十五岁那年所写的《永遇乐》。辛弃疾生长于北方的沦陷区，二十三岁始归南宋，成为他生命中重大的转折点（后来做了浙东安抚使这样的大官）。一九五八年至今（二〇〇一年）也正好是四十三年，那一年金庸的《射雕英雄传》在《香港商报》连载了大约两年光景（总共是连载约两年半），正在踏入突破早期模式的阶段，极受读者欢迎。我在那年完成《白发魔女传》，反映似亦不差。不过我可不敢比辛弃疾，要比也只能比作"闲坐说玄宗"的"白头宫女"。好，现在就让我这个有份参与的"白头宫女"来说"开元旧事"。

吴陈比武

一九五四年一月，香港发生吴（公仪）、陈（克夫）比武之事，两位拳师从报上骂战到擂台比武，不到五分钟，就以吴公仪一拳打伤陈克夫的鼻子告终。上世纪五十年代初的香港是个"静态社会"，难得有这样充满刺激性的新闻，因此纵然比武告终，也还是个热门话题。罗孚遂"忽发奇想"，立刻把我找来，要我马上写一篇武侠小说。于是这一场不到五分钟的比武，竟"连累"我写了三十年的武侠小说。罗孚后来有一篇文章提及此事，说"这一拳也就打出了从五十年代开风气，直到八十年代依然流风余韵不绝的海外新派武侠小说"。看目前武侠小说的"走势"，最少恐怕还有十年以上的"天下"吧。那么这一拳的影响所及，就不只五十年了。

但对罗孚的"点将"，最初我是颇有顾虑的。

一、由于所受教育（家庭、学校及因特殊机缘而得受业的老师）的影响，我认为写武侠小说即使成功，也不是"正途"出身。（想不到三十年后，我却成为了武侠小说的辩护士，并因此曾在海峡两岸成为新闻人物，命运真会开玩笑！）

二、出于在报馆地位的考虑。当时我是《大公报》社评委员兼《新晚报》副刊编辑，另外还写两个颇受欢迎的专栏。改写武侠小说，不无"委屈"之感，但最后我还是被罗孚说服了。

《龙虎斗京华》面世

吴、陈十七号比武，《新晚报》十九号登出预告，二十号我的第一部武侠小说《龙虎斗京华》就在报上连载了。由于匆匆上马，说真的，当时只是想好这个篇名，至于写什么，怎样写，都还茫无头绪。只好来个"楔子"，拖它几天。"开篇词"调寄《踏莎行》，其中有一句"卅年心事凭谁诉"，不料竟一语成词谶。

拖了五天，得出初步构思。我把十九世纪末发生的义和团运动作为历史背景，这是历史上一次非常复杂的群众运动。它是由于帝国主义的入侵和清廷的腐败逼出来的，此一"运动"，固然是民族主义情绪的发泄，但其表现方式则为盲动（不分青红皂白地极端排外）与愚昧（乱七八糟的迷信）。义和团内部亦分成三派，内斗甚烈。较有理性者大都属于并不拉帮结派这一类"独行侠"，为数少之又少。小说女主角柳梦蝶的父亲和情郎就都是被以慈禧为靠山的"保清派"害死的。我要写的是历史的悲剧，在那种混乱的局势中，纵有真知灼见的英雄，亦只能是"枉抛心力"而已。

但这样"新"的题材，读者会接受吗？报馆有的同事都曾为我担心："你写义和团，不怕吓走读者？你的'新'，在别人心目中可能被当做洪水猛兽呢？"我则以一贯的书生气作答："题材本身无'左右'之分，问题只在于你怎样写？你觉得对，你就写，自反而缩，虽千万人吾往矣！"话是这样说，读者能否接受，我亦殊无把握。能想到的只是从三十年代说到五十年代的一个"文艺理论"——旧瓶装新酒。在形式方面，我尽量采用旧式章回小说写法，用回目，讲对仗，求典雅，用诗词作开篇；至于我完全不懂的江湖术语、武功招式等，则只能从前辈作家的著作"偷师"了。我曾在这方面闹出笑话，这倒启发了我的灵感，若要藏拙，须创新招，因此其后我遂改"写实"为"写意"。

出乎意外地流行

没想到我这个毫无准备便即登场的处女作，竟然立即就成为流行小说，令人感到意外的消息频频传来。试举几例：

一、报纸的销量增加了（行话叫"起纸"），当年《新晚报》的竞争对手是《星岛晚报》，《星晚》领先（可能高达六四之比）。《龙虎斗京华》刊出后，差距逐渐缩短。以前是有"大新闻"才起纸的，如今则小说打到紧张的时候，也会起纸。这真可以说是立竿见影的效果。

二、武侠小说逐渐成为城中的话题了。以前是只有"连续性的新闻"才可以有话题，如今则不但在公共场所（如茶楼、巴士）听得有人谈武侠小说，文化圈中的"高级知识分子"也在谈了。我的老友舒巷城有一次就忍不住好奇，用话试探，想要"撞"出我的"秘密"，后来他告诉我，他的许多朋友都想知道《新晚报》的武侠小说作者是谁（见舒巷城《犹是书生此羽生》一文）。

三、在小说结集出版之前，粗制滥造的盗印本已充斥市面。

四、外地的中文报纸也出现了争相转载的现象。首先是泰国，然后是越南、柬埔寨、老挝、印尼、缅甸、菲律宾。至于新加坡、马来西亚的华文报纸则大约是在一年之后，通过合法的途径，取得版权的。（最先那家《民报》，销量有限，但却是颇有影响力的"小报"。《星洲日报》《南洋商报》两家大报则是在踏入六十年代之后，取得和港报同步刊载的版权才开始连载的。那时《龙虎斗京华》早已结束，连载的是我别的作品了。）

五、最先在香港吹起了"武侠风"。具体表现在：许多"大报"增加了武侠小说。而武侠小说作家更是人才辈出，最有贡献的当然是今日名满天下的金庸。我在上面说的那些现象，到了金庸登场，那更加愈演愈烈了。

金庸登场

金庸的处女作《书剑恩仇录》是根据一个关于乾隆皇帝的传说来写的，说乾隆皇帝其实是海宁陈家的后人，一出生就被换入宫中。后来陈氏夫人又生了一个儿子，那就是小说中作为乾隆皇帝对立面的红花会首领陈家洛了，戏剧性很强。金庸是浙江海宁人，对他家乡的传说自是耳熟能详，因此他是一开始就有缜密的构思。这当然要比《龙虎斗京华》登场时，题材都还没想好强得多了。

《书剑恩仇录》也是采用旧式章回体的写法，用回目，正文之前有诗词。作为"开篇词"的好像是辛弃疾的那首以"绿树听鹈鴂"起头的《贺新郎》。这首词的后半阕"将军百战身名裂，向河梁、回头万里，故人长绝。易水萧萧西风冷，满座衣冠似雪。正壮士、悲歌未彻，啼鸟还知如许恨，料不啼清泪长啼血。谁共我，醉明月？"慨当以慷，沉郁苍凉，王国维评为"章法绝妙，且语语有境界"，是辛弃疾的名篇。

《书剑恩仇录》是长篇小说，在报纸连载差不多两年，是《龙虎斗京华》加《草莽龙蛇传》的一倍。当然也取得了比《龙虎斗京华》更大的成功。

上下求索

我在《草莽龙蛇传》之后写的又是一部较短的小说，名为《塞外奇侠传》。我对《龙虎斗京华》不满意，想做多方面的尝试，小说取材自新疆一首歌颂他们女英雄飞红巾的民歌。飞红巾爱上一个流浪草原的歌者，不料这歌者后来变成叛族的罪人，她强抑悲伤，手刃情郎，祭奠亡父。我把这个情节作为"序曲"处理，大部分篇幅则用来描写后来成为天山剑客的汉族英雄杨云骢，把主要矛盾转变成飞红巾、纳兰明慧（满洲贵族）和杨云骢的三角恋情。并尝试用新文艺手法，不用回目诗为新式标题。这部小说前几年曾被新加坡编成电视，看来它的艺术生命似乎比《龙虎斗京华》更长。

一九五六年初，我开始写《七剑下天山》（我的《塞外奇侠传》尚未结束，金庸的《书剑恩仇录》大约也只写到一半多一点），又再做一个新的尝试，这本书是模拟爱尔兰女作家伏尼契的《牛虻》，小说甚至运用弗洛伊德有关潜意识的心理学说，来为书中一个人物桂仲明解梦。运用得不够自然，但也说明了当时"吾将上下而求索"的心情。

金庸的第二部小说《碧血剑》也接受了一些外来的影响，如西方电影的手法；有些地方则似乎还可以看做是早期意识流的手法（至《射雕英雄传》时更成熟）。

新派武侠小说（早期）的模式，我认为在一九五七年这一年（其时金庸的《碧血剑》已经完成，《射雕英雄传》亦已写了三分之一，我写完了《七剑下天山》，开始写《白发魔女传》）已经奠基。

新派武侠小说的特点

一、从旧到新的演变。此处的"新""旧"，专指武侠小说而言。从这一时期的梁、金小说，已可略窥其演变过程。更具体地说，即是既有继承，亦有拓展。例如上面说过的：

（一）招式从写实到写意。

（二）同门师兄妹的三角关系，从白羽到梁羽生，再到金庸都有不同的表现手法，个人觉得以金庸写得最好。

二、有比较清晰的历史背景，有较新（视野较为宏阔）的历史观。

三、重视中国传统，亦向西方取经。

四、有比较深广的中华文化内涵。

五、比较讲究章法及节奏。

六、"侠"的提升。

因何在香港勃兴

新派武侠小说热之所以能够历久弥新，那自是因为在其演进的过程中，形成了一些新的特点，因而也就产生了新的魅力。但何以它在香港兴起呢？依我看，这是由于历史的因素加上机遇了。

一九四九年之后，内地已经不再出版武侠小说。到了一九五四年春，新的武侠小说突然在《新晚报》出现，这可真的是像"无可奈何花落去，似曾相识燕归来"了。

从内地来的"新移民"，一九四九年后数量大增，很快就超过了"原居民"了（但这也并不排除新旧移民的意识形态都会随着内地形势的变化而变化）。香港本地的"广派武侠小说"质量不高，缺乏源头活水，更难免令人日久生厌；至于那些新移民呢，他们熟悉的是"北派武侠小说"，对"广派小说"是不屑一顾的。

这个对香港社会结构的分析，"基本上"是对的，但错误在于对历史的因素重视不足，对读者的思想情况也估计失准。而且我们当初谁也没有想到一点——武侠小说的本质是可以超越政治的。

后来据报馆的调查采访所得，有许多新移民就因为要看武侠小说才买《新晚报》，因为他们觉得小说的写法很像他们熟悉的"北派小说"。这也难怪，我这部处女作的确是受到白羽的影响。

一九八八年初，我的作品获得台湾当局"解禁"之时，台北开了"解禁之后的文学与戏剧研讨会——以梁羽生作品集出版为例"，与会者提出一个"文学断层"的观点，意思是台湾和大陆有三四十年的文学断层，必须设法补救。他们认为过去国民党政府把梁羽生和大陆作家等同处理，因此如今对梁羽生的作品"解禁"，也等于是接上了一块文学断层（一九八八年一月二日台湾的《中央日报》首先刊出我的《还剑奇情录》，颇获好评）。我觉得一九五四年的香港，虽然并没和祖国分开，但在武侠文学方面，却的确是存有断层的。我写《龙虎斗京华》，就是想要接上那一小块断层。看到新派武侠小说如今在中国流行的情况，我想或许这也算得是一种"文化断层"的"互联"吧。不过对我而言，则还要加上"回馈"二字。

新派武侠小说（早期）的模式

特点与模式相连，特点是内容方面比较属于本质的东西，模式是某些近于固定的表现手法：

一、章回小说的脱胎换骨。

二、故事的"时""地""人"方面表现在：

（一）时间大都选择：

1. 外敌入侵。

2. 民族矛盾深化。

3. 政治腐败、官逼民反，用当时"新史学术语"，即"阶级矛盾激化"。

（二）地点经常选择：

1. 边疆地区。

2.北京与江南。

（三）人物方面：侠士、美人的结合。侠士大都是有抱负的，甚至有使命感的，"艺高"之外还要"德高"；美人则是纯真兼痴情。

三、爱情的矛盾往往采用"双方分处敌对阵营或出身背景差异极大"。

新派武侠小说的自我突破

金庸的《射雕英雄传》越来越深入地着重于人性的刻画（如郭靖、杨康、梅超风，尤其是后者的"邪中有正"），着重于表现历史人物的真实（如成吉思汗），这就突破了善恶分明、大侠的"道德形象"等模式。对于金庸不断的突破和创新，许多"金学家"已有鸿文发表，我只是第一个知道金庸有写武侠小说之才的人，但并非"金学专家"，在此就不多说了。

《白发魔女传》在卓一航与练霓裳之恋中，也是突破了上述的"侠士模式"与"爱情模式"的。

台湾作家陈晓林在"解禁之后的文学与戏剧"研讨会中提到了"后现代主义"，虽然我在写武侠小说时，连什么是"后现代主义"都不懂，但他这段话说得的确很有见地。"后现代主义"中的一个特色是去"中心化"、去"主体化"，也就是不再以固定的概念形态来诠释现实。例如，以前我们中国人都有强烈的正统观念，每个人都是从《二十四史》《资治通鉴》以及正统的教科书中了解历史。但除了这些之外，生命还有无穷多的层面……另外，他在台北《中央日报》发表的一篇评论中说："梁羽生的著作若是串联起来，即形成了一个与正统历史发展相平行的草野侠义系谱。从这个草野侠义系谱回看权欲纠结的正统王朝，甚至构成了对中国历史的一种诠释和反讽。""白发魔女"是"女强盗头子"，可说亦属"草野侠义"一类。陈晓林对梁羽生的了解比我更深，我在对自己的作品作"分期"的界定时，可说部分是得到了陈晓林的启发。我只想"加多一点"说，如果以《白发魔女传》作为"反正统"的标志，则这个"反正统"不单是反《二十四史》之类的正统，也反"左派""早期模式"的"正统"。

（演讲于二〇〇〇年十一月二十七日）

中国的"武"与"侠"

——在悉尼作家节武侠小说研讨会上的发言

我曾经写了三十年武侠小说，不敢说有什么写作心得，但我觉得它是一种非常之有中国特色的文学类型。

顾名思义，它是有武有侠的小说。就"武"这方面来讲，它包括了不同门派的技击（也就是通常所说的Chinese Kungfu），包括气功，包括各种兵器的使用。中国俗语"十八般武艺"，实际远远不止这个数目。

"侠"的内容随着时代改变

中国一位学者周纬，花了三十年时间，写了一本厚厚的《中国兵器史稿》，单是周代的剑已有十几种。暗器是侠士比较少用的，但单是清代的暗器就有三十四种。不过真正懂得武术的小说作家恐怕很少，像我就一窍不通。因此只能以意为之，比如用一句诗来表达那个意境。

"侠"的内容那就更丰富了，它的概念也是随着时代而改变的。从古人对于"侠"的要求"言必信，行必果，诺必诚"（"言必信，行必果"是孔子赞门人子路的话，后来司马迁加上了"诺必诚"，作为他的游侠标准），到现代武侠小说作家，有的主张要为国为民才是'侠'之大者；有的认为"做对大多数人有利的事情就是'侠'的行为"；有的认为只要是人类某些高贵品质的表现就是"侠"。

都可找到中华文化烙印

几乎每一位武侠小说作家，都有他对于"侠"的不同诠释。但不管怎样不同，在那些"侠"的身上，也总可以找到中华文化的烙印，或者是儒家的，或者是佛家的，或者是道家的。附带说一说，佛教虽然是从印度来的，但与中国文化结合，佛教文化早已成为中国文化的一个主要成分了。有关"侠"的研究，许多学者写了论文或专书，这里就不多说了。

武侠小说源远流长，根据一般中国文学史的说法，正式的武侠小说，也就是说作为现代文类意义上的小说，是从唐代开始的。最有代表性的是杜光庭的《虬髯客传》。杜光庭生于公元八五〇年，死于九三三年，距离现在也有一千多年了。

像一条长流突然被堵住

武侠小说虽然有那么长远的历史，但自一九四九年以后，它却像一条长流突然被堵住一样，不能够在中国大陆出版了。严禁的情况到了八十年代初才稍见松动。

首先是从广东开始的。一九八〇年，广东人民出版社出版了我的《萍踪侠影录》（*The Adventure of A Wandering-Swordmen*）；一九八四年广州《羊城晚报》（那是在中国一张销量很大的报纸）连载我的《七剑下天山》（*Seven Swordmen From Mt.Tian*）。

中国对武侠小说大开绿灯

到了一九八四年十一月，《萍踪侠影录》被改编成京剧在北京演出。武侠小说这个"禁区"的裂缝好像越来越大了。不过，一直到那个时候，武侠小说还是未曾取得合法的地位。

一九八四年年底，中国第四届全国作家协会代表大会在北京召开，我应邀参加。大会分组讨论一些有关文艺的问题。"武侠小说算不算文艺"也是讨论题目之一。正反两方面意见都有，有骂《羊城晚报》不该登武侠小说的，有欢迎武侠小说回归本土的。

会议没有作出结论。不过从一九八五年开始，中国对武侠小说已是大开绿灯，金庸的作品以及其他港台作家的作品，都可以在大陆通行无阻了。

把武侠小说推到一个新高度

大陆近年兴起越来越旺的武侠热，不但有广大的读者，也有越来越多的作者。从严禁到武侠热，这是很大的变化。大陆评论家大都认为，引起这种现象的原因之一，是受到港台武侠小说的冲击。

在谈到"港台冲击波"的时候，也大都提到了金庸、梁羽生以及另一位已经去世的台湾武侠小说家古龙的名字。我顶多只能算是个开风气的人；真正对武侠小说有很大贡献的，是今天在座的我们的嘉宾金庸先生。限于时间，我只能说一点我认为是他的最大的贡献。他是中国武侠小说作者中，最善于吸收西方文化，包括写作技巧在内，把中国武侠小说推到一个新高度的作家。有人将他比作法国的大仲马，他是可以当之无愧的。

对接班人问题感到乐观

最后谈谈我对武侠小说的展望。有些人对接班人的问题感到忧虑，我倒是比较乐观的。

中国有超过十一亿人口，有那么多武侠小说的读者和作者，他们碰上的又是一个丰富多彩的、千年难遇的、新旧交替的时代。这些因素加起来，虽然也不一定就能产生伟大的武侠小说作家，但根据数学上或然率来推算，它的可能性是很大的。

我想起一首中国的诗："李杜诗篇万口传，至今已觉不新鲜。江山代有才人出，各领风骚数十年。"原来的诗句是"各领风骚数百年"，因为现代人的生活节奏比古人快得多，因此我改了一个字，改"百"为"十"。这也是我对年轻一代中国武侠小说作者的期望。

（演说发表于一九九四年一月二十三日）

武侠小说与通识教育
——在广西师范大学的演讲

我这次来到贵校，特别高兴，我说的不是客套话，是的的确确这样的。因为从"时""地""人"这三个因素来说，都有特别值得我高兴的事。

"时"，过两天就是中秋了，据天文台报道，今年的中秋正是月球距离地球最近的时候，月亮最圆。月是故乡明，我们将有一个名副其实的团圆佳节。

"地"，广义来说，桂林是我的故乡，我的青春岁月是在桂林度过的。

我有一部以桂林作背景的小说叫《广陵剑》，一开始写的就是独秀峰："独秀峰像一支铁笔，撑住了万里蓝天，笔锋凿奇石，洒墨化飞泉。"你们的校园就在独秀峰下，撑天铁笔，形容知识分子风骨棱棱，洒墨飞泉象征文化的乳露。我的文笔不好，不过我可以带你们看看一副脍炙人口，特别为广西人传诵的对联。不远，就在这里看得见的七星岩上，岩上有马君武先生的题联：

城东佳境，常绕梦魂。叹半世飘零，遂与名山成久别。
岭表旧都，屡经离乱。望故乡英俊，共筹长策致升平。

这也好像我的心声。抗战时代在桂林读中学，每逢跑警报必到七星岩。这么多年现在才回来，已经将近一个甲子了。我们这些屡经离乱，从海外归来的游子，最大希望就是祖国能够进入太平盛世，这个愿望就要靠你们来完成了。

"人"，这个因素，就从写这副对联的马君武谈起吧。中国教育界有"北蔡南马"之称。"北蔡"是北京大学校长蔡元培。"南马"就是广西大学校长马君武，他做广西大学的校长时，据说不论哪一科教授缺席，他都可以代课。因为他曾经在日本京都帝国大学学应用化学（一九〇三年），后来（一九〇七年）又在德国柏林工业学院学化工，获得工科博士，同时他又是著名诗人。另一位可与马君武比肩的是杨东莼。杨东莼是以前广西师专的校长，我的哥哥曾是他的学生。他留学法国，译有《费尔巴哈论》，著有《中国文化史纲》，抗战期间曾任香港版《大公报》顾问。还有一位和我们都有关系的，五十年代中期曾任贵校中文系主任的林焕平先生，五十年代初期，他是香港的南方学院院长，兼任《文汇报》社评委员，我当时是《大公报》社评委员，一九五一年他请我兼任南方学院的讲师。

你们现在的校长梁宏先生，是化学博士，据说他很喜欢看武侠小说。说来凑巧，我也曾念化学。不过只念了一年，就因为不会做实验而放弃了。好在我曾经念过化学，后来是用得上的。这是后话，且听下回分解。

从马君武、杨东莼，到林焕平、梁宏，他们都是一专多能的博雅之士，这就可以顺理成章地进入我们今天所要讨论的题目"通识教育"了。

通识教育，英文是"Liberal Arts Education"，又称博雅教育，现在全世界都在提倡。外国大学文科，就叫做"Liberal Arts"。

我以前念过书的岭南大学，几十年前已经在推行博雅教育了。其实通识教育不是洋东西，是中国文化很长远的根。孔门弟子学六艺："礼""乐""射""御""书""数"，就是通识。这和岭南大学早就提倡的"综合教育"，即把"德""智""体""美""群"综合在一起的博雅教育，其性质正是一样的。

四书之一《大学》（《礼记》篇名），开宗明义，即说明什么叫大学："大学之道，在明明德，在亲民，在止于至善。"

朱熹《四书章句集注》出的"明明德""亲民""止于至善"三纲领和"格物""致知""诚意""正心""修身""齐家""治国""平天下"八条目，成为南宋以后理学讲伦理、政治、哲学的基本纲领。

朱熹注"大学者，大人之学业"。"大人"，不是指年龄，是说养成伟大人格之学。

香港大学的校训是"明德格物"，香港中文大学的校训是"博文约礼"，中文大学崇基学院的校训是"止于至善"。这都说明了大学的宗旨。

程颐注"亲者，新也。新民，使人除去旧习，日新又新，进步不已。"做学问之道，就是跟着时代与时并进，日新又新，追求臻境，到达最高境界。

《论语》也有说："君子博学于文，约之以礼。"（雍也篇）"文"，即经典文籍；"约"，指约束。

孔子说，有道德学问的人，先要读圣贤的文典，建立基本功，再用礼来约束自己的一切，遵守社会公认的道德规范，这样就不至离经叛道了。

不论东西方，博雅教育都包括了人格和知识两方面。一个君子完人，是要具备道德、人格的完善，以及知识广博两方面的。这和武侠小说有没有关系呢？有，武侠的"侠"，就是道德方面的。

大家都知道我一向赞成"宁可无武，不可无侠"的，以"侠"为主，即道德方面。尽管大家对"侠"的解释不同，但并不互相排斥，而是互相补充的。我认为"对大多数人有利的行为"就是"侠"的行为，这里不详细解释了，现在单谈知识方面。

武侠小说的特点是知识面越广越好。知识，包括书本上的知识和生活上的知识。《红楼梦》里说"世事洞明皆学问，人情练达即文章"是也。我今天只讲书本上的知识。

一、古典文学

特别是诗词、对联。我最初写武侠小说时用回目，用诗词作开篇，就是抓住南来香港的人怀念旧小说的特点，让他们有"似曾相识燕归来"的感觉。

二、地理

武侠小说内容涉及的地域较广。写爱情小说，从头到尾可以在一个地方进行，例如曹禺的《雷雨》，就是二十四小时里在周家发生的。但是武侠小说不可能这样，因为侠士们到处游历，"闯荡江湖"。

所以我们必须知道一些地理知识，譬如桂林七星岩和广东七星岩就不同。同样是石林，桂林的石林和云南的石林就不同。有了这些不同的地理知识，小说就可以写得更细致一些，更吸引读者。我的《广陵剑》（听说就要拍成电视片集了），里面有很多关于桂林的描写，所以必须清楚其中的地理特点。至少在桂林人看来，还是很实在的。到过桂林的人，就容易有共鸣；未到过的，就可能产生了向往。

三、历史

至于历史知识，也跟地理一样。写别的小说，可能不需要知道历史，只发生在某段时空就可以了，但武侠小说最好结合历史，似假还真，更加吸引。尤其是典型的武侠小说，因为写的是古代人物，所以最好能结合历史。

我在《七剑下天山》里面就加上一些历史人物，但是也不能像历史教科书那样写。历史元素有两种，一种是历史的真实，是历史上的的确确发生过的事件，一些重大的事件，不可生安白造。例如《萍踪侠影录》里的"土木堡之变"，历史事件不可以改变。另一种是历史上没有的，但很可能发生，就可以用自己的想象写上去，称为"艺术的真实"，英文叫做"Higher Reality"。我的武侠小说的主角一定是虚构的，我将"江湖"融入朝廷，但以不歪曲史实为原则。例如《萍踪侠影录》里于谦和张丹枫的关系，于谦是历史人物，张丹枫是虚构的，他们的结交、张丹枫的出谋献策，不会改变"土木堡之变"的历史事实。

小说不是历史教科书，我认为有些艺术塑造是可以的。例如京剧里孔明、周瑜的扮相，孔明是挂胡子老生，周瑜是帅哥小生，这是跟事实不符的（周瑜比孔明年纪大），但这正是刻画他们当时的心态和性格（孔明老成持重，周瑜则一向表现为少年气盛，在赤壁之战时更是"小乔初嫁了，雄姿英发"之际）的艺术手法。

四、宗教

写武侠小说常常涉及宗教，尤其佛教，也需要懂些。武侠小说里十本有八本是写到和尚的，假如你写的和尚只懂说"阿弥陀佛""善哉善哉"，那么你的这个和尚未免太没味道了。所以至少要知道一些佛学，才有深刻的描写。

五、心理学

小说里有很多心理描写。譬如写到一些性格异常、行为怪异的人，就最好懂一点心理学。《七剑下天山》里有个桂仲明，他怀疑自己杀了父亲，他做了个梦，我就是用潜意识来解释的。我写小说时中国很流行讲潜意识（sub-conscious mind），人的潜意识像冰山一样，十分之九是潜在的。潜意识就是连做梦也不敢想的东西。梦的化妆就是潜意识。弗洛伊德的《梦的解释》（*Interpretation of Dreams*）就很详细地说明了潜意识。在写人物心理时，最好也懂得一点心理学。

六、民俗学和四裔学

如果具备一些有关边疆少数民族的生活状况、风俗习惯、历史变革等的知识，可使作品有趣得多。例如我就不止一次写到"叼羊赛马"和"姑娘追"这些回疆民俗。

七、化学

说到我所学过的化学，和写小说有没有关系呢？我读了一年化学就转到经济系了，因为我不懂做实验，一到定性分析、定量分析就一定失败。但是我的小说却运用了一点化学知识。

《冰川天女传》写到吕四娘、唐晓澜和金世遗到了天山之顶写着"人天绝境"处，他们手挽着手，合三人之力，也只能再进一步，因为空气稀薄，再走就缺氧了。就凭这一点点化学知识，我只能把他们的内功作合理的夸张，而不能把他们写成超人。

《云海玉弓缘》提到蛇岛火山爆发一段，金世遗利用石棉逃过大难。石棉是一种天然纤维状的硅质矿物的泛称，细长弯曲，是一种被广泛应用于建材防火板的硅酸盐类矿物纤维，也是唯一的天然矿物纤维，它具有良好的抗拉强度和良好的隔热性与防腐蚀性，不易燃烧，故被广泛应用。把一点化学知识写进小说，既有趣味，又不失真实。

除了知识方面的应用外，写武侠小说还和化学有更高层次的关系。例如有媒体知道我要回广西，就曾来访问我，其中有一个女记者问我，怎样定义"江湖"？"江湖"是一个抽象的东西。凡是抽象的东西，就很难解释。比如爱情，就各有不同说法：

元好问："问世间情是何物，直教生死相许。"

秦观："两情若是久长时，又岂在朝朝暮暮。"

纳兰容若："但似月轮终皎洁，不辞冰雪为卿热。"

这是各有说法的，甚至有"不求天长地久，只在乎曾经拥有"的流行讲法，这说明抽象的东西，很难定义。那个记者问到"江湖"，我当时也没想到怎样解释。

《龙虎斗京华》里有"江湖儿女缘多误"。

《七剑下天山》有"已惯江湖作浪游"，英文把"江湖"翻译成"The River and The Lake"。

女记者问我："说有人说：'有人群的地方就是江湖。'"我觉得这种说法很调皮，但是好像没有说到江湖的本质。而英文虽然只翻译了实境，但却似乎触及了一点"江湖"的本质。

我认为"江湖"必须是动态的。我来讲讲我的解释。在一般武侠小说里，经常提到"闯荡江湖""江湖凶险""重出江湖"等。就拿重出江湖来说吧！重出江湖，就是说原来不在江湖了。重出江湖以前的地方就不是江湖了，否则不能说重出。那么请问重出之前的那个地方有没有人群呢？所以说"有人群的地方就是江湖"的意思不是很周全。李安导演的《卧虎藏龙》（根据王度庐同名小说改编），女主角玉娇龙是九门提督的女儿，她跟大盗罗小虎闯荡江湖去了。那她以前住的地方就不是江湖了？提督府里有很多人钩心斗角，那是不是江湖呢？

白羽的《十二金钱镖》里余剑平退隐后重出江湖，未重出之前的村庄，人群很多，算不算"江湖"呢？同样道理，金庸《碧血剑》里有个阿九，是公主身份，后来跟袁承志去行走江湖；在我的小说里也写过，后来变成独臂神尼。那么皇宫人群很多，尔虞我诈，是不是江湖呢？又譬如桃花源里也有很多人，但是与世隔绝，不闻有汉，无论魏晋，那么桃花源又算不算"江湖"呢？云南女儿国，生活在母系社会，自得其乐，宁静和平，纵有人群也不能称为"江湖"吧！桃花源、女儿国纵有争执，那也是茶杯里的风波。当然，当它和外界有了接触后，也可能变成"江湖"。是不是"江湖"，怎么来判定呢？那就要用化学的定性分析和定量分析来鉴定了。

在我未为"江湖"下定义之前，我想谈谈范仲淹的《岳阳楼记》。里面有写到"江湖"，而且有静态和动态的。

静态："至若春和景明，波澜不惊，上下天光，一碧万顷；沙鸥翔集，锦鳞游泳，岸芷汀兰，郁郁青青。而或长烟一空，皓月千里，浮光跃金，静影沉璧，渔歌互答，此乐何极？"

动态："若夫霪雨霏霏，连月不开；阴风怒号，浊浪排空；日星隐耀，山岳潜形；商旅不行，樯倾楫摧；薄暮冥冥，虎啸猿啼；登斯楼也，则有去国怀乡，忧谗畏讥，满目萧然，感极而悲者矣！"

结尾说："居庙堂之高，则忧其民；处江湖之远，则忧其君。"

这里有动态江湖和静态江湖，而且"江湖"和"庙堂"是两个世界。这是儒家的"江湖"，但却触及"江湖"的本质了。我认为有风波的地方才是"江湖"，而且这风波不是茶杯里的风波。若用较具哲理的话来说，亦即是："江湖者，众生扰攘的俗世也。"

要解释"江湖"，可用化学的定性分析来说明。是不是"江湖"，要从它的本质来决定。定性分析是用来决定东西的性质的。比如拿几件东西来分析，这是灵芝，那是蘑菇，这是定性分析。再拿几种灵芝来分析，这是赤芝，那是云芝；这种孢子含量低，那种孢子含量高，这是定量分析。再拿围棋来说明，你下一步棋，可以用数学计算，可胜多少目。像满地钞票，先捡千元再捡百元再捡十元。这是量的计算。但是有时下某一着，尽管占的数目多，但从全局来说未必有利，这种关系着全局胜负的地方，叫做急所。必须先占急所，下哪一步，这就要用定性分析了。

"江湖"也是这样，指的是它的本质。分析它生活方式和意识形态的改变，就是用定性分析决定那地方是否是"江湖"。定性分析和定量分析是关系密切的。我想起一段谈禅的"机锋"："老僧三十年前看山是山，看水是水；三十年后，看山不是山，看水不是水；但愿再过三十年，看山仍是山，看水仍是水。"

数学是科学之母，哲学是社会科学之母。通识讲的也是跨科目的研究。文科理科，关系密切。我想用几分钟和各位玩个开立方游戏，补充说明一下。

（按：此时梁羽生博士请在场一千多位观众从一至九十九随便选一个数字，用手机算出其立方，再把数字告诉他，他即可说出这组数字的立方根是什么。前后一共五位同学举手试了，全部不出三秒，梁博士立刻把答案准确说出。）

为什么只用几秒钟就可以开立方呢？不知大家注意到没有，立方和立方根的关系是有特点的：从一到九，各有对应的数字。这样你就可以轻易地断定最后一个数字。抓住这个特点，跟着练成必需的基本功，即背熟一至九的立方。这样你就可以断定第一个数字了。

新派武侠小说从《龙虎斗京华》开始发表到现在，已经超过半个世纪了。在中国武侠小说史的评论上，都指出了它在文化层面上的特色。即：有比较深广的中华文化内涵；对旧文学的继承和拓展；对西方文学的借鉴进而至东西文化融合；"侠"的提升；有比较清晰的历史背景，有较新（视野较为宏阔）的历史观。

马君武、杨东莼、林焕平以及你们的校长梁宏博士，都是博学多才的好例子，亦在通识上做出了好榜样。你们有这样优良的传统，好好学习，将来一定可以成为博雅之士，为家乡的建设、为祖国的腾飞作出伟大贡献，就像我所描写的独秀峰那样，像一支支铁笔，撑住了万里蓝天！

（演讲于二〇〇五年九月十六日）

中国武侠小说略谈

　　写了十多年武侠小说，也看了不少武侠小说。中国的武侠小说，有资格列入一般文学史的，我大致看过。外国的武侠小说，也看了一些；还有一些是未曾看过原书，而仅从文学史的间接评论，知道它的大概内容。我不敢妄谈中外武侠小说的比较，但就我看过的而论，我觉得中外的武侠小说各有特点，我个人更喜爱中国的武侠小说。

　　中国的武侠小说最早是作为"传奇文学"的一支，起源于唐代中叶安史之乱以后、藩镇割据的时期，算起来也有一千多年的历史了。

　　但关于"武侠"的记载，则还要早得多。远在汉代，司马迁《史记》中《刺客列传》里的荆轲、聂政，《游侠列传》里的朱家、郭解，就都是"武侠"一流人物。但这些"列传"属于"传记"体裁，并非小说写法，所以还不能称为"武侠小说"，不过，唐代的武侠小说，也颇有受到《刺客列传》与《游侠列传》的影响，因此叙其渊源，顺带提及。

　　武侠小说在唐代藩镇割据时期兴起，这是有其历史原因与社会背景的。

　　唐代的"藩镇"可以比作民初的军阀，各占地盘，互相攻伐。因为天下扰乱，藩镇专横，所以人们希望有一种能够替他们打抱不平的侠客出来。"武侠小说"的兴起，便是这种心理的反映。

　　另一方面，由于割据的军阀互派刺客，刺杀政敌。刺客的本领被渲染夸大，演成许多神奇的传说。这也是唐代武侠小说的另一社会因素。

　　中唐之后，暗杀之风非常兴盛，在"正史"上也可窥见一斑。例如《通鉴》二一五记载说："（李）林甫自以多结怨，常虞刺客，出则步骑百余人为左右翼，金吾静街，前驱在数百步外，公卿走避。居则重关复壁，以石甃地，墙中置板，如防大敌。一夕屡徙床，虽家人莫知其处。"防备如此严密，想象中的刺客，当然是有神出鬼没的技能了。唐代武侠小说中的空空儿、精精儿就是这一类被军阀所雇用的职业刺客。

（我在《大唐游侠传》中所写的空空儿并非唐人小说中的本来面目。我只是根据原小说对他那神奇本领的描写，另外塑造了一个空空儿，赋予他几分"侠"气。唐人小说中的空空儿，说不上有什么"侠"的成分。）由于这两方面的因素，唐代武侠小说中的"游侠"也就可以分成两种，一种是老百姓幻想的侠客，为百姓打抱不平；一种是军阀所蓄养的"游侠"，为军阀当保镖或职业刺客。

后一种其实只是统治者之间争权夺利的工具、看门的鹰犬，实在不能称为"游侠"。还有一种更复杂的是本来依附于军阀，而所做的事情，也符合于当时百姓的愿望，如《红线传》中的红线，以节度使婢女的身份，凭个人的能力，制止了两个藩镇的割据战争。因此，唐代的武侠小说，有进步的一面，也有反动的一面。即在同一篇小说，也是有精华也有糟粕。这是我们在读唐代武侠小说之时，应该善于区分的。

唐代著名的武侠小说有《红线传》《虬髯客传》《刘无双传》《昆仑奴传》《聂隐娘传》等（空空儿、精精儿则是附在《聂隐娘传》中）。《虬髯客传》与《红线传》这两篇尤其写得出色。

《虬髯客传》写隋朝末年，杨素当权，书生李靖，以布衣进谒，愿献治世奇策。杨素傲慢无礼，李靖直斥其非，侃侃而谈。杨素身边一个执红拂的婢女对他甚为注意，当晚李靖回到旅店，红拂便来私奔。二人途中遇虬髯客，意气相得。虬髯客本有争霸天下雄心，后来见了李世民，认为李才是"天下真主"，遂把所积的资产都送给李靖，让他去辅佐李世民统一中国，自己则到海外称王。

红拂、李靖、虬髯客这三个人物都写得非常生动，性格鲜明。后世称他们为"风尘三侠"。但这"三侠"的"侠"的表现，却又个个不同。虬髯客是豪迈绝伦，红拂是豪爽脱俗，李靖则在豪侠之中带了几分书生气。小说中旅舍遇虬髯客一段，寥寥数笔，就写出了他们性格的分别（引文及评论见《与武侠小说的不解缘》一篇）。

红拂作为一个女奴，而敢鄙视权倾朝野的杨素，认为杨素是"尸居余气，不足畏也"。而且毫无顾忌地走出相府（杨素官位"司空"相当于宰相），选择自己的自由幸福。这反映了反封建束缚的要求，是《虬髯客传》进步的一面。

但《虬髯客传》在思想上也有极大的缺点，那就是认为"真命天子"是不可抗的正统观点。试看像虬髯客那样非凡的英雄，见了唐太宗尚且推枰敛手，甘拜下风，不敢逐鹿，自己到海外另辟事业。至于李靖那就更等而下之，只配给李世民打天下了。作者的立场，显然是在歌颂"天子圣明"，维护李唐王朝。

《红线传》的主角"红线"是潞州节度使薛嵩的婢女，小说写另一个节度使田承嗣想吞并潞州，薛嵩忧惧，无法可想，红线便自告奋勇，替他去探虚实，一个更次，往返七百余里，将田承嗣床头的金盒取回为信。薛嵩遣使者送返金盒，田承嗣惊恐非常，赶忙和薛嵩修好，一场战祸，遂得避免。

小说的主角是个婢女，以奴隶作为小说的主角，在封建社会中确是大胆之作。但写红线是为了对薛嵩"感恩图报"，才去取金盒、弭战祸，尽管这符合于当时百姓厌恶军阀混战、要求和平的愿望，但把一个"女侠"变成了军阀的工具，这却未免大大减弱了作品的价值，也损害了作者所要着意描写的"女侠"的精神面貌。另外，小说中的佛道迷信思想，如说红线前生本为男子，因犯过错，而"陷为女子"，现在为百姓立了这场功德，就可以"复其本形"重为男子等，这也是小说中的糟粕。

我在《大唐游侠传》中曾采用了"红线盗金盒"的故事，但变更了她的婢女身份，同时又把薛嵩写成反面人物，还他一个军阀的本来面目。利用传统小说的人物故事，而给他（她）重新塑造，这是一个尝试。得当与否，还要请读者指教。

唐代的武侠小说都是短篇，如《虬髯客传》《红线传》都不到三千字。在这么短的篇幅中，写故事，写景物，写性格，每一方面都写得很精彩，这确是极不容易的事。从这里也可见到它的艺术功夫了。《虬髯客传》我已举过例子，现在再举一段《红线传》中的例子，红线往探魏城（田承嗣驻地）之后。"嵩乃返身闭户，背烛危坐。常时饮酒，不过数合，是夕举觞十余不醉。忽闻晓角吟风，一叶坠落，惊起而问，即红线回矣！"寥寥数十字，写了薛嵩的焦急之情，又写了红线的"轻功"妙技，传神之极！

到了宋代，民间"说书"（讲故事）的风气盛行，民间艺人（宋代称为"说话人"）根据传说编造的故事称为"话本"。"说话人"所讲的故事，大都是英雄豪侠的故事。最著名的《水浒传》中的许多英雄故事，就是宋代"说话人"的集体创作，早就在民间流传了。元末明初施耐庵将这些故事经过艺术的加工和整理，成为现在通行的《水浒传》。

《水浒传》是我国最受重视的文学遗产之一。它是一本写"官逼民反"的农民起义小说，把它作为"武侠小说"那是不适当的。但其中一个个的英雄豪侠故事，如"林冲雪夜歼仇""武松打虎""李逵与众好汉劫法场""鲁智深三拳打死镇关西""大闹五台山"等，却都具有武侠小说的色彩。后世的武侠小说，受《水浒传》的影响也最大。所以谈到中国的武侠小说，还是不能不提及《水浒传》。

《水浒传》的英雄已是比唐代武侠小说"侠客"进了一步，他们并非只凭个人的力量，而是结成一股集体的力量反抗统治者。在艺术性方面，人物性格的刻画也远远超过了前人，《水浒传》的一些主要人物，如宋江、卢俊义、林冲、鲁智深、李逵、阮小二等，各有各的性格，而且都是与他们的出身相吻合的。注意人物出身与性格的关联，这是《水浒传》的一个艺术特点。

但《水浒传》也并非十全十美，毫无瑕疵，和其他的文学遗产一样，它也是既有精华也有糟粕的。它一方面写了农民的起义，一方面又贯穿着要接受"招安"的妥协思想（以宋江为代表），它反抗的统治者只是贪官污吏，却不是皇帝本人。同时它对其他的农民领袖，如方腊、田虎、王庆等诬为盗寇，而宋江等人虽是被迫上梁山，却还是要"替天行道"的。这一个"道"，一方面是替百姓"打抱不平"，一方面又是替"天子"维持正统，所以才有了后来宋江接受招安，替朝廷"征四寇"之举。因此尽管它写了农民起义，还不能说是站在农民立场的。

　　不过尽管如此，在封建社会中能出现这样一本小说，也是难能可贵的了。同时，它虽然以宋江为代表人物，贯穿了要维持正统的妥协思想，却也描写"下层"出身的李逵、朱贵等人，蔑视皇帝的思想，如李逵几次提出要推倒大宋皇帝，被宋江压下，就是一例。因此，取其精华，弃其糟粕，我们还是应该承认《水浒传》是封建社会中的一部应受重视的作品。

　　欧洲在中世纪也曾流行过武侠小说，称为"骑士文学"（Romance of Chivalry），西方小说中的"骑士"（Knight）和中国小说的侠客，有相同处也有不相同处，相同处是大家都勇武豪侠，抑强扶弱。不相同处是：一、西方的骑士必定要认定一个"主人"，效忠主人；二、"骑士"的称号，必定要国王或至少什么大公爵之类封予，而中国的"侠士"则是民间尊敬的称号；三、西方的骑士总是效忠君王，维护"圣战"（即为拥护基督教而战），而中国传统小说中的"侠客"尽管不敢反对皇帝，但也还有许多独往独来、笑傲公卿的人物。因此，尽管以今天的眼光来看，中国传统小说中的"侠客"有很多缺点，但我还是认为，他们要比西方的"骑士"可爱得多。

一九六六年六月

补记：这是我早年对中国武侠小说的论述。论点颇受当时流行的"唯物史观"影响，现在看来，是不够成熟的。为存其真，不作改动。至于我目前的史学观点请参看本书乙辑"师友忆往"中的《金应熙的博学与迷惘》一篇。（一九九八年八月三日）

公案侠义小说

戏曲中有所谓"清官戏",给封建统治者涂脂抹粉,粉饰太平;小说中也有一类所谓"公案侠义小说"。"侠义"都给"清官"当差。"清官"倚靠他们办案,无往不利。于是"清官"就更成为老百姓"讴歌"的"青天"了。这类小说,和"清官戏"一样,都是应受批判的。

"公案侠义小说"在晚清时期(公元一八四〇年之后)开始流行,其中最有代表性的两部是《七侠五义》与《施公案》。

《七侠五义》原名《三侠五义》,又名《忠烈侠义传》,成书于光绪五年(公元一八七九年)。作者石玉昆,据说本是民间的说书人,他把元、明两代流传下来的"包公故事",与一些"侠义故事",交织起来,编成了《三侠五义》这部小说。小说的主人公即被神化了的宋代"清官"包拯。"三侠"展昭、欧阳春、丁兆蕙及五鼠(亦即五义)卢方、韩彰、徐庆、蒋平、白玉堂等人辅助包拯,到处破大案、平恶盗,并定襄阳王之乱。

此书成后,古文家俞樾看了,大为欣赏,认为"事迹新奇,笔意酣恣,描写既细入毫芒,点染又曲中筋节"。于是乃加以改订,易名为《七侠五义》。如今通行的即是俞樾的改订本。

这部小说极尽美化"包公"之能事,俞樾欣赏它不是没来由的,因为俞樾本来就是满脑子忠君观念的人。他所处的时代是太平天国之后,清王朝根基动摇之际。因此他推荐并改订《七侠五义》,不无以小说"载道"的企图,将老百姓对清王朝的憎恨转移,而寄幻想于"清官"。其实这些"侠义"的本质,我们只要看"三侠"中为首的"南侠"展昭的外号就可以明白，展昭外号"御猫"，照现在的说法，正是朝廷的鹰犬。

说来有趣，俞樾的再传弟子鲁迅，就与他的"师祖"有不同的看法。鲁迅指出这类"公案侠义小说"，固然是"揄扬勇侠，赞美粗豪"，"然又必不背于忠义"的做法，却使得作品在精神上与《水浒传》一去千里了。

《施公案》又名《百断奇观》，作者不详。所写的"施公"即清代康熙时期的所谓"清官"施世纶，成书在《三侠五义》之前（道光十八年，公元一八三八年）。文辞枯拙，不及《七侠五义》，因此也少受文人学士的欣赏。但书中所写的黄天霸，却在相当长的时间内，成为市井中所熟悉的人物。这个扶助"施公"的黄天霸，是个绿林中的叛徒，投靠朝廷之后，就以"盗"袭"盗"，出卖朋友。即以封建道德来说，这个人的人格，也是不配称为"侠义"的。

一九六六年六月

只因藏拙创新招

写武侠小说三十年，往往有人问我："写武侠小说难不难？"我的回答是："说难不难，说易不易。"如果只想吸引读者的话，虽然那也需要高度的技巧，但还比较容易；如果"认真"来写的话，那就难了，因为武侠小说的内容，几乎可说是"上下五千年，纵横九万里"，无所不包，作者的知识面越广越好。但生也有涯，知也无涯，一个人懂得的东西总是有限的。比如拿我来说吧，有关兵器的知识，就是我最弱的一环。

自制判官笔露马脚

记得我初写武侠小说时，有一处地方写到判官笔，判官笔是怎样的，我根本没见过。怎么办呢，只好从前辈名家的作品中"偷师"。写判官笔的，找是找到了，但总不能"照搬"吧，于是我在自己认为"无关宏旨"的地方，改动了一些文字，力求和自己的风格配合，描写也就不自觉地"夸张"了一些。哪知一在报上刊出来，立刻就有行家指出："照你这样说的来使判官笔，非但根本刺不着对方穴道，反而会弄伤自己。"后来我才知道，那位前辈名家也是不懂技击的，他的"十八般武艺"，其实也只是纸上谈兵而已。

碰了这个钉子，我开始涉猎一点有关古代兵器的知识了。不涉猎还好，一涉猎更令自己心慌，几乎有难以下笔之感。

剑有专门著作论述

武侠小说中的兵器，最常见的是剑。就拿剑来说吧，春秋战国时中国的铸剑术已是盛开的奇葩，有名剑干将、莫邪、龙泉、太阿等（鲁迅有一篇小说《铸剑》，写铸剑师之子为父报仇的故事，颇有武侠小说味道，其中关于铸剑技术的描写甚为详细）。论剑之书，自汉以来，无代无之，举其著者，如梁华阳真人陶弘景所著的《古今刀剑录》、唐虞世南撰的《北堂书钞》中"武功部"的《论剑》、宋《太平御览》（李昉等奉敕撰）卷三四二《兵部·论剑》、明李承勋著的《名剑记》等。除了论剑质之外，还旁及剑上的铭文、装饰、花纹。

战国名剑刃上的"糙体天然花纹"是极有艺术价值的，即《越绝书》所谓"捽如芙蓉始出，烂如列星之行，浑浑如水之溢于塘，岩岩如琐石，观其才，焕焕如冰释"是也。至于清代阮元著的《古剑镡腊图考》[1]，则更是专门著作了。

剑的使用方法也因其形式（单剑、双剑、长剑、短剑等）的不同而有分别，例如双剑（俗称鸳鸯剑）因合体入鞘，其刃之一面，平而无脊；柄之一面，亦平而不凸；他面则刃柄皆有脊外凸，故合之可以成为一体，入鞘后形同单剑，但用时却不如单剑便利。其优点固然可以扩大攻击面，其缺点则因分神多劳，用力不专，若非其技特精，则反予敌人可乘之隙了。

在武侠小说中，暗器也是非有不可的。暗器种类繁多，以最常见的"镖"而言，就可分为金钱镖、脱手镖两大类。金钱镖系锉磨大制钱的圆边成刃，专伤人面部眼目及手腕，易制难练。脱手镖以十二支或九支为一槽，有三棱、五棱及圆筒等形式，一般长三寸六分，重六两至七

---

[1] "镡"是剑之向下凸隆之圆盘形剑首；"腊"是"剑格"，大都作长斜方形，或心瓣形。参考《中国兵器史稿》。

两，能于四十步外中敌。其种类又可分为带衣镖、光杆镖和毒药镖，用法也是各各不同的。

对中国古代兵器的研究，已经成为一种专门学问了。近代学者周纬著的《中国兵器史稿》就用了整整三十年，我写武侠小说也才不过三十年呢。如果要我"认真"来写，"言必有据"的话，如何能够落笔？

再说即使能够"如实"描写，普通兵器的招式固然可以参考坊间的书，兵器的形式及性能也可找一些"插图本"来参考，但这样一招一式地写出来，只怕未得专家的称赞，已经先给读者讨厌了。

无可奈何，只好改"写实"为"写意"，自创新招。

从诗词中创新招

由于我完全不懂技击，所谓注重写意的"自创新招"只能从古人的诗词中找灵感。例如"大漠孤烟直，长河落日圆"，我就把它当做"剑法"中的招数，前一句形容单手剑向上方直刺的剑势，后一句形容运转剑圈时的剑势。又如在杜甫的《观公孙大娘弟子舞剑器行》中有这么几句："燿如羿射九日落，矫如群帝骖龙翔，来如雷霆收震怒，罢如江海凝清光。"虽然"剑器"非剑 [1]，但我也从其中找到灵感，引用为描写"剑意"的形容词，不辞通人之诮了。

兵器方面，我也完全虚构，根本是世上所无。例如玄铁剑，重量比同体积的普通铁铸的剑重十倍，其灵感得自物理学上"比重"的观念。"重水"因氢氧分子构成的比例不同，比普通的水重得多。虽然直至现在为止，科学家所发现的只有"重水"而无"重铁"，但也未尝不可把"玄铁"设想为一种似铁非铁而比普通的铁重得多的金属。

---

[1] 清沈德潜："辞有剑器、胡旋、胡腾等名，则知非舞剑也。后人用误者多。"见沈德潜选注的《唐诗别裁》。

在我的武侠小说中，"冰魄寒光剑"和"冰魄神弹"是最为"特异"的，其灵感一半来自还珠楼主的小说。还珠楼主笔下，有"亘古不化"的寒冰，甚至可令大海变成坚厚的冰层，比起他来，我只把冰魄寒光剑设想为可以用寒气伤人的剑，其幻想能力是差得多了。另一半灵感则来自中国探险队攀登珠穆朗玛峰的《登山日记》，日记中有冰塔群、冰蘑菇等描写。那些可以作为建筑材料的坚冰，也是异乎寻常的。

我在兵器和技击方面的知识，初写武侠小说时固然是等于零，到现在也还是不合格的。逼于无奈，自创新招，实是藏拙而已。

一九八八年十一月

达摩·禅宗·秘笈

　　由张鑫炎导演、李连杰主演的电影《少林寺》爆冷胜出，在香港实收一千六百多万，打破武打片卖座纪录。该片有几个武术冠军领衔主演固是卖座主因，少林寺实景搬上银幕也是吸引观众的一大因素。"天下功夫出少林"，这是流传已久的一句老话，谁都想看看这个武林胜地。

　　或许就因为少林寺在"武林"中的崇高威望，在民间传说中，少林寺的"名人"达摩大师就成为少林派武术的"鼻祖"了。其实达摩的本来面目和一般武侠小说中的达摩是两回事，真正的达摩是否懂得武功都是疑问呢。

　　史籍并无达摩懂得武功的记载，他是中国禅宗的鼻祖倒是真的。禅宗对中国文化的影响甚大，其影响甚至远及亚洲诸国，尤以日本为最。禅宗鼻祖的地位是绝不逊于武术鼻祖的。

　　达摩是少林寺知名度最高的人物，但他并不是第一代。第一代是印度僧跋陀，少林寺就是北魏孝文帝为他建的（公元四九五年）。达摩大约迟跋陀五十年来华，他的佛教"辈分"若从印度的佛祖释迦算起，是二十九代。但他在中国开创禅宗，却是禅宗初祖。

　　他来华时，正是崇信佛法的梁武帝在位之时。梁武帝礼聘他到宫中请教，问他："朕建寺养僧，有何功德？"此一问也，当然是想达摩拍他马屁的，哪知达摩毫不识捞，直言答道："并无功德！"这就失欢于梁武帝，只好回转少林寺面壁去了。

　　世俗流传，少林寺有两部武功秘笈，一名《洗髓》，一名《易筋》，此两经据传说是达摩遗著云云。达摩之所以被捧为少林派武术鼻祖，和这个传说大有关系。其实这个传说非但无稽，而且简直可以说是厚诬古人，达摩祖师倘若地下有知，恐怕也会给这个传说弄得啼笑皆非。原来这两部"经"乃是明代无聊文人杜撰，满纸淫词，不堪入目，经中教人所练的"内功"，是用来增强性能力的。"挂羊头，卖狗肉"，与其说是什么武功秘笈，毋宁说是更近乎"性经"一类。广州出版的《武林》杂志第二期，有一篇《少林寺与少林武术》的文章，在细说少林武术形成的由来之余，也为达摩祖师的受诬作了辩解。

据那篇文章的说法，少林寺的武术是在乱世中发展起来的。有的人为了避难，到少林寺出家，避难者中，不乏本来就懂得武艺的人；也有少林寺的僧人在外面学会了武功回来的。继承达摩衣钵的二祖慧可，晚年（公元五七四年）时就曾碰上北周武帝的"灭佛"之祸，寺院被占，佛像被毁，经典被焚，僧侣流散。在这种情况下，僧人是非学会防身的本领不可的。有信史可考的是："五代十国时，高僧福居邀集十八家武术名手来少林寺演练三年，各取所长，汇集成少林拳谱。"到了唐代，少林寺才渐渐变成了出名的会武场。

说达摩有武学著作是假的，他对佛学有贡献则是真的。最大的贡献是"禅宗四圣句"："不立文字，教外别传，直指人心，见性成佛。""不立文字"是说禅的本质不需文字解释。"教外别传"和"直指人心"是重在师徒之间的以心传心，无所谓特定的教学体系。"见性成佛"是找回真我。总的精神在一个"悟"字，当然这只是简单的解释。一说这本是释迦佛祖的"语录"，由达摩加以解释。

一九八二年四月

太极拳一页秘史

两拳师濠江显身手

港澳万人瞩目的两派拳师比武，今天下午四时就要在澳门擂台正式上演了。当读者们读到这篇文章的时候，也许正是澳门擂台上打得难分难解的时候呢！这次太极派拳师吴公仪和白鹤派拳师陈克夫，自"隔江骂战"演至"正式登台"，街头巷尾，议论纷纷，有的"买"陈克夫必胜，理由是陈克夫少年力壮而吴公仪则已英雄垂暮；有的则"买"吴公仪必胜，理由是太极拳讲的是"借力打力"。"四两拨千斤"，并非是以力服人的。吴公仪有几十年的功夫，已经炉火纯青，又哪怕你少年力壮？两派议论，各有理由，好在谁是谁非，自会有事实答复。

谈起太极拳的借力打力，善于利用敌人的来势而打击敌人，的确有许多神奇的传说。吴公仪是太极派名手吴全佑的孙儿，吴全佑是得过杨派始祖杨露禅的"真传"的。杨露禅的许多故事，散见稗官野史、武侠小说，其中有不少神奇传说。

陈家沟为佣学太极

据说当时河南陈家沟的太极拳负天下重名，但他们除了陈家的子弟外，不肯轻易传之外人，杨露禅少年好武，曾到过陈家沟要拜太极陈（陈长兴）为师，可是陈家不肯收他为徒，他连陈长兴本人也没见着，只有怏怏而退，这且按下不表。

事隔数年，杨露禅拜师的事，陈家沟早已淡忘了，学太极拳的人是惯于早起练习"太极行功"的，一天，正是深冬时节，陈长兴早起练习行功时，只见门外四野都积雪没胫，而自己家门的雪却扫得干干净净，不禁大为奇怪。而且一连几天都是如此，他就在一天绝早起来，只见门外有一个衣衫褴褛的瘦汉子正在风雪中瑟缩扫雪，他惊奇喝问，那汉子咿咿呀呀，指着嘴巴说不出话，原来他是个哑子。再用手势问答，才约莫弄清楚他是无家可归的流浪汉，每晚睡在他的门前，自思无以为报，所以每天帮忙他扫雪的。陈长兴见这人很诚实可靠，就收他为佣。

这样又过了几年，一晚当陈长兴率陈家子弟在练武场练武时，忽然发现墙头有人偷窥，陈家子弟大怒，奔起擒捉，只见这人出手不凡，竟然是本门太极的功夫，最后捉到审问，原来这人就是杨露禅。为了爱慕陈家的太极拳，不惜屈身为佣，冒死前来偷拳。陈长兴大为感动，遂正式收他为徒，悉心传授。这段故事，在白羽著的《偷拳》一书里，写得非常生动。

杨露禅学成后，陈长兴吩咐他到京师去闯字号，为太极派放一异彩。那时满洲贵族，多数好武，尤以肃王府中所蓄名武士最多。他到北京后，就设法投到肃王府中，声言要和诸武士比武，他订下的办法很奇怪，要在比武场的周围支起大网，为的是避免他手重掷死那些武师，支起大网，抛到网中，就不会有生命危险了。

杨露禅王府演绝技

据当时记载，那时云集京城的各派武师，连同王府中的名武士，和杨露禅比武的，先后有数十人之多。也不知什么道理，少的打了三五个照面，多的打到十多个回合，都被他轻轻地抛到网上。杨露禅人又瘦又小，那些魁梧的大汉被他单手举起，抛到离场数丈的网上，就好像小鸡被人捉住一样。杨露禅连掷数十武师，都毫不费力，只有形意拳的董海公和他打个平手。

杨露禅后来将技传给二子杨班侯和杨健侯。杨班侯后来被聘为肃王府的武技教师。慕名来学的武士据说竟达三千人。杨班侯因为担心那些武士学成后,为清廷鹰犬,不愿真心传授。遂一方面把太极拳的圈子放大,使其只能强身,而不能应敌;一方面在和徒弟过手(即和徒弟练习)时,把他们打得头崩额裂。这样一月之后,三千武士就少了一半,最后只得三人不畏艰难,还敢跟他学技。其中最坚毅的就是吴全佑。

吴全佑苦心获真传

杨班侯后来因事回乡,转请老父到肃王府去替他传授。杨露禅一看吴全佑的拳法,知道儿子的用意,大不以为然,因为他自己是千辛万苦学来的,所以最爱别人苦学。而且以为太极不当为一家之秘,好像以前陈家沟的不传外姓一样,所以就由杨露禅亲传了吴全佑的真正本门功夫。吴全佑传给儿子吴鉴泉,吴鉴泉又传给儿子吴公仪,就是这次比武中太极派的主角了。太极拳又称绵拳,因为太极拳一使开,便一式跟着一式,如长江大河绵绵不绝。

一九五四年一月

谈"新派武侠小说"

"我们的报"六周年纪念，老编指定要我写一篇文章，他说："《新晚报》的武侠小说已经成为一个特色了，你是新派武侠小说的'开山祖'，可要写一篇凑凑热闹呀！"

我从没想到要"开山立柜"，独创宗派，至于刻意求"新"，那倒是想过的。《新晚报》本来就是以一"新"字来作号召，如果我给它写的第一篇武侠小说，全依老套，毫无新义的话，那又怎对得住它呢？

据出版界的朋友说："这几年武侠小说很好销，但也只是你们这一派'新式'的武侠小说好销，老一套的可不行了！"他还点点头赞叹道："这是一个好现象，可见读者的水平已经大大提高了！"

我笑着问他："你们出版界的朋友，把武侠小说分为新旧两派，到底是根据什么来分呢？"他想了一想道："一时倒说不出所以然来，只是一般旧式的武侠小说，好像没有什么思想内容，用文艺术语来说，就是'缺乏思想的深度'；另一方面，旧式武侠小说中的人物，也好像没有什么性格，随便安上张三李四的名字，让他们去打就行了，读完之后，人物的印象也就模糊了！"

他说得很扼要。其实所谓"新派"者，也并没有什么"新"，只不过是要求作品具有"思想性"和"艺术性"而已。古今中外，凡是具有文学价值的创作，都是既有思想内容，又有艺术创造的。只不过在以前的"武侠小说"中，好些作者还没有注意到这些问题，因此我们这些不成熟的东西，才能给人以一种新鲜的感觉而已。

我写《龙虎斗京华》的前一年，在某学院教中国近代史，并编写着一本《中国通史》（已以"史话"的形式出版），对义和团运动很感兴趣，因此在写《龙虎斗京华》时，就以那一时代作为背景，尝试写各种各式的"江湖人物"，在那一时代里的思想和行动，是怎样感到"时代的压力"，是怎样感到找不到出路的悲哀。我原意想写出一段历史时期的横断面，只是眼高手低，写出来的，同自己所希望达到的，距离很远。

《龙虎斗京华》是一种新的尝试，它接触到许多近代史上的问题。说来很好笑，那时我的书桌上堆满着乱七八糟的参考书，有各省地图，有各地风俗志，有郑荣光著的《太极拳图解》，有范文澜著的《中国近代史分册》，有佛学经典，有近代哲学，有弗洛伊德（Freud）以至捷普洛夫的各派心理学书籍，还有北方的方言文学……（自己揭穿一个内幕：我是南方人，从未到过北方。《龙虎斗京华》中的北方口语，都是从小说上学来的。）这些书的性质相距十万八千里，有一位老朋友来看我，怪而问道："你到底是写什么怪文章啊！"我告诉他是写"武侠小说"，他大笑起来，说道："料不到写武侠小说也这么辛苦！"

还有一件更好笑的事。上个月，一位朋友约我去打桥牌，另外还约有一位小姐（她跟我一样，都是教会大学毕业的），那位小姐听说是《七剑下天山》的作者，心里觉得很奇怪，她想：喜欢打桥牌的大约不会是老头子吧？但梁羽生最少应该有六十多岁。（她的小侄女就说过："若梁羽生没有六十多岁，我就不崇拜他！"）结果她见到我，完全不是她想象中的老头子，大感出乎意料。

我写《龙虎斗京华》时，是二十七岁。（书中自称三十多年前见过柳梦蝶，只是一种"小说的虚构"。例如鲁迅在《孔乙己》中，自称是小酒店的跑堂，也只是一种虚构而已，并非他真做过跑堂的。）当时为了配合"老头儿"的身份，故意用"骈文"的笔法来写，许多地方爱用"偶句"，对于音韵也特别讲究，在风格上是比较接近"旧文学"的。说到这点，我得感谢我的外祖父，他是清末大词人王半塘的弟子，词是最讲究音律的。从我九岁学词起，他就教我写文章时要注意平仄音节的和谐，如果《龙虎斗京华》读起来还"顺口"的话，那是他的功劳。

也许青年人比较大胆，在武侠小说的写作上，我是想不断创造新的形式和新的内容。现在所写的《七剑下天山》受爱尔兰女作家伏尼契的名作《牛虻》的影响很深，风格上和《龙虎斗京华》又有很大的不同了。

我们正在摸索一条新的道路，希望能将武侠小说的水平提高，不致落在其他小说创作之后。正因为我们还是在摸索中，所以作品也必定是不够成熟的，希望读者们经常来信指教。

一九五六年十月

凌未风·易兰珠·牛虻

　　约半月前，我收到一封署名"柳青"的读者的来信，他是某中学的学生，没有什么多余的钱买书，《七剑下天山》的单行本是在书店里看完的。他很热心，看完之后，写信来给我提了许多意见。

　　我很欢喜像他这样的读者。我读中学的时候，也常常到书店"揩油"，好多部名著都是这样站着看完的。他怕我笑他，其实，正相反，我还把他引为同调呢!《七剑》第三集出版时，我一定会送一本给他的。

　　当然，我更感谢他的意见。他看出凌未风（《七剑》中的一个主要人物）是牛虻的化身，因此很为担心，怕凌未风也会像牛虻一样，以英勇的牺牲而结束。他提出了许多理由，认为凌未风不应该死，并希望我预先告诉他凌未风的结局。

　　我很喜欢《牛虻》这本书，这本书是爱尔兰女作家伏尼契的处女作，也是她最成功的一部作品。写的是十九世纪意大利爱国志士的活动，刻画出了一个非常刚强的英雄形象。

　　那时我正写完《草莽龙蛇传》，在计划着写第三部武侠小说。《牛虻》的"侠气"深深感动了我，一个思想突然涌现：为什么不写一部"中国的《牛虻》"呢？

　　吸收外国文学的影响，利用或模拟某一名著的情节和结构，在其他创作中是常有的事，号称"俄罗斯诗歌之父"的普希金的许多作品就是模拟拜伦和莎士比亚的。以中国的作家为例，曹禺的《雷雨》深受希腊悲剧的影响，那是人尽皆知的事；剧作家袁俊（即张骏祥）的《万世师表》中的主角林桐，更是模拟 *Goodbye Mr. Chips*（也译作《万世师表》）

中Chips的形象而写出来的；他的另一部剧作《山城故事》，开首的情节也和女作家简·奥斯汀的《傲慢与偏见》相类，同是写一个"王老五"到一个小地方后，怎样受少女们的包围的。在吸收外国文学的影响上，最应该注意的是：不能单纯地"移植"，中外的国情不同，社会生活和人物思想都有很大的差别，因此在利用它们的某些情节时，还是要经过自己的"创造"，否则就要变成"非驴非马"了。

在写《七剑下天山》时，我曾深深考虑过这个问题，因此我虽然利用了《牛虻》的某些情节，但在人物的创造和故事的发展上，却是和《牛虻》完全两样的。（凌未风会不会死，现在不能预告，可以预告的是，他的结局绝不会和《牛虻》相同。）

《牛虻》之所以能令人心弦激动，我想是因为在牛虻的身上，集中了许多方面的"冲突"。文学评论家勃兰兑斯（Brandes）说过一句名言："没有冲突，就没有悲剧。"我想这句话也可以引用到文学创作来。这"冲突"或者是政治信仰的冲突，或者是爱情与理想的冲突，而由于这些不能调和的冲突，就爆发了惊心动魄的悲剧。

在《牛虻》这本书中，牛虻是一个神父的私生子，在政治上是和他对立的，这样就一方面包含了信仰的冲突，一方面又包含了伦理的冲突。另外牛虻和他的爱人琼玛之间，更包含着错综复杂的矛盾，其中有政治的误会，有爱情的妒忌，有吉卜赛女郎的插入，有琼玛的另一个追求者的失望等待等等。正因为在牛虻的身上集中了这么多"冲突"，因此这个悲剧就特别令人呼吸紧张。

可是若把《牛虻》的情节单纯"移植"过来却是不行的，举一个最简单的例子，在西方国家，宗教的权力和政治的权力不但可以"分庭抗礼"，而且往往"教权"还处在"皇权"之上，因此《牛虻》之中的神父，才有那么大的权力。若放在中国，那却是不可能的事。在中国，宗教的权力是不能超越政治的权力的。

《七剑》是把牛虻分裂为二的，凌未风和易兰珠都是牛虻的影子，在凌未风的身上，表现了牛虻和琼玛的矛盾；在易兰珠的身上，则表现了牛虻和神父的冲突。不过在处理易兰珠和王妃的矛盾时，却又加插了多铎和王妃之间的悲剧，以及易兰珠对死去的父亲的热爱，使得情节更复杂化了。(在《牛虻》中，牛虻的母亲所占的分量很轻，对牛虻也没有什么影响，但杨云骢对易兰珠则完全不同。)

可是正为了"牛虻"在《七剑》中分裂为二，因此悲剧冲突的力量就减弱了！这是《七剑》的一个缺点。另外，刘郁芳的形象也远不如琼玛的突出，《牛虻》中的琼玛，是十九世纪意大利一个革命团体的灵魂，在政治上非常成熟。在十七世纪（《七剑》的时代）的中国，这样的女子却是不可能出现的。

武侠小说的新道路还在摸索中，《七剑》之接受西方文学的影响，也只是一个新的尝试而已，更可能是一个失败的尝试。不过，新东西的成长并不是容易的，正如一个小孩子，要经过"幼稚"的阶段，才能"成熟"。在这个摸索的阶段，最需要别人的意见，正如小孩子之要人扶持一样。因此我希望更多的读者，不吝惜他们宝贵的意见。

一九五六年十月

魔女三现　怀沧海楼

"一剑西来，千岩拱列，魔影纵横……是魔非魔？非魔是魔？要待江湖后世评！"这是我的《白发魔女传》"题词"。在我的想象中，白发魔女是来去如风、在群峰之中出没的"神奇女侠"，但她并不是"神"。所谓"神奇"，只是由于她在旁人眼中那种"超凡"的本领，只是由于她被某些人所不能理解的特殊强烈的性格。

这样的"奇女子"，倘若没有雄奇的名山来供给她做活动的场所，恐怕就会减少她的魅力了吧？

当然这只是我的构思。但值得庆幸的是，我这个构思如今已经成为事实。

长城公司的《白发魔女传》是在黄山拍摄的！

古人有个说法："黄山归来不看岳。"把黄山的位置放在五岳之上，可见这座名山的享誉之隆。黄山的云海、奇松、怪石、飞瀑……这种种罕见的景物，不正是足以衬托出这种罕见的魔女吗？

《白发魔女传》的导演张鑫炎是曾经和我合作过多次的朋友，《云海玉弓缘》《侠骨丹心》，都曾有过令人满意的成绩，对这部更具有特色的《白发魔女传》，我是有信心他能更上层楼的。

在我写的武侠小说中，这部小说是我比较喜欢的一部，也是被改编得最多的一部。曾先后改编成粤语电影、国语电影和长达四十集的电视片集。

第一个"白发魔女"是罗艳卿，说起来已是二十三年前的事了。一九五七年，李化的峨嵋公司首次将我这部小说改编成粤语电影，由于卖座成绩不错，先后拍了三集，都是由罗艳卿担任主角。

第二个"白发魔女"是李丽丽，她是佳视制作的同名电视片集的女主角。

现在这部正在香港上映的《白发魔女传》，是由长城当家花旦鲍起静担纲主演，她是第三个白发魔女。

魔女三现，各擅胜场。作为小说的原著人，我是十分高兴看到"新魔女"出现的。

但在喜悦之中，我也有一些伤感。伤感的是，一位很喜欢这部小说的老词人，他也是一位令我获益不浅的老前辈，如今却已是作了古人，看不到这部电影了。

这位老词人就是以《沧海楼词钞》闻名于世的刘伯端（景唐）。

记得正是《白发魔女传》的粤语电影开始拍摄那年，那时我和刘老尚未相识，他读了《白发魔女传》，特地写了一首《踏莎行》，托百剑堂主送给我。这首词已收入他的《沧海楼词钞》，并有题记，不过《词钞》中有几个字和他写给我的原稿不同，现在我照原稿录下：

踏莎行

（题梁羽生说部《白发魔女传》，传中夹叙铁珊瑚事，尤为哀艳可歌，故并及之。）

家国飘零，关山轻别，英雄儿女真双绝。玉箫吹到断肠时，眼中有泪都成血。　　郎意难坚，侬情自热，红颜未老头先雪。想君亦是过来人，笔端如灿莲花舌。

这首词可说是我这部小说最好的"诠释"，小说的故事梗概、人物性格和悲剧的症结所在他都写出来了，令我不能不兴知己之感。他写这首词的时候，已经是七十多岁的高龄，这份热心，尤其令我感动。

过后几天，他约我在"大三元"酒家会面，选择这间酒家，也是有原因的。因为他年老，怕冷气，而在著名酒家中，这间酒家当时是还未装有冷气的。令我惊奇的是，他谈起我小说中的诗词，竟能一字不漏地背出来。他的词是严于格律的，在他的《沧海楼词钞》自序中，他曾说，他对格律"虽苦其束缚"，"然又病近代词家之漫不叶律者，故一调之中，如古人平仄互用，则宽其限制，至若孤调之无可假借，亦不敢稍有出入，此余之志也"。而我的词是但凭兴之所至，胡乱填的，恐怕比他所"病"的那些"近代词家"更加"漫不叶律"。他和我讨论我的诗词，当时实在是令我有点惴惴不安，心想不知要有多少毛病给他挑出来了。但另一方面，我又怕他只是和我客气，不肯挑我的毛病，那岂不是令我如入宝山空手回？结果又是颇出我意料之外，他对我竟似"一见如故"，并不因为和我初次相识而对我一味客气，但也不如我担心那样，因为我和他词风不同，"漫不叶律"，弹得我一无是处。他一方面指出我某一首词的某一个字不叶音律，但也"有弹有赞"，我那些胡乱填写的词竟也颇获他的好评。我学词不成，正是需要这样一位精通词学的长辈指点，但他的谬加赞赏则还是令我汗颜。在那次谈话中，他也和我详论了"才气"和"格律"似矛盾实不矛盾的道理，令我大开茅塞。

只可惜我忙于写小说糊口，不能专心学词，那次畅谈之后，我虽然也曾到过他的家中向他请益，但一曝十寒，自问仍是并无寸进的。相识时，他已年逾古稀，过后几年，他就谢世了。

他和章士钊是平辈论交的朋友，一九五七年章士钊到港，所有诗作结集名为《南游吟草》，就是由他辑印并为之作序的。《南游吟草》有《题沧海楼图》一诗。他也有一首《踏莎行》词答谢，词云：

> 镜里花枝，梦中蝴蝶，唾壶敲碎清歌歇。高楼日日倚斜阳，等闲过尽芳菲节。吏部文章，翰林风月，云烟落纸成三绝，摩挲老眼自题词，只君知我肠千结。

有一次他看见我在"大公园"写的一篇谈中外水仙词的随笔，他也用《鹧鸪天》的词牌写了一首水仙词寄给我，我猜他的用意也许是想和古人一较短长。只可惜我过于疏懒，迟迟没去向他道谢，如今我已没有机会把我的意见告诉他了。我觉得他这首词是可以在中外水仙词中占一席地的。本文结束之际，就让我录他这首词以志我过吧。

鹧鸪天

（水仙词）

恰似曹郎赋洛妃，风鬟雾鬓枉相思。记曾前度香留佩，莫待重寻锦换衣。（水仙再植，花开色紫，俗称脱衣换锦。）芳泽逝，翠簪遗，不成欢意总依依，明朝又踏春波去，却是巫云梦觉时。

一九八○年七月

补记：八十年代之后，还陆续有"白发魔女"在银幕和荧幕出现。顺序为林青霞主演的《白发魔女传》电影两部（于仁泰执导）；蔡少芬主演的《白发魔女传》电视片集（共二十集，香港无线电视）；黄碧仁、黄嫊芳、郭淑贤在《塞外奇侠》电视片集（共二十一集，新加坡国家电视）中分饰的三个白发魔女。（一九九八年八月一日）

回归·感想·声明

"浪荡江湖三十载，归来游子认门庭。"此次来京参加作协会员代表大会，常有记者提问，要我发表一些"感想"之类的。我的作品以武侠小说为主，武侠小说在国内长期来是个禁区，我以一个武侠小说作者的身份，能够参加此次大会，当然会有许多感想，但也正因思绪纷繁，颇有一部《二十四史》不知从何说起之感；无已，就以这两句诗来概括我的心情吧。"游子"兼有两义，喻人之外，亦喻作品。

借用武侠小说的套语来说，我是自一九五四年开始"出道"（写作），至一九八三年才"封刀"（搁笔）的，历时刚好是三十年。我的小说在海外被称为"新派武侠小说"，所以得到"新派"这个名称，大概是因为我的武侠小说在继承中国传统的同时，也接受了一些西方的影响，采用了一些现代文艺的表现手法吧。我的文学才能不高，但我是认真去从事创作的。我比较注意历史的背景和人物的刻画，尽可能做到让我的武侠小说也具有与其他类型小说相同的"文艺素质"；在三十年的创作历程中，我也曾上下求索，尝试建立自己的风格，尝试突破前人"传奇体"和"说书体"的圈囿，走出一条新路。但这只是我个人的企图，由于眼高手低，我的武侠小说还是远远未能达到我的自我要求。

三十年来，我的武侠小说在海外或者还算得是比较流行的小说，各地侨报，转载颇多；也有东南亚各国文字的译本；只以印尼文来说，据新加坡学者廖建裕最近所作的专题研究的文章（载一九八四年十二月十八日新加坡《联合早报》）报道，就有十六部、十七种本子（其中《萍踪侠影》有两种译本）。若以小说"拟人化"，"他"在国门之外浪荡江湖，也真算得是踏遍四方，够长久的了。

有位评论家曾说，我的武侠小说的特色是"不脱其泥土气息"，我同意他这个看法。因此由我开创的所谓"新派武侠小说"（冠以"所谓"二字，那是表示我对这个称谓愧不敢当），虽然诞生于海外，但其母体则还是中华大地。今天我这个已经达到而立之年的"游子"，能够回归本土，自是生平最感快慰之事。

说老实话，我在海外虽然知道祖国的政策日趋开放，但还没有想到，在文艺这一方面，所迈开的步子，比我所能想象的还要大得多！如果我的体会不错的话，这次大会的精神就在于"创作自由"四个大字。作家有选择题材、主题和艺术表现方法的充分自由，有抒发自己的感情、激情和表达自己的思想的充分自由！（引自胡启立同志在大会上的祝词）"八仙过海，各显神通"，在文艺园地中必将带来一片姹紫嫣红、花团锦簇的美景！

但对我来说，我在兴奋的同时，也感到了"压力"。这"压力"不是外来的，而是发自内心的。武侠小说现在是解禁了，我，作为一个武侠小说作家，就不能不要求自己加强责任感，尤其是对国内读者的责任感。

我的武侠小说有些是写在二三十年前的，出版之后，由于工作太忙，亦未好好做过修订。（我的武侠小说有三十五部之多，最近一年，才开始逐部修订，修订的次序也不是按照原来出书的前后。）现在拿来国内出版，有些地方我还需要做点艺术的加工，有些地方甚至要重新改写。因此在这里我必须提个小小的要求，请想要发表我的作品的报刊，即使撇开"版权"的问题不谈（我的武侠小说版权，由香港"天地图书公司"和我共同拥有），最少也该问一问我，问问我是否需要修改吧。

基于我的责任感，我还要说一说我对武侠小说的看法。武侠小说源远流长，它是小说中的一个流派，应该承认它是文艺园地里百花中的一花。但对于我们今天的国家来说，文艺的主流应是反映现实生活的作品，用胡启立同志的话来说，即是能够"反映四化建设的沸腾生活，塑造勇于创新、积极改革，为四化献身的新人形象"的作品。武侠小说（当然是指比较健康的）是属于"有助于劳动者在紧张工作之余的娱乐和休息"一类作品，这类作品固然有其需要，但它只能是"支流"，主次有别。

我这段话是有感而发的。文艺界的朋友告诉我，近来有许多小报正在一窝蜂地抢刊武侠小说，署名"梁羽生原著"的也着实不少。我曾经从他收集到的材料中，抽样看过若干，其中有将我的几十万字原著，抽掉人物性格的刻画、地理环境的描写、历史背景的交代，"压缩"成只有几万字的"情节交代"；有的将我的书名改掉，弄得庸俗不堪（例如把《飞凤潜龙》改成《风流剑侠奇情录》，把《广陵剑》改成《侠魔喋血无名剑》）；有的将我的原文任意删改，甚至将回目也强加合并了，变成诗不是诗、联不是联的"怪物"。真真假假，以假乱真，五花八门，不一而足。为此，我要借《文艺报》作个声明：

梁羽生声明

我写的武侠小说，在国内报刊上发表的，截至去年十二月三十一日，除了《羊城晚报》《特区文学》《作品》《花地》（月刊）、《体育之春》《南风》，以及《传奇传记文学选刊》这几家是得到我的同意之外，其他报刊上的所谓"梁羽生武侠小说"，概与本人无关。

一九八五年元旦于北京

有才气 敢创新

——序卢延光的《武侠小说插图集》

延光兄的《武侠小说插图集》即将在国内出版，我虽然远在南半球的澳洲，闻此佳音，也不禁和他同感高兴。因为在这本画册里，他画的都是我小说中的人物，对我来说，是分外有亲切感的。因此，给他的插图集插文（作序），在我，自也是义不容辞的了。

对画，我是外行，我只能说说我的感觉。

我写武侠小说写了三十年，为我作过插图的名画家也很不少。论合作的历史，延光兄是最新的一位；论年龄，他也是最年轻的一位。但若问我最喜欢哪位画家的插图（过去常有人这样问我，我答不出来），我现在是可以毫不迟疑地回答了，是延光兄的插图。我这样说，并非认为他已是"后来居上"，每一位成名的画家都有其特色，很难定出高下，也无须强分高下；我这样说，只因在艺术作品中，我最喜欢有才气的作品，而他的画，是我觉得最有才气的。论画，总不免带有主观性，因此，我说我最喜欢他的插图，当然这也只是基于我个人的爱好。

"才气"是很抽象的东西，捉不到摸不着，它只是诉诸感官，难于具体说明。无已，只好作个比喻吧。我觉得画的"才气"就等于文章的魅力，有些文章内容很好，却不吸引读者，那是因为缺乏魅力。魅力固然来自文字的生动，也来自作者感情的投入。我看得出延光兄的作品是很投入的，他的画不只画出人物的形象，且能掌握人物性格和在某一行动时的情感和动态，因之人物内在的"神韵"也就出来了。"亦狂亦侠真名士"的张丹枫，"一剑西来，千岩拱列"、既野且真的白发魔女，在小说的文字中只能凭想象，也在他的画中表现出来了。

线条运用的巧妙，我觉得也是廷光兄画作的特色之一。他用的线条不但勾勒出人物的形象，甚至连衣饰的特点也都表现出来。例如《江湖三女侠》第二十三回的插图，加上的那许多线条，就表现出了女侠冯瑛那衣袂飘飘的美感。或许，我也可以这样说，他是非常擅长用线条来表现"动感"的画家。上述插图中表现的"飘逸感"，就是属于"动感"之一。

除了"动感"，我觉得他的画作还给人以一种"现代感"。人物是"古典"的，感觉是"现代"的，这并不矛盾，相反可以吸引更多现代读者。我不知道廷光兄过去学画的历史，我是只凭我的感觉，他的画是将西洋画的某些技法和中国画的技法结合，结合的巧妙，堪称"融合无间"，基本上可说是"古典的"。武侠小说中，融会西洋画的效巧，以线条来表现"动感"和"现代感"，这也可以说是廷光兄的大胆创新，我是很欣赏的。

我喜欢才气，也欣赏创新。"门外谈画"就到此为止吧。祝廷光兄的画能够不断地自我突破，创造更新境界。

一九八八年一月二十日于悉尼

新世纪的武侠小说

写下这个题目，不觉想起一段往事。一九八四年十月五日，《羊城晚报》开始连载我的《七剑下天山》。如所周知，武侠小说源远流长，但自五十年代以来则是长期处于"冷藏"状态，《羊城晚报》此举，不啻武侠小说发出解冻的信号，在中国现代武侠小说发展史上是应该记上一笔的。那年年底，我参加第四届全国作协代表大会，在某一次小组会上曾谈到武侠小说的问题，而这个讨论，就正是从《羊城晚报》那个连载开始的。聂绀弩有《赠梁羽生》一诗，起句为"武侠传奇本禁区"，结句为"机器人前莫出书"。

俱往矣！武侠热如今正在中华大地越燃越旺，听说已经有人恐防"泛滥成灾"了。十多年间的变化如此之大，连我这个曾经是点火的人也意想不到。未来的变化又将如何呢？在这新千年来临之际，不妨作一预测。

有人从兴盛之中看出危机，武侠小说虽然风行一时，但足以称道的新人却未出现。正是由于这一点，香港《明报月刊》在四年前（一九九六年二月号）的一个专题特辑中，就作出了"武侠小说已成绝响"的判断。

也有人质疑，在商品大潮中，"侠"的观念是否已经过时，不合潮流了呢？事实上不也是有许多"有武无侠"的武侠小说出现了吗？武侠小说会不会名存而实亡？

我是比较乐观的。科学家预测，下一世纪人类寿命普遍会增长。生活越好，空间越多，越需要精神的享受，武侠小说是传统的消闲读物，正好可以满足人们需要。数量庞大的读者加上了市场规律的动力，武侠小说新星的升起，相信也只是迟早的问题而已。

　　下一世纪，"和平共处"的必要将会成为共识，战争的危险消除后，科技的发展和生产力的提高将会导致无国界、无阶级的局面出现。下一个世纪达不到，下一个新千年结束之前必将达到。而国家消灭、阶级消灭也正是共产主义的最终目的。到了那时，我们这一代知识分子所特有的"使命感"将消失于无形。"侠"的界定亦就是公众认同的美德了，不再是高不可攀的东西，你在邻家孩子的身上也会发现。

二〇〇〇年七月

冒险到底

当我回顾我的大半辈子，我所遭遇的许多变故，与其说是命运使然，不如说是潜藏在男人内心深处或浓或淡的冒险的欲望使然。就好像我书里所写的许多男主人公一样。

我一生所冒的大险大致都分布在我人生转折点上。四十年代我从岭南大学毕业，列入了被追捕的黑名单上，我就怀揣二十块港币只身来到香港，当时一碟大排档的炒牛河六毛钱。在这个陌生的都市里，我感到了来自年轻人生存的惶恐。

我通过了《大公报》的面试。我记得那时是在海皮租了一间简陋的宿舍来住，这个出了名的遍地流氓的地方，这个时世动荡的年月，并没有湮没我，我还是在这个无依无靠的城市站稳了脚跟。这是冒的生存的险。

又比如在我已经以散文小品、历史文论等著作成名后，按照报馆的要求开辟专栏写武侠连载。因为当时武侠小说正处于一种低迷状态，要挑战这种低迷，要赢得读者，的确不容易，而且自己从未写过长篇的东西，也没有这种"武林秘笈"，一旦不成功，那对自己已有的成绩，会有不小的影响。可我还是选择了尝试，一试就难以"金盆洗手"了。这是冒的一个成功的险。

还有就是一个月前，我做了一个极其危险的心脏手术，打开胸骨，把自己大腿和手臂上的两根血管接驳到心脏两条完全堵塞了的血管上。我今年已经七十四岁了，身体有三大致命"杀手"——膀胱癌、心血管硬化、糖尿病，任何手术都对我有着威胁，可我还是毅然去动了手术。这是冒的一个生命的险。

当我渐渐可以自己下楼去散散步，当我晒着澳洲猛烈的阳光，当我听到圣诞平安夜钟声的时候，我想，穷我一生，是在将冒险进行了到底！

二〇〇〇年十二月

乙辑

师友忆往

胡政之·赞善里·金庸

——《大公报》在港复刊轶事

一九四八年春初，胡政之从上海到香港。此时国共相争的局势正起着重大变化，刘伯承、邓小平率领的晋冀鲁豫野战军千里跃进大别山，揭开了战略进攻的序幕，优势已经转移到中共手上。胡政之必须为《大公报》作出如何应变的决定了，他是为了恢复香港版《大公报》而来的。

张、胡并称一诗一联

《大公报》一向张、胡并称，张即被于右任盛赞为"豪情托昆曲，大笔卫神州"的张季鸾。胡除了写得一手好文章外，还善于理财。有人赠他一对楹联："文章自古夸西蜀，事业于今胜北岩。"胡政之是四川华阳（今成都）人，成都文风素盛，如古代著名的才子司马相如和现代著名作家巴金就是成都人。上联"文章自古夸西蜀"切胡政之籍贯。按照中国赠联给名人的传统习惯，上联如果切籍贯，下联就该切姓氏。因此有人认为下联"事业于今胜北岩"的那个"北岩"应该是指清代"红顶商人"胡雪岩。胡雪岩（一八二三——一八八五），原名光墉，安徽绩溪人。发迹于浙江，但在其巅峰时期，主要财源却是来自西北。胡政之（一八八九——一九四九）与胡雪岩虽不是同代人，但也相去不远。胡政之九岁那年，因为胡登崧在安徽做官，随父入皖。至十八岁方始回四川原籍。因此这两个人不但姓氏相同，和安徽这个地方，也都有点关系。但问题在于，他们纵然有某些地方可以相比，毕竟不同"界别"。

即使是一代巨贾的胡雪岩，也不能与一代报人的胡政之相提并论。

有人认为，以胡雪岩比胡政之虽不算恰切，但却颇能道出胡政之那副"左手算盘右手笔"的本事。不过，胡政之的算盘是为《大公报》打的，涓滴归公；胡雪岩则只是为了自己。高阳写《红顶商人》，说胡雪岩发达之后，居室之美埒于王侯，姬妾众多，住满十三楼院。这些都是有史实可考的。胡政之身后萧条，并无积蓄留给儿孙，张季鸾也是一样。张、胡二人都是以劳力入股的，再加上一个以资金入股的吴鼎昌，就是人称"新记《大公报》"的三巨头了。

三巨头合作之始，就有言在先，谁做官谁就得退出《大公报》。一九三五年冬，吴鼎昌接受蒋介石邀请到南京当实业部部长，便即刊登启事，声明辞去《大公报》社长职务。一九四一年四月，《大公报》获密苏里新闻奖。五月，张、胡联名对美国公众广播，题为《自由与正义万岁！》。不幸，张季鸾在同年九月逝世。至此，《大公报》三巨头已是三去其二，只剩下胡政之一人主持大局了。

最后的辉煌

一九四五年四月，胡政之作为中国代表团成员，出席在旧金山举行的联合国制宪会议，并于六月二十七日在大会通过的《联合国宪章》上签字。对别人而言，获此殊荣，已是如愿足矣；对胡政之而言，则是尚未甘休的。直到扶病前来香港之际，他才表白心迹，要"将香港《大公报》的复刊视为自己事业的'最后开创'"。在胡政之领导下，协助他从事这个开创的，还有随他来港的费彝民、李侠文、马廷栋和李宗瀛等。他们像胡政之那样，都是把自己的一生献给《大公报》的人。

为了尽快复刊，胡政之每晚亲审稿件，撰写社评，五次试刊，历时两个月，卒抵于成。一九四八年三月十五日，香港《大公报》正式复刊。胡政之在亲笔撰写的复刊词中表白：第一，不满国民党，说："《大公报》'名之所至，谤亦随之'。循环内战中，我们不知道受了多少诬蔑。"第二，也反对内战。说："我们存在着国家至上、民族至上的信念，发挥和平统一的理想。"

正是由于"名之所至，谤亦随之"，多少年来，人们对《大公报》的评议，纠缠不清。已故《大公报》社评委员、共产党员李纯青直到垂暮之年，方始在北京写出《为评价〈大公报〉提供史实》一文，对胡政之这篇复刊词作出如下评论："胡政之看到国民党大势已去，不愿与蒋家同归于尽，估计《大公报》也不可能在共产党的世界继续存在。因此，他选择了在'国门边上'——香港办报，'希望在香港长期努力'，走出一条出路。"

评论见仁见智，对胡政之来说，他总算是在最后的日子，完成了最后的辉煌。

查良镛"听"胡政之话

港版《大公报》复刊之后一个多月，胡政之突然病倒，医生诊断为肝硬化。胡政之返沪就医，从此卧床不起。于上海解放前夕，一九四九年四月十四日寂然逝世。

胡政之去世已经超过半个世纪，影响却延续至今。与其纠缠于他的身后是非，不如多谈一些他的生前轶事。

在香港这段时间，胡政之住在赞善里八号四楼，是报馆的宿舍。赞善里位于香港坚道，横街小巷，毫无特色。附近有点名气的建筑物只是一座中区警署。宿舍是再普通不过的旧楼，楼高四层，四楼连接天台，活动空间较大，"环境"算是最好的了。我之所以记得如此清楚，是因为我后来也在那里住过，正好也是住四楼。胡政之住的是一间单人房，卧床以外，只能容纳一张书桌。但若按"人均量"计算，他所占有的空间则较多。当时和他一起住在四楼的"大公人"，年纪最大的是谢润身，人称老谢；年纪最小的是查良镛，大家都叫他小查。说到这里，相信大家都会知道，他就是今日名闻天下的金庸了。老谢是经济版编辑，小查是翻译。另一位级别和老谢相当的是翻译科主任蔡锦荣。还有一位人称"何大姐"的何巧生，是翻译科的副主任，年纪比老蔡还大。在"文革"期间，和老蔡一样，几乎被打成"右派"。金庸在赞善里宿舍住的时间很短，大概只住了几个月。何大姐则住了十年有多，现还健在。这次为了写胡政之，我曾经和她通过几次电话，她虽然年已九旬，对往事还记得很清楚。

我是一九四九年七月才入住赞善里宿舍的，当然见不到胡政之了。不过我在那个宿舍，倒是住了七年有多。对于这位我早已心仪的前辈，虽未得承教泽，亦已感同身受。

胡政之是《大公报》的"至尊"（三巨头只剩下他了），老谢、老蔡等人则只能算是"中层"，双方相处，亲若家人。看来"等级森严"这种观念，在"老大公人"的脑袋里，似乎尚未形成。

胡政之逝世后，查良镛写了一篇题为《再也听不到这些话了》的文章，其中一段话就是胡政之对小查、老谢说的。胡政之谈到美国人，说："肤浅、肤浅，英国人要厚实得多。你不要看美国现在不可一世，不出五十年，美国必然没落。这种人民，这种行为，绝不能伟大。"查良镛写道："近来看了一些书，觉得胡先生这几句真是真知灼见，富有历史眼光。"说的也是，像胡政之这样的智者，思想敏锐，诊断往往超前，预测失准，不足为病。天道周星，物极必反，只争迟早而已。老谢退休之后，移民美国，住在波士顿，如今已将近一百岁了。

二〇〇二年五月

弄斧必到班门

——在伯明翰访问华罗庚教授

"班门弄斧",这是人们耳熟能详的一个成语,是对不自量力的"拙匠"的讪笑。

但你可曾听过"弄斧必到班门"这句话?

这句话是举世闻名的数学家华罗庚教授说的。说话的地点是他在伯明翰(Birmingham)寓所的客厅,只有主客二人,主人是他,客人是我。这句话是他的为学心得,我觉得他这句话比原来的成语更有意思。

一九七九年八月下旬,我来到英国北部的伯明翰旅行,意外地获得了一个和华教授见面的机会。整整一个下午,他谈了他的平生经历,也谈到了他目前的学术活动。

话题就是从他在伯明翰的学术活动开始的。

那年五月,世界解析数论大会在伯明翰召开,华罗庚应邀出席。

在单独访问华老的前一天晚上,我曾经在一个宴会中听到一些有关华老出席这次大会的"趣闻"。这个宴会的主人是伯明翰侨胞中的知名人士冯律潮,主客是华老,陪客有来自香港理工学院的张思伸教授,以及华老的两个学生和秘书。有关华老的趣闻,就是他的秘书告诉我的。

参加这次大会的有来自世界各地的八十位数学家,华老出席的消息传开,登时引起全场轰动,相识的与不相识的都争来问候。有一个印度数学家见了华老,竟然感极而泣,用印度传统中表示最大敬意的行礼方式,向华老致敬。他说他是从华老的著作学数学的,想不到有机会可以见到华老。原来有许多人因为消息隔膜,以为华老已经死了,或者虽然未死却尚在"牛棚"。华老的出现，给他们带来了意外之喜，也消除了他们的疑虑。

"华老是这一次解析数论大会中最受尊敬的数学家之一。"华老的秘书潘承烈这样告诉我。

但这样受到尊敬的数学家，却是出乎我意料的谦虚。

大会闭幕之后，他接受伯明翰大学之请，在该大学讲学。

"讲学，我不敢当。"华老说，"不能好为人师，讲学以学为主，讲的目的是把自己的观点亮出来，容易接受别人的意见，改进自己的工作，精益求精。"（羽生附注：这几句话华老怕我听不清楚，他特地写在一张纸上给我，此处是照录原文。）

当我问及他准备有些什么学术活动的时候，他微笑道："我准备弄斧必到班门！"

原来他到目前为止，已经接到西德、法国、荷兰、美国、加拿大等许多间大学邀请前往讲学。

"我准备了十个数学问题，准备开讲。包括代数、多复变函数论、偏微分方程、矩阵几何、优选法等。我准备这样选择讲题：A大学是以函数论著名的，我就讲函数论；B大学是以偏微分方程著名的，我就在B大学讲偏微分方程……"

我正在心想："啊，这可真是艺高人胆大！"他好像看破我的心思，说道："这不是艺高人胆大，这是我一贯的主张，弄斧必到班门！"

接着他详细解释："中国成语说，不要班门弄斧。我的看法是，弄斧必到班门。对不是这一行的人，炫耀自己的长处，于己于人都无好处。只有找上班门弄斧（献技），如果'鲁班'能够指点指点，那么我们进步能够快些。如果'鲁班'点头称许，那对我们攀登高峰，亦可增加信心。"（这一段话也是他写出来给我的。）

武侠小说中有所谓"找高手过招"，练成绝技，是非和高手"印证"不可的。"弄斧必到班门"，如果把"过招"改为"请教"，恐怕就是这个意思了吧？这可要比害怕到"班门弄斧"，积极多了。

当然我们也不免谈及他在"文化大革命"中的遭遇，他告诉我一个故事和一个"笑话"。

故事是有一次他被"招待"到人民大会堂看样板电影，座位是正中间的六排二号，他见左右无人，像是"虚席以待"什么"首长"的样子，心里就知不妙，赶快和后面几排一个相熟的京剧女演员换位。过不多久，果然就有一个"首长"进场了，在他原来位置旁边的六排一号坐下，这个"首长"就是江青。

"好险！"华老说，"我不知江青是否想笼络我，但我若不避开，麻烦可就大了。"

对江青他是采取"避之则吉"的态度，但可惜"避之"却仍然"不吉"。"或许江青因见我不受笼络吧，她竟然叫人指使陈景润诬告我，说我某一个科学研究是窃取陈景润的研究成果。幸好陈景润很有骨气，他说华罗庚是我的老师，只有我向他请教，他怎会窃取我的研究成果？陈景润在'四人帮'当道时期郁郁不得志，可能也与他这一拒绝作假证的事情有关。"

"在'文革'期间，我曾被抄家，也曾受过红卫兵斗争。但比起其他高级知识分子，冲击还不算大。"华老说。

"笑话"则是他在一九七三年间，在中国各地讲优选法，最多听众的一次，在武汉有六十万人听讲（通过广播）！"四人帮"竟然指责他讲统筹、优选是游山玩水。

当时，在周总理关怀下，他讲的优选法被拍成电影，张春桥看了电影说："搞优选法电影是引导青年走资产阶级道路。"姚文元更"妙"，他竟说"优选法不是科学"！

"张春桥懂得什么是优选法吗？姚文元的科学知识又有多少？他竟敢宣判优选法不是科学，这不是天大的笑话吗！"华老哈哈笑了起来。

好在这些荒唐的故事、荒唐的笑话，如今都是"俱往矣"了！但愿以后也不会再有。华罗庚教授现在的心情如何呢？我还是引他的一首小诗作答吧。

他说道："打倒'四人帮'后，有人用曹操的诗鼓励我：'老骥伏枥，志在千里。烈士暮年，壮心不已。'我深有所感，也胡乱写了几句：老骥耻伏枥，愿随千里驹。烈士重暮年，实干永不虚。"

一九七九年九月

华罗庚传奇

何日重生此霸才

一百四十一年前（一八三九年），清代大诗人龚自珍路过元和（今江苏吴县），写了一首诗，怀念当地一位以博学著称的学者顾千里，其中有句云："湖山旷劫三吴地，何日重生此霸才？"顾千里最长于"目录学"，但史称他"读书过目万卷，经史训诂，天文算学莫不贯通"。当然，这"霸才"二字，只是指在学术方面的才能而言。

龚自珍此问，当日谁都不敢作答，但现在有答案了。"喜见天公重抖擞，不拘一格降人才！"[1] 人才降在金坛，金坛位于江苏南部，也算得是包括在广义的"三吴地"之内的。这个人材就是华罗庚。

在美国出版的《华罗庚传》（作者Stephen Salatt）就称华罗庚为"多方面名列世界前茅的数学家"，他的《堆垒素数论》、他的《数论导引》、他的《典型域上的调和分析》，以及他和万哲先合著的《典型群》等数学著作，无一不引起国际数学家的震动。他在学问上的成就，比之顾千里已是不知要超过多少倍！岂止"名满三吴"，而是名副其实的"誉满天下"了。

平凡方显不平凡

但我不知华罗庚看了本文题目，会不会皱起眉头？

---

[1] 原句为"我劝天公重抖擞，不拘一格降人才。"

尽管他名满天下，但他是自居于平凡人的。而所谓"传奇"是不是多少有点把他当做"奇人"看待？

我在英国伯明翰和他初次会面时，他就曾经说过一句话："我们不是怪物！"这句话他是有感而发的，有感于一些写科学家的文章，往往把科学家写成"不近人情"的"怪物"，好像科学家的某些"怪癖"是与生俱来的，没有这些"怪癖"，就不成其为科学家似的。其实科学家也是人，是有血有肉的人，并非头上涂上光圈的"不可理解"的"神人"或"怪物"！而平常人也并非就全无"怪癖"。

但我还是要说，他是既"平凡"又不平凡的！

他出生在一个平凡的家庭，父亲是个小小杂货店的店主。你知道他的名字的由来吗？他父亲四十那年生下他，生下来就用两个箩筐一扣，据说可以"生根"，容易养活。"箩"字去了"竹"是"罗"；"庚""根"同音。贫穷人家的父母，最担心儿女长不大，华罗庚的名字，就正含着父亲对他的祝愿啊！

他的学历，不过是初中毕业，另外加上在职业学校读过一年半。（未毕业即因交不起学费，而被逼退学。）而且他在二十岁那年，还因一场伤寒病而变成瘸子！

一个初中毕业生，又是一个瘸子，如果他稍微少一点毅力，那就必将是庸庸碌碌过这一生了。

但他凭着这点"可怜"的学历，通过自学，变成了大数学家，这还能说是"平凡"吗？

可堪孤馆闭春寒

还要补充一点的是，他的出生地金坛是个小镇，能够提供给他自学的条件，也是很"可怜"的！

他是一九一〇年出生的，在他的少年时代，爱因斯坦的《相对论》

已经把人们的视野扩展到新的宏观世界和微观世界，欧洲的数学正进入攻坚克难的阶段，哈代与拉伊特的数论导引已经在数学领域获得新的突破。而华罗庚在开始自学的时候，能够得到的只不过是一本《代数》、一本《几何》和一本只有五十页的《微积分》。

"可堪孤馆闭春寒，杜鹃声里斜阳暮。"这是古代一位词人的慨叹。比起科学先进的西方，金坛这个小镇，那是落后得太远了。两年前有一位记者访问华罗庚，得知他自学的背景之后，在文章中写下这样一句："其状况（指金坛的落后状况）和现代科学相距遥远，恍若隔世！"（见理由的《高山与平原》一文）上引的两句词，虽然写的不是"做学问"的处境，但我想，也可用在华罗庚身上吧？"孤馆"倘若比作与现代科学隔绝的小镇，假如自己不求"突破"，那恐怕是只有在鸣声凄切的杜鹃声里，平淡过这一生（斜阳暮）的。

但华罗庚不甘于只听"杜鹃凄切"，他要做翱翔在暴风雨的海燕。"可堪"是反问语，华罗庚已经用他的自学回答了。他在许多人眼中，是"充满传奇性"的人物，但恐怕很少人懂得，他的"传奇"也是他自己努力争取得来！

数学曾经不合格

也是龚自珍的诗："廉锷非关上帝才，百年淬厉电光开！"诗中说的"廉锷"是刀剑的锋棱，引申为宝刀宝剑。宝剑如此，人材亦然。华罗庚无疑是数学天才，但他的"天才"也是经过磨炼，"锋芒"始显的。

你大概想不到，这位大数学家也曾在数学这一科考试不合格吧。这是他读初中一年级时候的事。我曾问他是不是因为他曾冒犯那位老师，老师故意不给他合格，他说："不是，我小时候是很贪玩的，常常逃学去看社戏。试卷又写得潦草，怪不得老师的。"

经过这次教训，从初中二年级开始，他就知道用功了。一用功就锋芒立显，数学老师每逢考试的时候，就把他拉过一边，悄声对他说道：
"今天的题目太容易，你上街玩去吧。"

看出胡适的逻辑错误

另一件他在初中念书时大显"锋芒"的事，是他看出胡适的逻辑
错误。

初二那年，他的一位国文老师是胡适的崇拜者，要求学生读胡适的
作品，并写读后心得。分配给他读的，是胡适的《尝试集》。

华罗庚只看了胡适在《尝试集》前面的"序诗"，就掩卷不看了。
那序诗是："尝试成功自古无，放翁此言未必是。我今为之转一语，自古
成功在尝试。"

他的"读后心得"说："这首诗中的两个'尝试'，概念是根本不同
的，第一个'尝试'是'只试一次'的'尝试'，第二个'尝试'则是
经过无数次的'尝试'。胡适对'尝试'的观念尚且混淆，他的《尝试
集》还值得我读吗?"

当时他只是一个十三岁多一点的孩子，就看得出胡适的逻辑错误，
这也可以见得他是有缜密的"科学头脑"了。

在学术上有成就的人，大都是敢于独立思考的人，倘若只知盲从前
人的见解，那就只能说是"思想的懒汉"了。"思想的懒汉"，进步从何
而来?

"周公诛管蔡"的风波

华罗庚指出胡适《尝试集》序诗中的逻辑错误，这正是他敢于独立
思考的表现。可笑的是，那位国文老师竟然在他的"读书心得"上批上
"懒人懒语"这四个字。却不知这个"评语"，用在他自己的身上，才

正是合适不过的。

华罗庚之所以能成为大数学家，从小就可以看出端倪来。现在再谈一件他敢于独立思考的"趣事"。

也还是那位国文老师，有一次出了一个作文题目——"周公诛管蔡论"。

依正史说法，管叔、蔡叔都是周武王的弟弟，武王去世，成王年幼，周公旦摄政，他们不服，连同一个叫武庚的一起叛乱，结果被周公平定。管、蔡服诛。做这个题目，一般的写法当然是应该说周公诛管蔡，诛得对的。

但华罗庚却做"反面文章"，他说周公倘若不诛管蔡，说不定他自己也会造反的。正因为管蔡看出他的意图，所以他才把管蔡杀了灭口。但他既然用维护周室的名目来诛叛逆，他做了这件事，自己就不便造反了。

新鲜的构思、独立的见解，对不对是另一回事。首先是个"敢"字，即使一百次中有一次对，那也还是对学术研究有促进作用的。但那位国文老师是不能理解"独立思考"之可贵的，这次是更恼火了，大骂华罗庚"污蔑圣人"，几乎要号召生徒"鸣鼓而攻"之。

华罗庚辩解说，倘若只许有一种写法，为什么出的题目不叫做"周公诛管蔡颂"？既然题目中有"论"字，那就应该准许别人"议论"，是议论就可以有不同的意见！这段辩驳，"逻辑性"是很强的。那位老师也只好不了了之了。

不过，在金坛中学，也并非完全没有赏识他的人。

王维克这个人

璞玉浑金，美质未显，但有经验的良工，也可看得出他内蕴的光华。

金坛虽小，但也"卧虎藏龙"。华罗庚读初中二年级时的级主任王维克就是这样一个人物。

知道王维克这个人的或许不多，但对华罗庚来说，这个人却是对他一生影响甚大的人。据华罗庚说，王维克是有点像顾千里这样的人物。顾千里"读书过目万卷，经史训诂，天文算学，莫不贯通"。而王维克则更进一步，他是堪称"学贯中西"的。他曾译过但丁的《神曲》、印度史诗，对元曲也很有研究。数学方面，他虽未足成家，但也不止于"涉猎"了。

王维克在金坛中学只教了华罗庚一年，第二年就到法国留学了，回来后曾当过中国公学的教授。他在中国公学教书的时候，校长是鼎鼎大名的胡适之，教务长是杨振声。王维克和这两个人都合不来，恰巧那时上海的小报有一篇文章叫做《黄皮客游沪记》。"黄皮客"和"王维克"谐音，影射王维克游沪是"乡下佬进城"。小报文章本来不值重视，但王维克是颇为"傲气"的人，他受不住胡适的气，又不堪小报的讽刺，于是一怒之下，拂袖而去，舍教授而不为，宁愿回乡办学。后来他做了金坛中学的校长，对华罗庚的影响就更大了。

王维克是第一个发现华罗庚有数学天才的人，在他的教导下，华罗庚不但数学这一科成绩超卓，其他学科也都有了进步，尤其是中文。华罗庚能文能诗，他的中文基础，就是在那个时候打下的。五十多年之后的今天，华罗庚说起这位老师，还是充满感情的。可惜他只教了华罗庚一年，就到法国留学去了。

另一位难忘的老师

初中毕业后，家中无力供他升学。上海有一间黄炎培创办的中华职业学校，有个亲戚劝他的父亲让他去读这间学校，一来职业学校收费较平，二来即便不能从"正途出身"，在职业学校能够学到一门技能也好。他的父亲考虑再三，终于答应了。一九二七年春天，华罗庚到了上海，考进这间职业学校。

在中华职业学校，他碰上另一位难忘的老师——邹韬奋。

邹韬奋（一八九五年至一九四四年）是名记者、名政论家和出版家，三十年代，他创办的生活书店和他主编的《大众生活》周刊，影响曾及于全国。但当时的邹韬奋还不是那么有名，华罗庚到上海的前一年（一九二六年），邹韬奋是上海《生活》周刊的编辑，后来又兼任中华职业学校的英文教员。

邹韬奋对华罗庚的影响没有王维克的影响之大，但这位老师也是令他终生难忘的。最难忘的是邹韬奋的"罚站教学法"——当然这"教学法"是"不见经传"的，它只是我杜撰的名词。

说起罚站 犹有余悸

华罗庚谈起这位老师，连称"厉害！厉害！"原来上邹韬奋的英文课，学生第一次回答不出问题，就罚在原位站。第二次回答不出，罚上台上站。第三次答不出，罚上放在台上的那张桌子上面站。不用说那就成为全班同学注目的焦点了。

我问华罗庚，他有没有被罚站过，他说罚在原位站可能有过，罚上台上和桌子上站则好像没有。他的英文是在全班考第二名的。

二十多年之后，华罗庚做了中国科学院数学研究所的所长，他也有一门训练学生的"绝招"，被人称为"把学生挂在黑板上"。他叫学生在黑板上演算，学生演算不出，就不许离开。据说有一位如今已是在数学界独当一面的学者，当年也曾被华罗庚"挂在黑板上"两个小时，而这还不是最高纪录。

华罗庚训练学生的这个"挂板法"，不知是否得自"师门心法"，但对学生要求严格，则是和他当年在中华职业学校的老师邹韬奋一样的。

曾获珠算比赛第一名

在上海就读期间，还有一件可记的事是，他曾获得上海市珠算比赛第一名。

参加这个比赛的绝大多数是上海各个银行的职员和各个钱庄的伙计。"打算盘"可说是熟极如流的。而他，虽然从小帮父亲料理店务，打过算盘，但毕竟不是专业，比得过那些高手吗？

他谈起那次比赛，笑说："我是斗智不斗力。"原来他发现一个简单的珠算算法，这就压倒了那班只凭"手熟"的"高手"了。

华罗庚在数学的思维方法方面，有一套清晰而简洁的方法，被国外学者称为华罗庚所特有的"直接法"。这个"直接法"，当时虽然尚未"成形"，但在那次珠算比赛中，或许也可说是初结胚胎了。

读职业学校的费用虽然较少，但一个学期（半年）的膳费和杂费也得五十块洋钱。华罗庚因是清贫学生，申请免交学费已得学校当局批准，但膳费是必须自己出的，他的父亲已经罗掘俱穷，这五十元是再也筹不出来了。于是华罗庚虽然只差一个学期就可毕业，但还是被迫退学，回乡帮父亲料理那间小小的杂货店。

父亲不许看"天书"

弃宝剑于尘埃，投明珠于暗室。一个数学天才难道就要在杂货店终其一生吗？宝剑何时再露锋芒，明珠何日光华重现？

暗室露出一线光亮了。王维克已经重回金坛，师徒会面，华罗庚从王维克的手中借到一些数学书籍，开始他的自学了。

但阻力马上来自他的父亲。他的父亲看不懂数学书上的那些古怪符号，大发儿子脾气："你看这些天书做什么？书又不能当饭吃，还不赶快招呼顾客？"多年后西方一本数学杂志刊了一幅漫画，画中的华罗庚抱着几本破书,被拿着烧火棍的父亲追得满屋子团团转。父亲威胁儿子,要他把数学书扔到火炉里。

求狐仙不如求我

说来有趣,你猜他是凭着什么解除父亲的阻力的?是因为他解决了"狐仙"不能解决的问题。

杂货店的生意不好,他父亲帮人收购蚕丝,白天收购,晚上算账。有一晚算错了一千多元,算不清明天就不能开工。金坛有"拜狐仙"的迷信风俗,有人就点上了香烛,求狐仙帮忙。可是求了狐仙,也还是算不清账目。华罗庚在屋子里闻得香气,出来说道:"不要求狐仙了,让我来帮你们算账吧。"父亲不相信儿子有这本领,但抱着姑且让他一试的心态,把两大本账簿交给他。结果华罗庚牛刀小试,没花多少时间就把账目算清了。父亲一看,学数学果然有点用,这才放松了对他的阻吓。

不合格教员

华罗庚的"运气"似乎越来越好转了。在他十八岁那年,一向赏识他的那位老师王维克做了金坛中学的校长,请他去当庶务兼会计,月薪十八大元。比起在杂货店做没工钱的"小伙计",华罗庚简直好像是平步青云了。第二年,学校开了个补习班,王维克又叫他去当补习班的教员。

"一山凸起丘陵炉",他不过是初中毕业,竟然在中学当起教员,虽然只是教补习班,亦已有人看不顺眼了。王维克和当地士绅的关系又搞不好,于是一班士绅联名向县教育局控告王维克"十大罪状"。"任用私人不合格教员华罗庚"也成为王维克的"十大罪状"之一。那位教育局长似乎还颇明事理,他批下来说:"学生焉得为私人。受控各节,大致类此,不准。"

不过王维克虽然官司打赢，但他不堪排挤，又来一次拂袖而去。华罗庚的补习教员也干不成了，不过学校仍然用他做会计。

"运气"才好了不过一年，第二年又变坏了。十九岁那年，华罗庚母亲因病逝世，他自己也染上极其可怕的伤寒病。这场大病，几乎毁了他的一生。

大病不死　变成残废

这场大病，从旧历腊月的二十四日开始，足足病了半年。请来的老中医对他父亲说："不用下药了，他想吃什么就给他吃什么吧。"但即使是在病重的时候，他也还是神志清醒的。家人在楼下替他占卦算命，他都知道。

"奇迹"出现，他并没如医生断定那样夭亡，到了第二年端午节那天，他终于能够起床了。这"奇迹"或许正是由于他那顽强的求生意志，才能战胜死神吧。

但可惜"奇迹"的出现也未能使他恢复如初，而是造成了一个"终身缺憾"。他左腿胯关节骨膜粘连，变成僵硬的直角。从此，他是必须扶着拐杖走路。金坛中学会计的职位当然也丢了。

对一个残废的人来说，谋生都有问题，还能够"梦想"攀登学术的高峰吗？

为伊消得人憔悴

他变成跛子，但并没有倒下去。就像艾青《礁石》一诗说的那样："一个浪，一个浪，无休止地扑过来，每一个浪都在它脚下，被打成碎沫，散开……它的脸上和身上，像刀斫过一样，但它依然站在那里，含着微笑，看着海洋……"礁石含笑看海洋，他在数学书籍中也发现了广阔的天地。

多年后有个记者问他，为何选中数学自修，他说："我别无其他选择。学别的东西要到处跑，或者要设备条件，我选中数学，因为它只需要一支笔、一张纸——道具简单。"

于是他就凭着一支笔、一张纸和从王维克那里借来的几本书，后来又添上了上海出版的《科学》杂志，每天在杂货店关门后，在昏暗的油灯下，不管家人的埋怨，苦读，钻研。他能够得到的数学书籍虽然不多，但根基却是极为扎实。现在他还保留有过去在自学中一本厚厚的习题簿，墨迹都已褪色变黄了。

他好学，又能深思。读过的书在他脑中由繁化简，真正做到了触类旁通。这种自学的锻炼，造成了他一种独特的本领，研究问题，一抓就抓到了问题的核心（西方数学家称之为华罗庚所特有的"直接法"）。

"昨夜西风凋碧树，独上高楼，望尽天涯路。"这个境界他是已经走过了。现在他正进入"衣带渐宽终不悔，为伊消得人憔悴"的境界了，这个"伊"是对学问的追求，这个境界是王国维说的"古今之成大事业、大学问者"必须经过的第二个境界。第三个境界——"众里寻他千百度，蓦然回首，那人却在，灯火阑珊处"[1]是成功的境界。华罗庚现在是达到了。

从第二个境界跨到第三个境界是最难的，现在就让我们看看他是怎样跨越的吧。

经过了五年的自修（从十六岁那年开始算起），他开始写些数学论文投稿。他的投稿也并非一帆风顺，往往收到退稿的信件，编者指出：这一个题目是法国某一个数学家解决了的，那一个题目又是德国某一个数学家解决了的，等等。这非但没有使他气馁，反而令他充满自信。因

---

[1] 这几句词出自辛弃疾的《青玉案》。王国维在《人间词话》中把第二句误作"回头蓦见，那人正在"。

为他并没有看过那些数学家的文章，但同样可以解决那些难题。这证明了他的智力并不在那些著名的外国数学家之下。

一篇论文惊动熊庆来

终于他有一篇论文——《苏家驹之代数的五次方程式解法不能成立的理由》——在上海的《科学》杂志刊登出来了。《科学》杂志是当时中国在自然科学方面最权威的杂志，经常在《科学》上写文章的有李四光、竺可桢、翁文灏等名家。而苏家驹也是一位相当有名的大学教授。

这篇文章惊动了清华大学的数学系主任熊庆来。

他是哪国留学生

熊庆来坐在他的数学系主任办公室，打开《科学》杂志，随手翻阅这篇文章，越看越被吸引，脸上的神色也凝重了。看完这篇文章，他抬起头来，问周围同事："这个华罗庚是哪国留学生？"没人能够回答。再问："他是在哪个大学教书的？"同事们仍是面面相觑。

也是"无巧不成书"，恰好有江苏籍的教员在旁，忽然想起了他的弟弟有个小同乡名叫华罗庚。他接过熊庆来手中的杂志，一看，没错，是这三个字，便道："这个华罗庚哪里教过什么大学，他只念过初中，听说在金坛中学当事务员。"

熊庆来惊奇不已，迅即做出决定："这个年轻人应该请他到清华来！"

"出自幽谷，迁于乔木"，华罗庚终于离开了杂货店的"暗室"，第二年（一九三一年）夏天，来到了北京的清华大学。限于资格，他只能当数学系的助理员，月薪四十大元，比起他在金坛中学的薪水多了一倍多。

重要的不是收入增多，而是清华大学提供给他更好的自学条件。有个记者写他这段时期勤学的情形："清华的藏书比金坛自然丰富多了，对他来说有这个就足够了。他每天徘徊在数学海洋的岸边觅珍探宝,只给自己留下五六个小时的睡眠时间。一个自学者对知识的巨大吞吐力,这时惊人地表现了出来!他甚至养成了熄灯之后也能看书的习惯。乍听起来不可置信,实际上是一种逻辑思维活动。他在灯下拿来一本书,对着书名思考片刻,然后熄灯躺在床上,闭目静思,心驰神往。他设想这个题目到了自己手上,应该分为几章几节。有的地方他能够触类旁通,也有的不得其解。他翻身下床,在灯下把疑难之处反复咀嚼。一本需要十天半个月才能看完的书,他一夜两夜就看完了。真好似:"风入四蹄轻,踏尽落花去!"(理由《高山与平原》)

这个助理员可不寻常,他的座位在熊庆来办公室隔壁。熊庆来碰上难解的题目时,也往往朝着隔壁喊道:"华先生,你来一下,看看这个题怎样解呀⋯⋯"

他的论文也开始在国外著名的数学杂志陆续发表。

第二年他就升任助教。初中学历当助教,破了清华先例,但却是教授会一致通过的。再一年半升讲师,然后当了两年研究员。一九三六年,他二十六岁,就获得清华保送他到英国留学了,就读的是最著名的剑桥大学。但他不愿读博士学位,只求做个Visitor(访问学者)。因为做访问学者可以冲破束缚,同时攻读七八门学科。他说:"我来剑桥,是为了求学问,不是为了得学位的。"所以直到现在,他拥有的唯一一张文凭,就是初中毕业文凭。

他没有拿到博士学位,但在剑桥的两年内,他却写了二十篇论文,论水准,每一篇论文都可以拿到一个博士学位。其中一篇关于"塔内问题"的研究,他提出的理论甚至被数学界命名为"华氏定理"。英国著名的数学大师哈代是这方面的权威学者,他听到这个消息,兴奋地说:"太好了,我的著作把它写成是无法改进的,这回我的著作非改不可了!"华罗庚被认为是"剑桥的光荣"!

同是一粒豆　两种前途在

"华罗庚传奇"写到这里，似乎应该告一段落了。这并不是说他以后就没有可"传"之"奇"，而是在他成名之后的事迹，世人知道已多，他在数学理论上的贡献，以及他把数学应用到生产上对中国现代化的贡献等，也都已有不少人写了专论和报道文章了。我对数学是门外汉，我也不想人云亦云了。

但还有一点我要说的是，他追求的并不是个人的成功，他对培养后进是不遗余力的。他的许多著作，也起了带动后进之功。例如他写了《数论导引》，就引导了陈景润和王元从事数论研究；写了《典型群》，就"带出"了一个万哲先；写了《典型域上的调和分析》，又"带出"了陆启鉴和莫升。上述的他这几个学生，如今亦已成为国内外知名的数学家了。列入数学辞典的"华王法"，就是他和王元在研究"数论方法在数值分析中的应用"的成果。

最后，让我们拿华罗庚自己写的一首诗作结束吧。这首诗是可以概括他的"传奇"的由来的。

　　同是一粒豆，两种前途在。阴湿覆盖中，养成豆芽菜。

　　娇嫩盘中珍，聊供朵颐快。如或落大地，再润日光晒。

　　开花结豆荚，留传代复代。春播一斛种，秋收千百袋！

一九八〇年六月

金应熙的博学与迷惘

正文之前的闲话

金应熙似乎是一位颇有争议性的学者。比如说他是否"背叛师门",又比如说他在学术上的"定位",等等。

但有一点应无异议,他是地道的"港产"学者。中学读的是"名牌"英皇书院,在香港高中会考中名列榜首;大学读的更是港人公认为最高学府的香港大学,年年都考第一,获奖学金。用"港话"来说,即"Made in Hong Kong",货真价实。

或曰:"货真"我无异议,他确是"香港制造"的"好嘢"!但说到"价实"呢,尚无"定价","价实"又从何说起?

这是内行人的话。金应熙在学术领域涉猎之广,收获之多,单以史学而言,正如"金门"大弟子陈华(暨南大学退休历史系主任)所说:"几十年来,他在中国古代史、中国近现代史、中国哲学史、印度哲学史、中俄关系史、东南亚史、华侨史、菲律宾史、香港史等许多领域都写下大量论著,作出了重大贡献。"[1] 且还有外文专著《中国古代史纲》《国外关于中国古代史的研究》等。[2] 方面虽广,却又似乎都未达到

---

[1] 陈华:《资之深,则取之左右逢其原——悲悼金师》,岭南大学广州校友会编《岭南校友》第二十期。

[2] 广东社会科学院:《深切悼念金应熙教授》,一九九一年七月。该院成立于一九八〇年,金应熙担任副院长。在他的倡议与主持下,同时建立了港澳史研究室,开中国大陆"香港学"热潮的先河。

"成家"的地步。

但也并非全无定评，最少在"香港学"方面，他是当之无愧的开创者与奠基人之一。纵然说到"成家"，言之尚早，整个"香港学"都还是"新生事物"呢。这里顺便说说"香港史"和"香港学"这两个名词。"香港史"是总称，包含有研究香港的各门专史在内（经济史、社会史、政治史、法律史、宗教史、文化史、教育史等）。这些多元化的发展，构成了今天的"香港现象"。"香港学"是研究"香港现象"的一门学问，它和香港史的研究范围一致。这是依据"历史编纂学"所作的注释。若就一般人的观念来说，把"史"只限于"历史事件"的话，前者的范围就要窄得多了。不过对金应熙来说，不管"通史"也好，"专史"也好，每一方面，他大概都可以应付裕如，尤其在香港经济史方面。这有《香港概论》可以作证。

他生前有许多衔头，最后一个衔头是《香港概论》的编撰员。

"香港为何这样'香'？"自从邓小平提出"一国两制"以来，许多学者都在探讨"香港起飞的奥秘"（借用中国早期的"香港学"学者黄标熊、梁秩森编著的一本书名）[1]。香港在战后的经济发展很快，经过五十年代的恢复期、六十年代的工业大发展，到了七十年代，就几乎全面起飞了（多元化和现代化），种种"奇迹"令人目为之眩。一般人对"香港现象"的着重点，也在经济发展方面。

《香港概论》分为上下卷，上卷集中在经济方面，主要的编撰员就是金应熙，下卷（政治、文化、社会等方面）出版时金应熙已去世。"编后记"最后一段说："在本书下卷编撰完成的时候，我们特别怀念为《香港概论》编撰工程鞠躬尽瘁的金应熙教授。金教授是我国和国际知名历史学家，也是学识渊博的香港学专家。作为本书的一位主要编撰员，他

---

[1] 黄标熊，前华南师范学院教授。梁秩森是他的助手。他们编著有《香港起飞的奥秘》（一九八七年七月，辽宁出版社初版）。

为本书编撰工作作出了重要贡献。他以古稀之年，不计名利，不避艰苦，夜以继日，默默耕耘，务求高质量地完成极其繁重的任务，不幸因急性心肌梗塞于一九九一年六月与世长辞。"[1]《香港概论》的编撰，可以说是香港学的奠基工程。

金应熙在人生的旅途中本来可以有许多选择，作为史学大师陈寅恪的接班人就是其中一个。如果在学术界做民意调查，相信大多数人会认为这应是金应熙的最佳选择；创建香港学的价值是否就逊于"陈学"的继承，见仁见智，也是难说得很。不过，价值纵难言，心愿终未了。或许金应熙本人也会兴起一点"人生无奈"的感觉吧。

但无论如何，这位"Made in Hong Kong"的学者，得以为香港而终其一生，也总算是和香港有特别的缘分了。

金应熙和香港有缘，我和金应熙似乎也有点特别的缘分。

我在学术上毫无成就，但平生有幸，倒也曾遇到过不少明师。对我影响最深的两位，一是简又文，另一就是金应熙（为了行文简洁，请恕我省去"先生"二字）。

简又文和香港关系之深，恐怕还在金应熙之上。虽云"宦海漂流二十年"[2]，最后还是在其香港老家——九龙施他佛道的"寅圃"[3]，完成其名山事业。在学术成就上，他是应无遗憾的。

两位对我影响最大的老师，相同之处不是没有，但相异之处，却更大更多。

---

[1] 杨奇主编：《香港概论》，香港：三联书店。下卷的编后记写于一九九二年九月三十日。

[2] 简又文：《西北从军记》，台北：传记文学出版社，一九八二年五月十五日初版。

[3] 简又文最为重要的两部著作《太平天国全史》及《大平天国典制通考》于一九五四年至一九五九年间，在其香港祖业"寅圃"完成。列为《猛进书屋丛书》，由"简氏猛进书屋"印行。"寅圃"因其父昌沛号寅初而得名。"猛进书屋"因简氏藏有隋代名碑"刘猛进碑"而得名。

首先是辈分不同。简又文和金应熙的老师陈寅恪是同辈。我拜简又文为师的时候（一九四四年），他早已是名满全国的太平天国史学者。而金应熙在岭大历史系开始当上讲师之时（一九四六年），还只能算是"初出茅庐"的年轻学者，虽然这位年轻学者已足以令老一辈学人刮目相看（简又文和冼玉清都曾向我提过他）。老一辈的学人颇重辈分，所以当后来（一九四九年）冼玉清为我引见陈寅恪时，她只介绍我是简又文的学生，却没提及我上过金应熙的课。[1]

其次是信仰不同。简又文是基督徒，金应熙是马列主义者。简又文曾在冯玉祥的西北军中传教，人所共知；金应熙在岭南大学亦早已以"左倾"闻名。他们都有"包容"精神，或多或少则是另一个问题。

除了这两点最大的不同之外，我和他们的师生关系也有很大的不同。简又文是先父的好友，抗战后期（一九四三年），他避难赴桂，曾在我的家中住了一年多。我是以中国传统的方式，在先父主持下行拜师礼的。简又文在他的回忆录中记有此事。[2]抗战一胜利，我就跟随他到广州求学。两代交情，他视我有如子侄。

至于受教于金应熙，则又是另一番机缘巧合了。我在岭大读的是经济系，金应熙则是历史系的讲师，经济系允许学生选读一科文科课程，我就选了金应熙开的"中国通史"。何以选他，一来因为兴趣，二来亦多少有点偶像崇拜的心理也。他是岭大最年轻的讲师，在当时一班要求"进步"的学生群中，又年轻、又"左倾"的老师是最具吸引力的。

简又文视我如子侄，金应熙则自始至终把我当做朋友。他不但丝毫不以师长自居，甚至完全泯灭了师生的界限，例如可以互相做对方的恋爱参谋。

初时我还以为他是对我特别客气，因为我是"带艺投师"的。后来

---

[1]　梁羽生：《名联谈趣》，上海古籍出版社，一九九三年七月第一版，十二页。

[2]　简又文：《西北从军记》第二部"宦海漂流二十年"二五：违难蒙山。

发现他对比较接近的同学都是如此，而且对任何人亦都是毫无架子。

在他去世后，我在《岭南校友》读到一班相识的老同学给他的挽联：[1]

> 亦师亦兄亦友；
> 重学重德重情。

我不觉潸然泪下。虽然在我大学毕业之后，和金师见面的机会不多，四十多年，大概也只有十来次吧（"文革"期间，更是根本未曾一见），却也没有疏离之感。金应熙在我的心目中，始终是一位"亦师亦兄亦友"的良师。

但毕竟是会少离多，许多有关他的事情，都未能向他求证。一九八七年底他回港工作，我已移居悉尼，如参与商，相见无从。最后一次见面在一九九一年三月，由于我是匆匆来去，亦无深谈机会。见面后不到三个月，他就去世了。所以我所写的只能是我所认识的金师（主要是在岭大这期间）。治史者重视第一手资料，对于他的身后是非，我是没有资格发言的，有的只是所感所思。而这些感思，也只是凭过去的认识得来。错否不自知，只能求教于对金师认识更深的智者。金师友朋弟子遍天下，这样的智者当不难求。

是为正文前的闲话。

象棋·武侠·诗词

金应熙在学术界以"博"著名，对他的看法可能有所不同，对他的

---

[1]　联语见王屏山、梁石、胡景钊等人于一九九一年七月十五日致新华社香港分社及邹云涛女士的唁电。

博学则是众口交誉。

我不是他的"本门弟子"，若用禅宗的说法，或勉强可称"教外别传"。因此我不想正儿八经地谈学术，而是谈一些可能被人目为"不务正业"的玩意儿。

我在大学时代和金应熙比较接近，有许多原因。"气味相投"是其中之一。我们有几样共同的爱好，第一样是象棋。我最初是学围棋的，后来因为围棋对手难觅，改下象棋，经常废寝忘餐，自己和自己下棋（摆棋谱），但迷的程度还不及他。

他在香港大学读书的时候（一九三八年至一九四一年），就已是著名的棋迷了。有个关于他迷上象棋而失掉留学机会的趣事。三十年代的港大学生，是比较崇尚英国的"绅士风度"的，只有金应熙不修边幅，经常和街边"摆棋"的职业棋手下棋。有一次他下得迷迷懵懵，忘了回校的时间。他是寄宿的，回到学校已是深夜，宿舍门已关。他在校园随便找个地方躺下，没想到那正是某一洋教授的寓所的门前。第二天一早，洋教授出来，要不是发现得早，几乎踢着他。教授大不高兴。本来他在港大是年年考第一的，按规定应有得到校方保送留学英国的资格，由于该教授的反对，遂作罢论。

我从金应熙的学生"升级"成为他的棋友，说来也有一段趣事。一九四七年，我获得岭大象棋比赛冠军，有一盘棋是我以后手屏风马打败劲敌，甚为得意，遂填了一首咏屏风马调寄《鹧鸪天》的词：

> 天马行空信不羁，银河浪涌小龙驹。控弦并辔双双出，足下风云共护持。　　强敌破，虏灰飞，昆仑东海任由之。连珠炮发何能阻，渴饮清泉到玉池。

词的起句和结句都和马的运用有关。"天马行空"是局法名称。"双马饮泉"是象棋的基本杀法之一。"银河浪涌小龙驹""控弦并辔双双出"两句则是描写河头马和连环马。历来有关象棋的吟咏，都是偏于当头炮的，专题屏风马的则难得一见（我孤陋寡闻，尚未见过）。我并不是觉得自己的这首词写得好，但似乎还算得是"内行人语"，于是投到校刊发表。金师见了和我说："原来你也欣赏屏风马。看过李庆全的对局没有？他虽然位居'华南四大天王'之末，但屏风马用得极好，值得研究。"[1]那天恰巧他有空，我们就下了两盘棋。

第一盘我先行，以当头炮猛攻他的屏风马。他果然名不虚传，着法绵密，防守得滴水不漏，几乎给他反先，只好急急兑子成和。第二盘他先行，还以当头炮。我不上马而用顺手炮对付，他似乎有点诧异，我知道他想问什么，也不先说，一心专注继续下棋。中局我试用自创的变着，或许有点出乎金师意料，此盘则是我后手反先，不过结果还是成和。

对局终结，他果然就问道："因何你不用屏风马？"我这才有机会向他解释："金师，你有所不知，我最弱的一环正是屏风马。我喜欢用进攻代替防御，所以不论先行、后走，我都是动炮（顺手炮或列手炮）。只因那天和我比赛的某君，实在是个劲敌，他熟悉我的顺手炮走法，我不得已才使出我从未用过的屏风马。胜了他，我都觉得侥幸呢，怎敢用来对您这位屏风马的大行家。"金师哈哈笑道："我也上了你的当了。我本来准备和你斗屏风马的，准备好的那套，结果白费工夫。"我说："您熟读兵书，再下我是下不过您的。"

金应熙的"熟读兵书"，确实到了惊人地步。他喜欢搜罗棋谱，古今并集。且往往有第一手最新资料（现场抄录的名局）。一九三九年，"六王夺鼎赛"在香港文园酒家举行，参赛者既有本地棋王，亦有外来国手，隐隐含有"对抗"意味，更加引人注意。结果由早已拥有"七省棋王"衔头的周德裕夺魁，董文渊第二，卢辉第三。"六王赛"不仅轰

---

[1] "华南四大天王"为黄松轩、冯敬如、卢辉、李庆全。

动一时，对往后棋坛亦有深远影响。中国象棋史家徐骥在他的专著有纪事诗[1]云：

> 戏马犹存旧将台，文园夺鼎挟风雷。云飞凤去六王毕，又见杨陈旷代才。（自注：一九三九年香港文园"六王夺鼎赛"，事已风流云散。）

"六王夺鼎赛"期间，金应熙是文园的座上客，偶有缺场，亦必补录。我曾见过他的手抄本。

近代棋坛的盛衰，似乎是由北而南[2]，自三十年代开始，港穗就双翼齐飞，骎骎然有取代上海、扬州而成为另一象棋中心的趋势。在香港，一九三〇年爆发的"东南大战"[3]掀起了象棋热潮；一九三四年周德裕入《华字日报》主编象棋专栏，影响尤为巨大。他编印的四十八课《开局法》，得者视同秘笈。在广州，一九三一年举行的第一次全省象棋赛，就杀出了"华南四大天王"，棋风炽盛，比之香港，犹有过之。金应熙三十年代在香港读书，四十年代在广州教书，受了两地棋风影响，自不待言。是故他不但对周德裕的开局法了如指掌，对"华南四大天王"的专长[4]，更是如数家珍。象棋在民间十分流行，但棋谱却并不易找，尤其在抗战时期。像我，读得比较熟的就只有《橘中秘》与《梅花谱》这两本古谱，这是像《三字经》《千字文》之类的，只堪列为入

---

[1] 褚石、徐骥编著：《广州棋坛六十年史》，香港上海书局出版。"六王夺鼎赛"纪事诗见卷一徐骥之《自题棋史并答谢梁羽生先生》。有关"近代棋坛的盛衰"之论述，见卷一梁羽生序。

[2] 北起沪、扬，南为穗、港。

[3] 象棋史上的"东南大战"指一九三〇年十月间在香港举行的华东、华南选手比赛。代表华东的选手为周穗裕、林奕仙，代表华南的选手为李庆全、冯敬如。结果成和。

[4] "华南四大天王"的黄松轩擅长当头炮，冯敬如擅长单提马，卢辉擅长五七炮，李庆全擅长屏风马。

门书，比起金师差得远了。

岭大毕业之后，和金师下棋的机会更少了。"四十年来几局棋？"真是屈指可数。但另一方面，我和象棋却有了更多的接触，完全是由于工作的关系。

我在香港《大公报》工作，初时做翻译，不久就调到副刊部门，担任《大公园》编辑。《大公园》是个综合性的副刊，设有象棋专栏，由我兼任主持，负责组稿与审阅。杨官璘的《棋国争雄录》就是在这个专栏发表的。另外我还替《新晚报》写棋评，并以该报象棋记者名义采访重大赛事，包括全国棋赛、亚洲棋赛在内。由于工作关系，许多象棋大师的对局，我都是在第一时间取得的。当我研究这些对局时，我常在想：要是金师在这里，那该多好！我也曾与许多一流高手楸枰对弈，当然是我胜少败多。对高手中的高手杨官璘，更是输得一塌糊涂，从没胜过他一局。而这时的我，大概可以比金师略高半先。我真想和金师探讨为什么我们和这些高手，总好像有个不能逾越的差距，恐怕不仅仅是业余与专业之分（近年有个陶汉明，就是以业余棋手的身份获得全国冠军）[1]，也不仅仅是限于天分吧。可惜最后一次和他见面时，没时间问这"无关重要"的问题，永远得不到他的回答了。

不过在这四十多年当中，有关他迷于棋的趣事倒时有传来。例如下面一个：

> 据说在"四人帮"被打倒之后，某机关请他去做一个政治报告。演讲完毕，他一个人回去，走到街上，看见有人下棋，他就蹲在街边观战。有个人民警察跑来赶走这堆阻街的人，他大概起身很慢，给警察踢了他的屁股一下。他站起来，警察

---

[1] 业余棋手陶汉明，一九九四年全国冠军。

一看，吃一惊道："您不是刚才做报告的那个教授吗？"金说：

"不错，我就是。"摸摸屁股，笑一笑也就走了。[1]

最后一件有关他与象棋之事可用广东社科院悼金文中的这一句话来作说明："他（金应熙）曾表示在晚年实现《中国象棋史》一书写作的夙愿。"

此愿落空，令人伤感！而于我，更有特别的感受。一九八一年五月，褚石、徐骥编著的《广州棋坛六十年史》卷一在香港上海书局出版，序文中有一篇是我写的。我说："中国象棋源远流长（有史可考的唐代宝应象棋已具现代中国象棋雏形），上至公卿大夫，下至贩夫走卒，喜欢下象棋的不计其数，可以说是最普遍的民间娱乐。但时至今日，仍未见有一本完整的《中国象棋史》出现，思之能不令人兴叹！"金应熙是广州棋会顾问，也曾为《广州棋坛六十年史》题字，相信当会看过我这篇文字。他的夙愿急于在晚年实现，不知是否因此而受触动，但我则更加"兴叹"了。

然而，金应熙未完的"夙愿"又岂止象棋史？连香港通史，他都尚未完成呢！

我写了整整三十年武侠小说，但在二十岁之前，我读的武侠小说其实不多，成为"迷"是在进入大学之后。我何以会写武侠小说？"近因"自是由于罗孚的"催生"，"远因"则是金应熙的影响（虽然他自己不写）。"近因"早已有人写过[2]，"远因"就让我自己写吧。

记得一九七九年秋天，我与华罗庚教授在英国伯明翰初会，那时

---

[1]　梁羽生：《杂写金应熙》，《笔·剑·书》，长沙：湖南文艺出版社，一九八八年七月第一版，三十三页。

[2]　龙飞立：《剑气箫心梁羽生》，《梁羽生及其武侠小说》，香港：伟青书店，一九八〇年十一月再版。

他刚读完我的《云海玉弓缘》，觉得很有趣，认为武侠小说是成年人的童话。我真想告诉他，在我的童年时代，我看的武侠小说并不比别的孩子多，甚至可能更少。因为父亲是孔孟之徒，从小就要我念《古文观止》、唐诗宋词。他虽无明令禁止，但却是不喜欢家里的孩子读无益的"杂书"，尤其是他认为"荒唐"的武侠小说。（关于我的"家庭教育"，我在《与武侠小说的不解缘》一文已有叙述，此处不赘。）

心理学家说，童年、少年时代所欠缺的东西，往往在长大后要求取"补偿"。我在大学时期，大量地阅读近代武侠小说，或许就是基于这种"逆反心理"。

但如果没有碰上金应熙，这种"逆反心理"可能还是止于欲望，最少不会这样快就成为武侠迷。

武侠小说属于"俗文学"范畴。陈寅恪是不鄙薄俗文学的，他著有《论〈再生缘〉》一书，将这部清代才女陈端生著的弹词小说，拿来与希腊、梵文诸史比较[1]，对它的传奇性和艺术性均表推崇。金应熙虽无涉及"俗文学"的著述，但他没有"自设"的雅俗之"障"，则是和乃师一样。四十年代，还珠楼主和白羽的武侠小说最为流行。这两人都是多产作家，单说还珠楼主的《蜀山剑侠传》就有五十集之多，而且是还未完成的。要不是后来禁止出版武侠小说，还不知要写到多少集呢。金应熙可真是标准的武侠小说迷，还珠、白羽的新书一出，他必定买来看，并且借给与他有同好的学生看。我不但和他借书，且还经常和他谈论武侠小说，谈到废寝忘餐。我们除了谈论小说本身的特色和技法之外，也往往"旁及"其"附属"的文学性，例如《蜀山剑侠传》的回目。

章回小说的回目是讲究平仄对仗的，还珠楼主的回目往往就是一副非常精彩的佳联。限于篇幅，试举几例。

---

[1] 陈寅恪：《论〈再生缘〉》，一九五四年手抄本，香港友联出版社，一九五九年出版。

写情的——

生死故人情，更堪早岁恩仇，忍见鸳鸯同并命；
苍茫高世感，为了前因魔障，甘联鹣鲽不羡仙。

写景的——

大地为洪炉，沸石熔砂，重开奇境；
长桥横圣水，虹飞电舞，再建仙山。

这个回目是写"峨嵋开府"（《蜀山剑侠传》中的重头戏）的神仙境界。仙家景物本来纯属幻想，在他笔下却是极具"动感"，令人有如现场目睹此一"开府工程"。

谈禅的——

弹指悟凤因，普渡金轮辉宝相；
闻钟参妙谛，一泓寒月证禅心。

这一回是写高僧天蒙禅师对女弟子（叶缤）略示禅机、恩赐法名一事。书中写道："大师笑道：'你既虚心下问，可知殿外钟声共是多少声吗？'叶缤躬身答道：'钟声百零八杆，只有一音。'大师又道：'钟已停摆，此音仍在否？'叶缤又答道：'本未停歇，为何不在？如是不在，撞它则甚。'大师笑道：'你既明白，为何还来问我……'"叶缤因此得名"一音"。"一音"的取义出《维摩经》："佛以一音演说法，众生各个随所解。"从这一回书看来，还珠的佛学是宗禅宗的。禅宗要义在于"直指人心，见性成佛"，因此它的教学方法是"不立文字，教外别传"，而常以简洁突兀的问答为教学手段。

陈寅恪佛学之精深，世人皆知。金应熙通梵文，且曾身受其另一业师许地山之熏染，有志于在宗教史上有所建树[1]，是故对于谈禅说偈，自是优为。虽然他是站在马列主义者的立场来谈佛学，但绝非"左倾"幼稚之辈对佛学全盘否定。我在少年时代对佛学亦曾略有涉猎，且在"新""旧"之间，亦正是处于"彷徨求索"的阶段，所以我们才可以畅言无忌，取得共鸣。武侠小说涉及的方面甚多，金应熙在每一方面的知识都足以做我的老师，我和他谈武侠小说，比我在课室中听他的课获益还多。

　　我和金应熙共同的爱好，象棋武侠之外，还有诗词。

　　据说"一九五八年曾有人问金应熙懂得多少首唐诗，金回答：'大概两万多首。'闻者无人怀疑回答的真实性。"[2]《全唐诗》总数也不过四万余首，若然，则可能是超过《全唐诗》的半数了（要看"两万多首"的"多"字"上限"何在）。不过，我对此说，亦无怀疑。因为每有学生（包括我自己在内）问他某句诗词的出处，他都可以把整首念出来，并解释其中僻典。"懂得"加上"记得"，尤其"难得"。

　　唐代诗人中，他似乎特别喜欢李商隐的诗。李商隐的诗著名难懂。"望帝春心托杜鹃，佳人锦瑟怨华年。诗家总爱西昆好，独恨无人作郑笺。"（元好问《论诗绝句》）一首《锦瑟》（以起句"锦瑟无端五十弦"的开头二字作为诗题，实质亦等于是"无题诗"），就不知引起多少注家的争议，有的说是"爱情诗"，有的说是"政治诗"，有的说只是李商隐发牢骚的"自伤之诗"……陈寅恪治史，甚重历史人物的婚姻关系，晚唐有"牛（牛僧孺）李（李德裕）党争"，李商隐曾得牛党的令狐楚提拔，后来又娶了李党王茂元的女儿，在当时的党争中去牛投李，为人非议。陈寅恪在他的《唐代政治史述论稿》中是这样说的："至于李商隐之

---

[1] 陆键东：《陈寅恪的最后二十年》，北京：三联书店，一九九五年十二月第一版。
[2] 同上书。

出自新兴阶级，本应始终属于牛党，方合当时社会阶级之道德，乃忽结婚李党之王氏，以图仕进。不仅牛党目以放利背恩，恐李党亦鄙其轻薄无操。斯义山所以虽秉负绝代之才，复经出入李、牛之党，而终于锦瑟年华，惘然梦觉者欤。此五十载词人之凄凉身世，固极可哀伤，而数百年社会之压迫气流尤为可畏者也！"这段话亦可作为陈寅恪对此诗的注释。不仅如此，对后来发生的所谓"金叛师门"一案，亦可提供不同角度的理解。

由于李商隐诗对金应熙有一点特殊意义，故此不辞词费。首先要说的是金应熙的文学观点。

金应熙是非常重视老师的创见的，他讲中国通史，讲到隋唐部分，就是用陈寅恪所创的"关陇集团"一词来分析初唐政治。讲到李商隐的婚姻关系，也同样将他牵入牛李党争。但在文学观点上，他却不是"索隐派"，而是比较倾向于纯文学的。

纯文学派可以梁启超为代表。梁氏认为"李商隐的诗，好就好在不容易懂……"蓝于的《李商隐诗论稿》[1]说："当时并不一定想要传之后世……李商隐诗之不好懂，在很大程度上是后来那些腐儒故弄玄虚，不肯从字面中求解，而一定要为了自己的目的而加以曲解，越解越玄，使上了他们当的人，如坠入五里雾中。"对于李商隐人品的论断，蓝于亦有不同的见解。他说："我在谈无题诗时，也多少受到传说的影响，以为李商隐娶王氏，多少掺杂着在仕途上能够得到王茂元奥援的希望。但是越多读李商隐的诗，对他的生平知道越多，也就越觉得这种传说缺乏根据。"蓝于分析了李商隐的一些诗篇，认为是"……不时透露出两人相互爱慕之情。在封建时代，夫妻之间有这样真挚的感情，即使在诗人之中也是少见的。从这一点上，也多少可以看到李商隐的为人。尽管王

---

[1] 蓝于：《李商隐诗论稿》，北京：中华书局，一九七五年十二月初版。"蓝于"为香港《大公报》前副总编辑、英文版总编辑李宗瀛之笔名。

茂元未能提携李商隐，而李与王氏的感情始终如一"。蓝于这本书写于一九七三年，当时的李义山正被卷入"儒法斗争"之中。

对于李义山一些著名的无题诗，应当如何理解，我在岭大的时候，也曾请教过金师。金师说："我只能告诉你其人其诗的历史背景。怎样理解，那就是你自己的事了。诗词欣赏，本来就含有再创作的成分。"

我想，梁启超说的"李义山的诗好就好在不容易懂"，大概也就是这个意思吧。唯其不易懂，就给读者提供了"想象的空间"，得以享受"再创作"的乐趣。

考证、欣赏，是互相关联的两面，不可偏废。甚至连蓝于说的那些"腐儒"，亦有其存在价值。他们所索之隐，即使百分之九十九穿凿附会，只要有一分真的，于历史研究亦有裨益。

陈寅恪的"诗文证史"是兼摄中西的手法，虽非陈氏首创，然其远迈乾嘉（朴学），直入西儒堂奥（主要是二十世纪初流行于德国史学界的"诠释学"），已足以为中国之史学开一新境界矣！"陈学"专家李玉梅女士在其近著《陈寅恪之史学》一书中，对陈氏之"诗文证史"有颇为全面、精辟的论述。[1]"陈门"老一辈弟子、著名史学家周一良誉之为"有关寅恪先生之小型辞典"。"前修未逮，后出转精"，此之谓欤。有兴趣的读者可自行检阅，这里就不多说了。

不过还有一件金应熙念李义山诗的妙事，不可不说。

有一天我看见他在校园散步，口中念念有词，好像失魂落魄的样子。好奇心起，走近前去，听清楚了，念的是李义山的两句诗："若是晓珠明又定，一生长对水晶盘。"原来当时他正在追一个姓盘的女学生。不过那次追求以失败告终。

"水晶盘"典出《太真外传》："成帝获飞燕，身轻欲不胜风，恐其

---

[1] 李玉梅：《陈寅恪之史学》，北京：三联书店，一九九七年二月第一版。论"诗文证史"见第三章第二节一六二至二二三页。周一良评语见"序一"（第一页）。

飘飖，帝为造水晶盘，令官人掌之而歌舞。"我听了忍俊不禁，因为盘同学体态丰盈，和汉代那位能作"掌上舞"的赵飞燕，恐怕正好是个对比。

这两句是义山诗《碧城》三首之一，全诗是："碧城十二露周杆，犀辟尘埃玉辟寒。阆苑有书多附鹤，女床无树不栖鸾。星沉海底当窗见，雨过河源隔座看。若是晓珠明又定，一生长对水晶盘。"李义山的《碧城》诗（共三首）据说是送给女道士的，亦都属于"难懂"一类。但见老师心情如此，我也不敢索解了。

追求失败后，还有下文。原来这位盘同学早就有了男友，在外省大学读书，那年暑假，来到岭大探望女友。金应熙给他安排住所，对他照顾得无微不至。他自称对盘同学的感情早已"升华"了。和金师接近的一班学生，有的说这是"诗人气质"，有的说这是"马列主义者的风格"，有的说这是"戆居"。多年后，我把类似金师的恋爱故事写入小说中，亦受到评家的指责："拔高人物，不真实！"

诗词方面，金应熙当然不是"只爱古人"，连"不薄今人爱古人"，于他都不算贴切。他是古人今人同样对待，只要是好诗，他都爱。鲁迅和郁达夫的诗，他几乎都能够背诵，虽然这两个人的风格很不一样。当然还有他的老师陈寅恪的诗，他熟悉得不仅止于背诵。

六十年代的某一年，我和他在香港相遇，他说："你对李义山诗还有兴趣吗？我给你看一首寅老写的《读义山马嵬诗有感》。"

　　　　义山诗句已千秋，今日无端共一愁。此日谁教同驻马，当时各悔笑牵牛。银河浅浅襄难涉，金钿申申詈未休。[1]十二万年柯亦烂，可能留命看枰收。

---

[1]　清华文丛之二《陈寅恪诗集》第九十五页载有此诗。但此句作"金钿申申詈休休"，似误。

我说："章士钊的《南游吟草》您可曾见到，其中有两首章士钊赠陈寅恪的诗。"章士钊的《南游吟草》是他的香港友人刘伯端为他辑印的，是非卖品。他说："在香港报纸上见过一首。"我说："是否起句为'岭南非复赵家庄'那首？"他说："是。"又说："我好像也听说过有两首，我不便去问寅老。你记得最好。"我不知他们师徒之间已有嫌隙，听他说未曾见过，便道："第一首传抄者甚多，第二首在香港也是很少人知道的。"一面说一面写出来。（此诗前有题记，当时记不齐全。题记部分，是后来补抄的。）

和寅恪六七初度，谢晓莹置酒之作。晓莹，寅恪夫人唐女士字，女士维卿先生（景崧）孙女也。

年事参差八载强，力如盲左压公羊。半山自认青衿识，四海公推白业光。

初度我来怜屈子，大风畴昔倓襄王。天然写手存闺阁，好醉佳人锦瑟旁。

金师看了笑道："这首诗用典较多，有些还是僻典。怪不得不如语浅意深的'岭南非复赵家庄'之'抢手'。"我也笑道："可见还是通俗的好，最少容易被人接受。"当时我已写了将近十年的武侠小说了。金师也曾和我讨论章诗所用的"古典""今典"，后来我写成了《章士钊的南游诗》《章士钊赠陈寅恪诗》[1] 等篇，其中部分意见，就是得自金师的。

李商隐（义山）、章士钊、陈寅恪，一古二今，相隔千年[2]，风格

---

[1] 梁羽生：《笔·剑·书》，长沙：湖南文艺出版社，一九八八年七月第一版，十一至二十一页。

[2] 李商隐生于八一二年，章士钊生于一八八一年，陈寅恪生于一八九〇年。

有异。虽然陈寅恪并不认为李商隐的诗是上品，但他们的诗风却是比较接近的。章士钊诗则有宋诗的哲学性、论理性，另树一帜。

我说陈寅恪的诗和李义山的风格接近，主要表现在两个地方。

一、他们的诗都有一种迟暮的感伤情调。李义山的："春蚕到死丝方尽，蜡炬成灰泪始干""远路应悲春晼晚，残宵犹得梦依稀""秋阴不散霜飞晚，留得枯荷听雨声""客散酒醒深夜后，更持红烛赏残花"。陈寅恪的："万里乾坤迷去住，词人终古泣天涯""德功坡老吾宁及，赢得残花溅泪开""江淹老去才难尽，杜牧春归意未平""白日黄鸡思往梦，青天碧海负来生"等。迟暮情怀，如出一辙。细审之，则李义山多了几分纤柔，陈寅恪多了几分愁苦。这类诗篇，也是陈寅恪更多。

二、他们的诗都"不容易懂"。蓝于说，义山诗之所以难懂。"一是因为他爱用典，而且有的到现在已成为僻典；一是他的不少诗因为在当时有所关碍，不得不隐晦。"这个解释，完全可以用在陈寅恪身上。"古典""今典"，有如"暗码"（用余英时的说法）。目前出现的注家已有余英时、冯衣北两位，立足点不同，"各自各精采"（港人惯用语）。陈寅恪的诗有如今之西昆体，如果由金应熙来作"郑笺"，可能更加精彩。金应熙晚年对"陈学"甚有贡献，收在《中国史学家评传》中的《陈寅恪》就是金应熙写的。[1]

谈到现代诗词，当然少不了毛泽东的。解放之前，我们所能见到的毛泽东诗词，只有《沁园春·雪》一首。只此一首，已足以令我们倾倒。后来读得多了，我觉得毛泽东（诗词方面的毛泽东），有如一个天分极高的业余棋手，"佳作"固可傲视苏辛。毛泽东诗词的两大特点，一是才气，一是霸气。《沁园春·雪》正是将这"二气"发挥得淋漓尽致之作。

---

[1]　金应熙：《陈寅恪》，《中国史学家评传》，郑州：中州古籍出版社，一九八五年四月出版。

一九六三年一月，毛泽东有《满江红·和郭沫若同志》一词，词中有两组对偶句，其一是"蚂蚁缘槐夸大国，蚍蜉撼树谈何易"，对仗虽略欠工整，还算不错。另一组"四海翻腾云水怒，五洲震荡风雷激"。"四海""五洲""翻腾""震荡"都是同义词；"云水怒""风雷激"也是一样的意思。虽云可以加强语气，究有"关门闭户掩柴扉"之嫌。我当时正在研究龚自珍，又知道毛泽东也很喜爱龚自珍的诗，于是就把毛词、龚诗，各取一句，集而为联："四海翻腾云水怒，百年淬厉电光开。"并用作小说回目。

"百年"句出龚自珍的《己亥杂诗》第七首："廉锷非关上帝才，百年淬厉电光开。先生宦后雄谈减，悄向龙泉祝一回。""百年淬厉"在原诗是指家学渊源[1]，我则用来比喻新中国兴起。中国有如一把宝剑，经过近百年（从鸦片战争到新中国成立。百年，取其约数）水火（苦难）的淬厉，终于大放光芒。有位朋友和我说："把毛主席的词句，拿来作武侠小说的回目，不大好吧。"幸好那时"文革"尚未开始，否则恐怕还会给人以"大不敬"之罪。

"文革"结束之后，我拿这个回目给金应熙看。他说："四海翻腾云水怒，百年淬厉电光开"，上句写空间的壮阔，下句写历史的突变，意义完备。赋龚诗以新意，也是一个再创作。我放了心，看来金师还是我所认识的金师，最少，文学观点上仍是一如往昔。

但有一点我想不通的是，金应熙能够背诵那么多诗词，我却从未见过他的诗词作品。不知是否正由于他懂得太多（只唐诗就有二万多首），而他又太过追求完美，总觉得难以胜过前人，因而搁笔。

在象棋方面，他虽然熟读兵书，却和国手总有一先以上的距离，恐怕也是由于不敢创新。我所认识的金应熙，并非教条主义者，但要说他已摆脱了"定于一尊"的思想影响，恐怕亦非事实。只就象棋与诗词而

---

[1]　万尊巍：《龚自珍己亥杂诗注》，香港：中华书局，一九七八年一月初版。

言，他就未能冲破自己所造的茧。

"左倾"·迷惘·反思

我们那个年代（三四十年代），正是"左倾"成风的年代。"左"的思潮来得更早，早在金应熙出生之前两年，随着"十月革命"（一九一七年）的一声炮响，就挟马列主义以俱来，冲破了中国闭关自守的门户。

甚至在"十月革命"前，就已经有文化名人在写"新俄万岁"词了。这首词调寄《沁园春》，发表于一九一七年六月一日出版的《新青年》月刊。如下：

> 客子何思？冻雪层冰，北国名都。想乌衣蓝帽，轩昂年少，指挥杀贼，万众欢呼。去独夫"沙"，张自由帜，此意于今果不虚。论代价，有百年文字，多少头颅！　冰天十万囚徒，一万里飞来大赦书。本为自由来，今因他去；与民贼战，毕竟谁输！拍手高歌，"新俄万岁"，狂态君休笑老胡。从今后，看这般快事，后起谁欤？

你猜作者是谁，如果不是词中有"老胡"二字，你猜得着是胡适吗？

据《胡适杂忆》一书的"附录"[1]所记，胡适此词作于一九一七年四月十七日夜。原来在"十月革命"之前，那年三月俄京已经爆发过一次规模颇大的暴动，史称"三月革命"，作为"十月革命"的先驱了。"乌衣蓝帽"是当时俄京参加三月革命的大学生的服色。"独夫'沙'"即沙皇。

---

[1]　唐德刚：《胡适杂忆》，台北：传记文学出版社，一九八〇年五月一日再版。附录：周策纵《论胡适的诗》。

想不到吧，反对"革命的变革"，宣扬"要一点一滴地改良、进化"，主张"多研究些问题，少谈些主义"的胡适，当年竟是如此充满激情，向俄国革命高呼万岁。胡适尚且如此，何况一班不满现实的少年。"左倾"成风，良有以也。有人认为，毛泽东那首《沁园春》也是受到胡适这首《沁园春》的影响的。[1]

余生也晚，并没受到胡适影响，在"左倾"方面影响我的，首先是抗战时期的《救亡日报》，后来方是金应熙和岭大一班"进步同学"。

抗战初期，国共合作，《救亡日报》应运而生。郭沫若挂名社长，夏衍主持。创刊于上海，随战火而南迁，一迁广州，再迁桂林。桂林时代的《救亡日报》已经从"国共合作"的报纸，变为从头（头版评论）到尾（报屁股副刊）完完全全的"左报"以至"共报"了。因此，在新四军事件（一九四一年一月）后被迫停刊。

《救亡日报》好似为我们打开了一面窗户，它报道共区的"新貌"，报道共军的抗敌事迹。年轻人求知欲强，好奇心重，《救亡日报》的评论和报道正好可以满足我们的需要。当然，还有副刊，特别是那些短小精悍的杂文，我们都很爱看。许多左翼作家，也是在《救亡日报》开始认识的。

如果把《救亡日报》比作"开窗者"，则金应熙堪比"指路人"。我认识他的时候，在他身边围绕着一班进步同学（差不多都是岭南"艺文社"社员）。我们偷偷传阅毛泽东的著作，有不明白的地方，就向金应熙请教。陈寅恪有论中国近代之学术思想的名言曰："以世局激荡及外缘熏习之故，咸有显著之变迁。"[2] "外缘熏习"，佛家语。"熏习"亦作"熏染"。"外缘"则与"内因"对称，例如种子是"内因"，必须有适

---

[1] 唐德刚：《胡适杂忆》，台北：传记文学出版社，一九八〇年五月一日再版。附录：周策纵《论胡适的诗》。

[2] 见胡守为为《陈寅恪之史学》所写的序。

当的土壤、水分、阳光这些"外缘"，种子才能发芽生长。此即"因缘和合"之说也。"熏染"则与"共业"有连带关系。生在地球上的人缘由"共业"。同是地球人，香港人和大陆人又有很大不同。是故大圈圈内有小圈圈，大"共业"中有小"共业"。各个圈圈的种种现象，均由有"共业"者的"熏染"而成。更缩而小之，在我们那个时代，同在康乐园（岭大校园）而又以金应熙为核心的那个小圈子亦是"共业"；马列主义、毛泽东思想、师友间交互影响等构成"外缘熏习"。我觉得陈寅恪此论，同样可以适用于个人的思想变化。

陈寅恪是把"世局激荡"置于"外缘熏习"之上的，对我（相信对金应熙也是一样）而言，确是如此。抗战胜利，大家以为可以松一口气，谁知内战继之而起，越来越剧；国统区内的贪污腐化，亦是与日俱增，物价飞涨，民怨沸腾。到了金元券出笼（一九四八年八月），政府严令有黄金外币者必须兑换此券，而此券瞬息即成"废柴"（无用之物），一时"反内战、反饥饿"呼声四起。"中国大地已经容不下一张书桌"！一向潜心治学的大学问家陈寅恪也禁不住而有《哀金源》之作。这也是在《陈寅恪诗集》中最长的一首七言古诗，开头四句，即点出了金元券之购物与"废柴"等。"赵庄金元如山堆，路人指目为湿柴。湿柴待干尚可爨，金元弃掷头不回。"中段写抢购风潮、民生疾苦种种惨状："米肆门前万蚁动，颠仆叟媪啼童孩。屠门不杀菜担匿，即煮粥啜仍无煤。人心惶惶大祸至，谁恤商贩论赢亏。百年互市殷盛地，怪状似此殊堪骇。有嫠作苦逾半世，储蓄银饼才百枚。岂期死后买棺葬，但欲易米支残骸。悉数献纳换束纸，犹恐被窃藏襟怀。黄金倏与土同价，齐高弘愿果不乖。"抢购起风潮，人人只要货物，不要金元券。抢购米粮最为厉害，力弱的老翁、老妇只有"碌地"的份儿。最后弄到屠夫不肯杀猪牛，卖菜的小贩也藏匿起来，想煮粥吃也没煤炭。又通过一个寡妇的"棺材本"被吞没的事情做例子，具体说明金元券之灾。最后点出乱源所在："金元数月便废罢，可恨可叹还可哈。党家专政二十载，大厦一旦梁栋摧。乱源虽多主因一，民怨所致非兵灾。"陈寅恪在这里郑重指出，国民党失败的主因，并非是由于打不过共产党，而是因为失了民心所致。

这首诗是在一九四九年（己丑）夏天写的，推前几个月，广州口传的一副春联（是否曾公开张贴，不得而知）亦已有同样的抒发。联曰："金元，今完，完了晦气归旧岁；己丑，已有，有些希望接新春。"[1] 陈寅恪之诗可作上联解释；下联"希望"云云，则因在那年春节前，国共和谈开始作"试探性"的接触也。

时局的恶化，是直接促使百姓思变、青年"左倾"的主因。同时也造成了岭大风气的改变。岭大是教会大学，校园环境优美，有如世外桃源，学生一向不大理会政治。但到了四十年代后期，已不由你不理了。早在陈寅恪作《哀金源》之前的两年左右，国民党的"大厦"已经有了"将倾"的迹象，表现得最明显的是军事的逆转。本是国优共劣的，渐渐转为国共相持、互有进退。踏入一九四八年，刘（伯承）邓（小平）野战军千里跃进大别山，揭开共军战略进攻的序幕；陈（赓）谢（富治）兵团渡过黄河、挺进豫陕鄂边；陈（毅）粟（裕）野战军攻入豫皖苏。三路大军，互相配合，驰骋于江河淮汉之间，与国民党互争先手，逐鹿中原。

而这个时期的金应熙，也好像开始把自己研究的重点从学术而转向政治了。他应学生要求，举行不定期的时事报告，他综合外国通讯社加上新华社所发的英文稿，资料翔实，分析全面，很受学生欢迎，每次都有"爆棚"之盛。

对我而言，令我印象最深刻的一件事是，他有一位同窗好友，名叫容庆和。容庆和当时在香港《大公报》工作，金应熙则正在致力于"四裔学"的研究。"四裔学"是研究古代中国边疆少数民族的一门学问，要

---

[1] 梁羽生：《名联谈趣》，上海古籍出版社，一九九九年十二月第三次印刷，二六四页。

涉及"死去的文字"（Dead Language），人名、地名都拗口得很，我一听就头痛。有一天他和我谈起容庆和，说容是他朋友之中对解放战争的进展最为关心也最为熟悉的人，各个战场的变化、双方的兵力部署、番号等，他都有研究，比当时上海一家知名杂志（《观察》）的军事记者有过之而无不及。说后微带感喟地笑道："我熟悉的是古代'死去了'的东西，他熟悉的是现代的活事物，有意思多了。"更"有意思"的是，过了不到两年光景，我也入了《大公报》，和容庆和（笔名沙枫）[1]成为同事，没多久更从同事而成为好友。他听了我转述金应熙的这段话，也是微喟笑道："他怎么倒羡慕起我来了。我做的资料工作，谁都能够做。他研究的'四裔学'，却有几人能够？那才更有意思呢。"沙枫在《大公报》，是"左派"眼中的"右派"，他只是个脚踏实地的新闻从业员。

又过了四十年光景，我才知道金应熙当年何以曾有志于"四裔学"的研究，又何以感喟顿兴之故。虽然这个原因并不是从金应熙口中说出来的，却见之于他的笔底。在金应熙晚年为陈寅恪所写的评传中，谈及陈寅恪在德国留学期中的所得。"二十世纪前期的东方学者研究曾以我国周边各族历史和佛学翻译文学为重点之一。陈寅恪求学德国时的教师也大都有这方面的专长……他回国后深入继续这方面的研究，多做著述，开设'佛教翻译文学'和'蒙古源流研究'等课程。""我国周边各族历史"的研究，即金应熙曾有志于此的"四裔学"也。陈寅恪任教清华时，对研究生的指导包括五个方面（请恕此处不详述。有兴趣者请看金著或李玉梅著之《陈寅恪之史学》），其中颇有与"四裔学"相关或可划入"四裔学"范围者，如"蒙古文、满文之书籍及碑志与历史有关者之研究"等。金应熙盛赞："（以上各门）都是陈寅恪在留学时研究有素而在我国当时还几乎是全新的学术领域。""新领域""死东西"可以构成

---

[1] 梁羽生：《悼沙枫》，《笔不花》，北京：中国友谊出版公司，一九九〇年七月第一版，一八五页。

一副妙联，而四十年前后，对"四裔学"认识的差异，亦构成了巨大的反讽。

其实金应熙也不是不认识"四裔学"的价值，否则他不会在战火纷飞的日子还放不下。他受乃师的影响致力"四裔学"，受时势的影响放下"四裔学"，原因固明明白白，感喟亦自自然然。是诚所谓"剪不断理还乱"也。

研究转向的例子不止一个，另一个更为显著、也对金应熙更具深远影响的是经济学。他不但自修，还上经济系的课程，旁听一位刘先生讲的"经济史"，这是经济系学生必修的课程。大学课程，除非特别标明是"中国经济史"，否则单说"经济史"的话，就一定是西方的，也差不多是等于"资本主义"的发展史。刘先生和金应熙同是讲师（可能级别略高），年龄只比金应熙大几岁。我曾问金师，为何来旁听刘先生的课，他答："因为他对资本主义懂得比我多。"马克思的唯物史观是强调"经济基础"的，把经济作为压倒一切的因素。金应熙对经济学发生浓厚兴趣，原因可能在此，特别选修刘先生的课，则可能是为了"知己知彼"。当然，这只是我的猜想。但这一下可妙了，我一下子又"升级"和金应熙做同学了。但不妙的是，这位刘先生是用英文授课的，我的英文不灵光，大约只听得懂一半，于是我这个本科学生，就非向他这个外派"旁听生"请教不可了。这位刘先生的课也讲得真好，从亚当·斯密（Adam Smith）讲到凯恩斯（J.M.Kynes），经济学说方面也都有颇为详尽的论述。

金应熙的天资和勤奋也真令人敬佩，就以经济学来说，当我岭大毕业之前，他亦足以做我的老师了。毕业前我曾写过一篇有关南北朝庄园经济的论文，在一九四九年《南大经济》（经济系的学报。岭南大学一般简称"岭大"，学校则称"南大"）发表，这篇论文就是在金师的指导下完成的。他自己也写了一篇《古罗马帝国经济史》，另外还用笔名写了一篇批判凯恩斯理论的文章。《南大经济》主编黄标熊告诉我，金师这篇文章，是应他所请而写的。因为他收到一位研究生写的大捧凯恩斯的文章，他决定刊载，但又觉得有点不妥，商之金师。金师说："是该为他消消毒。"于是执笔就写，根本不用翻查参考资料，就在编辑室完成了这篇论文。

凯恩斯是四十年代风头最劲的经济学家，他认为前人研究的是静态经济学，他研究的是动态经济学，研究如何在不安定的社会中，施行有效的经济政策，达到充分就业的目的。根据他的理论，如果在经济衰退时期，大火烧了伦敦城，反而是件好事，因为在大兴土木重建名城的过程中，可造就全民就业的机会，令衰退变为兴旺。根据他的理论，浪费是值得鼓励的，若只知道节俭（量入为出），则不论对政府或对个人而言，都是最笨的理财手段。他的理论精华，可归纳为一句妇孺皆知的大白话，即"先使未来钱"是也。西方国家（主要是英、美），采用他所拟的政策，曾纾解自三十年代初的经济危机。但左派学者则认为凯恩斯只不过是个治标不治本的庸医，一旦药石无灵，便将沉疴难起。故此金应熙说要"为他消消毒"。

一晃四十多年，一九九一年《香港概论》上卷出版。时间作证：随着资本主义的发展，凯恩斯的理论是渐渐不适合了，被其他学派的理论替代了；但资本主义也没有如马克思预言那样崩溃。沉疴难起终须起，不管是"自我完善"也好，是吸收了社会主义的因素也好，总之它的生命还没走到尽头，很可能另有一番景象。

四十年过去，金应熙又怎么样了？许多朋友对他"转行去搞经济"感到意外，我则只想知道，他对资本主义的认识如今又是如何。

答案无须他说，就在《香港概论》中。这本书（指上卷，下同）的出版，倒是造成了香港一个罕见的现象，不管"左""中""右"报，都是一致赞好，尽管此书担任主编的是香港新华社秘书长杨奇。著名评论家孙述宪在《信报》（以经济为主的香港报纸）的文章，誉该书"为'香港学'的主流作品，是透过香港的自由市场角度，探索现代资本主义经济发展理论的里程碑"，并担心"由于该书对那从'香港现象'衍生的经济奇迹近乎毫不保留地肯定和认同，它的修订和续出下卷会不会有什么麻烦或出现一些问题呢？"直到一九九三年《香港概论》下卷出版，他才放下心。那时金应熙已经去世，孙述宪在文章中深致悼念之情，并尊称金应熙为"希望大陆能从香港经济的成就得到实惠的金师"。[1]

我和金师最后一次见面在一九九一年三月，那年六月他就与世长辞了。最后一次见面时，我们也曾谈到凯恩斯。那是从当前的经济学趋势谈起的，他说目前西方的经济学又恢复到亚当·斯密的古典学派了，不主张政府干预（凯恩斯则是主张干预的），由市场经济决定，主张放任政策（Laissez-faire）。当然所谓"恢复"并非完全一样，多少有点否定之否定的意味吧。他说凯恩斯的学说未必适合今天的资本主义，但不能否定它过去的成就。又说，其实某些常见的经济现象，例如信用卡和分期付款的流行等，其"创意"都是从提倡"先使未来钱"这一观念来的。尽管那些用家根本不知凯恩斯是什么人，但也受到了他的影响。

从批判资本主义、批判凯恩斯到对资本主义的再认识、对凯恩斯的全面评价，这中间也包含了金应熙的迷惘与反思吧。最后那次见面，他不无感喟地说："我们都是理想主义者。"

这话不错，最年轻时代的我往往把理想所托的事物想得太美好，却不知它也有丑恶，也有残缺，也有污泥浊水与脓疮。一九四八年，我担任《岭南周报》总编辑，《岭南周报》是岭南总会（包括大学、中学、小学的学生会）的刊物，我一"上任"，就在副刊上用"冯显华"的笔名写了一首题为《迎春曲》的新诗，有一段这样说："不待燕子南归带来了一天春色／不待塞外驼铃报告冰雪的消失／从千万人的面上／（这些自由了的奴隶的笑啊！）／刻画着春天的脚步。"多么"美"，多么浪漫。其实，都是从当时的流行歌曲《解放区的天是明朗的天》得来的

---

[1]　孙述宪：《万花筒是不容易研究出结论来的》，香港《信报》，一九九三年二月二十三日。

"灵感"，一切纯属想象。

我这个总编辑其实也是名实不副的，纵然不能说是"挂名"，但金应熙做得比我更多。十篇社评，大约总有七篇是他写的；副刊缺稿，也总是拉他来"顶档"；编辑方针——促使岭南人走出象牙之塔——是由我们共同商定的；反内战反饥饿的文章则由他来写。我是"当之有愧"的总编辑，金师才是真正的掌舵人。《周报》"左转"，当然难免受到政治上的压力，而我又恰好是个最不懂得应付政治的人，于是唯有请辞。

和金应熙关系更深的是艺文社，社长黎铿是三十年代的童星，在岭大锋头甚劲，金师从成立到解散（那已是我在岭大毕业之后的事了），始终参与社务，可说是艺文社的灵魂。艺文社本来就是"进步学生"的组合，在当年，"进步"的意义就是"左"，到解放战争后期，越来越"左"。一九四九年一月，在艺文社主办的一个晚会上，有一个节目是《黄河大合唱》，也不知怎的，临时加插了一个《我们要渡过长江》。当时正是国共酝酿和谈之际。唱这首歌，其敏感性可想而知。金应熙当年的"天真""激情"，亦可想而知。

"左倾"、迷惘、反思，大概是理想主义者的三部曲，至于每一"曲"的时间长短，那就要看每个人的遭遇和"悟性"如何了。需要补记一笔的是，金应熙在感喟"我们都是理想主义者"时，是在说了许多当前不合理的社会现象之后说的，不过他还是说："一个人总是要有理想的，不可从一个极端走到另一个极端。"

师门恩怨

关于金应熙的师门恩怨，我亦有一种"甚难评说的人生"[1]之感。难以评说，只能略抒所感所思。

---

[1]　陆键东：《陈寅恪的最后二十年》，北京：三联书店，一九九五年十二月第一版。

我于义宁（陈寅恪）之学，直到今日，恐怕还只能说是略窥藩篱。引导我接触义宁之学的人正是金应熙。那时我对佛学着迷，喜欢谈禅说偈，有一天谈及六祖传法偈（按：此偈之流行本为"菩提本无树，明镜亦非台；本来无一物，何处惹尘埃"。敦煌本《坛经》则作两偈，字句与流行本略有分别，但意义则相同），金师问："此偈如何？"我说："古今传诵，绝妙好辞，尚有何可议？"金师说："就是还有可议。"介绍我读陈寅恪写的一篇文章《禅宗六祖传法偈之分析》[1]。

陈寅恪认为六祖的传法偈：一、比喻不适当。"菩提树为永久坚实之宝树，绝不能取以比喻变灭无常之肉身。"二、意义未完备。"细释经文，其意在身心对举。言身则如树，分析皆空，心则如镜，光明普照。今偈文关于心之方面，既已将比喻及其本体作用叙述详参，词显而意赅。身之一方面，仅言及比喻。无论其取比不伦，即使比拟适当，亦缺少继续之下文，仅得文意之一半。"故其结论认为六祖的传法偈，只是"半通之文"。"其关于身之一半，以文法及文意言，俱不可通。"

这真是堪称石破天惊的议论，但令我"惊服"的还不止此。后来我又读了陈寅恪的《论韩愈》一文。韩愈以谏迎佛骨获罪，"一封朝奏九重天，夕贬潮阳路八千"。"呵诋释迦"在韩愈的诗文中屡见不鲜，给一般人的印象，好像韩愈和佛教是死对头似的。但陈寅恪则指出，韩愈的"道统"说，表面虽受孟子启发，"实际上乃因禅宗教外别传之说所造成"，故叹曰："禅学于退之影响亦大矣哉！"在此文中，陈寅恪大赞六祖所创之新禅宗："特提出直指人心，见性成佛之旨，一扫僧徒繁琐章句之学，摧陷廓清，发聋振聩，固我国佛教史上一大事也！"陈寅恪并不因六祖的传法偈为"半通之文"而影响他对六祖所创之新禅宗的评价，真是值得读者再思三思。我读了这两篇文章，心里想的就是"做学问就该这样"。不因是权威说的就不敢议，亦不能因其有可议之处，就全盘

---

[1]　陈寅恪：《禅宗六祖传法偈之分析》，《清华学报》七卷二期，一九三二年六月。

否定。知人论世，亦不能单一化！例如对韩愈，既要看到他排斥佛教的一面，亦要看到他受佛教影响的一面。

陈寅恪史学的特色就在于创见多、争议大。[1]其"大"者如李唐源流考、关陇集团说；其"小"者如李白是汉人还是胡人，杨贵妃是否以处子入宫等，都曾引起争议。例如在李白的胡汉问题上，和他打笔战的就是史学界的"头号人物"郭沫若。郭认为李白确生于中亚细亚的碎叶城，但他肯定李白是汉人。

其实陈寅恪本身的"取向"，其争议性恐亦不亚于那些学术问题。一九二七年王国维投水殉清，陈寅恪的挽诗中有"越甲未应公独耻"句，对与王相约同死而又爽约的另外两位名人，其贬斥之意跃然纸上；结句"赢得大清干净水，年年呜咽说灵均"，其怀旧拒新的心态亦昭然若揭。于是引出了陈寅恪的"效忠"（或曰"认同"）问题。一说认为他确有"遗老思想"（按年纪应是"遗少"，但儿辈亦可有父辈思想），在北伐后他仍宣称自己是"思想困于咸丰同治之世，议论近于湘乡（曾国藩）南皮（张之洞）之间"可以佐证。一说认为他认同的是文化，而不是政权。在挽词的序文中已说得清楚："盖今日之赤县神州值数千年未有之巨劫奇变，劫尽变穷，则此文化精神所凝聚之人，安得不与之若命而同尽。"我比较倾向"文化"说。其实，即使他有"遗老思想"，那也并不影响他大学问家的地位。

不论"遗老"说也好，"文化"说也好，都与他的身世背景有关。而且，也唯有在明了其身世背景之后，方能对陈寅恪之史学有较深了解。他的祖父陈宝箴是戊戌维新时期的湖南巡抚（相当于省长），父亲陈三立（散原老人）是自成宗派的大诗人，长兄衡恪是大画家，本人又是第一流的史学家。陈氏一门，三代英才，世人艳称。陈家的"婚姻关

---

[1] 李玉梅：《陈寅恪之史学》，北京：三联书店，一九九七年二月第一版。

系网"亦为人所乐道。网之所及,浙江俞家(俞明震、俞大维)[1]、湖南曾家(曾国藩)、广西唐家(唐景崧),无一不是名门望族。陈寅恪的文化史观——"胡汉之分,在文化而不在种族";治史甚重历史人物的婚姻关系,这些恐怕多少都和他的身世背景有关。

我未读过(根本也没机会看到)金应熙"揭批"陈寅恪的文章,从《陈寅恪的最后二十年》中所引用的一段材料来看:"金应熙在谈到陈寅恪对历史与现实的感情倾向时,有意识地引用了陈寅恪的一些身世背景,陈先生长于封建大地主的所谓'书香世家',又为名父之子,是在中国封建文化的传统中培养起来的。他的祖父曾赞成新政(羽生按:其实不只是赞成,而是推行。帮陈宝箴推行新政的两个主要人物,一是当时任湖南按察使的黄遵宪,另一就是他的儿子三立),陈先生以'元祐党家'之子,弱冠远赴异国求学,接受了一套资产阶级的史学方法。"若剔除当时惯用的那些"标签",只就其"揭批"的"实质内容"来说,那也是众所周知的,并非只是至亲友好才得与闻的私隐。论者若据此云是"出卖"或"践踏信赖与私谊",则似乎有点"言重"了。

上述一书,以大量的档案文献,写出陈氏晚年悲剧。书中引述,"基本上"当属可靠。纵有某些疑点,例如说金善于观察风向,开会时往往准备两份观点截然相反的发言稿,便似难以入信。香港报纸已有读者指出金不是"奸狡政客型"的学者。[2] 而且,即使是,以金的聪明和特强的记忆力,又何须花此笨功夫耶? 中学生的辩论比赛,往往都是临时才抽签决定正反两方,中学生都可以即时发言,金应熙岂有不能之

---

[1] 俞明震,前清名翰林;俞大维曾任国民政府国防部长。陈寅恪的母亲是俞明震的妹妹、俞大维的姑母。俞大维不仅是寅恪的表弟,又是他的妹夫。其母则是曾国藩的孙女。陈俞两家的婚姻关系网见俞大维《谈陈寅恪先生》一文(台北传记文学出版社印行《谈陈寅恪》一书有收录)。

[2] 《隔洋谈众口铄金》,一九九六年六月二十八日《明报》副刊"岛居新文"专栏之读者来函。

理？但枝节问题，无关宏旨。故我的所感所思，仍是以《陈寅恪的最后二十年》一书提供的材料为依据。

其实，从陈寅恪的诗文，也可看出师生决裂的根源。裂痕恐怕是从金应熙一成为共产党员就开始了。陈有诗云："纵有名山藏史稿，传人难遇又如何。"这是他平生最大遗憾。陈寅恪的史学是"文化史观"，马列主义的是"唯物史观"，难以调和。陈氏有言："士之读书治学，盖将以脱心志于俗谛之桎梏。"并加说明："俗谛在解放前指三民主义，在解放后指马列主义。"[1]作为共产党员的金应熙，如何能够摆脱马列"俗谛之桎梏"。

"俗谛"恐怕亦不只限于三民主义与马列主义。俗谛，佛家语。大乘佛法可分为胜义谛（真谛）与世俗谛（俗谛）。"谛"，是梵文"Satya"的意译，指真实无谬的道理。依二谛中道的义理，价值判断、道德进路等，均属"世俗谛"。佛教把主张"有常恒不变之事物"的见解，叫做"常见"，把主张"现象灭了就不再生起"的见解，叫做"断见"，都是错误的。对任何有关价值判断的任何答案，都容易使人误入歧途。依此理念，三民主义、马列主义固然是俗谛，孔孟之道亦是俗谛。一切足以造成思想桎梏的无不是俗谛。陈氏精通佛学，我想他说的俗谛当是指大乘佛教所言的"世俗谛"。他特别提出三民主义和马列主义，只系针对"时弊"而已。他对科学院说："（我）在宣统三年时就在瑞士读过《资本论》原文，但我认为不能先存马列主义的见解再研究学术。"陈氏认为"研究学术，最主要的是具有自由的主意和独立的精神"。

这个见解和中共曾一度提倡的"百花齐放，百家争鸣"倒颇有相通之处。如果只把马列主义作为百家中的一家，并非"独尊马列"的话，我想应是无背于陈寅恪的治学精神的。（他本人纵贬马列，但不是非认为马列毫无价值，否则他不会花那么大的工夫去读《资本论》原文。）

---

[1]　陈寅恪：《对科学院的答复》，一九五三年十二月。

可惜的是"双百方针",到了"反右"期间,变成了"百花凋谢,一家独鸣"的局面。共产党员金应熙,屈从领导旨意,贴乃师大字报。唐筼抄下来,回家哭着念给丈夫听。陈寅恪勃然大怒说:"永远不让金应熙进家门。"师生决裂,遂一发不可收拾。

思想分歧,俗谛桎梏,造成了师生的分裂。而这桎梏也的确影响了金应熙的学术成就。

金应熙引导我接触马列思想,然而我始终没有成为马列主义者。我个人倾向于"多元史观",决定历史的因素,因时间、地点而别。某个时代、某个国家可能是经济因素;换了一个时代、一个国家可能是政治,可能是文化,也可能是军事、宗教或其他。(例如《万历十五年》的作者黄仁宇就是从"财政与税收"入手来研究明史的。书成,寄往剑桥。李约瑟博士写信给他说:"哎呀,一切靠抽税而转移!"传为趣谈。[1])

金应熙并非教条主义者,但无可置疑,马列主义一直在他的思想中占着主导地位。这种情况,直到他的晚年,才好像有所转变,但也未曾破茧而出。陈、金之间,除了价值观的不同(一个视马列为俗谛,一个则奉之为真理)之外,在道德观方面,恐怕亦有分别。例如陈寅恪认为李商隐出自"新兴阶级",并得牛党提拔,就应"始终属于牛党,方合当时社会阶级之道德"。这一观点,金应熙就未必会赞同了。且莫说共产党要求从旧社会过来的知识分子"脱胎换骨",即用梁启超的说法——提倡"以今日之我打倒昨日之我",亦是并不赞同"从一而终"的。

提到梁启超,我倒想起另外两个师生决裂的"案例"。两对师生,都是一流的大学者、大名人。一对是俞曲园和章太炎,另一对就是康有为和梁启超。

俞曲园是从顾炎武、戴震、王念孙父子一脉相承的朴学大师,治学深邃,对弟子要求十分严格。章太炎二十二岁那年拜他为师,在俞

---

[1] 黄仁宇:《中国大历史》自序,台北:联经出版公司,一九九五年三月。

家建于西湖边上的"诂经精舍"住了七年，得传衣钵，自己也成了国学大师。后来，俞曲园因他提倡排"满"、革命，十分不满，声言"曲园无是弟子"。章太炎回"诂经精舍"探望老师，俞曲园一见他就严词呵斥，说他从事革命是"不忠不孝，非人类也"！叫众弟子鸣鼓而攻之。章不能忍受，反唇相稽，并写《谢本师》一文，从此"拜别"师门，自立门户。

梁启超则是因为佩服康有为的维新思想，在中了举人后才拜康为师的。他曾协助康有为编撰《新学伪经考》《孔子改制考》等重要著作，是"万木草堂"弟子中最杰出的一个。但辛亥革命后，康、梁政见不同，一个佐张勋复辟，一个则助段祺瑞讨伐张勋。师徒对立，康因此斥梁为"枭獍"，把梁逐出师门。但梁启超则始终尊敬老师。一九二七年康有为病逝青岛，梁启超的挽联中有"西狩获麟，微言遽绝"等句，把老师康有为比作孔子。

这两个案例和"金案"都有相似之处，亦有相异之处。相同之处：一、都是受到政治环境的影响。二、其实质的表现则为"新""旧"思想的冲突。这不是简单的是非题。新的未必好，旧的也未必坏。（反过来亦如是，并非一切旧的都应该坚持。）《史学家陈寅恪传》的作者汪荣祖就有这样的见解："前清维新健将如康有为、严复等都被视作顽固人物。其实，这是很不公平的论断。维新家的思想不一定比革命家旧。"[1] 他把陈寅恪的思想趋向归结为"吸取新文化，折中旧文化"，认为正是因此，陈氏的史学"卒能自成系统，有所创获"。相异之处，主要表现在师生关系上。现在只比较"逆徒"对老师的态度。章太炎是你不认我，我也不认你；梁启超是你不认我，我照样尊敬你。金应熙和梁启超比较相似。（《陈寅恪的最后二十年》一书说金应熙在"大字报事件"过后，曾向老师长跪请罪。但据金师母说并无此事。）在金应熙的

---

[1]   汪荣祖：《史学家陈寅恪传》，香港：波文书局，一九七六年初版，十四页。

晚年，他是抱着"补过"的心情去"深研"义宁之学的。

但不论怎样，有理也好，没理也好，金应熙当年（一九五八年）用大字报的方式批评老师，总是不应该的。而且据说他在一篇批陈的文章中，说陈寅恪的史学方法是"唯心主义"和"形而上学"，认为是一种"反动"，这就更加接近于先扣"帽子"的"打手文章"了。

"熟悉金应熙的人都认为金其实是个大好人，无架子，心地很好。"[1]这么一个大好人，怎么反而会对老师如此粗暴（文字上的）？我最初读到"金叛师门"的报道时，也感到震惊，难以理解。但冷静下来细思，也就觉得不难理解。

从"反右"到"文革"，"左浪"一浪高于一浪。巴金在"文革"后所写的《随想录》中，对当时的知识分子心态有深刻的描画。许多人在初期真的认为自己有罪，于是纷纷挖思想根源，甚至有完全否定自己过去所学，要火焚自己所著之书的。批人批己，自辱辱人。当然这些人十九都会醒悟，但造成的损害，亦已难以挽回了。那是一个人性扭曲的时代，而"左浪"也正是有如陈寅恪在论李义山时所说的那种"尤为可畏"的"社会之压迫气流"。

在"文革"期间，和"左派"朋友们的想象相反，我和简又文的接触不是少了，而是多了。简师在为学和信仰方面都是非常专一的，只磨一剑——太平天国史，只治一"经"——《圣经》。我则对任何宗教，都是抱着非信非不信的态度。基督教尤其是我的"弱项"，读了四年教会大学，对《圣经》还未真正用心从头到尾念过一遍。简师也知我的态度，并不勉强我受洗礼。"文革"期间，我采取的对策是"躲进小楼成一统，管他冬夏与春秋"。但最苦闷的时候也正是最需要朋友的时候。"左派"朋友，我已是敬而远之；"右派"朋友，又找不到真正知己。可以谈心事的就只有视我如子侄的简师了。简师给我看一段《圣经》："立志为

---

[1]　陆键东：《陈寅恪的最后二十年》，北京：三联书店，一九九五年十二月第一版。

善由得我，只是行出来由不得我。故此我所愿意的善，我反不做，我所不愿的恶，我反去做……我真是苦啊！"读了这段《圣经》，我受到很大震撼。"文革"期间，许多值得人们敬佩的学者、作家，包括巴金和金应熙在内，不也正是如此吗？

所以我始终尊敬金师，因为人不可能永远正确。而且，陈寅恪的晚年遭遇，固然是个悲剧，金应熙的一生又何尝不是一个悲剧？香港有个构成"控罪"的律例，叫做"官职与收入不相称"。仿此，金应熙的"学问与成就不相称"，又去向谁控告？有人说，悲剧在于身份的矛盾，有两个金应熙，一个是党员干部金应熙，一个是学者金应熙。更确切地说，把身份矛盾和思想矛盾都包括在内的说法应是：陈门弟子和马列信徒的矛盾。有时义宁之学占上风，有时马列主义占上风。但在他的晚年，这个矛盾却似有所缓和。因为他致力的香港学和义宁之学并无直接冲突，不像在"反右"和"文革"时期那样。根据我所能见到的资料，举几个例，一九八五年写的《陈寅恪》评传，一九八八年写的《略论东汉之宦官》[1]，都是很有分量的文章。金应熙是从籍贯入手研究宦官问题的，这正是受到陈寅恪独特的"区域性分析法"治史的影响。今年出版的《陈寅恪之史学》，其作者李玉梅亦提及她曾得到金应熙的从旁指引。

而更重要也更令人惋惜的是，据广东社会科学院悼金文的透露[2]，金应熙已完成《〈金七十论〉注释》一书的资料搜集工作，正要动笔的时候，不幸与世长辞。

《金七十论》（书名），数论师自在黑（人名）作，有七十行偈颂，国王赏之以金。自在黑引以为荣，故将他的七十行偈颂，名为《金七十论》。"数论"为印度六大学派中的重要一派，禅宗的"自性空寂""自

---

[1]　金应熙：《略论东汉之宦官》，《纪念陈寅恪教授国际学术讨论会文集》，广州：中山大学出版社，一九八九年六月。

[2]　广东社会科学院：《深切悼念金应熙教授》，一九九一年七月。

性变化"就是受到"数论"的影响的。[1] 此书似乎较僻,虽有陈真谛的译本,但若无详细注释,恐亦难懂。但若详注,那就非精通梵文不可了。"佛教翻译文学"是构成义宁之学的一部分,《金七十论》由精通梵文的金应熙注释,正是最好不过。

在广东社科院的悼金文中,对《金七十论》这个书名,并无注释。有位朋友笑道:"要不是你给我解释,我还以为是金应熙七十岁之时所写的论文呢。他书未成,身先死。这样巧合,莫非'经谶'?"我说:"诗谶常闻,'经谶'前所未闻也。"朋友说:"那就算是我的杜撰,或者算是天意吧。"

我倒宁愿相信这是上帝的安排。金应熙的"师门恩怨",不论是对做老师的陈寅恪,或是对做弟子的金应熙,都是非常之有代表性的中国现代知识分子的悲剧。那就让它的悲剧性加强吧。纵然陈学失传(我相信不会),若能令人们更加警惕,免使悲剧重演,那也是值得的。

一九九七年七月于悉尼

[1]　有关《金七十论》之论述,根据:一、佛学大辞典本书目 *Hirany Asaptati*。二、金应熙《试论印度古代的六师哲学》(《〈大公报〉在港复刊卅周年纪念文集》(上卷)二八九至二九六页,一九七八年九月出版)。三、印顺著《中国禅宗史》(上海书店,一九九二年三月第一版)第八章:曹溪禅之开展。

亦狂亦侠　能哭能歌
——怀念"百剑堂主"陈凡

有人说过了七十岁最适宜写回忆录，我也有过这念头。但精神不济，恐难如愿。像陈凡去世时（一九九七年九月），我本应写点追悼文字的，结果也只寄出一副挽联。联道：

> 三剑楼见证平生，亦狂亦侠真名士；
> 卅年事何堪回首，能哭能歌迈俗流。

有关故实，需要一点解释。就当做我补写的回忆吧。

陈凡是《大公报》的前副总编辑，五十年代中期，曾经写过武侠小说，笔名百剑堂主。

金庸和我，则是副刊编辑。由于大家都写武侠小说，陈凡提议我们合写一个专栏，名称就叫"三剑楼随笔"。专栏自一九五六年十月开始，只三个多月光景就结束了。但三个人一共也写了近百个题目，约十五万字。从"三剑楼""关闭"到陈凡去世刚好是四十年，四十年间的变化之大，真是当时意想不到的。

"三剑楼随笔"开始之前，我的第二部武侠小说《草莽龙蛇传》已在准备出书，需要一个"开篇"，开篇亦可以代序，惯例用诗或词。前一部《龙虎斗京华》用的是词——调寄《踏莎行》，这一部我就改用七言律诗的形式。结果诗写出来了，但并非我一人之力，而是和陈凡联手作的，其中二十个字出自陈凡之手。为何有这样特别的组合？先录原诗，再加解释：

> 一去萧萧数十州，相逢非复少年头。亦狂亦侠真名士，能
> 哭能歌迈俗流。当日龙蛇归草莽，此时琴剑付高楼。自怜多少
> 伤心事，不为红颜为寇仇。

写了开头两句，就碰上对仗的问题了。我先想颔联，想到的是"亦狂亦侠"可对"能哭能歌"，前者截取龚定盦诗，后者则脱胎鲁迅语录。但如何补足一联，有待斟酌。初时我想顺着语气，第三句作"亦狂亦侠真豪杰"，但再一想，"侠"与"豪杰"，意义重复，不好；而且押韵的对句亦不易为。正自为难，陈凡来了，看了一会，提起笔来，把"真豪杰"改为"真名士"，在"能哭能歌"底下加上"迈俗流"三字，意殊自得，问道："如何？"

我念："亦狂亦侠真名士，能哭能歌迈俗流。"道："好！真的是好！不如你就补足这首诗吧。"他说："还是联句的好，因为你已经开了头，我想跟着你的思路。"只剩下四句了，第五七两句归我，第六八两句归他，很快就完成了。

有一点我想说的是，诗是完成了，但结句却非我的原意。原来《草莽龙蛇传》中有一个外号"铁面书生"的中年人，他暗恋一个外冷内热的寡妇，双方都不肯轻易露出感情，结局亦无答案，只让读者去猜。我写了第七句"自怜多少伤心事"之后，结句本来是想表达一种"不辞冰雪为卿热"的情怀，没想到陈凡来了那么一句"不为红颜为寇仇"，突然把人物"拔高"，刚好与我的"思路"相反。

但继而一想，以陈凡的诗词功力，岂有看不出我的思路之理，莫非他是借此来纠正我的"偏差"？在五十年代的"左派"阵营，许多人还是抱着理想追求"进步"的，如此一想，我非但没把"原意"说出来，反而感激陈凡了。

跟着署名的问题也解决了，陈凡说："既然大家都不想要这首诗的版权，那就给你虚构一个师兄吧。这首诗当做是他给你写的序。"这个虚构的师兄署名是"中宵看剑楼主"。近年研究武侠小说之风大盛，听说也有人研究"中宵看剑楼主"是谁，我不想研究者浪费精力，请凡兄原谅，我没有得到你的同意，就把我们之间这一个小小的"共同秘密"揭开。"亦狂亦侠真名士，能哭能歌迈俗流。"如今移作挽联，回报凡兄，想凡兄也当明白我的心意。这一联本来应当是属于你的。

　　说陈凡有"侠气"，那也不是随便说的。陈凡是《大公报》记者出身，抗战期间曾翻过十万大山，沿中越国界边境线旅行采访，为《大公报》写了出色的《中越边境见闻》系列报道；又曾以"皮以存"的笔名，写了一本名叫《转徙西南天地间》的书，报道湘桂大撤退这一场空前灾难（发生于一九四四年夏秋之间）。从这些作品亦可见其侠气。

　　除了陈凡自己的作品，我们还可以从别人的作品来看陈凡。在陈凡的友人中，曾敏之和他相交六十年，相知之深，可想而知。陈凡去世后，曾敏之有悼诗十首，其八云：

　　　　不问虚名值几钱，只凭肝胆看幽燕。交亲不为荣枯改，笑揽青山入醉筵。（注：凡兄有慰友人诗："丈夫所贵在肝胆，不问虚名值几钱。"）

　　当然，陈凡有"侠气"亦有"狂态"，甚至可能是真正的狂。陈凡在"文革"期间一些"失常"的行为，那也是不必为尊者讳的。他以毛泽东的"大刀卫士"自居，买了一把锋利的小刀藏在身上，听说不仅在办公室中把弄，甚至在大会发言时，也挥舞这把小刀（他心目中的大刀）以助声势，吓得同事心惊胆跳。我这里用的是"听说"二字，因为我在"文革"期间，已经很少到报馆去了。不过说的不止一人，可信的程度应当很高，虽然我没亲眼看见。

我亲眼看见的是他在报上写的骂人文字，他本是能文之士，文字的简练尤其得到行家赞赏。但不知怎的，他在"文革"期间写的骂人文章竟是毫无章法，不但欠缺逻辑，有时甚至可说是胡言乱语，不知所云。除了笔伐，还有口诛，激动之时，"友""敌"都骂。他的"失态"，往往使得朋友心酸。"凡兄怎么会变成这样？"好在终于等到"四人帮"倒台这一天，"文革"成为了过去，陈凡最后也渐渐好起来。大概是在一九八四年或者一九八五年吧，陈凡宣告退休，得以享受"与人无忤，与世无争"的晚年乐趣。曾敏之悼念陈凡诗其九云：

　　　　自古浮生逐逝波，邯郸有梦似南柯。衡门修到尘心静，六字堪称隐士歌。（注：凡兄退隐多年，以"封笔、息交、绝游"六字自勉，有真隐士之风。）

　　曾敏之说陈凡"平生慧业具诗文"，此一评价，我深具同感。

一九九九年十月

悼沙枫

赛酒赌棋犹有约，不道竟成永诀。青眼高歌俱未老，却哪堪知己长辞别！

（一）

十五日深夜，忽然接到一个朋友的电话，告诉我沙枫（容庆和）兄逝世的消息，我登时呆了，几乎不敢相信自己的耳朵。

前几天他还叫我找武则天的诗，并约大家抽半日的空闲喝酒下棋，怎的就死了呢？

才不过五十六岁的壮年，他热爱的工作正在做得起劲，我们也正期待他的《译林絮语》第三集、第四集、第五集……继续面世，他怎能就死了呢？

不错，人到最后是免不了会死的。但这世上多少坏人不死，为什么偏偏死掉像他这样的好人呢？能不令人倍感伤痛？

（二）

我和沙枫兄在一九四九年相识，到如今已超过四分之一世纪，友谊不算短，但我"认识"沙枫却还在和他正式相识之前。

我和他虽然是平辈论交，但说起来他可以算得是我的"师叔"。

我在大学时代有一位比较接近的老师，他是陈寅恪晚年的得意弟子，解放前岭南大学最年轻的讲师，现在则是中山大学的历史系教授金应熙。金应熙和沙枫是从中学到大学二年级的同班同学，常常和我谈及沙枫。

那时金师正在致力于"四裔学"的研究。"四裔学"是研究古代中国边疆少数民族兴革变迁的一门学问，要涉及"死去的文字"（Dead Language），人名、地名都"拗口"得很，我一听就头痛。那时正是解放战争进行得如火如荼的一九四八年，有一天金师和我谈起沙枫，他说庆和是他朋友之中对解放战争的进展最为关心也最为熟悉的人，各个战场的变化、双方的兵力部署、番号等他都有研究，比当时上海一家知名杂志的军事记者有过之而无不及。说后微带感喟地笑道："我熟悉的是古代的'死去'的东西，他熟悉的是现代的活事物，有意思多了。"

这是我认识沙枫的开始，认识到他是热爱祖国、关心社会主义事业、脚踏实地、认真工作的新闻从业员。

（三）

正式认识了沙枫之后，他给我的印象是人如其名，对人永远是那么和气。我从来没有见过他和人吵架，对朋友总是那么热心肠。而且这和气并非只是无原则的"老好人"，对朋友他既有关心，也有互相勉励，劝善规过。

第二个印象是他做人做事做学问功夫都脚踏实地，他走的道路，借用李广田论朱自清的话来说，是"既非一步跨过，也非趑趄不前，而是虚心自省，一步一个脚印走上去的"。

最近几年，他对中国古典文学英译的比较研究攻研甚勤，和我谈论诗词的时候也比较多。有一次他偶然在英文刊物中发现我的一首词的英译，这首词是我写在武侠小说中的，他比较了译文，连带对我那个回目"何须拔剑寻仇去，依旧窥人有燕来"也发生了兴趣，问我："下联似乎是古人的诗句，是黄仲则的还是郁达夫的？"我说："你的眼力很不错，是黄仲则的。"他叫我找原诗给他看，我手头没有黄仲则的《两当轩全集》，只能凭记忆抄给他。他因为要写成文章，必定要找原诗校对，我记得郁达夫的小说《采石矶》中引过这首诗，既然没有《两当轩全集》，只好叫他去找那篇小说来看。后来他不但看了郁达夫那篇小说，而且为此在旧书店里买到了黄仲则的《两当轩全集》。买了回来，精心细读，这还不算，还研究出黄仲则最喜欢写燕子，郁达夫所受黄仲则的影响，晏殊、苏曼殊等人有关燕子的有名诗词，以及各种对这些名诗词的英译等，作一比较研究，才写成一篇不过一千多字的短文（见《中诗英译絮谈》的《似曾相识燕子诗》）。

这是何等认真的工作态度，何等踏实的做学问功夫。我是小时候就由外祖父教我诗词的，长大后虽然也还常读诗词，却只是遣兴，远没有他用功之勤。最近几年，他对诗词的知识，确实已经超我远甚。

这只是一个例子，相似的例子还有许多。

据我所知，他的遗稿由他的好友杜渐收集整理，编成《译林絮语》二集、《中诗英译絮谈》等四五部书，更由他的好友龚念年校阅，交大光出版社出版。

良师益友，遽尔云亡。我除了记得他对我的鼓励，除了拉拉杂杂写这篇文字之外，还能再有什么纪念他呢？

一九七五年四月十八日晚

补记：在十年"文革"期间，我只写武侠小说和棋评，文史小品杂文等均已停写。这篇《悼沙枫》是唯一的一篇例外。沙枫是因工作上的不如意，患上精神忧郁症，在医院石阶上滚下来致死的。有人怀疑他实是有意自杀。（一九九八年八月补记）

荣辱关怀见性情

——悼蔡锦荣

　　曾经在香港《大公报》长期担任翻译科主任的蔡锦荣，不幸于八月十六日在悉尼因肺炎逝世，享年八十有九。生老病死人所必经，何况已是高寿。但当我在香港报上看到有关他的报道时，仍是不免有所感触。

　　蔡锦荣曾经是我的"顶头上司"，一九四九年我考入香港《大公报》当翻译，正是归他领导。不过大约只有三个月光景，我就转到副刊科了。时间虽短，印象却深。他的英文功底深厚，译员每有疑难，他都可以随问随答，像一部活字典。他做人方面，则更具特色。他是个直性子，乐于助人，亦不怕得罪人。即使被"左派"目为顽固、落后，亦坦然置之！

　　一九六七年，他离开报馆，听说是告假回澳探亲，但一去不回。有人就说："如果我是他，我早就跑了。父亲在澳洲有个大农场，为何还要在这里天天叫喊：'下定决心，不怕牺牲，排除万难，去争取胜利！'"那时正是"文革"期间，香港也正在展开抗暴运动。

　　过了整整二十年，到了一九八七年，我因老来从子，移居悉尼，方始与老蔡重逢。每个月最少见面一次，这段相聚的时间也有十六年，逐渐对他的"别来情况"有了较为全面的了解。

　　他在澳洲的生活并非香港友人想的那样写意，恰恰相反，有超乎常人想象的困难。特别是第一个十年。农场不是他个人的，是家族的。他在农场辟地种菜，盈亏自负，亲力亲为。蔡夫人道："我们每天早上三点起床，割菜、装车。老蔡做监工，我做煮饭婆。卖菜必须赶早，否则生意就给别人抢了。"说罢眼有泪光。老蔡却笑道:"我很幸运,最困难的时候遭遇车祸,断了两根肋骨,换来三万澳元赔偿,这才开得成一间小小的杂货店。"他的笑声更加令我心酸。我说:"那你为什么不回去?""'文革'后我曾经回过香港两次,真是悄悄地来,悄悄地走。只敢在报馆附近徘徊,生怕给熟人碰上。""因何?""因为我是逃兵!""没人当你是逃兵,'文革'期间的过'左'做法早已被批判了。""即使你说我犹有余悸也好,我一想起当年那些人对我冷冷的目光,我就不禁打战!"我不想说下去了,看来我是无法解开他的心结了。

老蔡淡然续道:"现在我有了自置的村屋,又有养老金可拿,是大可不愁衣食了。唯一的遗憾,只是不能达成吾父赐我嘉名的期望。"

是啊,锦荣、锦荣,重点在个"荣"字,只是两代人概念不同而已。父辈要的是"衣锦还乡"那种"荣",子辈把人格尊严当做锦衣,倘要付出尊严,即使轻微到只是"嗟来之食"的辱,那也是"不能承受的轻"。

跟着这条思路想下去:以蔡锦荣的条件,何必如此艰苦自困?这是否也是"老大公人"的一种情操,像张(季鸾)、胡(政之)两先贤那样,有所为有所不为呢?有所得必有所失,如果过于贪"荣",回报就很可能是"不能承受的重"了!

是耶非耶,可惜不能起老蔡于地下而问之了。

二○○三年十二月

论黄巢 怀高朗

——传奇性的历史人物

落第进士

黄巢是唐末农民起义军的领袖，也是充满传奇性的历史人物。

他是知识分子出身的农民领袖，曾经几次应考进士，都名落孙山。他又曾经和王仙芝（也是后来的农民军领袖）一起做过私盐贩子。贩卖私盐是犯法的，也是被士大夫看不起的"下等人"。而黄巢却以"落第进士"的身份去做私盐贩子，这种行为在当时来说，确是惊世骇俗。但他正是因为看透了朝廷的腐败，说朝廷好像臭气熏天的马厩，立志要"洗濯朝廷"（《新唐书》），这才绝志仕途，决心和过去告别，投身到"下层社会"。

屠格涅夫笔下的罗亭是"言语的巨人、行动的侏儒"，中国也有句俗话："秀才造反，三年不成。"说的就是罗亭这种类型的"秀才"。中外都有这种观念，知识分子"造反"总是不能成事。

但黄巢并不是罗亭型的知识分子，他这个秀才（论功名其实他已是比秀才更高一级），却是坐言起行，说干就干。他的造反，最后虽然还是以失败告终，但却摇撼了李唐王朝，"内库烧为锦绣灰，天街踏遍公卿骨。"把皇帝都赶出了京城，逼得要到四川逃难。

他是名副其实的"文武全才"。论军事才能，唐朝的许多名将，如王铎、尚让、高骈、张承范、刘巨容等人，都曾经是他手下败将。公元八七四年，王仙芝起义；第二年，他率众数千参加；八七八年三月，王仙芝在湖北黄梅县战死，他取得起义军统一领导的地位。八八一年一月，就由潼关打进了长安，唐僖宗李儇逃到四川成都。黄巢自己做了皇帝，建国号为"大齐"，不到三年时间。

黄巢的诗

论文学的才能，他留下的诗文虽然不多，但只要看他写的两首《咏菊诗》，也可见一斑。

待到秋来九月八，我花开后百花杀。冲天香阵透长安，满城尽带黄金甲。（黄金甲为菊花别名；唐代战士穿着铁和皮做成的甲以护身，此处双关。）

飒飒西风满院栽，蕊寒香冷蝶难来。他年我若为青帝，报与桃花一处开。（青帝为传说中司春之神。）

何等之有气魄！吴法（即高朗）的《黄巢传》在谈到这两首诗的时候说："这种冲天的战歌，没有雄伟的气魄、热烈的感情与崇高理想的人，是绝对作不出来的。"自属的论。

这样一个文武全才的农民领袖，在许多封建时代"史家"的笔下却写成了"大魔头"，好像是完全失了人性的"怪物"。这些"史家"对"黄巢起义"是无所不用其极地来诬蔑，最大的诬蔑是说他"残暴""杀人如麻"，甚至造出"黄巢杀人八百万"的传说。如果黄巢真是乱杀人的话，他又怎能得到人民的支持？

其实从"正史"中也可找到一些有关黄巢义军纪律严明的记载，如《新唐书》记载黄巢攻下洛阳时，唐留守使刘允章领百官迎谒，黄巢入城"劳问而已，闾里宴然！"（意思是：黄巢入城慰劳百姓，地方百姓安然无事。）又当黄巢进入长安时，《新唐书》的记载，也是长安人民"夹道聚观"，并不害怕义军，且是欢迎义军的。

但这些都是零星记载，如果没有一部《黄巢传》的话，最少，对我来说，我还是觉得对黄巢不够公平。

高朗其人

幸好这个工作已经有人做了，他就是曾任本报副刊编辑（一九四九年至一九五五年）的高朗。他是聂绀弩的同乡，湖北人。我和绀弩认识，就是他介绍的。他死的时候（一九七七年三月）是《新晚报》撰述员，这本《黄巢传》是他用笔名"吴法"写的最后一本书。

我该怎样说才好呢？谈到这本书，我是既为他庆幸，也为他惋惜。"庆幸"的是他终于得偿所愿，在死前给我们留下了一本较有分量的历史著作；可惜的是，他死得太早了！

说他"终于得偿所愿"，需要一点解释。从五十年代中期到七十年代中期，差不多二十年时间，他长期担任《新晚报》副刊的领导工作。但他却实在是不适宜做领导工作的。他曾经不止一次向我表示，他最大的兴趣是读书和写作，希望能够像我一样，做个"散人"。不过报馆方面找不到适当的人替代他，直到一九七五年方始让他得偿所愿。他也是在做了专职撰述员之后，开始写《黄巢传》的。

攻文史　撰影评

"攻文史，撰影评，方期更上层楼，遽惜英年早逝。"这是我给他写的挽联上联。他"攻文史"是晚年（正确来说，是死前大概十年左右）的事，在这以前，他对"文史"当然也是有所涉猎，但主要还是写影评和新诗。为了工作的关系，他写影评最多。但说老实话，他写的影评不算成功（在他生前我也是这样和他说，他亦同意的），尤其五十年代初期，他在《大公报》写的影评，谈一部什么苏联片，往往一写就是一两万字，曾给人以"繁言不要"之讥。后来在《新晚报》用笔名"蓝湖"写的影评比较好，但在同类的影评中也还不能算是"出类拔萃"的。

但他一直在进步中，尤其在晚年写的一些文史小品，看得出他已是日渐趋于成熟，"收拾铅华归少作，屏除丝竹入中年"，写的东西，也比以前"踏实"得多了。"爱读书，勤写作，专业竟忘家室，最伤故里魂招！"这是我给他写的挽联下联。他一直都是"单身贵族"，未曾成家。他是心脏病突发死亡的，第二天才给发现。如果有妻子在旁，或可挽救。假如他可以多活十年、二十年（他死的时候，只有五十四岁），他可能成为一个文史学者，而写的作品也必将比《黄巢传》更有分量，更有价值。

《黄巢传》纵然还不能说是很有创见的学术著作（与一流学者相比），却也是有足以传世的价值，最少可以作为大中学生读中国历史的课外参考书了。

《黄巢传》的特色

他这本书是写得颇有特色的：一、文笔很"放"，读来毫无一般历史论文的枯燥之感。几个大战役都写得井井有条，描写生动，可以说也是一部文学作品。二、在资料搜集上，它是目前所能见到的，有关"黄巢起义"此一历史事件，材料最丰富的一部书。以黄巢一生为主干，旁及当时的社会背景、统治集团的矛盾、文学作品对此一事件的反映，等等。旁征博引，脉络分明，虽枝繁叶茂，但并不削弱主干。一洗他以往影评所犯的"繁言不要"毛病。三、尤具特色的是，他引用了许多当时人的文学作品，如王维的《蓝田山庄诗》、杜光庭的《富贵曲》、韦庄的《秦妇吟》，等等，来作为正史的补充，并据以解释有关史实。这是陈寅恪先生"以史笺诗，以诗证史"的治学方法。当然他的"功力"远不能和陈老相比论，但路子是走得对的，也是有了一定成就的。

爱读书　勤写作

最后要提到的一点是，他写《黄巢传》的时候，正是"四人帮"大搞"儒法斗争"的时候。他并没有按照"四人帮"所定的"调子"以缠杂不清的什么"儒法斗争"来作贯穿历史的主线，而是以阶级斗争来作主线。只有最后一段谈到儒家思想（主要是天命论）受到黄巢起义的冲击，但那也是言之成理的。

熟悉他的朋友都知道这并不是偶然的事。他为人耿直，在"四人帮"未给揭露之前，他已是对"四人帮""口诛"的了。他的直言无忌，甚至令朋友为他担心。我就不止一次听过他在有许多人的场合，也骂"江青是什么东西，也配领导文艺"。

一九七九年六月

文学院长的风流

黄山想象诗

目前正在香港上映的《白发魔女传》是由我的同名小说改编的。记忆所及，这已经是第三个"魔女"了。这部小说曾被改编成粤语电影（共三集）、华语电影和长达四十集的电视片集。第一个"白发魔女"是在粤语片中担任女主角的罗艳卿，第二个"魔女"是佳艺电视片集的女主角李丽丽，现在这部由长城公司当家花旦鲍起静饰演的"魔女"，是第三个"魔女"。

《白发魔女传》虽然曾在银幕、荧幕上一现再现，但长城公司拍的这部华语片，还是颇有特色的。第一个特色，它的外景是在黄山拍的。古人有"黄山归来不看岳"的说法，黄山风景之佳，可想而知。第二个特色，它的插曲是由"正牌刘三姐"黄婉秋唱的，黄是大陆片《刘三姐》的女主角。

"长城"拍这部片时，曾请前香港中文大学文学院长李棪（棪斋）和我做顾问。可惜因天气关系，外景队屡受阻延，到最后可以成行时，棪斋和我又都因另外有事，不能去了。不过棪斋虽然不能"成行"，但却"成诗"，写成了《黄山想象诗》五首。诗前题记云："屡阻黄山之游，然近读有关资料，诗兴勃发，成黄山想象诗。""想象诗"之名甚趣，古人似乎未有此类作品。今录两首。

碁石峰

（笔架山之右，岩石低出横卧于两峰之间者，山脊颇长，奇石甚多，习称仙人对弈。再往右则为丞相观棋。）

碁石天生似匠成，仙人对弈久闻名。翛然局外旁观者，窥测输赢悟转清。

笔　峰

（从四面下望此峰不甚高，然气势含蓄，上生松树，如生花妙笔。）

绘天鸿笔贴云齐，百炼文锋信手提。千古生花无梦接，群峰何忍序高低。

写景抒怀，两臻佳妙。"神游"不逊亲临矣。

他又有一首《读嘉靖新安县志》诗，是写他因神往黄山，而勤读有关黄山资料的，亦甚有趣，一并录下：

读嘉靖新安县志

（《志》云黄山西北山势中坼，望之类太华，有小华山之称。）

蜿蜒峦势发多颜，西北中分小华山。（"华"读去声）旧志新客闲里读，谁怜终夕想云还。

敢夸裙带曳三洲

未识椒斋之前，总以为他是做过文学院长的人，恐怕多少也不免有点"道貌岸然"吧。相识之后，始知他望之虽有"道貌"，但并不"岸然"。他平易近人，语多风趣，而且和晚辈也并不讳谈"风月"。

他是香港著名的"王老五"之一，今年七十有四，尚未结婚。但却颇多艳事传闻，我曾向他"求证"，他说十九都是真的，并笑说他年轻时有个相士给他看相，说他终生行桃花运，果然灵验如神。从他的"夫子自道"可知，他现在大概也还"时有艳遇"。一笑。

一九七七年我和他到北京旅行，他和我谈起北京旧日"八大胡同"的"风月繁华"，当时他在北京大学读书，也是"八大胡同"的常客。不过他说"八大胡同"的名妓，不是轻易可以做"入幕之宾"的，她们之中懂得琴棋书画的也不少，虽然不是绝不"卖身"，但还是以"卖艺"为主的。她们的"格调"之高，恐怕还在时下的一些影星之上。

一天，我和他到北大参观，五十年前，他是北大学生，重游母校，自是不免畅谈旧事，意气风发。同游的有著名学者，也有香港知名之士。我一时兴起，和他开开玩笑，即席送他一首打油诗，最初写的四句是：

> 京华年少忆风流，太学重来五十秋。公子翩翩头未白，敢夸桃李遍三洲。

北大前身是京师大学堂，相当于古代的"太学"，棪斋的祖父是在前清做过"侍郎"（相当于副部长）的李文田，"公子"二字，当之无愧。他做中文大学院长之前，曾在英国伦敦大学教书，桃李遍布欧、美、亚三洲。我自以为此诗颇贴他的身份，念出后，有位前辈学人说："第四句不好，太道学气了，而且和第三句不能呼应。"一想果然，于是再经推敲，最后改"敢夸裙带曳三洲"，众皆认可，遂成"定稿"。写诗不妨夸大，但这句诗的"夸大"还是有点"谱"的。以棪斋艳闻之多，和他有过"一段情"的女子，想必也有西方美人在内吧。

一九八〇年八月

补记：棪斋一九九六年辞世，年九十岁。

怀士堂前喜见层楼拓

亚洲七个地区的棋会代表正在香港举行会议，筹组象棋联合机构，其中一位代表，新加坡的象棋总会名誉会长王春权先生，日前与我相遇，彼此交谈，才知道乃是岭南大学的同期校友。一谈之下，怀旧之情，油然而生。他希望能够到中国旅游一次，重访母校。

在香港的岭南校友很多，在新加坡的校友也不少。我想怀有同样希望的当不止王春权一人。

说来凑巧，刚在不久之前（本月初），有七八位岭南大学校友组团回穗参观，节目重点正是重游康乐校园（前岭南大学校址，现在是中山大学）。我也是团员之一。

那次访问中大，会见了很多师友。他们的热情招待，真是令我们有游子归家的感动。在欢迎会上，汤明檖教授还特地写了一首迎宾词，调寄《蝶恋花》。从这首词中，也可以看到康乐的近貌：

蝶恋花

（喜迎诸学长莅穗兴游）

七月榴花红透萼，百合香飘，聒絮檐头鹊。握手相看犹记昨，霜毛暗已侵鬓角。　　依稀细草园康乐，怀士堂前，喜见层楼拓。珠水云山连碧落，五洋飞雨鲲鹏搏。

怀士堂是旧日岭南大学的礼堂，整座建筑，称怀士楼。

"怀士堂前，喜见层楼拓。"就我们当日所见，确是此言不虚。据说新建校舍的面积已达原来校舍面积三分之一，学生人数约二千人，更增添了一倍有多。

明樾兄写作很认真，前几天他从广州来信，提出两处有待斟酌的地方，一是"聒絮檐头鹊"的"聒絮"二字，可能他是碍于"聒"字的释义是"语杂声嚣"，不大妥当，拟改为"喧喧"；一是"依稀细草园康乐"的平仄问题，"依稀细草"四字依词律应为仄仄平平，故他拟颠倒一下，改为"细草依稀"以求协律。

明樾兄是老朋友，若问我的意见，我倒觉得他原词较好。一、"聒絮"二字依词律应为仄声，尤其"絮"字不能易为平声，而"喧喧"二字都是平声，且意义和"聒絮"相去不远；不过"喧喧"二字可烘托出热闹气氛，这是胜于"聒絮"的。二、"细草依稀"虽协律，但这一改，则"康"字非改为仄声不可，否则仍是不合词律。但"康乐园"是地名，"康"字不可能用另外一字替代，而"依稀细草"也比"细草依稀"较为自然。

不过这些都是枝节问题，曹雪芹在《红楼梦》中透过黛玉的口与香菱论诗："若是果有了奇句，连平仄虚实不对都使得的。"又说："词句究竟还是末事，第一是立意要紧。若意趣真了，连词句不用修饰，自是好的，这叫做'不以辞害意'。"明樾兄在诗词方面甚有天分，我希望他继续保持这方面的兴趣，多有业余之作。

本报读者，喜爱诗词的很多，因此我一论词，不辞浅陋，不知不觉也谈得太多了，还是回到正题吧。

要略加说明的是，汤明樾是读经济学的，现在是中山大学经济系副教授，并非专攻文学。这首词也是即兴之作，尚未定稿。

我未征求他的同意，便即在此发表，只是为了想让更多的岭南校友看到，一慰他们怀念母校之情，想明樾兄不至怪我。

以词论词，这首词气魄宏大，尤其最后两句，融会毛主席诗词，运用得当，意境很高。虽有一二小疵（主要是声律方面），仍不失为上乘之作。

这次访问中大的另一个收获是会见了国际知名的金文学家容庚教授。容教授今年八十三岁了，精神还很健铄，他已退休，但仍未放弃学术研究，现正整理他有关金文方面的著作。

他的女婿是本港有名的医生徐庆丰，故此他对香港的情况是比较熟悉的。恰好我们的团长倪少杰和徐庆丰是老朋友，而我和他在学术界的几位老朋友也是相识，这么一来，本来我们是准备只作礼貌的拜访的，结果一谈就谈了大概半个钟头，容教授还不让我们走。我们恐怕有损他的精神，虽然还有许多问题想请教他，最后还是不能不告辞了。

那天他刚好写了一幅字托人带给香港中文大学的饶宗颐教授，并和我谈及李棪教授和牟润孙教授，托我向他们三位致意。这三位教授最近都为《〈大公报〉在港复刊三十周年纪念文集》写了专题论文，不久即可出版了。

一九七八年七月

补记：汤明樾已于九十年代初在加拿大多伦多去世。

挽聂绀弩联

聂绀弩是名作家，也是老报人，一九八六年三月在北京逝世，享寿八十三岁。同年四月八日，北京文化界的朋友给他开了个追悼会，许多作家送来挽联。现在选录几副。

钟敬文联云：

晚年竟以旧诗传，自问恐非初意；
老友渐同秋叶尽，竭忠敢惜余生。

绀弩本是以杂文著名的，据他在《散宜生诗》的自序中说，他是在一九五九年才开始写旧体诗的，当时他以"右派分子"的身份，被"下放"到北大荒的某一农场劳动。"一天夜晚，正准备睡觉了，指导员忽然来宣布，要每人都作诗，说是上级指示，全国一样，无论什么人都要作诗……于是这一夜，第一次写劳动，也第一次正式写旧诗，大概大半夜，就交出了一首七言古体长诗。"这真是"趣事"。但更"妙"的是，第二天"领导"却宣布他做了三十二首，因为他这首七言古体长诗共有一百二十八句，这位领导以为四句就是一首，于是就说成三十二首了。不过这个"妙事"却使得聂绀弩在旧体诗的领域中开辟了新境界。

钟敬文是著名的民间文学研究者，北京师范大学教授。他和聂绀弩是同一年（一九○三年）生的，四十年代后期，他和聂绀弩一样，也曾来香港"避难"，任香港达德学院文学系教授。绀弩的旧体诗集《三草》中有赠给他的诗多首。

聂绀弩在文学领域上的两大成就，一是杂文，一是旧体诗，他以杂文的笔法写诗，这也是他的旧体诗的特色之一。钟敬文的挽联只提他的旧体诗，另一位作家何满子的挽联则兼及杂文。何联云：

> 从坎壈中来，旧诗洗宋唐陈套；
> 为战斗而作，杂文及鲁迅精神。

"坎壈"，不得志的意思。聂绀弩是在"下放"北大荒劳动的期间开始写旧体诗的，其"坎壈"可知。绀弩的旧体诗是最擅长运用旧瓶装新酒的；其杂文亦堪称可继承鲁迅。此联可作文艺评论看，其评聂绀弩的旧诗和杂文，亦堪称"的评"。

启功教授一联则于论诗之外，兼及他的遭遇。联云：

> 革命抱忠心，何意门中遭毒手；
> 吟诗惊绝调，每从弦外发奇音。

聂绀弩在一九五七年就被打成"右派"，"文革"期间，更被打成"反革命分子"。"门中遭毒手"云云，那是无须详注的了。"奇音"二字可用胡乔木为《散宜生诗》所写的序文作注，在那篇序文中，胡乔木认为聂绀弩的旧体诗是"作者以热血和微笑留给我们的一枝奇花——它的特色也许是过去、现在、将来的诗史上独一无二的"。上联为死者的遭遇鸣不平，下联为死者留下的"奇绝"诗篇而赞叹，堪称写出了绀弩的"其人其诗"。此联悬于追悼会的礼堂门口，据说是最受注意的一联。

对聂绀弩的平生和成就都谈到的是陈凤兮女士的一联：

> 新闻记，古典编，杂文写，无冕南冠，白发生还，散木岂
> 不材，瘦骨嶙峋，绝塞挑灯题野草；

史诗作，狂热问，浩歌寒，盛世颓龄，青春焕发，故交伤
永别，千蝶旷代，骚坛刮目看奇花。

知道陈凤兮名字的或者不很多，但知道她丈夫名字的一定不少。她的丈夫是著名的已故报人、作家金满成，中国的第一部《性史》就是由他编著的。（其实金满成在文学事业上最大的成就是翻译，他是法国留学生，曾翻译法国作家法朗士、巴尔扎克、莫泊桑等许多名作。）解放后金满成在人民文学出版社工作，和绀弩是同事，两家是经常来往的。

略加注释。上联写聂绀弩的生平，聂是新闻记者出身，曾在国民党的"中央通讯社"任职（一九二八年），解放后任人民文学出版社副总编辑兼古典部主任。此是"新闻记，古典编"的"本事"。聂在人民文学出版社出版的旧体诗集名《散宜生诗》，取《庄子》说的"散木不材"，因而可以避免斫伐之意。但聂绀弩虽然自比"散木"，实是大材，故联中说"散木岂不材"也。聂是在一九七六年以"国民党县级以上人员"的身份获特赦的，他有"穷途痛哭知何故，绝塞生还岂偶然"的诗句。在北大荒时，某年鲁迅忌日，他曾以鲁迅《野草》中数文意为诗八首。此是"白发生还"和"绝塞挑灯题野草"的本事。

上联写聂的生平，下联则是说他的旧体诗。"史诗作，狂热问，浩歌寒"取材自聂绀弩《题野草·墓碣文》一诗。

狂热浩歌中中寒，复于天上见深渊。以心糊口情何恻，将
齿咬唇意岂安？我到成尘定微笑，君方入梦有初欢。谁人墓碣
刊斯语，瞥见其人少肺肝。

聂诗本是隐括鲁迅《墓碣文》的，陈凤兮用诗意入联以挽绀弩，堪称"得体"。"我到成尘定微笑"一句，亦可移作聂的"自挽"。

"千蝶旷代"则取意自聂绀弩《题野草·秋夜》的诗句。原诗云：

梦中微细小红花，有瘦诗人泪灌他。道是冬随秋去后，行看蜂与蝶争哗。夜浓恶鸟刚飞过，眹眼鬼天快亮吗？火引青虫破窗入，刺天枣树尽枒杈。

联语以"蝶"象征聂绀弩的诗篇，"千蝶旷代"喻其诗之美之奇，实为当代罕见也。

还有一副挽联是聂的"倾盖八友"送的。联云：

松柏后凋，尽有严寒偏耐冷；
氛埃粗落，不须雪涕更招魂。

"八友"者，王以铸、吕剑、宋谋玚、荒芜、孙玄常、陈冷园、陈迩冬、舒芜是也。他们和聂绀弩一起，出了一本诗词合集，名为《倾盖集》，本是"九友"，绀弩谢世，就只剩下"八友"了。"八友"的诗词集是：王以铸的《城西诗草》、吕剑的《青萍结绿轩诗存》、宋谋玚的《柳条春半楼诗稿》、荒芜的《纸壁斋诗选》、孙玄常的《瓠落斋诗钞》、陈迩冬的《十步廊韵语》、陈冷园的《影彻楼诗词稿》和舒芜的《天问楼诗》。

一九八七年七月

京华犹剩未残棋

聂绀弩逝世时，我在澳洲悉尼，从报上得知他的不幸消息，便即写了一副挽联，寄给北京《文艺报》（一九八六年十月二十五日刊出），悲怀难抑，下笔匆匆，工拙不复计矣。联云：

> 野草繁花，香岛难忘编后话；
> 微醺苦酒，京华犹剩未残棋。

聂绀弩的年纪比我大得多，我读中学的时候，他已是享有盛名的作家了。当时（一九四〇年）他在桂林编《力报》副刊，我刚进桂林中学，给《力报》投稿，蒙他取录，但未见过面。"正式相识"是十年之后的事，他担任香港《文汇报》的总主笔，我编《大公报》的副刊，那时方始经常来往。经常来往的原因是我们有共同的嗜好——围棋。围棋一下，往往不能自休，他每天要写一篇《编者的话》，也往往因为下棋耽误，要报馆打电话催他回去写。不过他这《编者的话》却是别具特色的，是杂文式的时论，后来辑成《海外奇谈》《二鸦杂文》等在香港出版。

他的杂文师承鲁迅，某年鲁迅忌日，他"以《野草》中数文意为诗八首"，其一的题词有句云："野草浅根花不繁，朝遭践踏暮芟删。"上比的"野草繁花"云云，即反其意而用之，言其将野草式的杂文在香港发扬也。一九六二年我做客京华，他曾挟围棋来访，一局未终，即因临时有事作罢。"微醺苦酒"句出自他的《淡淡的血痕中》题诗:"苦酒微甘酌与人,非醒非醉但微醺。"

一九八七年七月

补记:聂绀弩这几首吊鲁迅诗,已于一九八二年编入他的旧体诗集《散宜生诗》,人民文学出版社出版。

记刘芃如

学兼中外的才子

日前谈及萧红墓的迁葬，因而想起刘芃如，他也是促成此事的热心人士之一。他去世已经十八年了，我写此文，就当做是对故友的悼念吧。

他是英国留学生，专攻文学，中英文造诣都很好，德文和意文也懂得一点。回国后曾任四川大学外语系讲师，一九五〇年南来香港，从事新闻工作，最初是在《新晚报》做翻译，后来担任英文杂志《东方月刊》的总编辑。战后初期，香港一般的报馆翻译，是很少有如他这样的学历和资历的，但他并没有"委屈"之感，工作得十分认真。记得有一部意大利名片 *Riso Amaro* 在香港上演，这两个词是"苦米"的意思，他译为"粒粒皆辛苦"，很得圈内人赞赏。

他搞翻译，也写新诗和散文，译作《沉默的美国人》曾在大陆出版，甚获好评。散文集有《书、画、人物》和收辑在《新雨集》中的一辑文字。《新雨集》是叶灵凤、阮朗、李林风、洪膺、夏果、夏炎冰六人的合集。洪膺即刘芃如的笔名。新诗写得较少，似乎也未结集，但他的诗人气质是很浓的，作家舒巷城写过一篇题为《洪膺，你就是诗》的文章，可见他给朋友的观感。

他在担任《东方月刊》总编辑期间，每期都有他用英文写的一篇《编者的话》之类的文章。我的英文程度不够谈论它的好坏，但据他的好友韩素音说，他的英文文章已经有了个人的风格，文字优美，颇受欧美作家重视。韩素音是用英文写作的女作家，所言当非过誉。中文写作能有个人风格已难，何况是中国人用英文写作。但他却并非"倚马可待"那类"才子"，在朋友中他是被叫做"刘慢"的。他写文章，字斟句酌，非到他认为满意，不肯"交货"，因此而闹过一件趣事。

万里长空怅望中

听报馆的朋友说，有一次报馆要刘芃如写一篇有时间性的文章，他迟迟未交，报馆朋友催他，他突然大发脾气，说道："你们都是才子，我是刘慢，我不写了！"说不写就不写，结果只好由别人代写。从这件事也可见得，他只适宜做作家，绝不适宜做稿匠。

他很有点英国绅士派头，平日做事，也是慢条斯理的。按说这样的人应该长寿的，谁也想不到他会短命。

他是因飞机失事死的，一九六二年七月十九日，他飞往开罗，中途失事，机毁人亡。女诗人赵克臻（作家叶灵凤的太太）有挽诗三首，录两首如下：

> 万里长空怅望中，此行总觉太匆匆。诗魂今夜归何处？月冷风凄泣断鸿。
>
> 旧知新雨笔留痕，笑语樽前意尚温。云海茫茫尘梦断，却得何处赋招魂。

我也写了一首挽词，调寄《水调歌头》：

> 长天振鹏翼，万里正扶摇。谁料罡风吹折，异域叹魂飘。天道每多舛误，才命岂真相负，此恨永难消！遗篇犹在目，一展泪如潮。　　惜彭殇，怆往事，把君招。十年相聚，风雨曾

经共寂寥。一瞑随尘去后，谁与中流击楫，同破大江潮。愿执钟馗笔，慰你九泉遥。

他有一子二女，儿子刘天均颇能继承他的衣钵，留学加拿大，读"比较文学"，现在温哥华从事中文电视节目的制作。长女刘天梅，去年曾回香港参加香港小姐竞选，现在是一间报馆的广告部经理。次女刘天兰在香港电视台工作，能歌善舞，也曾在荧屏出现多次。

蒙娜丽莎的眉毛

达·芬奇的名画《蒙娜丽莎》，人赞其笑为"永恒的微笑"，知道的人很多，但你可曾听人谈过蒙娜丽莎的眉毛?

刘芃如曾在报上写过一个介绍西方文学艺术的专栏，后来选辑成书，名为《书、画、人物》。其中一篇就是介绍达·芬奇这幅名画的。他在谈蒙娜丽莎的微笑的时候，也谈了她的眉毛。

达·芬奇创作这幅画像是在一五〇一到一五〇六年之间，刘芃如研究了那个时期意大利的时兴风尚和文学作品对意大利时髦女人的描写。他说："蒙娜丽莎的眉毛仔细修饰过，这是当时的时兴风尚。她有着一个所谓好门第的女人的风度、那种盛装的肉体的安详。我们可以说这是当时意大利时髦女人的气派，嘴唇开一点点'在左边，好像你在偷偷地微笑……可别显得有意要这样，一切要出之自然——假如做到适可而止，大大方方，再加上一点天真的传情、眼睛的某些活动，那就不会是卖弄风骚、乱出风头了。'这是当时一位作家傅伦莎拉给意大利时髦女人的忠告。"

刘芃如认为蒙娜丽莎的神秘，是一个已经懂得掩饰感情的上流社会女人的神秘。她的神秘处在她的浅笑，那是好些种不同的笑混合在一起的。谈"蒙娜丽莎的微笑"的很多，但谈得似他这样细致的似不多见。

刘芃如对翻译的要求很高，他说："要翻译，绝不是单单依靠几本或几十几百本字典辞典就行的。还必须熟悉原作中所表现的时代精神、生活方式、文物制度，以及原作者的思想和风格——他遣词、造句和比喻的种种特性。""如果慌慌张张把一个西洋美人拉过来，给她胡乱披上一身中国衣裳，谁还能够欣赏她的美呢？"

但说句笑话，要是像他这样搞翻译，除非本身经济不成问题，否则恐怕要喝西北风了。

一九八〇年四月

缘结千里　肝胆相照
——记谢克

在我的文学生活中，新加坡占了一个很重要的位置。人所周知，"梁羽生"是在香港"诞生"的，如果说香港是我武侠小说的老家，则新加坡可算是"第二家乡"。

有很长一段时间（从上世纪六十年代末期到九十年代初期）我的小说是在两地的报纸同时发表的，而且不仅限于武侠小说，大约是从八十年代开始，我的文史小品也以报纸专栏的形式和新加坡读者结缘。在有关报纸的编者中，我和谢克交往的时间最长，因为他既是小说版的编辑，也是文艺版的编辑，而且，我们的文学理念也较为接近。

我在香港退休、移居悉尼之后，曾写了一篇回忆录一类的文字，题为《与武侠小说的不解缘》，在新加坡《联合早报》发表，其中一段在谈到"以文会友"的非比寻常之乐时，我说"武侠小说的读者是最热情的"，不过，"热情的读者不一定可以成为持久的朋友，我当然还有因武侠小说之'缘'而成为老朋友的。新加坡的一位副刊编辑与我相交二十多年，当真可说得是肝胆相照。一九八七年他过香港，我与他谈古论今，一时之间，颇有纳兰容若赠顾梁汾词中所说的'有酒唯浇赵州土，谁会成生此意？不信道遂成知己。青眼高歌俱未老，向樽前拭尽英雄泪'之感"（一九九九年六月十九日《联合早报》副刊"别有天地"）。编者给这一分段起一标题"武侠小说缘结千里"，另加副题"良师益友肝胆相照"。题目起得真好，我要向这位如今尚未知名的编者致谢。

在这一分段中，我提到因武侠小说结缘的一些良师益友。"良师"

我已写明是谁（华罗庚、汪孝博等），"益友"则并未写明。不过新加坡文化界的朋友，看到这段文字，相信都猜得出说的必是谢克。

不过我和谢克虽然是因武侠小说结缘，但谈得最多的还是"纯文学"。而他对于文学的诚恳和热情，也真是足以令人起敬。一九七七年六月，我初访新加坡，这也是我和谢克的初次会面。"一见如故"不在话下，最难得的是他给我补了一课——有关新加坡文艺的一课。说来惭愧，我虽然是新加坡报纸的"资深"作者，但对新加坡的华文文艺却是所知甚少，是谢克给我补了这个缺陷。他给我带来了《新加坡华文文艺作品选集》（孟毅编）、《新加坡文艺》（季刊，教育出版社出版）以及他著的《新加坡华文文艺》等书刊。他给我补的这一课还真管用呢。两天后，我应新加坡写作人协会之邀，在新加坡国家图书馆作《从文艺观点看武侠小说》的专题讲演，"专题"之外，也谈到了我对新加坡文艺发展的感想。对这个临时附加的问题，我还不至于言之无物，这都有赖于谢克给我补课之功。

在那次和谢克的初会中，另一件令我印象深刻的事情，是他对"新人"的热情和爱护。他为我介绍新加坡多项文艺评奖的情况，并特别提到尤今。因为当时他和尤今都在《南洋商报》工作，而尤今正是《商报》安排她来采访我的记者。《新加坡文艺》创刊号有一篇谢克写的文章，题为《新加坡共和国成立以来的华文文艺》，其中有云："新加坡共和国成立以来，文艺界最大的收获是新的写作人的大批涌现。这批文艺新兵，为我们暮气沉沉的文坛，带来了一股清新的气息，使我们的文艺园地，开满了灿烂的文艺花朵。尤今是这批文艺新兵中，很受注意的一位……有很好的旧文学根底，驾驭文字的能力不在一些老作家之下。作品不多，却有深度。"谢克这篇文章写于一九七六年，当时还是"作品不多"的"新兵"尤今，如今已经成为整个华文世界的畅销作家了，足证谢克"法眼"无差。而尤今为我写的那篇访问记《寓诗词歌赋于刀光剑影之中》，也经常给武侠小说的研究者所引用。

一九七六年的新加坡之行，不但让我"正式认识"了谢克，并且也从别人的口中对他有了更多的了解。他有"文坛老园丁"之称，除了编文艺副刊、积极培养新苗之外，对有利于新加坡文艺发展的活动，他也是不遗余力。他有多方面才能，能写能编，任劳任怨。他的一位《南洋商报》的老同事说他是"编文织艺不知倦"（这是一篇访问记的题目，作者吴启基，刊于一九九五年三月十六日《联合早报》副刊"文艺城"），说得真好，我深有同感。记得有一次我和他谈起鲁迅的杂文《聪明人、傻子和奴才》，我说："你的不求名利，只爱文艺，在某些人眼中，可能正是傻子呢。"他笑而不答。我徐徐补上一句："不过，这个世界也正需要多一些这样的傻子呢。"

我的这个看法其实是过于悲观的。懂得欣赏傻子的人绝对不止于我们想象的零丁小数。在这新千禧年（二〇〇〇年）的开始，谢克获得新加坡文艺协会推选为"亚细安文学奖"得主，就是明证。因此，我虽然早已"金盆洗手"，"闭门封刀"，也禁不住要为他献上贺词了。

二〇〇二年二月二十六日于悉尼

缘圆两度见圆融

——怀念刘渭平教授

　　我和刘渭平先生从闻名到相识，从相识到相知，友情如酒，愈老愈纯，可说纯粹是由于"文字缘"。说到"缘"字，往往带点奇妙色彩，现在就让我说两个颇为特别的文字缘吧。

缘起征文的缘外缘

　　一九九〇年六月，澳洲《星岛日报》举办征文，刘先生请我做评审。在此之前，他虽然读过我的武侠小说，我也读过他的文史作品，但毕竟所知有限。通过这次合作，加深认识，我才知道他不仅文史功底深厚，且还是个堪称"三绝诗书画"的高手。[1]

　　这次参加《星岛》征文的评审工作，对我而言，还有两重收获。一是和澳华年轻一代的作者结缘。征文分论文、散文两组，得奖者共二十三人，其中不乏后来的文坛新秀。至于分别打入三鼎甲中的李润辉和梁绮云，如今更加是澳华文坛的著名作家了。李润辉著的《英语口头禅》和梁绮云著的《澳洲风情画》，两本书的性质虽然不同，但有一点相同的是，它们都可以带领我进入澳洲人的日常生活，因而也都是我珍惜的藏书。

---

　　[1]　刘渭平有《赠梁羽生君》一诗，作于一九九三年六月，《刘渭平先生纪念集》有辑录。诗云："萍踪侠影早驰名，剑影刀光诉不平。赢得世间多少泪，英雄肝胆美人情。"

另外一个更加令我有意外之喜的收获是，担任评审工作的除了刘老和我之外，还有赵大钝先生和李承基先生。赵、李两位都是我早已认识的文友。由于来稿太多，费时一个多月，评审方始得出结果。一个多月的合作，每次集会，也都有谈文论艺的余庆。因此，临别之际，大家都有依依不舍的情绪。于是议定每周茶叙一次，以文会友。初时，以报界高层作为班底，渐渐朋友越来越多，方面也越来越广，这个小圈子的茶叙，后来竟变成知名度很高的文艺聚会。甚至在海外使用中文的高级知识分子中，亦不乏知者了，成为了他们做客悉尼之时的文艺沙龙。

这个缘外缘，非但我意想不到，恐怕任何人都意想不到，包括刘老在内。

十元·拾缘·十圆

刘老在他用英文写作的自传《浮云》（*Drifting Clouds*）的终结篇中谈到这个茶会，他说："在悉尼有一班年长的学者，作家、画家和书法家，例如武侠小说家梁羽生和诗人赵大钝。我们每个周四相约茶叙，各付十元作茶资，称为十元会。"

最初名为"十元会"，不久就由赵老提出，改"十元"为"拾缘"，最后定名为"十圆"。"十"指"十方"，"圆"指"圆融"。"八方"加"上、下"，是为十方；"破除偏执，圆满通融"，是为"圆融"。对基督教和佛教两大宗教都有研究的陈耀南教授引《楞严经》释"本性圆融"之义云："周遍法界，湛然常在"是也。用赵老的话，简而言之，亦可说是"十分圆满"了。

曾参加过十圆会茶叙或宴会的客人，有从北京来的黄苗子、郁风夫妇，从香港来的饶宗颐、何叔惠、杨瑞生和罗孚；从台湾来的杨雪峰和跟海峡两岸都有渊源的何惠彰。这些人不但是文化名人，甚至有大师级的顶尖人物。用不着我来介绍了。

还有两位，或者可以称为"半主半客"的"内宾"。一位是刘老的嫡传弟子陈顺妍，一位是无弟子之实却有师弟之情的赵令扬。[1]陈顺妍教授是国际知名的翻译家，高行健的《灵山》英译本就是出自她的手笔。赵令扬教授是港大中文系的退休主任，家在悉尼，但当时还只是到了假期才有机会到悉尼拜访刘老。

十圆会之所以能够容纳信仰不同、文化背景不同、学术思想也分门别派的"各方人士"，这和一手缔造十圆会的刘老的兼容并包的精神是分不开的。能够做到这个地步，当真说得是从"拾缘"进展到"十圆"了。

或许正是由于刘老这种情怀，而我亦因而有所感悟，这才引发了另外一段"双重文字缘"。

刘老多才多艺，尤以有关"海外华侨史"的著述，为人推重。他的《澳洲华侨史》已在台湾出版，但在大陆出版的时机尚未成熟。于是我想到香港天地图书有限公司。"天地"和海峡两岸的出版界都有往来，正在做两岸交流的工作，成绩卓著。我想要是有一个比较完整的版本，由天地出版，让国内读者能看到，也是好事。我对刘老说了，刘老默默不语，半响方道："恐怕不容易吧，我在香港的学生和他们也不是很熟。"

事情就有那么巧，没过多久。"天地"总经理陈松龄夫妇来到悉尼。陈为人素来低调，尤其这次并非因公务而来，所以毫不声张。我只能在一个为他们而设的接风宴上，邀请刘老与承基、大钝二兄参加。

陈夫人的伯父是有"高要才子"之称的梁寒操先生。梁先生曾任台湾的"中广"董事长，一九七五年病逝台北。刘老藏有他亲笔题赠的一首诗。席间刘老谈起自己当年以晚辈身份拜访梁公，得到梁公赠诗的往

---

[1] 六十年代中，赵令扬曾在悉尼大学东方学系任教授。他说："在悉尼大学教学过程中，我一直得到刘教授的照顾和提携。他不但在学问上是我的老师，在生活上更是我的挚友。对此，事隔多年，我仍是念念不忘的。"（见赵令扬序《大洋洲华人史事丛稿》）

事，并把这件藏品转赠陈夫人。陈夫人家学渊源，爱好收藏名件，忽然得到伯父的墨宝，亦是大有意外之喜。

陈松龄先生对刘老著作的分量当然亦有所知，出版之事，一拍即合。其结果是二〇〇〇年"天地"出版的《大洋洲华人史事丛稿》。在这里我还要说明一点，对于刘老这本书的出版，赵令扬教授才是最大的功臣。他不仅帮忙刘老做了许多事务工作，并为此书校订、作序。而我只不过起了一点穿针引线的作用而已。

"缘起互依"，从"拾缘"到"十圆"固然可作说明，此书的出版，亦可说明。"缘圆两度见圆融"非虚语。

二〇〇六年四月十五日于悉尼

丙辑

诗话书话

杨振宁论诗及其他

杨振宁喜欢谈中国古典文学，最近北京的《人民日报》有人引用了他的一段"诗论"。

杨说："用中文写诗极好，因为诗不需要精确，太精确的诗不是好诗。旧体诗极少用介词。译文中加了介词，便要改变原诗意境。"

这段"诗论"引起颇多"议论"，那些议论也很有趣。

荒芜是赞同杨振宁意见的，他认为"这话是颇有见地的"。

不同的意见则主要是针对"诗不需要精确"这句话。举一段见之于报纸的文字作为代表：

"即使李白，看起来'天马行空'，不着边际，然而用来表达他的胸臆，又怎能说不精确？屈原不那么讲究押韵，可以说是中国自由（分行）诗的始祖，但又有哪一个字，不是用在恰当的位置？因此，杨振宁是说错了！诗怎么能不要求精确？只有越精确才越是好诗。"

这段话也不能说是没有见地，但依我看来，分歧之处，恐怕是由于双方对"精确"的理解不同。

当然我也只是猜度而已，我想，杨振宁的意思恐怕不是说诗的用字无须恰当，以及表达不出作者的胸臆也算好诗吧？

他说的"诗不需要精确"，说的恐怕是诗（或扩大为文艺）之所以有别于科学的一个"特点"。科学的"精确"，"一就是一，二就是二"。在十进制中，一加一只能等于二，绝不能等于三。诗恐怕不能"限"得这样"死"的。"白发三千丈"，你见过哪个人的头发真的有三千丈？诗的妙处，往往只可意会，不能言传。若是科学概念上的"精确"，毫厘不差，又怎会不能言传？

有句老话，"诗无达诂"，李商隐的一首《锦瑟》不知有多少不同解释？有人说是政治诗，有人说是爱情诗。龚自珍的"斗大明星烂无数，长天一月坠林梢"（《秋心三首》之一）这两句诗，也有人在问："这是抒写个人、一辈人、一代人的感觉，还是概括了千古英雄的叹息？"（万尊巇《试论龚自珍诗的艺术特色》）但"诗无达诂"，却并非是因为那些诗的"每一个字不是用在恰当的位置"。

据说法文是最"精确"的文字，因此国际条约多是以法文为准。但法国象征派大诗人保罗·梵乐希写的《水仙词》，据说却是一百个人读了就有一百种不同解释。而《水仙词》的诞生，被法国的文艺评论家认为"是比欧战更重大的事"。呜呼，诗的"精确"岂易言哉？

撇开"晦涩"的诗不谈，即使一些"明白如话"的诗，也会因为读者背景不同、际遇不同，而有不同的感受、不同的理解。李后主《虞美人》词中的两句"小楼昨夜又东风，故国不堪回首月明中"，本是抒发他对旧日繁华的怀念、失去帝王宝座的悲哀。但在抗战期间，逃难到后方的人读起来却又是另有一番滋味在心头了。本来是帝王末路的哀歌，在普通的百姓心中也会引起共鸣。（五十年代初期，中国文艺界曾因"李后主的词有没有人民性"而引起一场大笔战，参加笔战的名家对李后主的词的理解，就是诸说纷纭的。）

不知我的解释是否符合杨振宁的原意。我倒另外有个感想，作为一个"美籍华人"的物理学家，杨振宁对中国古典文学的爱好是值得称道的。至于你同不同意他的讲法，那又是另一回事了。

今年（一九八〇）一月五日，他在广州"粒子物理理论讨论会"闭幕式上的讲话，引用了王勃的《滕王阁序》，他说："王勃用美丽的诗句描述了当时的人力物力，有'物华天宝''人杰地灵'两句，很确恰地道出了初唐时代中国的潜力。以后一百年的历史，中华民族发挥了这巨大的潜力，创建了盛唐的文化，为当时世界之冠。王勃这两句诗，我认为也很确恰地道出了今天中国的巨大潜力。"

还有一个佳话，中国年轻一代的著名物理学家、中山大学教授李华钟（他以层子理论得到包括杨振宁、李政道在内的国际物理学家的赞扬），他是这次物理学讨论会的主持人，也是诗词的爱好者。在从化开会期间，他曾写了一首欢迎杨、李二人的诗：

　　　碧带溪流映紫荆，天湖泻瀑注高情。春风伴有归来燕，不
无诗客赋新声。

倘若不用要求"诗人"的尺度来要求他，这首诗也是颇有意思的。

一九八〇年五月

原子物理学家的诗

原子弹之父的诗

报载中国将试验洲际导弹，射向南太平洋地区，有关国家已获通知。

中国是一向主张禁止使用核武器的，中国发展洲际导弹完全出于防御性质，和霸权主义者的施展核讹诈，有根本的区别。

原子能的发现和应用是本世纪一项重大的科学成就，对这项成就，科学家的感想如何呢？倘若要收集他们的谠言伟论，那真可说得是汗牛充栋，这里我只想介绍几位原子物理学家的诗。

世人皆知，第一颗原子弹是一九四五年八月六日投掷在日本广岛的，但第一次"原子爆炸"则是在美国的阿拉莫哥多（Alamogordo），用作试爆的科学名称是"原子装置"，这次试爆成功才产生原子弹。据说当原子装置爆炸时，有一位参加实验的物理学家亲眼看到火球越扩越大，心中突然闪过一阵恐怖的感觉，觉得火球会不断地扩大，以致烧光全世界。有美国"原子弹之父"称号的奥本海默博士，震惊于原子弹的威力，当场写出了几句诗：

> 假如一千颗太阳的光焰，
> 突然都迸射到天空，
> 那就会像是——
> 至尊的神的光辉。

不错，原子弹的威力是巨大的，一颗原子弹就足以杀伤数以万计的人，但似乎也没有那位物理学家想象的恐怖。后来的事实证明，第一个受到原子弹轰炸的广岛，鸟儿还是在飞，树木还是一样生长，新的城市也在废墟上建立起来了。

　　在人类进化史上，火的发现是一件非常重要的事，它对人类文明的影响，恐怕还不是"原子弹的发现"所能比拟的。古代有拜火教，创于波斯，称为祆教，影响及于世界各地（曾于唐代传入中国，金庸《倚天屠龙记》中的"明教"就是源于祆教的）。那位物理学家震惊于原子弹爆炸的威力，和古代人震惊于火的威力的"心态"看来正是一样。我不是科学家，但我有个设想，现代科学正在加速发展，过了几百年，一种什么新的能源可能代替了原子能，而原子弹也要被人当做"小儿科"吧？

　　在战争史上，机关枪的发明也曾被人称为"最后的武器"，但到了现在，机关枪却已变成"落后"的武器了。奥本海默博士预测，谁掌握原子弹，谁就是掌握人类命运的"至尊的神"，这个预测，恐怕也会为后人所笑的。（武侠小说就没有谁仗着一把宝剑可以天下无敌的，一笑。）

　　不过，请读者千万不要误会，我这个说法并非忽视倘若把原子能用于战争可能给人类带来的灾祸。我和世界绝大多数的科学家一样，是赞成"禁止使用原子弹"的。原子能只能是作和平用途，这已经是人同此心，心同此理了。

魔鬼和神一道大笑

　　《现代科学谈趣》的作者——纽约大学物理学教授杰仁美·伯恩斯坦也曾写过一首小诗，诗道：

　　　大自然和自然法则在黑夜里躲藏，

　　　上帝创造了牛顿就有了光。

但魔鬼和神一道哈哈大笑起来了，

创造了爱因斯坦，人就恢复了原状。

爱因斯坦的"相对论"是原子物理学的先导，因此诗人把发掘了自然法则的牛顿定律和导致原子能发现的"相对论"相提并论，同时把这两大科学家放在同等位置——都是上帝的杰作。

原子能可以令人类幸福，也可以令人类毁灭，所以原子能的发现令得魔鬼和神都大笑起来了。这几句相当"玄妙"的诗，据说就是暗示创造了原子弹之后，人就具有魔鬼和神两种性格。（或说"人性"本来就是如此，故此用"恢复"二字。）诗人认为把原子能用来准备战争，就是"魔鬼与神同在"的具体表现，他是反对原子战争的。（诗无达诂，对这首诗当然你也可以作别种不同的解释。）

《现代科学谈趣》一书，还提到另一位原子物理学家——主持芝加哥"阿岗国立实验所"原子科学研究工作的罗伯兹博士所写的一首诗，也很"有趣"。这首诗写于六十年代初期，是有感于当时美国物理学的研究工作几乎都是配合军事需要的。诗道：

在一座古老的陆军基地，
世界上最好的电核器，
一定花费十亿金元，
一定发出百亿伏特，
需要五千学者，花费七年时光，
才使它活下去！

当然这机器不过是一座
更大的机器模型而已。

那就是物理学的未来途径，

我相信你们都会赞成？

……

拿开你的十亿金元，

拿开你那染污了的金子。

……

拿开啊，拿开你那十亿金元，

让我们再次成为物理学家。

科学家不愿意为战争服务的心情，在这首诗中表现得十分强烈。

一九八〇年五月

廖凤舒的《嬉笑集》

前些时候写了一篇《广东话怪联拾趣》，想不到许多位朋友颇感兴趣，要求续谈；其中有一联是摘自廖凤舒的《嬉笑集》，也有读者要求略作介绍。

广东话怪联是"妙手偶得之"的玩意，佳作难求，"续谈"是无以应命了。（不是广东话的怪联还有一些，将来再谈。）

廖凤舒的《嬉笑集》倒是大可一谈的。

近代以广东话作对联最有名的是何淡如。以广东话入诗，则以廖凤舒最为可观。

个人意见，我以为若论文学价值，廖凤舒的广东话诗是远在何淡如的广东话怪联之上的。

不错，何淡如的怪联往往有"匪夷所思"之作，令你笑破肚皮。但令你笑破肚皮的只是由于字面的诙谐，联语的本身却大都是没有什么意义的。如"公门桃李争荣日；法国荷兰比利时"一联，用三个国名来对一句旧诗，确是匪夷所思，但三个国名串在一起却是没有什么含义的。

廖凤舒的广东话诗就不同了，咏史也好，纪事也好，往往能启人深思。尤其《广州即事》等诗，描画旧社会诸般令人可笑而又可恨的事物，更是兼有"艺术性"与"思想性"的佳作。

廖凤舒原名恩焘，号忏盦，他是革命先烈廖仲恺的哥哥，原籍惠阳，晚年在香港定居，一九五四年四月去世，享寿九十。他活了差不多一个世纪，对旧社会的丑恶面是看得特别深刻的。

他平生用粤语写的七律很多，经他详加选择，分别集成《汉书人物分咏》《金陵杂咏》《史事随笔》及《信口开河录附存》，总名《嬉笑集》，生前曾一再付梓，印成小册分赠亲友，在书店是买不到的。在他死后，一九七〇年，一位从事新闻工作的朋友曾清，对他的诗极为喜爱，曾手录全册，并加以校正。当时在书店似乎是有代售的，但现在也很难找到了。

他的诗大致可分三类：一、咏史；二、咏名胜风景（大都也有史事穿插其中）；三、时事讽刺诗。

咏史诗最为脍炙人口，虽未公开出版，但有许多都早已为人传诵（如咏秦始皇、项羽等诗）。人所熟知的不谈了，在这里只举两首比较少人知道的为例。

一是咏秦二世的，诗云：

> 够之大瘾火麒麟，呢件龙袍重几新。未必乖哥唔识鹿，果然太监系制鹌。一堂鼻涕真衰仔，二世头衔咁吓人。点估江山全送晒，亡秦应在亚胡身。

写秦二世之为"败家仔"，刻画传神。"未必乖哥唔识鹿"尤为"警句"，意即秦二世虽为"蠢仔"，亦未至于连马与鹿都分不开，赵高"指鹿为马"之能得逞，那是二世为势所迫，不能不做他的傀儡。败秦江山的责任，赵高大于二世。

一是咏司马相如的，诗云：

> 十月天时芥菜心，突然挑起为弹琴。姑爷卖赋钱难揾，小姐当炉酒要斟。穷到牛头赊裤着，碰啱狮鼻打锣寻。茂陵重想装埋艇，头白吟成有晒音。

写司马相如琴挑卓文君的故事，隐隐道出此一大名士追求寡妇为的是钱；后来司马相如另有新欢，卓文君作《白头吟》冀求夫婿回心转意，史书上据说是有效果的。但诗人一句"头白吟成有晒音"却作了反面的看法。司马相如琴挑卓文君本是文人雅士艳称的爱情故事，但在诗人笔下，则写出了这段爱情的丑恶面，最后一句讽刺意味尤其深刻。

第二类咏名胜风景，举《金陵杂咏》中《天文台》一首为例：

> 报风报雨报埋烟，日本人称大话团。（自注：日谚谓撒谎为天文台）。寒暑表真多事件，测量器便系神仙。挡雷机着雷嚟劈，得月楼啱月未圆。隔海宋皇台咁远，搬嚟呢处想摩天。

写旧日南京天文台之"水皮"，令人发笑。更妙的是突然拉上香港，最后两句竟似乎是新文艺中"时空交错"的技法了。他"诗笔"之"放"，此诗也可见一斑。又，他是日本留学生，故此能够运用日本谚语，恰到好处。

但我最欣赏的还是他在广州解放前所写的时事讽刺诗。选录三首，以见一斑：

（一）

> 盐都卖到咁多钱，无怪咸龙跳上天。官府也收来路货，贼公专劫落乡船。剃刀刮耐门楣烂，赌棍扒多席面穿。禾米食完麻雀散，留番光塔伴红棉。

当时广州通用港币，称为"咸龙"，做找换生意的十三行钱庄被人称为"剃刀门楣"，盖因其"出又刮，入又刮"也。"光塔"是广州名胜之一，"红棉"是广州市花。最后两句，颇有鲁迅杂文味道。

(二)

　　广州唔到十三年，今再嚟番眼鬼冤。马路窿多车打滚，鹅潭水浅艇兜圈。难民纪念堂中住，阔佬迎宾馆里捐。酒店老车俱乐部，隔房醮打万人缘。

　　写的是解放前夕，"国府"搬到广州的"时事"。难民、阔佬一联令人笑中有泪。而"中山纪念堂"作为"难民收容所"，讽刺意味也很深刻。

(三)

　　水灾听话要开捐，预备从中揾个钱。猫面谁知监伊食，牛皮点肯任人煎。埋枱照例烧轮炮，入格周时叹口烟。想咪剩番条鼠尾，汽车胎早喊冷完。

　　写当时的国民党官吏在作鸟兽散之前，还要借水灾来发赈济财。"喊冷"想是香港的广东话"大拍卖"之意。

　　还有一首《漫兴》也是写广州解放前即景，写得也非常好。

　　全城几十万捞家，唔够官嚟夹手扒。大碌藕真抬惯色，生虫蔗亦啜埋渣。甲仍未饱偏轮乙，贼点能知重有爸。似走马灯温咁转，炮台难怪叫车喱。

　　此诗直斥当时的官吏是贼阿爸，害处比几十万捞家的总和还大。"生虫蔗亦啜埋渣"写官吏的刮削民脂民膏，与"禾米食完麻雀散"一句有异曲同工之妙。车喱炮台在穗城城郊，"车喱"两字，在粤语中有越出常轨、转动反常之义。

一九七八年八月

重印《新粤讴解心》前言

廖恩焘（一八六四——一九五四），字凤舒，号忏盦，一个耳熟能详的名字。不单源自廖仲恺、何香凝、廖承志、廖晖、陈香梅等显赫的家族名字，更在于当时家传户诵、脍炙人口的《嬉笑集》和《新粤讴解心》两书。《嬉笑集》的流传较广，我在七八十年代写过多篇文章推介，也有编入我的散文集《笔花六照》之中。但是，以"珠海梦余生"名字出版的《新粤讴解心》，却被忽略，到了七十年代，已是坊间罕见了。虽然在七十年代后期，本港曾有影印出版，惜亦流传不广。当时我从老朋友张初先生手中得了一部，读后觉得其精彩之处，实在不下于《嬉笑集》。在一九八二年间，于《商报》的"有文笔录"专栏中，撰文介绍。三十年转眼过去，仍然知道《新粤讴解心》的人，已经不多了。让它湮没无闻，是非常可惜的。现在天地图书公司的有心人，将《新粤讴解心》重印出版，是一件大好事。我也旧事重提，把阅读《新粤讴解心》的一些感受，说出来和大家分享。

廖凤舒以外交家的身份，余事做诗人，出版了这两本奇书。所谓奇者，其实亦寻常不过，是用当时常用的口语，写当日常见的事物而已。换句话说，就是用广东话入诗。对于用广东话入诗，廖凤舒自有一番见解，认为推广文化、普及教育，必须从方言入手，文从字顺，同声同气，加以韵律成诵，更能声入心通。《新粤讴解心·自序》云："辛亥壬子以后，海外人士大声疾呼提倡白话文字；顾一省有一省方言，音别义异，以云普及，戛戛独难；则唯有出于各借其土音以为诱掖之一道。然而为下流社会说法，又非择其平日口头惯语，衍为有韵之文，未易使声入心通。"这番说话，完全掌握中文的语言特性。

廖凤舒的广东话诗，不论咏史、纪事，往往启人深思。其中描画旧社会诸般令人可笑又可恨的事物，都是兼具"艺术性"和"社会性"的佳作，在《嬉笑集》中触目皆是。《新粤讴解心》一九二四年（甲子）出版，是廖凤舒在一九二一年（辛酉）春到日本养病，至一九二三年（癸亥）间所作，形式是仿照嘉庆年间招子庸的《粤讴》。《粤讴》（因第一首《解心事》甚为传诵，故又俗称《解心》）是师娘的唱曲，内容写妓女离恨之怨、男女相悦之情；加以俗词俚句，铺以粤语韵律，变调处理而成。形式自由，保留了木鱼、南音的特色，是雅俗共赏的说唱文字，坊间广为传诵。廖凤舒的粤讴，继承了招子庸的形式，而内容则更多样化，不单只谈风月，题材甚为广泛，寓意亦相当深远。

其中有一种很特别的体裁，是借"欢场百态"来作时事评论的。例如《咪估话同你咁好》，曲词前面的小序，说明文意是批评美国处事不公："报载美国加拉佛尼省土洛埠驱逐日侨，美政府事后惩凶，日人颇为满意。因忆上年洛斯勃冷槐花园各案，焚杀华侨千数百人，交涉经年，仅以赔偿了结。由今视昔，不禁慨乎言之。"词云："咪估话同你咁好，就当佢系真心。情实佢兵行诡计，几咁阴沉。一自共你相交，一自就嚟将你嗔。嗔到你死心嚟向佢，就等你去大海捞针。你睇佢近日点样子待人，就知到佢平日点解待你成咁。将人比己，问你点得甘心。当日妹你咁为难，佢气都唔替你争得喋，呢阵替人争起气番嚟，也又咁易得斟。思前想后，点叫你话心唔淡。"弱国无外交，真是一语道破。

又如《你总总唔理到佢》一首，慨叹国事混乱。小序云："某报言总理总总不理，引申而成此曲。时某巨公赴天津，故云。"借妓女争风，言民国十一年，直奉大战，曹锟逼宫，徐世昌黯然下台，退居天津之事。词云："寮口虽则系咁大间，唔曾有个姊妹话争得喋气；况且周时吵闹，独系把你难为。唔怪得你话做呢份人，情愿乞米。叠埋心水，索性番归。落笔听见你话收山，重还当你系诈帝。点估你真系闭门谢客，收了块红牌。恼到极时，重话要削发入寺，执定袈裟牒，想去念佛持斋。"贴切抵死，极尽挖苦能事。

至于《身只得一个》，是言"三角同盟"。《怕乜同佢直接讲句》《佢又试嚟呃过你》两首，是言"鲁案交涉"。《龟佢都唔愿做》是言"癸亥六月十三日北京即事"。这几首的作意，都在小序中说明。其余没有说明的，内容都极具讥讽意味。好像《做我地呢份老举》云："做我地呢份老举，乜咁似佢地官场。"就话当老举同做官都系一样。甚至"佢地话世界难捞，连饭碗都要抢，边一个靠山唔稳，就边一个落埋箱。"真系官不如妓了。嬉笑怒骂，对官场讽刺得入木三分。又如《钱》云："近日你势力渐差，唔恶得过番鬼饼。况且纸都当金嚟使，重讲乜时兴。铸到铜仙，点叫你唔减头，十个都换一个唔嚟，我亦替你不平。大抵世界一话转流，贵极都无难变贱，断唔估几千年国宝，呢阵市面亦不通行。唉！整定。"这首题材，无关风月，反映当时社会，洋钱纸币逐渐通行，铜钱已无地位可言了。书中以时事为题者，分量甚多。正如《自序》所云："或有谓缀拾时事，谬为雌黄者，要皆弦外有音，殆非无病呻吟也。"《新粤讴解心》继承了"文章合为时而著，诗歌合为事而发"的传统，处处关心国家人民，由国际大事写到国家政事，以至光怪陆离的社会现象，皆有关注。这种写法，一言以蔽之，可谓"似谈风月实时评"。

另外，《新粤讴解心》亦继承"诗言志"的传统，借谈"风月"而论"人生哲理"。例如《咪话唔信命》一开首就说"咪话唔信命，又咪信得佢咁灵擎"。跟着又说："有阵人事亦会胜天，唔在话命生得正。世界事总系半由人做，一半系条命生成。"还有《咪话唔信镜》说："唔曾忿老，怕乜共佢嚟争。争到赢时，我就唔再信镜。老有雄心，重好过后生。劝你地愁极都咪对住镜嚟，温咁怨命。""信镜"和"信命"似同而不同。"信镜"是多于"信命"的，但精神的力量，也可以和"镜"相抗。说出"人定胜天"的道理，在二十年代就有这样卓越的见解，确是令人佩服。此外，《无情月》《无情水》两首，都是借咏物来写世情，兼及人生哲理。说到月光"若果晚晚都圆成咁样，月色点有咁新鲜"，指出世事虽然常变，而世事的可爱处又在变化无端，说明"缺陷美"的道理。又说"就算做到奔月嫦娥，未必逃得了世乱。个座广寒宫殿，有阵亦起烽烟"。说明"世外桃源"之难觅，不如自力更生。词意反用了东坡词、义山诗，落想更具新意。说到流水虽然无情，而花却有情，"无情水"送得"有情香"，则水亦未必无情了，鼓励人生需以积极态度面对。书中处处流露作者的积极人生观，与纯是咏叹风月的《粤讴》相比，又高出一格了。

《新粤讴解心》虽以粤语入诗，但一点也不觉得俚俗低下，不似何淡如的联语，只有字面上的诙谐，仅是令你笑破肚皮而已；廖公具深厚的文言根底，更能掌握精妙的修辞技巧。例如《销魂柳》叙述珠江风月，就写得甚为典雅，当中运用了很多典故。"自系共你河梁一别，音尘渺"，用了《文选》李陵与苏武诗："携手上河梁，游子暮何之"；"亏我依人王粲，独上江楼眺"用了王粲避乱荆州，依附刘表，失意登楼，作《登楼赋》的典故。这是直用手法，还有暗用典故，如"况且羌笛声声，四面都唱阳关调。曲中吹起，都话折你长条。"用了王之涣《凉州词》"羌笛何须怨杨柳"、王维《渭城曲》"客舍青青柳色新"、李白《春夜洛城闻笛》"此夜曲中闻折柳"等诗语，句句用典，句句写柳。用典之妙，如水着盐，不见痕迹。又如《多情柳》收句："唉！你听，咪话冇人提醒，树上个只黄鹂，都叫了好几声。"用了杜甫《绝句》"两个黄鹂鸣翠柳"。借用典故，言外寄意，翻出新义；而造句更觉生动活泼，尤其是神来之笔。看过这些诗句篇章，还有谁人敢讲：说粤语的，不能写好中文。

以上尝鼎一脔，只是献曝之言；各位食骹啜羹，当有更多更深的体会。

二〇〇六年写于澳洲悉尼

闲话打油诗

一般人把俚俗的诗称为"打油诗",何以称为"打油"呢?原来唐朝有个人叫张打油,喜欢写浅俗的诗,曾有《咏雪》诗云:

> 江山一笼统,井上黑窟窿。黄狗身上白,白狗身上肿。

"笼统"是当时俗语,状"模糊"之貌。首句写大雪覆盖下一片白茫茫的景象,人看雪景,视野模糊,在白茫茫一片中,只见井口开了一个"黑窟窿"。江山极大,井口极小,首行两句,以江山之白对照井口之黑,看似"荒谬",对照却极为鲜明。三、四两句写黄狗与白狗在下雪时候的变化,更是具体生动,别饶"奇趣"。这首诗虽然没有谢家的才子才女(谢朗、谢道蕴)的咏雪名句——"撒盐空中差可拟""未若柳絮因风起"那么雅丽,却更为凡夫俗子所乐道。这首诗流传下来,打油诗遂因此得名了。

许多人认为"打油诗"难登大雅之堂,没有艺术价值。其实是不能一概而论的。试以一首人所熟知的打油诗为例,说说它的"艺术价值"。

> 生平不见诗人面,一见诗人丈八长。不是诗人长丈八,如何放屁在高墙?

这首诗是嘲笑那些乱去题壁的狗屁诗人。第一句闲闲道来,似乎平平无奇,但已寓有挖苦"诗人"的伏笔。第二句就奇峰突起了,怎的诗人会有"丈八长"呢？令你非追下文不可，三、四两句自问自答，层层推进。结句画龙点睛，令人恍然失笑。这首诗层次分明，结构严密，而又深得"文似看山喜不平"之妙，能说它的艺术性不高吗？

又如嘲笑将"枇杷"写错成"琵琶"的诗："枇杷不是此琵琶，只为当年识字差。若使琵琶能结果，满城弦管尽开花！"虽然不及前作，也很有趣，结句尤见精警。

古代一些著名的文人也有喜欢写打油的，如"今宵有酒今宵醉，明日愁来明日忧""时来天地皆同力，运去英雄不自由""采得百花成蜜后，不知辛苦为谁甜？"这些至今尚在流传的通俗诗句，就是唐代诗人罗隐的作品。

宋代有个名叫魏野的文人，和他同时的有个姓张的名妓，貌美而举止生硬，排行第八，人称"生张八"，魏野曾赠她一诗云："君为北道生张八，我是西州熟魏三。莫怪樽前无笑语，半生半熟未相谙。""生张熟魏"这个俗语由此而来。

不但文人写打油诗，还有个写打油诗的皇帝呢？据说清代乾隆年间，有个翰林，把"翁仲"误写成"仲翁"，乾隆批以诗云：

翁仲如何作仲翁？十年窗下少夫功。如今不许为林翰，罚去江南作判通。

"通判"官名，清代设于各府，辅佐知府处理政事，地位当然不及翰林"清贵"。乾隆故意把"仲翁""功夫""翰林""通判"倒写，嘲那一时笔误的翰林，并革了他的翰林，将他贬作通判。一字之误，损失惨重！乾隆的诗，一般来说，得个"俗"字。但这首诗倒有几分幽默感，不过是否是他的所作，那就不可考了。

近代人写打油诗以廖凤舒最为出名，他的打油诗用字非常浅俗，但却极有"深度"，我认为他的打油诗可说得是已经"突破"前人境界，以他的一首咏广州解放前夕的即景诗为例：

> 盐都卖到咁多钱，无怪咸龙跳上天。官府也收来路货，贼
> 公专劫落乡船。剃刀刮耐门楣烂，赌棍扒多席面穿。禾米食完
> 麻雀散，留番光塔伴红棉。

"咸龙"是解放前广州人对港币的俗称。"剃刀门楣"是找换店。
"光塔"是广州名胜之一。"红棉"是广州市花。"禾米食完""留番光
塔"两句，可以比美鲁迅的杂文。

去年在上海逝世的《大公报》专栏作者唐大郎也是个写打油诗的
能手，他有题为《答友人》的"自白诗"两首，就是说他的打油诗的。
诗道：

> 向于趣味不嫌低，说我风流便滑稽。不信试看全副骨，红
> 团绿绕更黄迷。
> 诗如山药开场白，贫嘴终无片语佳。索笑不成成索骂，怪
> 予从小习优徘。

"山药蛋"是上海旧日一位说鼓书的艺人，他一上场例有一段开场
白，俗话俚语，层出不穷，很得观众欢迎，但也有恶之者骂他"恶俗"。
唐大郎以自己的打油诗比拟为山药蛋的开场白，是自嘲亦是自傲也。

最近逝世的本港名作家高雄（写"怪论"的笔名为三苏），很少写
诗，但他也曾写过一首颇为脍炙人口的打油诗，是在某次宴会上，"即
兴"写给影剧界的知名人士林檎的。林檎是影剧的宣传高手，当时正出
任光艺公司的经理。高雄赠他的诗道：

> 由来古怪与精灵，飞出宣林作老经。曾襟膊头皆老友，猛

吹姑妹变明星。鹩哥自有飞来蝱，马尾多如搂蜜蝇。左手算盘右手笔，文章银纸两关情。

　　林檎不良于行，因此他的老友都曾被他"襟"过膊头。"跛脚鹩哥自有飞来蝱""乌蝇搂马尾，一拍两散"均是广东俗语。此诗的妙处，就在于以俗语入诗，谑而不虐。结尾两句甚为精警。"左手算盘右手笔"的文人岂止一个林檎？

一九八一年七月

黄苗子的打油词

目前在澳洲居留的大陆著名作家，除了广东的陈芦荻外，还有北京的黄苗子、郁风夫妇。（其实黄苗子也是广东人，但因他长住北京，故在一般人的印象中，遂把他当成"北京的"作家了。）

听说黄苗子来澳后，过的几乎是"隐士"生涯，他来了差不多半年光景，悉尼的报界、文化界才知道他们夫妇已经来到澳洲的消息。有记者想去访问他，却打听不到他的地址（他是住在远离悉尼的另一城市布里斯本的）。有一次，他到悉尼来了，记者听说他曾在"唐人街"一间书店出现，跑去找他，又不见他了。直到月前，黄永玉在香港开画展的时候，他回香港参观画展，澳洲的中文报纸才有他的"新闻"。

黄苗子是散文家，也是书法家。"天地"出版的《梁羽生小说系列》，封面题字就都是出自他的手笔。一九八八年七月，梁羽生访问台湾，和台湾名教授、名书法家台静农（鲁迅得意门生，已八十多岁了）见面，台静农激赏黄苗子的书法，曾托梁羽生向黄苗子致意。不过据我所知，梁羽生自台湾返港后，不久也去了澳洲，但也似乎未曾和黄苗子见过面。黄苗子能文、能书之外，更兼能诗、能词，其诗词多是"打油"体，我尤其喜欢他的打油词。这里就先谈他的打油词吧。谈词之前，先来一段"闲话"。据程雪野在香港刊物发表的一篇文章《黄苗子春蚓秋油》中说，黄苗子的客厅有一副主人自书的对联："春蚓爬成字，秋油打作诗。"其联亦是"打油体"。主人对此联并有"特别"的解释……

中国本来有句成语，叫做"春蚓秋蛇"，以蚯蚓和蛇的行迹弯曲比喻书法不工。来源出于《晋书·王羲之传》。王羲之批评另一位著名书法家萧子云道："子云近世擅名江表，然仅得成书，无丈夫之气，行行若萦春蚓，字字如绾秋蛇。"黄苗子的"春蚓秋油"可说是从这个成语变化出来，而"自赋新意"的。黄苗子解释，广东人称酱油为"抽油"，那个"抽"字其实原本是作"秋"字的。故"秋油"者，即酱油也。以"秋油打作诗"，其咸味之重可知矣。黄苗子喜欢写字，也喜欢作诗。"春蚓爬成字"是自谦字写得不好；"秋油打作诗"则更是"自贬"其诗为"咸诗"了。不过，"咸诗"是广义的，一般而言，凡属其志不在"文以载道"，而只在自娱、娱人，被正人君子目为"不大正经"的诗，大概都可以称为"咸诗"。黄苗子是名副其实的书法家。"春蚓"云云，当然是自谦的了；至于其诗，虽以"秋油"自喻，其实"油腔"有之，"咸味"是不重的。他虽不以"载道"标榜，但其实是很有道理的。细加品味，甚至可以品尝出在他的打油诗词中，实有"微言大义"存焉。

"闲话"表过，言归正传。黄苗子与黄永玉的"诗画交游"，那是由来已久的了。程雪野的文章就有一段说及他们合作的佳话。一九七六年十月六日，"四人帮"一网成擒，其时正是吃蟹季节，北京人闻讯，纷纷跑去街市买蟹，指定要四只，三公一母。黄苗子还以此为题材，题词一首，由黄永玉配画。

黄苗子的词调寄《江神子》：

　　郭索江湖四霸天，爪儿尖，肚儿奸，道是横行曾有十多年。一旦秋风鱼市上，麻袋里，草绳栓。　　釜中哪及泪阑干，一锅端，仰天翻，乌醋生姜同你去腥膻。胜似春光秋兰茂，浮大白，展欢颜。

　　按："郭索"，辞书的解释为躁动貌或多足貌。蟹的性格、样貌正是如此。故文学作品中多用"郭索"一词来形容蟹爬行,或蟹爬行的声音。"四霸天"意何所指,那是人尽皆知的了。"四人帮"中的江青、张春桥,在"文革"之前就已搞风搞雨;姚文元以评吴晗的《海瑞罢官》起家,揭开"文革"序幕,他本人也成为"文革"期间御用的"金棍子";王洪文则在"文革"开始后得势,坐直升机直上"中央",官至"副主席"。各人情况不同,"道是横行曾有十多年",道的乃是约数。二黄的诗配画是在"四人帮"一网成擒后的第二天(一九七六年十月七日)就完成了,真是反应迅速。

黄苗子用以题画的打油词甚多,而且也大都写得十分精彩。选录几首,以见一斑。

玉楼春·题韩羽画关公战秦琼

你在唐来我在汉,糊里糊涂刀对铜。凭空怎的打一场,都为肚皮挣碗饭。　　戏场自古多虚幻,样板而今不样板。当年文苑窃红旗,今日铁窗囚女犯。

宜古宜今　空际转身

"关公战秦琼"是旧日戏班的笑话之一。据说有一乡下土财主做寿,请一戏班来家中演出。班主请寿星公点戏,此一富户目不识丁,但《三国演义》《说唐》之类通俗小说的故事,他是听人说过的,于是遂点了一出"关公战秦琼"。(按:此一"据说",说法不一。亦有云是真人真事,那寿星公是民初某一军阀的父亲云云。)关公(关羽)是蜀汉刘备的大将,秦琼是唐太宗李世民的大将,根据《演义》的说法,关公用刀,秦琼用铜,故云:"你在唐来我在汉,糊里糊涂刀对铜。"一汉一唐,如何打得起来,但为了挣口饭吃,打不起来也非打不可。此词之妙,不仅在于嘲笑那一场"糊里糊涂刀对铜",最妙的是,下阕突然笔锋一转，自古及今，和"现代戏"拉上了关系，从笑话关公战秦琼一变而为对江青窃取文苑红旗（江青当年改编样板戏之功，叫人捧她做"文艺旗手"）的嘲讽。这种"空际转身"的技法，要转得"奇"而又自然，是十分难得的。

黄苗子的笔放得很开，似此宜古宜今、空际转身的技法，还可见之他的《菩萨蛮·题韩羽所作白蛇传图》。词云：

> 无情无义无肝胆，要他何用将他斩。一做二不休，休教刀下留。　　乞怜还乞恕，跟着妖婆去。岂是两情投，无非怕斫头。

按：《白蛇传》中的许仙是跟着"妖僧"去的，此处改为跟着"妖婆"去，当是以江青这一"妖婆"来比喻法海那一"妖僧"也。

在"那个十年"，有些人跟着"四人帮"走，实是迫于无奈。"岂是两情投，无非怕斫头。"黄苗子之笔是只诛"妖婆"，对那些现代的"乞怜还乞恕，跟着妖婆去"的许仙，却是宽恕的。

不过他也没有放过某一些甘为帮凶的"四人帮"爪牙。这见之于他的《渔家傲·题韩羽作十五贯图》：

> 意乱心慌吞又吐，遮遮掩掩浑无措。要尽花招瞒不住。娄阿鼠，如何比得陈阿大？　　十五贯钞何足数，抢抄打砸生财路。一日搭帮三代富。差一步，况钟忽尔来光顾。

按：娄阿鼠是昆剧《十五贯》中的小偷。况钟则是剧中一个富于机智的好官，他假扮相士，明察暗访，终将娄阿鼠缉拿归案。至于陈阿大（"大"读"度"），却是现实中的人物了，他是"文革"期间上海的一个造反派领袖，"四人帮"的大爪牙。据说他曾经想当张春桥那个"影子国务院"的副总理。娄阿鼠偷的不过是十五贯（一千铜钱为一贯），陈阿大靠打砸抢生财，有如明火打劫，其劫得的钱财，则不知是几千万个"十五贯"了。故作者曰："娄阿鼠，如何比得陈阿大？"从娄阿鼠联想到陈阿大，一下子从古代跳到现代，从虚构的戏剧跳到现实的世界，作者想得妙，读者也会因作者奇妙的联想而引起深思。

同样可发人深省的还有《菩萨蛮·题丁聪画不倒翁图》一词。词道：

> 东西南北团团转，是非黑白何须管？风好护袍红，红袍护好风。　　小丁一幅画，裱好墙头挂。敢问有心人，宜笑抑宜颦？

丁聪的《不倒翁图》，画的是个红袍黑帽的官儿。这种"东西南北团团转，是非黑白何须管"的官场不倒翁，固然是"古已有之"，而今呢，即使不能说是"尤烈"，也还是随处可见的，只不过名称换为"干部"罢了。丁聪的画是借古喻今，黄苗子的词更为之"进一解"。"风好护袍红，红袍护好风。"此风也，当是小民痛恨的不正之风，然而对那些以权谋私的官儿来说则是"好风"也。"红袍"在古代是加官晋爵的标志，在现代则也许还有一种象征意义，即披着"马列外衣"的红袍也。由于有了"红袍"保护"过关"，这才能使不正之风越刮越大。"风好护袍红"，颠倒过来，便成妙句。这种"回文"句子，古人多用之作为文字游戏（当然也有比较好的，例如纳兰容若的"醒莫更多情，情多更莫醒""亲自梦归人，人归梦自亲"等），而黄苗子的"风好护袍红，红袍护好风"，则不仅是文字游戏而已，它是具有更深刻的意义的。

另一首具有深刻意义的词是题郁风、黄胄合作的《雪雀图》。郁风画雪中寒枝，黄胄画枝上冻雀。黄苗子的题词（调寄《鹧鸪天》）道：

细细敲窗雪有声，雀儿催暖闹营营。从来变脸唯天易，一霎浓阴一霎晴。　　黄狗白，走车停，南人不识指为冰。长宜议论风花月，且莫忧愁雪打灯。

此词作于一九八七年年头，可说是"感时"之作。

一九九〇年三月

补记：我和苗子先后移家澳洲，他在布里斯班，我在悉尼，虽然很少见面，却常以传真联络，或唱和，或论文，亦一乐也。《黄苗子的打油词》一文系我用另外一个笔名在八年前发表的，尚未经他过目。日前整理旧稿，遂急检出，电传请正。他当日即以打油词代信作复，真捷才也。（一九九八年四月二十七日）

词如下：

鹧鸪天

（文统道兄以八年前旧作见示，深感知音勉饰之意，赋此致谢。）

轧轧传真降雪梨[1]，沐薰拜诵汗如斯。外孙幼妇[2]同鞭策，虿脑虮肝[3]早自卑。　　惊宠辱[4]，背时宜，不妨闲作打油诗。人多地痒[5]真奇想，悔不回归刮地皮。

---

[1] "雪梨"即"悉尼"。——编按

[2] "黄绢幼妇外孙齑臼"见《世说》"魏武曹娥碑"条。

[3] "烹虿脑，切虮肝"见宋玉《小言赋》。

[4] "宠辱若惊"见《老子》。

[5] "凿山则地痛，人多则地痒"见刘向《别录》。今十二亿以上人口，故地痒可知，刮地皮应为大地止痒耳。一笑。

羽生读后感：

"黄绢幼妇外孙齑臼"意为"绝妙好辞"（拆字会意格。黄绢为色丝，合成"绝"字；幼妇为少女，合成"妙"字；外孙为女之子，合成"好"字；齑是苦菜，臼是舂米的器具，置苦菜于臼中。"受辛"之意，合成"辤"字。"辤"是"辞"字的篆书体）。曹娥碑如何我不知，我谓"人多地瘠真奇想，悔不回归刮地皮"确系绝妙好辞也！

挑曹雪芹的错

晴雯在曹雪芹笔下是个性格倔强、十分可爱的少女。她在大观园中，身份虽然只是个小丫头，却像污泥池中的白莲，《红楼梦》五十二回下半回"勇晴雯病补孔雀裘"就是写她的事情。

这件孔雀裘是贾母给宝玉的，名为"雀金裘"，贾母给他时说："这是哦啰斯国（即俄罗斯）拿孔雀毛拈了线织的。"

曹雪芹以贵公子出身，非但饱读诗书，而且见多识广。《红楼梦》书中涉及的东西，纵然是一件衣服，一件玩物之微，他都能说得头头是道，十分在行。不过上面所引的贾母说的那句话，却是说错了。

挑出曹雪芹这个错的就是吴世昌。

吴世昌对"雀金裘"的考证曾经下过艰辛的研究功夫，他说："我以前曾因《红楼梦》中说到晴雯补雀金裘的故事，留意清初人著作中有关的毛织品的记载，连类及于晋唐和更早的这一类文献、材料。"这还不算，他还从一九四九年解放后的出土文物到实物作为证论根据，为了彻底弄清楚《红楼梦》中所写的一件雀金裘，你想想他费的是多大工夫。他是无愧于"红学专家"这个称号的。

他在《从羽毛贴花绢到雀金裘》一文中，批判了《南齐书》的"文惠太子织孔雀毛为裘"的说法，也指出了贾母的错误。

"贾母对于各种丝织品，如'慧纹''软烟罗'等，确是见过世面的行家，但她说雀金裘是哦啰斯国织的，却是附会之谈。孔雀是热带飞禽，俄国哪里会有？而且俄国的纺织业不发达，锦绣工艺的技巧也不高明，即使有孔雀毛这种原料，也织不出'雀金裘'来的。"

贾母说错，亦即曹雪芹写错了。至于吴世昌所挑的错是否真错，我非红学专家，不敢妄议了。

吴世昌近年为外文出版局审校英译本《红楼梦》第一、二卷。他有许多论文被译为英、德、俄等多种外国文字，和周汝昌一样，是一位有国际影响的学者。

一九八〇年七月

水仙花的故事

> 影娥池上晓凉多，罗袜生尘水不波。
>
> 一夜碧云凝做梦，醒来无奈月明何！

这是元代诗人丁鹤年咏水仙花的名句。水仙花在中国诗人的想象里，常被比喻为清丽绝俗的仙女，例如清代大诗人龚定盦所写的《水仙花赋》，就是将水仙花当做"洛神"的化身的。赋中有几句道："有一仙子兮其居何处？是幻非真兮降于水涯。蝉翠为裙，天然装束；将黄染额，不事铅华。"读之真如见洛神仙女，在月色朦胧之夜，凌波冉冉而来。这首赋是龚定盦十三岁时候写的，才气真足惊人！

说来倒很有趣，在中国诗词中，水仙花是仙女，但在希腊神话中，水仙花则是一个美男子。英文的"Narcissus"（水仙花）一词，本来就是希腊古代一个美男子的名字。

据说那西沙士（Narcissus）因为生得太美了，常常临流独照，顾影自怜。有一个仙女名叫爱歌（Eche），在林中遇见了他，一见倾心，苦苦追求，但那西沙士却不理不睬。爱歌本来是一个活泼可爱、喜欢谈话的仙女，失恋之后，终日悲郁，远离她的同伴，独自漫游于山林中，她美丽的身体也渐渐因忧愁而消灭。只有余音不灭，散在山巅水涯。她临死前向女神维纳斯祷告，要求惩罚这狠心的少年。

维纳斯就是爱神丘比特的母亲，她也是司恋爱、美丽、欢笑与结婚的女神。她一方面恼恨爱歌不知自重，有损仙女的尊严，于是罚她的幽灵居于山岩荫僻处，要复述她所听到的最后的声音，以儆戒其他仙女。

英文中的"回声"（Echo）一词，就是这样来的。但另一方面她也可怜爱歌的遭遇，决定惩罚那西沙士。有一个诗人写道："奥林匹斯山上的月暗云低，众女神在窃窃陈词，请将怒杯递给那狂妄的孩子，他委实轻视了我们众女的神祇。"描写的就是众女神请求维纳斯惩罚那西沙士时的情景。

有一天，那西沙士又临流自照，他为自己美丽的面孔所迷惑，忽然在他的幻觉中，他自己的影子变成了极美丽的仙女，他开口向她说话，仙女的红唇也微微开阖，但却听不见语声；他伸出两臂，水中也有如雪的双臂向他伸来，他俯腰伸手想去抱她，但水面一被触动，仙女又迅速消失了。那西沙士因此发痴发狂，日夜守在池边，不饮不食不睡，终至于死，还不知道水中所见的仙女就是自己的影子。爱歌的仇报了，但众神很可怜那西沙士美丽的尸体，于是把他变成了水仙花，就以他的名字作花名。

因为这个神话，所以心理学有个名词，叫做"水仙花情意综"（Narcissus complex），意思便是"自恋狂"。不过在心理学上有"自恋狂"的男子，却不一定像那西沙士那样漂亮，而只是极端地"自我欣赏"罢了。有"自恋狂"的男子，多是心理上极端内向，而自尊心和自卑感都很浓厚的人。

西洋诗歌也有不少以水仙花为题材的，最著名的是法国象征派诗人保罗·梵乐希（Paul Valéry）的《水仙词》，此诗写于第一次世界大战，当时的法国诗坛有人评论道："有一件比欧战更重大的事情发生了，那就是保罗·梵乐希发表了他的《水仙词》！"这首长诗写得非常晦涩，据说一百个人看了就有一百种不同解释。对于象征派的诗我不懂欣赏。法国当时的诗坛对梵乐希的诗那样推崇，也正是代表了一种颓废的倾向哩。

希腊神话中的水仙花故事太悲哀了，比较起来，还是中国神话令人心情欢悦。中国神话中说：有一个老妇名叫姚姥，寒冬之夜梦见"观星"落地，化作水仙一丛，又美又香，就吃了下去，醒来生下一女，非常聪明，因名"观星"。"观星"即是"天柱"下的"女史星"，所以水仙一名女史花，又名姚女花。美丽的少女既是天上的星宿化身，又是清丽绝俗的花魂化身，真会引起诗人无穷的遐想。

一九五七年一月

日本汉学家的水仙词

中国文人以水仙花作题材的诗词很多，不足为奇；但在日本人中，也有人用中文写的水仙词，而且写得很好，这有点"特别"了吧。这个日本人是十九世纪中叶著名的汉学家野村篁园，他写的水仙词调寄《被花恼》，如下：

> 碧湘波冷洗铅华，谁似绝尘风度？一笑嫣然立瑶圃，铢衣剪雪，银铛缀露，好入黄初赋。梅未折，菊先凋。檀心独向冰心吐。　　环珮碎珊珊，暗麝穿帘细如缕。低鬟易乱，弱骨难支，月洁风清处。怕仙魂直趁楚云归，把瓶玉寒泉养妍樗。爱澹影，闲伴芸窗灯半炷。

按："黄初赋"即曹植的名篇《洛神赋》。"黄初"是魏文帝曹丕的年号。曹植的《洛神赋》写于黄初年间，而他所恋的"洛神"正是他哥哥曹丕的妻子甄后也。

本来根据古代的传说，洛神乃是宓牺氏之女宓妃，溺死洛水而成洛神，但曹植的《洛神赋》则另有所指，是借宓妃的故事来抒发他对意中人甄后的怀念。这个甄后是当时一个军阀甄逸的女儿，曹操打败甄逸掳了他的女儿回来，不给曹植，却给了曹植的哥哥曹丕。因此曹植作的这个赋，本名《感甄赋》，后来才被魏明帝（曹丕之子）改为《洛神赋》的。

这个传说不知道真假，但从此之后，诗人就把水仙花当做"洛神"的化身了。例如上一篇说的清代诗人龚定盦所写的《水仙花赋》，就是取材于《洛神赋》的。

一九八三年二月

锦心绣口笔生花

——"沟通艺术"的对话

甲：喂，喂！你在读什么书，读得这样入神？我是特地来找你的，你竟然连令郎为我开门的声音都听不见。

乙：对不起，我正在读陈耀南博士的新著《中国人的沟通艺术》。不是你走到眼前，我还不知道你已经进了房门呢！

甲：这本书何以令你如此着迷？

乙：你总应该知道陈耀南是谁吧？

甲：我知道他是"一身而二任焉"，教授兼作家。

乙：不错，他在这两方面都有出色表现。他讲文学课程往往中外兼陈、古今并列，擅言辞，多妙喻，听课的学生没有觉得闷的。写文章呢，也是不拘一格，骈、散、诗、词，件件皆能。不过以散文写得最多，尤其擅长于说理的散文。真是为文则显风格于庄谐雅俗之间，授课则见妙趣于缕析条分之际。

甲：好，请言归正传吧。

乙：少安毋躁。你以为我说的是"闲话"吗？

甲：请别误会。其实是"闲话"也不打紧，在适当的地方插入一些"闲话"正是散文的特点。

乙：可是我刚刚说到陈耀南的散文，这"闲话"就给你打断了。

甲：是我不对，请继续说你这不是闲话的"闲话"。

乙：你说得对，许多堪称绣虎雕龙般的文字或者语言，就是从"貌似寻常"的"闲话"中道出来的。不仅"闲话"，连夸张都是一种艺术呢。你熟读中国文学史，想必知道像《左传》这样优美的文字，得唐代史学家刘知几称赞为"工侔造化，思涉鬼神，著述罕闻，古今卓绝"（《史通·杂说》上）的叙事文，都有学者认为其文字失之浮夸，有文胜于质的毛病呢。

甲：所以这就引来了现代文史学家刘大杰的评论，认为"这都是那些死守六经为文章的正统的迷古派的意见"。"他们所说的浮夸与文胜于质，正是中国散文的艺术的进步"（见刘著《中国文学发展史》上卷）。刘氏说的不无道理。

乙：可我从陈耀南的文章扯到了《左传》，你不嫌这个圈子兜得太大吗？

甲：我倒觉得你好像已经"入题"了。

乙：你终于看出一点眉目了。陈耀南这本《中国人的沟通艺术》，类别并非创作，而是古文今译，所举的例子，都是从《左传》《战国策》《国语》《史记》等古典名著中挑选出来的。陈耀南得兼"文""口"两才之美，自是得力于熟读这些名著之功。其实，甚至不必打开这本书，单单看书名的副题，也可以回答你的问题。

甲：是啊，这本书书名副题是"锦心绣口笔生花"，说的当然是和语言文字有关的艺术了。陈耀南在这两方面都出色当行，难怪吸引你了，对吧？

乙：这正是我心中的答案。

甲：但你说的另一句话，却似有点语病。

乙：是哪一句？

甲：你说这本书依类别不能划为创作。其实翻译也是一种创作，或云再创作。翻译也需要心思，甚至有时可能比创作更花心思。没有他的精彩译笔，你自是可以读得懂原文，但许多年轻学子就未必啃得下那些古典名著了。何况，他也并非全部直译，还有意译和改写，还有补充说明，说明其前因后果。这些都是有助于读者了解的。总之，是否创作，不能机械划分，你同不同意？

乙：高见，高见。如此说来，"锦心绣口笔生花"七个字，也可以用来送给陈耀南了。

甲：当然可以。你刚才不是提到有关《左传》的文质之辩吗？陈耀南在该书的"导言"部分说到语言艺术时，他提出了十六个字的准则，就比刘大杰说得更加全面。虽然他这十六字，并非专为论证《左传》的语言艺术而设。这十六个字是："知己知彼，合情合理，有质有文，不亢不卑。"

乙：哦，原来你也看过这本书，看得比我更仔细。该轮到我问你对于这本书的意见了，最好跳出学院派的范围。

甲：好，那就一跳跳到"今天"吧。你看我们所处的时代像不像春秋、战国时代，尤其像《左传》与《战国策》所写的那个战国时代？

乙：你这个问题很有意思。我记得好像是在四十年代初，中国内地出版的一本综合性半月刊，名称就叫做《战国策》。

甲：我的问题，不局限于中国，是就整个世界而言。

乙：今日世界像不像战国时代，我说不准。你说呢？

甲：那就再来一个时空跳跃，让孟子先说。春秋、战国在孟子口中，乃是"圣王不作，诸侯放恣，处士横议"的时代。古代的圣王，能让万众归心，靠的不是政治独裁，更非军事镇压，靠的只是道德力量。孟子说的"圣王不作"和庄子说的"圣贤不明"，往往被人相提并论，说的差不多是同样意思。用现代的语言来说，就是偶像和权威都已消失，也没有共同的价值观、道德观了。于是列国纷争，各行其是（失了共主，诸侯放恣）；不掌权的知识分子，也都各自有各自的主张，各自有各自的信仰（失了共识，处士横议）。这就造成了百花齐放、百家争鸣的局面。

乙：这样说来，倒是有好有歹呢。

甲：春秋战国时代，就学术思想而言，本来就是个繁荣昌盛的黄金时代。

乙：就算今日世界和春秋战国时代相似，却又和陈耀南的那本书扯得上什么关系？

甲：那本书说的虽然是语言艺术，但其所举的事例，大部分却是发生于春秋战国这个时期。

乙：那又怎样？

甲："古为今用"你懂不懂？

乙：哦，你是说陈耀南在借古讽今吗？或者这只是你的意思呢？

甲：或者是吧。不过我作此想，亦是有根据的。

乙：什么根据？

甲：你翻开"导言"所举的例子仔细看看，有许多例子，说的不管是国家大事也好，是个人应对也好，你都"似曾相识"，可以用以喻今。

乙：好，我一定再三看看。但不管你猜对猜错，我都佩服你独到之见。

甲：不算独到之见吧，我只是依书直说。你可以多问问几位有学问的朋友，听听他们是否也有同感。

乙：我有一事不明，倒要先问问你。

甲：请说。

乙：你对陈耀南其人其书的了解，好像都比我深，为何还要特地跑来问我？

甲：客气，客气。我是想集思广益。

乙：如此郑重其事，真是小题大做。

甲：不是小题大做，是大题小做。

乙："大题小做"，什么意思？

甲：实不相瞒，陈耀南请我为他的书写一篇序，这可是涉及古代的语言艺术，题目够大了吧？

乙：啊，他找你写序文，我还以为你们是尚未相识的呢。

甲：世事多变化。前两年他来了悉尼，和我住在同一个区，距离只有五分钟的车程，几乎可以说得是近邻。远亲不如近邻，近邻之命，岂敢推辞。但他的书是"三有"，而我却是"三无"，无锦心，无绣口，更无生花妙笔，又怎能侈谈什么语言艺术？无已，只好找个有学问的朋友聊聊，说不定可以聊出一点名堂，便可聊以塞责。这就叫做大题小做。

乙：其实你心中想要写什么，那就写什么好了。黄遵宪诗云："我手写我口，古岂能拘牵。"管他什么"三无""三有"。

甲：我心中想写、口中要说的只得一句。

乙：一句话怎可当做"题词"？

甲：勉强也可以凑成一首打油诗，但翻来覆去，其实也只得一句，而且还是借用别人的成句。

乙：这倒是前所未闻的了，姑且说来听听。

甲：请听：

　　　　锦心绣口笔生花，妙语奇文两足夸。

　　　　读罢只能题一句，锦心绣口笔生花。

乙：原来你借用的成句，就是陈耀南那本书的副题。"起句"是它，"结句"也是它，这是仿苏东坡的题庐山诗体——那首诗也是两用"庐山烟雨浙江潮"这一名句。虽然前后两句相同，但各有所指，不能算是重复。不过，寥寥二十八字，而且还是打油诗，分量究嫌不够。

甲：既嫌不够，那就唯有把你我的"对谈"搭上了。

乙：谁叫我们是朋友呢，无可奈何，由得你吧。请请。

甲：多承相助，无以为报。谢谢。

一九九六年五月于悉尼

看澳洲风流　盼大同世界
——序张奥列新著《澳洲风流》

　　我和奥列相识，可以说是一个偶然的机缘。前年冬天，悉尼澳洲华文作协选出十名杰出青年作家，奥列名标榜上。我应邀出席颁奖典礼，代表来宾致辞，并作为颁奖人之一。但说来惭愧，我可还没有读过奥列的作品。颁奖过后几个月，我才收到他赠送的第一本书——在中国出版的《悉尼写真》。我依稀记得他获得的是文艺理论奖，心里想："没想到他倒是一位多面手呢。"更没想到的是，一开卷就给他的文笔和题材吸引住了。文笔清新流畅犹其余事，他对悉尼（特别是华人社会）的熟悉才真正令我吃惊。他选择的一些题材，例如悉尼的唐人街、书市、华文报刊，以及文化人的处境等，于我并不陌生，甚至还经常接触。但他不是比我知道得更多，就是比我了解得更深更广，因此连我读来也不乏新鲜之感。唐人街和文化界以外的事物，那就更不消说了。我是一九八七年已经在悉尼定居的，而他只不过是才来了两年的新移民。

　　其实这一点也不足为奇，关键在于生活。"生活是创作的源泉"，这绝对不是过时的老话。我是老来从子的退休移民，来澳之前，有位朋友曾集龚（定盦）诗赠我："且莫空山听雨去，江湖侠骨恐无多。"定居悉尼后，我回他说："悉尼雨量甚少，附近亦无空山，只能海上看云，看云的情调也不输于听雨。人到晚年，例应退休，弃宝剑于尘埃，不得已也，君其谅之。"

奥列不同，他正当盛年，一到悉尼，就投入了新的生活，学英文，找工作，终于回到了他所熟悉的文化岗位。现在他是悉尼《自立快报》的编辑。除了写新闻报道之外，还写了大量各式各样的文章。这些文章，用他自己的话来说，是"把深深的感触、切身的体验、真实的生活，碾磨成一篇篇东西"。这就难怪他的作品不同凡响了。名作家陈残云说："《悉尼写真》有一种广阔的视野和宏观的构架。"可知奥列也是在看云的，他看的不仅是悠然飘过悉尼海港的白云，而是时代的风云。

《澳洲风流》是《悉尼写真》的姐妹篇，内容范围更广，有小说，有散文，有特写，有评论。地域也不只限于澳洲，还有记述作者欧洲之旅的散文一辑。"风流"一词多义，在一般汉语辞典中，最少有八种解释。除了风俗教化、流风遗韵、风度标格、风光荣宠、男女邪行等不同含义之外，还有司空图的"不着一字，尽得风流"，苏东坡的"浪淘尽千古风流人物"，辛弃疾的"风流总被雨打风吹去"。"古义"似乎也还不能尽包。我倒觉得英文中的"Romance"一词意义较为近似。中文译作"浪漫"是音译，若用作文学的语言（西洋文学有浪漫主义），则似可意译为"多姿多彩的人生"。"Romance"常指所述事件比现实生活更为欢乐、雄壮或刺激的传奇故事。我所写的武侠小说，在西方与之相类的称为"骑士文学"，都是属于"传奇"一类。奥列写的短篇小说有没有传奇成分，那是另一个问题，《澳洲风流》却确实可以称得是多姿多彩的。不过我们还是让奥列自己来阐释更好，他说《澳洲风流》"反映中国人在澳洲的千姿百态，但不仅仅是生存环境的揭示，更是人的生存行为的展现。……从多种角度去透视西方社会的人情世态、南半球袋鼠国的种种风流。既有拈花惹草的风流，也有开创事业的风流；既有受异域风情浸淫的风流，更有显中华文化本色的风流。澳洲移民的万般滋味；万种体验，尽在其中"。

奥列在"后记"中表明，他的着笔点"都是从澳洲华人的独特视角去透视这个不为中国人所熟悉的西方社会"。"不熟悉"在移民病态中属于症状轻微一类，更严重的是"格格不入"，原因不外乎是由于"观念"以及"生活方式"的不同。早期的留美学生中流行一副对联："望洋兴叹；与鬼为邻。"上联写化不开的思乡情结，下联的"鬼"不一定就是歧视外人（香港的外国人就常自称鬼佬，表示习惯了这个称呼），但既有"鬼""我"之分，就当然格格不入了。在《未成年少女》这篇小说中，奥列有很精彩的描写：母亲不满意女儿的暴露，不满意女儿要带男友回家，打了她两巴掌，结果女儿把警察叫来了。母亲到学校投诉，校长却说不能管学生的私事。女儿说："妈这辈人真没办法，来澳洲都七八年了，还没融入澳洲，每次开家长会，我真怕她丢人现眼。"这也真是没有办法，大多数的中国人，根本就没有"隐私"（Privacy）这个观念。

"望洋兴叹；与鬼为邻"这种牢骚，在今日的澳洲中国移民之中也许仍有，然而更为写实的则是一副卡市（卡巴玛塔 [Cabramatta] ）新华埠（越南华人聚居之地）的牌坊联，联曰："既来之，则安之，最喜地容尊'汉腊'；为福也，抑祸也，敢忘身是避秦人。"越南来的移民，情况和中国来的移民不同，但彷徨的心情和面对的环境则应是大同小异的。汉腊泛指中国的风俗文化，澳洲的华裔移民当然最喜欢的是当地能尊重中国文化，但初到贵境，前途未卜，也总难免心情彷徨。这也是绝大多数的华人为了生活，在法律许可的范围内，不惜采用任何手段，来进行"搏杀"的原因。在小说《不羁的爱丽丝》中，奥列写了一个在赌场任职的少女，她说："我不明白，中国人比澳洲人还烂赌，富有富赌，穷有穷赌，都赌得那么狠！"奥列对她说："澳洲人好赌，是因为天性，是消遣中碰碰好彩，这叫做小赌怡情。中国人好赌，是因为命运，是把自己作为赌注，这叫人生拼搏！"这段对话或者可以作为注解吧。

当然还有第三种境界，那就是另一副华埠对联写的：

四海皆兄弟焉，何须论异族同族；

五洲一乾坤耳，底事分他乡故乡。

这就不仅仅是澳洲的风流了。

一九九六年八月于悉尼

雪泥鸿爪　旧地深情

——序黄文湘《美游心影》

　　文湘兄是我的老朋友，读了他的《美游心影》，不觉想起了苏东坡的名诗：

　　　　人生到处知何似？应似飞鸿踏雪泥。泥上偶然留指爪，鸿飞哪复计东西！

　　去年三月，文湘兄嫂在阔别美国三十六年之后，旧地重游，历时两月，回港后写了三十五篇游记，结集成书，就是这本《美游心影》。

　　文湘兄有他特殊的人生际遇，他本是美籍华人，一九三九年从香港乘"克利夫兰总统号"以移民身份来到美国。在美国成家立室，也在美国干了一番事业。一九四八年和妻子甄清珠一同离开美国。"三十六年归故里，重寻旧梦不胜情。"想文湘兄也当和苏东坡那样，有"人生无定"之感吧。

　　但这首小诗，也只能说出文湘兄《美游心影》的一面，他的情怀和苏东坡还是不尽相同的。

　　对一般人而言，像美国这样大的国家，两月之游，自是只能比喻为"鸿飞留痕"；但对文湘兄而言，这两月之游，却绝非浮光掠影！

　　这不但因为他是美国公民，在美国曾度过十年不平凡的岁月——第二次世界大战期间，他曾在美国服兵役，在欧洲战场的美国第八十二空降师当反坦克炮兵——而且他的"根"就在美国！他的"老家"在洛杉矶，他的父亲在那里度过一生；他妻子的老家在圣塔芭芭拉，他的儿女在凤凰城，还有许许多多的朋友都在美国。他在美国十年，回港后在《大公报》当了三十多年经济记者，对西方世界并不隔膜。

正由于他这些特殊背景，他就比一般游客看得更加深入，而他的游记也是对中美两国都有深厚感情的。下面我将就管见所及，说说他这部游记的几个特色。

特色之一，因他是旧地重游，能对一个地方的景物进行新旧的比较。例如他在洛杉矶住过七年，因此他就能描绘出洛杉矶新旧不同的面貌，指出今天的洛杉矶不再是第二次世界大战后初期的"暴发户"了，但仍是美国石油工业、飞机工业、宇航工业、电子工业及银行业蓬勃发展的一个中心，也能够为读者展示洛杉矶美丽的一面和丑陋的一面。

第二个更大的特色，是他能够深入美国社会的各个层面，尤其是华人社会。他让我们了解到，新一代的美国华人，在生活方式、思想感情各个方面，和旧一代的华人有了多大的分别。不仅止于叙述，还有他自己的见解。例如"根"的问题，他说："人在世界上，第一要生存，第二要温饱，第三要发展，这是正当的权利和幸福。""我这一次在凤凰城居住了一个多月，深刻感受到，我的亲属的儿女，以及我自己的儿女，都是扎根在二亿三千六百万美国人民中间。我同时体会到，他们唯有这样，而不是把自己置于'局外人''边缘人'的境界，他们才有可能解决一要生存、二要温饱、三要发展的问题。我亲眼看到，这年轻一代美国华人的职业，和他们父母的职业与社会地位几乎完全不同。"（见《叶落归根与落地生根》一篇）又如"竹升"的问题，他在叙述了美国年轻一代的华人，在社会上取得卓越成就之后说："把今天年轻一代的华人称为'竹升'，比几十年前错误得更加厉害。""他们可能不通中国文化，但是他们绝对不会不通美国文化。怎么可以把他们称为'两端都不通'，'既不通中国文化，也未通美国文化'的'竹升'呢？如果说，这些年轻一代出生于美国，长大于美国，受高深教育于美国，具有真才实学和专业技能，甚至本身是科学家的华人高级知识分子不通美国文化，那么我要问一句：'什么样的人才通美国文化呢？'"因此他认为不应再把"竹升"这个"有讽刺意味的名字加在美国年轻一代华人的头上了"（见《"偷渡的苦工"与"竹升"》一篇）。

第三个特色，是他对美国的科技文明应用到各个方面，有甚为深入的观察和剖析。例如美国赌城拉斯维加斯的舞艺表演，"几乎无一不带色情"，但"这些节目的表演，没有高水平的科学技术和管理才能相配合是办不到的"。他详细描写了那"一场接一场，连半分钟的冷场都没有"的"接近两小时的表演"，"导演调度有节，后台密切合作，毫厘分秒不差"。那是一段非常出色的文字，希望读者不要错过。

除了上述的三个特色，它对名胜风景的描写也是大有可观，可以媲美一流游记的。举一段他描写大峡谷的风景为例：

我自己观看大峡谷的景物时，不论站在边缘上凭栏远眺，或是站在伸出峡谷上空的大岩石上环观四周与向谷底俯视，都恍如置身幻境。当远眺大峡谷的水平地层的轮廓时，它就像成万卷书构成的层层叠叠密集的曲线图案，随着大峡谷的曲回，酷似一条绸带，在大地上随风飞舞。这种自然景象，使我感到大自然的无限美妙。

由于《美游心影》具有这许多特色，我乐意向读者推荐这部游记。

一九八五年九月于香港

武侠·传记·小说
——序林真《霍元甲传》

霍元甲是近代的武林奇人，有关其人其事的记述，散见于报刊的甚多，成书的亦有几部，但林真的这部《霍元甲传》却是有其特色的。

特色在于，它是"武侠""传记""小说"的"三位一体"——三者并包，合而为一。在武侠小说中另辟蹊径。

近年武侠小说大兴，但真正能够称为"武侠小说"的却并不多。小说冠以"武侠"之名，顾名思义，当然应该有"武"有"侠"，但可惜的是，坊间所见的"武侠小说"，大都有"武"无"侠"，甚至"武"也欠奉，有的只是"神"——"神怪"之"神"。

林真这部《霍元甲传》是既有"武"也有"侠"的。"武"这方面，一招一式，毫不含糊；例如在写霍元甲打美国"杀人王"麦尔逊擂台这一章，麦尔逊第一天打败了"武功不俗"的周超霸，第二天和武功更高的李成业比拼，虽然被打了一拳，但李成业见好即收，依规矩还只能说是不分胜负。第三天霍元甲方始出场。三个人的打法各各不同，最后霍元甲以灵活取胜，显出了霍家家传"迷踪拳"的特点。"侠"这方面，霍元甲是以先后打败美国"杀人王"麦尔逊、"俄国巨人"贝洛尼加、日本十个柔道高手而名扬世界的，在那个中国人被视为"东亚病夫"的时代，霍元甲为中国人扬眉吐气，只此一端，已是足见其"侠"了。"为国为民，侠之大者"，书中是处处表扬霍元甲的爱国精神的。

《霍元甲传》基本上根据真人真事写，林真曾颇费心力地搜集了有关霍元甲的资料，并曾访问"精武体育会"的几位负责人。但它又不是

"纯粹"的"传记",因为它是用小说的形式写的。小说容许"虚构"也容许"夸张",因此我们不必去"根究"霍元甲的武功是否真的那样"神奇",能够用指头在石板上写出擘窠大字;也不必"根究"每个"细节"是否都符合"史实"。因为任何小说都必须有艺术的想象,而艺术的想象就包含了虚构和夸张。只不过这种虚构和夸张是以真实的人物为骨架,不能违背真实的历史背景,同时也必须符合人物的性格。这两方面,《霍元甲传》是做到了的。

最后想说的一点是,霍元甲其人其事,除了"武""侠"之外,我觉得更难能可贵的是,它能"毅然打破'霍氏武功不许外传'的家规,在上海创办'精武体育会',发扬中国武术"。"撇开偏狭的门户之见,恭请各派高手来'精武体育会'当教练,使中国各派的武术共冶于一炉。"(见林真:《写在霍元甲传的前面》)这方面也可说是广义的"侠"吧。只可惜这方面的记述,本书似嫌着墨不多。

俞平伯《题红楼梦》词有句云:"休言谁创与谁承,传心先后觉,说梦古今情。"这是有感于"红学"的各个学派各持门户之见而发的。武术与"红学"虽风马牛不相及,亦可作如是观。"说梦"(对《红楼梦》的谈论、研讨)者但求能契合古人的心、神便是上乘,我对"武侠传记小说"也希望在林真"发其端"之后,亦能达到这个境界。

一九八六年六月于香港

柳北岸的旅游诗

柳北岸是新加坡著名诗人，原名蔡文玄，原籍广东潮安，一九〇三年出生，今年已经八十五岁了。但他得天独厚，望之仍似不过六旬。他平生最喜旅游，足迹遍五大洲，因之作品也以纪游的诗最多，结集出版的有《十二城之旅》《雪泥》等。他的旅游诗很有特色，讲究格律音节，注重修辞炼句；而且由于他对历史的熟悉，对各大名城的描写也就更富内涵，而感怀亦常寓哲理。新加坡作家赵戎这样评论他的《十二城之旅》："读了它胜读十二本游记，与其读那些矫揉造作的散文游记，不如读柳氏那简洁明快扣人心弦的诗篇更为深刻与难忘。柳氏通过这七十多首诗，表现其艺术风格的老练与感怀的适当，非时下一般诗人可比。"已故名作家徐訏为《十二城之旅》所写的"序诗"则这样称赞他道：

> 如今我又读到你纪游的新诗，
> 对各地的风光与景色发问，
> 我看你在十字街头静观，
> 在象牙之塔前闲等，
> 是一个灼热的灵魂，
> 披着无情的外衣，
> 细数古今东西的名城，
> 向人低诉你对灿烂世界的幽思。
> ......

"一个灼热的灵魂，披着无情的外衣"，说的也是他的艺术风格。诗人的内心充满着激情，表现的形式则如冷静睿智的大夫，在透视和解剖各大名城。

凡尔赛归途

世界各大名城，自然是少不了有许多名胜古迹，由于作者具有丰富的历史和文学知识，因而对这些名胜古迹，也就能勾画出它的特征，剖析它的内涵，以及抒发与历史相结合的感慨。写景、抒情、哲理往往合成一体，这是柳北岸旅游诗的一大特色。下面是一些例子：

凡尔赛归途（摘录）

山容水意穿入了车窗，
接来了一片初黄的丛林，
三百年前皇帝在这儿行猎，
妃嫔们在绿茵之上昼寝，
豪华的宫廷终于建立起来，
但亦有许多贵人经过这条大道出殡，
同车的女人们对镜楼恋恋不舍，
巴不得长坐那儿弹着竖琴。
周遭全是拉丁人的声音，
说来说去不外是爱情和黄金，
女人们认为玛丽鲁意丝的睡床最柔软，
望见男人便拨着云鬓，
亦有人说拿翁只存一副白骨；
休说能够听听约瑟芬的哀吟。
初黄的林木连续从窗口飞过，

习习的风儿吹着女人们的香襟。

按：凡尔赛在巴黎近郊的凡尔赛城，始建于十七世纪，后来成为法国帝王的行宫。一八〇四年拿破仑称帝，和他的皇后约瑟芬曾住在此宫。镜楼是宫中一个著名建筑。凡尔赛宫一面是大花园，另一面有放射形驰道通向市区。这首诗将眼前的景物与古代的历史结合，令人发思古之幽情。形式上隔行押韵，颇具音律之美。

二条城

同样的历史感慨，见之于作者在旅游时所写的《二条城》。城是德川家康（一五四二——一六一六）所建，虽然没有凡尔赛宫那样宏伟壮观，但德川家康在日本历史上的地位却是非常重要，可以和拿破仑在法国历史上的地位相比。诗如下：

> 粉墙和楼角倒影，
> 在那外濠里相迎，
> 元离宫是这样动人，
> 小路的石珠亦有音符铮铮。
>
> 二之九御殿有画栋雕梁，
> 千匹骏马在屏风里驰骋，
> 料不到德川亦有恐怖病，
> 地板踏出了夜莺之声。
>
> 想见当年的野心幕府，
> 样样是必死之争，

竭尽了人民血汗，
建下了这个玩乐的城。

妃嫔们小心进酒，
家臣们跪出忠贞，
佩剑的武士到哪儿去了？
只留下小池的水澄澄。

按：诗中的"德川"即德川家康。京都本是日本的古都，一六〇〇年，德川家康击败丰臣秀赖后，在江户（今东京）建立封建政权，对内抑削藩侯，大权集于幕府，史称他为"江户幕府的创建者"。江户幕府维持了将近三个世纪（一六〇三——一八六七）才"还政天皇"。一八六八年明治天皇迁都江户，改称东京，幕府制度方告终结。相传德川家康疑心甚重，居处地板是经过特殊设计的，一踏上就会发声，防刺客也。

神州异域　时空交错

柳北岸的旅游诗还有个特色，就是在异国的胜地联想起中国的山川，抒发游子的心情，做出时空交错的比较。我想，这也说得是作者"中国心"的一种表现吧。下面就是两个例子。

看过了三万六千顷的太湖，
登上了三万九千级的黄山，
人比蚁还微还小，
大地是绿绿斑斑。
目前的山庄是用手所砌，

妙处是蠕动的女女男男，

在穴里饱赏小涧枫林，

领略了幽芳与清山风。

——摘录自《椿山庄》

按：这是作者在日本游览了"椿山庄"的联想。椿山庄是东京名胜之一，日本高僧一休和尚开山堂的地方。作者登椿山庄而联想到中国的太湖与黄山，前者是人工所砌，后者则是大自然风景。但作者并非抑此扬彼，而是认为各有妙处，这也显示出作者在美学上"兼收并蓄"的观点。

弯弯曲曲小道，

处处流泉潺潺，

白鹭笑指赤脚的人赶路，

仿佛是杏花春雨江南。

——摘录自《伊豆道上》

按：伊豆是日本著名的风景区，颇有中国的江南风光。"白鹭笑指赤脚的人赶路"，构想新鲜，喻象生动。

花与树

托物起兴，是中国诗歌的一种表现手法。"兴者，先言他物，以引起所咏之词也。"如李商隐之咏锦瑟："锦瑟无端五十弦，一弦一柱思华年。"苏东坡之咏杨花："似花还似非花，也无人惜从教坠。抛家傍路，思量却似，无情有思。"诗的形式容有新旧之分，但这种抒情手法却是一脉相承的。在柳北岸的旅游诗中也有许多"咏物"的诗篇，借所咏之物抒情，且含人生哲理。例如《花与树》：

> 谁说四季有不谢的花，
> 谁说万年有常青的树，
> 过往的皇帝希望岁月长春，
> 但终于不能永听晨钟暮鼓，
> 庶士看见花树似薄还浓，
> 希望减轻的是大寒大暑。
>
> 其实何须为花树生了幽忧，
> 乱世的人有的是长叉利斧，
> 且看荒烟乱草的前身，
> 当年住的还不是高僧贵妇。
> 能站一站就算是人生，
> 应为落日和花树相映而欢呼。
> 攻城穷凶杀人盈野，
> 能站一站已不算辜负，
> 休怨轻浅飘忽的时光，
> 秋虫之鸣，正是花树灿烂的脚步。
> 肚皮里纵有希望的灰尘，
> 可把灰尘看成花树的香馥。

　　诗人因花与树而引起的感慨是深沉的，结句"可把灰尘看成花树的香馥"所含的哲理尤其值得咀嚼。

游子自比蜗牛

又如《蜗牛》：

> 廊下有不少欢颜，
> 一只蜗牛却在石缝中受苦，
> 它背上一个壳儿，
> 慢吞吞地找寻归途，
> 因为冬天即将到来，
> 该爬回故居忍受孤独。
>
> 明知脂粉在飘扬，
> 亦有衣裙在飞舞，
> 风骚的事它到底无份，
> 惘惘然找个暂时蜷伏，
> 自己的壳儿重得可怜，
> 哪能贪欢而跑上崎岖的路？
>
> 故居有绮梦系心，
> 待春天到来再爬向山麓，
> 探问那坚深弥久的爱情，
> 看看旧侣是否蓄上了黄胡，
> 万一看到的只剩一个壳儿，
> 它亦可自由爬到了他处。
>
> 剩下的自由可以凝神细思，
> 或再找个隙儿来一回踏步，

在丁香花旁嗅嗅香味，

在木槿叶上啜啜清露，

宇宙既是上帝所营，

除了羽化谁说是无权安住？

　　蜗牛而有绮梦系心，把"蜗牛"和"绮梦"相连，真是妙句，充分显露出诗人的浮想联翩，构思独特，但读者也不难理解，因为蜗牛的绮梦是因怀念故居而引起的。作者把蜗牛拟人化，看来是把蜗牛比作异乡的游子了。

　　这个"蜗牛"是"背上一个壳儿，慢吞吞地找寻归途"的，这象征了游子思归的心情；而蜗牛的"自叹"："自己的壳儿重得可怜"，这个壳儿当然亦有双关意义，可以理解为令游子滞留异乡的包袱。看来，作者也是以"蜗牛"自况吧。

步儿踏碎旅人迷惘

　　柳北岸的旅游诗不但善于描写各个不同地方的特殊景物，也善于描写"特殊人物"。例如他写日本的艺伎：

肩儿披上了云和雾，

面儿贴上了花黄，

香味从袖子里喷出来，

琴声透过了纸窗。

镜里有隙影风光常临，

亦有春浓秋洁来往，

多彩雨虹任扇儿轻摇，

步儿踏碎旅人迷惘。

红灯转移盈盈倩影，
酒瓶儿在柔荑的手中发狂，
说是蕴蓄无限情意，
给旅人献上了珍珠时光。

鸭川的水不舍昼夜，
旅人从笑声中相忘，
京舞文乐温存片刻，
休管那西厢月色如霜。

　　这首诗的表现手法很新颖，"写实"和"象征"并用。第一节是艺伎出场的画面，"肩儿披上了云和雾"，云和雾象征所披的轻纱；"面儿贴上了花黄"的"花黄"则是实物（古代女子的面饰。《木兰辞》有"当窗理云鬓，对镜贴花黄"句）。第二节写艺伎之艺，"多彩雨虹"象征彩色扇子摇动时给人的感觉。三、四两节写旅人的感受（包括作者自己）。"从笑声中相忘"意境超脱，"休管那西厢月色如霜"更留下不尽的韵味。

　　从形式上说，这是一首典型的格律诗，句法齐整，通篇押韵。可见作者修辞的功力。

江湖载酒　避世佯狂

　　柳北岸的诗，在表现形式上属于格律派，"使人有整齐、端正、稳健之感"（赵戎的评语），但其内蕴的"诗情"却是"浪漫"的，我很喜欢他的一首题为《牵惹》的小诗，就以这首诗为例吧：

望望山山水水，
给心灵讨了一个喜欢，
而今又从九州飞过，
送行的云团千万。

碧浪朱栏系心，
风吹落花纷乱，
真是梦中寻梦，
只惹得一片悲酸。

昨日看过纱灯闪闪，
坐过了笙弦交织的床，
目前剩下千丝别绪，
付与竹影纸窗。

天边的落霞岂有今古，
江湖载酒才是避世佯狂，
浅颦深笑都已消失，
谁想春红秋白，月黑山黄？

　　这是收辑在作者的日本纪游诗集《旅心》中的一首小诗，戏剧有
"主题曲"，这首诗或者也可说得是《旅心》的主题诗吧，因为它表达的
就正是作者的"旅心"。"落魄江湖载酒行"，柳北岸用上杜牧的诗句，柳
北岸并不"落魄"，但诗情（或说旅心）却是相通。从其诗而想其人，我
想柳北岸也是有其"避世佯狂"的一面吧。牵惹诗人旅心的是难以名状
的惆怅，用诗人的话来说，就"真是梦中寻梦，只惹得一片悲酸"。

苦瓜藤上开的淡淡小花

《雪泥》是《梦土》与《旅心》的合集，作者为《旅心》写了一首"序曲"，题名"静思"。这是作者心灵的独白，也说明了他为什么写下了这许多纪游诗。就让我们看看他所思的是什么吧。

> 我们似一条藤上的苦瓜，
> 默默地开过了淡淡小花，
> 看骄阳摆着好大架子，
> 亦让轻佻的风姨乱刮。
>
> 因为要在这片土地生长，
> 便不能说为寂寞所啮痛，
> 我们还得到一份矜持和沉静，
> 最少亦可望见朗月朦胧。
>
> 上帝指定我们制造苦味，
> 但我们自生了智慧和孤高，
> 心上亦敲着相同的音节，
> 配合了翡翠一般的美貌。
>
> 至上的恋情常常霉锈，
> 大地哪无衰老的一天，
> 你还在怨艾着什么呢？
> 难道想到那青幽幽的烟。

赵戎的评论说得好："诗人以苦瓜自比，多么谦逊与虚让，这和晋陶渊明以傲霜的秋菊自比，是有异曲同工之效的，因为同样地有着'一份矜持和沉静''智慧和孤高'……这素来不登大雅之堂的为高人雅士所轻视的植物，正显出其质朴无华的高洁，比起春兰秋菊之类，更大众化、更有意义得多了。'因为要在这片土地生长，便不能说为寂寞所啮痛！'这些话不但代表诗坛，也是代表整个文坛的。"

一九八八年八月写于悉尼

尤今就是尤今

在新加坡年轻一辈的作家中，尤今是很受人注目的一位。她可以说是新加坡文坛的一颗新星，一出现就光彩夺目。

在大学读书的时候，她已经开始有作品发表，其中一篇小说《飘》，曾获得新加坡"全国五大专短篇小说创作比赛"第二名。新加坡作家谢克给她的评语是："尤今是这批文艺新兵中很受注意的一位。……有很好的旧文学根底，驾驭文字的能力不在一些老作家之下，作品不多，却很有深度。"

谢克这篇文章发表于一九七六年《新加坡文艺·创刊号》，题为《新加坡共和国成立以来的华文文艺》，距今已有十二年了。十二年前的"当时"，尤今不过是个二十多岁的少女，大学毕业才三年，刚刚转入《南洋商报》工作。（在此之前，她是新加坡国家图书馆的图书管理员。）当时她的"作品不多"，而现在则是"很多"了。

从一九七八年，她的第一部作品《社会鳞爪》（这是她在《南洋商报》担任外勤记者期间所写的"新闻特写"结集）开始出版算起，到现在为止，她已经出版的著作（未结集的不算）有：新闻特写集《社会鳞爪》；短篇小说集《模》《面团与石头》《沙漠的噩梦》；游记《沙漠里的小白屋》《南美洲之旅》《奇异的经验》；游记散文集《缘》；小品文集《玲珑人生》，九部之多。在上列简表中可以看出，在她的著作中有很大一部分是以"异国风光"作题材的，她和新加坡的老作家柳北岸年龄虽然相差四十多年，但却都是同样酷爱旅行。

尤今的著作，主要可分两类：游记和小说。作品的形式虽然不同，但却有个共通点，善于通过人物（在小说中是虚构却有典型性的人物，在游记中是作者所接触的真实人物）来探索社会的问题和反映多样化的社会面貌。如游记散文集《缘》共收十九篇作品，作品的背景包括沙特阿拉伯、埃及、印度、印尼、澳洲、菲律宾等地；人物包括来自各种不同阶层的警官、店东、侍役、马车夫、船主、农场主人、海外华侨等，通过他们，当地的社会面貌也就呈现在读者面前了。小说集《模》写来自不同层面的五个女性；小说《面团与石头》则对爱情与婚姻、老人与社会等问题进行了敏锐的探索。

短篇小说集《沙漠的噩梦》则是比较特别的，它收录了九篇以沙特阿拉伯为背景的小说，"本质"当然是"小说的"，但也有"游记的"异国风情，古人说王维的诗是"诗中有画"，我们似乎也可以说尤今的小说是"小说中有游记"。九篇小说都是尤今以第一人称的手法写成，每一篇都包含了一个动人心弦的故事。

《沙漠的噩梦》是去年出版的，是尤今最新的小说集；她的第一部游记《沙漠里的小白屋》也是以沙特阿拉伯为背景，出版于一九八一年一月，曾获新加坡的"华文最优秀作品奖"。她之所以常用沙特阿拉伯作背景，那是她的丈夫曾在沙特阿拉伯工作之故，一九七九年她跟随丈夫在红海之滨的吉达市住了一年多。

我欣赏尤今的小说，也欣赏她的游记。就个人的爱好而言，也许喜欢她的游记更多一些。新加坡和中国台湾两地的文评家，对她的游记都给予很高的评价，综合来说，文评家指出的她的游记有两个特色：一、善于通过敏锐的观察力、清新细腻的文笔，写她所见所闻、所思所感；二、理性的剖析和感性的描绘兼而有之。其实，这两个特色，在她的小说中也是具备的。台湾著名女作家琦君则用"文艺的语言"写下她对尤今作品的读后感："幽默处令人莞尔，沉重处令人叹息。"我亦有同感。

一九七九年，尤今出版她的第一部小说集《模》时，写了一篇自序，从序文中我们可以了解这位女作家是怎样成长的。

一九七三年她在南洋大学中文系毕业，同年进入国家图书馆工作。序文说："我跃入了一个更广阔的书海，在那儿浸了整整三年……书本为我的精神世界开拓了一个又一个新境界。"其后，"进入《南洋商报》，是梦的实现。这个梦，不是苍白无光的，而是绚烂多彩的。从广阔的接触面里，我吸收了许多书本所无法给予我的知识，这些活的知识，不但充实了我，启发了我，有好些还给我利用作为小说的题材。《暮》这篇小说，就是我多次到老人院采访新闻，逐渐搜集材料而写的。"图书馆的工作和记者的职业给她打下了良好的写作基础。前者充实了她的书本知识，后者扩大了她的生活面。八十年代初，她离开报馆，从事教育工作，现在执教于新加坡的华义中学。

　　尤今是在一九七九年七月随同丈夫前往沙特阿拉伯的。当她离开新加坡的时候，报馆的同事给她饯行，席间就有人"开玩笑地"对她说："你这回去沙漠居住，不是可以变成新加坡的三毛吗？"

　　三毛是台湾的女作家，成名较早，七十年代中期，她以撒哈拉大沙漠为题材的一系列游记已经出版。除了同事将她们相提并论之外，新加坡的"三毛迷"（同时也是尤今的读者）也曾"拜托"她去探望三毛。

　　尤今说："说这些话的朋友，不知道我和她所去的地方虽然同属沙漠地带，但地理位置却相差很远！她去的是北非，我的目的地是沙特阿拉伯，中间隔了一道红海，两地不论在政治背景、风土人情、社会习俗、语言宗教上都迥然不同……"（《我到沙特阿拉伯去——写在出国之前》）两人所去的地方不同，所写的游记题材也是不同的。

　　这段话是尤今九年前说的，如今她不但去了沙特阿拉伯，也去了世界其他许多地方，所写的游记，论质论量，比起三毛，都是不遑多让了。或许因此，文艺界的朋友还是往往喜欢把她们相提并论。但尤今却是不喜欢这样相比的，她常说"三毛是三毛，尤今是尤今"。不错，她们都是各有自己风格的作家；而且尤今除了写游记，还兼写小说。我们不能说"尤今是新加坡的三毛"，也不能说"三毛是台湾的尤今"。不过，有一点相同的是，她们都是同样具有爱心。爱家人，爱朋友，爱她们笔下那些质朴善良的土人。

一九八八年九月于悉尼

音符碎在地上

　　我喜欢读尤今的游记，尤今每有新书出版，也必定寄一本给我。不过，我最近才有机会拜读了她的一篇新作，却不是她寄给我的，而是我自己"发现"的，因为还没有结集出版。她今年暑假有东欧之行，这一篇"近作"是南斯拉夫的游记，发表于今年（一九八八）八月十七日台湾《中央日报》的副刊上，题名《音符碎在地上》。我发现她的游记是写得越来越好了。

　　"音符碎在地上"，多有诗意的篇名，是不是？不错，尤今游记的特色，就是"理性的剖析和感性的描绘兼而有之"，这一篇也正可以作为典型的代表。我就比较"完整"地介绍它吧。

　　　那条石板路，不算长，不算阔，但是笔直而美丽。路的两旁，树影婆娑。树下，一间连一间的，是餐馆，是手工艺品店。
　　　白天，这条被称为"士卡达丽亚"（Skadarlija）的街巷，像个睡公主，沉沉静眠。傍晚七点过后，夕阳去，夜色来，"睡公主"便在杂沓的脚步声、喧哗的谈笑声，还有悠扬的音乐声中，霍然醒过来。
　　　说来好笑，我在南斯拉夫的首都贝尔格莱德（Belgarde）待了四天，每天晚上，都是在这儿消磨的。
　　　贝尔格莱德是个沉静的大都城，问当地人晚上有什么好去处，就算你问一百个人，你依然只能得到一个答案："士卡达丽亚街。"

写游记必须抓住最有特色的地方，尤今的手法也正是这样。

罕见的浮雕

地方有特色，这个地方的人和物也有特色。尤今就是抓着这些特色，来观察南斯拉夫的现状，甚至深入它的社会本质的。

第一次去，好奇；第二次去，喜欢；第三和第四次再去，却是为了我刚结识的南斯拉夫朋友高丹娜——我去找她谈天。

高丹娜在士卡达丽亚街租了一个小摊位，卖手工艺品。不是大批生产、粗制滥造的那一类。摊上的每一件成品，都好像是有个性似的，它们各各通过不同的原料、不同的形态，努力向你表达它内蕴的思想。

从好奇到喜欢，到为了新相识的朋友而去。"层次"是逐渐提高的，这亦说明了作者的观察已是突破了旅客的"猎奇"。作者那新相识的朋友就是个有特色的人物，但作者却故意留待后面才说，先说"物"（新朋友摊位上摆卖的工艺品）的特色。

我一件一件细细地、慢慢地看。爱不释手的，是一件罕见的浮雕，雕的是一头牛，身上怪异地长了一双翅膀。叫人难忘的，是这头牛脸上的表情。它嘴巴略张，仰头看天，圆睁的眸子，不可思议地流出一种极端无奈的悲哀。据我猜想，这头牛大约是被生活沉重的担子压得透不过气来，它很想飞。然而它却生活在一个"即使有翅膀也飞不掉"的环境里，所以，脸上便不由自主地留下了被痛苦煎熬的痕迹。

这里，作者用浪漫的笔触来写这罕见的浮雕，警句不少，在给人以美感之外，也令人沉思。

表达它内蕴的思想

这件牛的浮雕不但"好像是有个性似的"，它还"努力向你表达它内蕴的思想"。作者是从自己的猜想转移到老牛身上：

> 它使我想起了臧克家的老马，然而，它的痛苦比老马来得更深沉。老马在"抬起头来望望前面"的时候，心中还存着一丝"挣脱命运残酷摆弄"的希望；但是，浮雕上的这头老牛，却明明白白地知道：自己是"插翼难飞"的。

按：臧克家是中国著名诗人，他写过一首题为《老马》的诗，那头老马，在受鞭打的时候，常"抬起头来望望前面"。作者从浮雕的"老牛"，联想到臧克家诗中的"老马"，而又从她所领会的"老牛"努力向她表达的"内蕴的思想"，感到"老牛"比"老马"更为可哀。这一段有关浮雕的描写（包括上篇的引文），可说是典型"尤今式"的"感性的描绘"。

尤今描写了这件"物的特色"之后，然后才回转到"人的特色"。这个女摊主和制作这浮雕的人，原来都是"颇不寻常"的。

> 正当我捧着这件浮雕痴痴地看着时，一直站在我身畔的女摊主，突然开口说话了："制作这个的，是大学一名文学系的学生。我觉得它是我整个摊子里最好的一件东西。"
>
> 她说的，是流利的英语，真叫我喜出望外。"实在做得很出色。"我点头赞同，指了指摊上其他的东西，我又说道："平

心而论，你这儿卖的，每样都很有特色。"

大学生成个体户

下面就是从对话中揭露出来的社会现象了：

　　她很高兴，毫不吝惜地把她整排刷得雪白的牙齿暴露给我看，笑意甚至飞溅到她的声音里：

　　"这全都是大学里的学生做的。她们做好了，便拿来这儿，托我卖，赚点额外的零用钱。"

　　"这么说来，你所经营的，算是自由买卖啰？"（目前流行的说法是"个体户"）

　　"是的。"她坦然承认："不过，这也只是我的副业而已。"

　　"那你的正业是……"

　　"我是大学商科毕业的，白天，我在一家银行工作。"

　　"在南斯拉夫，兼职的现象是不是很普遍的呢？"

　　"只要有办法，人人都兼职。"她坦白地说："我们的收入低，偏偏物价一天天上涨，更要命的是货币时常贬值，生活的压力，令我们喘不过气来。"

　　在这种情况下，南斯拉夫的"家庭副业"非常盛行，许多人都利用工余之暇，学习手工艺品的制作，然后，把成品拿到商店或货摊寄售。也有一些人，白天当文员，晚上呢，当店员或侍役。

　　"最糟的是，有些人以非法的手段来赚取外快。"她悻悻然地说："他们以观光客的身份到西欧各国旅行，大量地购买各种消费品，好像手表啦、电器啦、衣服啦，回国以后，再以高价转售出去！"

大吃大喝的少年

尤今说："这一番话终于解开我心中的一个疑团。"她的这个疑团是由于数日前，在一个小城餐馆所见的现象而产生的。虽是小城餐馆，装潢却很华丽，吃的也是名贵海鲜。因为那个小城是在南斯拉夫著名风景区，傍着蓝色多瑙河而建的诺维萨（Novisad）。在那个餐馆里，她看到四个衣着异常时髦的少年，她说：

> 引起我注意的不是他们异常时髦的衣着，而是他们桌上的食物。才四个人，但是，居然叫了足够八个人吃的东西；还有葡萄酒，大瓶的，红的白的，都有。算了算，六瓶，足足六瓶哪！……当他们结账时，我特别加以留意，他们总共付出了十一万丁那（合共美金五十五元）。

初时尤今以为他们是外国游客，后来和他们交谈，才知道"他们是土生土长的南斯拉夫人，由首都贝尔格莱德来这儿度假"的。引起尤今疑问的是："在一个大学教授月薪只有仅仅五十万丁那的国度里，这四个青年，居然一餐便花去这么一大笔钱，而且更叫我吃惊的是，他们走后，桌上的盘子里，还'豪气'地留下许多吃不完的鱼和虾。他们到底是何方神圣？为什么能够如此肆无忌惮地挥霍金钱，浪费食物？"现在她懂了，在南斯拉夫，是可以通过"捷径"赚钱的。除了"捷径"，还有"正途"，那就是"做生意"。女摊主告诉尤今："最近十年来，政府鼓励人民经营私人企业，所以，国内好些人因经商而致富。"

乐声的呼应

高丹娜说："在贝尔格莱德，有好几家著名的大餐馆，都是私人经营的。他们有机会赚取美金和德国马克等外汇，生活过得非常舒适。"

这是南斯拉夫社会的一面，那另一面又是如何呢？"忧愁与饥饿"是否存在大多数人之中？对此，尤今不能无所怀疑。在她离开那小摊子的时候就怀疑了。她写道：

> 我不想妨碍高丹娜做生意，所以，买下了那件令我爱不释手的浮雕以后，便向她告辞了。
>
> 已经是深夜十一点多了，可是，士卡达丽亚街的人潮依然川流不息，乐声也依然飘扬不绝。芬芳的酒味与烤肉的香味，强烈地散在墨黑的夜空里。
>
> 啊，南斯拉夫的这条"不夜街"，忧愁与饥饿，是不存在的。但是其他的地方呢？

她来的时候，是"傍晚七点过后"，士卡达丽亚街是在晚上才热闹的，所以她把士卡达丽亚街形容为"睡公主"，这个睡公主是在傍晚时分，方始在"悠扬的音乐声中，霍然醒过来"的；去时是深夜十一点，"乐声也飘扬不绝"，前后呼应得好。由于她心有所疑，于是第二天晚上，再到那条不夜街找高丹娜聊天。这次，仍以"乐声"开头：

> 刚下过雨，石板路湿漉漉、滑溜溜的。时间还很早，游人不多，站在街首第一间餐馆前的一名乐师毫不起劲地拉着他的手风琴，音符跌跌撞撞地从手风琴里掉落出来，碎在地上。

爱好音乐的南斯拉夫人

南斯拉夫人爱好音乐，"乐声飘扬不绝"象征他们追求美好生活的一面，那么，"音符碎在地上"是不是象征希望幻灭了呢？耐心读下去吧，会有答案的。

高丹娜问起她的游踪，她告诉高丹娜："早上，去看卡列梅格丹古堡，那气势，啧！雄伟！"尤今朝她翘起拇指。"下午嘛，到多瑙河畔坐了一阵子，又到市中心去逛。你猜，我见到了什么？"每一个人都是喜欢别人称赞自己的国家的，尤今写道：

> 她耸耸肩，双眼发亮地等我继续叙述。
>
> "市中心的广场，穿着传统服装的男女老幼，载歌载舞，一群又一群，看得我眼花缭乱。"
>
> "哦！"她轻快地笑了起来："这是我们夏天传统的消遣。由五月到八月的这四个月份里，每逢周六，大街小巷里，总是有歌也有舞。奏乐跳舞的那群人，既娱人，也自娱。"
>
> 此刻，整条士卡达丽亚街都浸在美丽的乐声里。每一间餐馆都有乐师或乐队奏乐以助兴。由不同餐馆、不同乐器里奏出来的乐声，在空气里活泼地撞来撞去，形成了一种凌乱的和谐。
>
> "在南斯拉夫，我们有着很丰富的精神生活。音乐节、舞蹈节、电影节、戏剧节，全年不辍。歌与舞，都变成了我们工余之暇所不可缺少的一部分了。"

把南斯拉夫人的爱好音乐描写得淋漓尽致，这就更加能够突出后文描写的"音符碎落"的悲哀意义。这是文学上的欲抑先扬手法。

通过文艺反映现实

接下去尤今写道：

> 我听说许多南斯拉夫人都利用年假外出旅行，问高丹娜这到底是事实还是传闻。不知怎的，她的脸色，立刻变得很黯淡。好一会儿，才开口说道："过去，社会的经济状况比较稳定时，人民的确是常常出国旅行的。我自己也曾到过美国和西欧的好些国家去观光。可是最近这几年，百物飞涨，许多人都必须束紧腰带来过日子，出国旅行，已成奢望。"
>
> 她并没有言过其实。
>
> 记得有一天，我去参观旧宫殿，有一名文质彬彬的青年主动找我攀谈。他肄业于医学院，很为毕业后的前途担心。他说："目前，南斯拉夫失业的浪潮汹涌澎湃，我很想到国外去找工作。"
>
> 优秀的医科学生，尚且担心工作无着，其他没有专业资格的更不必说了。

尤今是今年夏天到南斯拉夫作暑假旅行的（文章见报的日期是八月十七日），才不过几个月光景，十月十七日，南共中央召开一个要求"从基本上更新社会主义"的会议，承认南斯拉夫目前存在着严重的经济危机和社会问题：通货膨胀率高达二百一十七，失业率高达百分之十五，外债也高达二百一十亿美元。官方的报告是用数字来说明问题，尤今的文章，则是通过具体的事例（她在南斯拉夫的所见所闻，包括高丹娜所说的情况），来反映南斯拉夫的现实。文学所反映的现实往往比数字所反映的现实，令得读者的印象更深刻。《音符碎在地上》这篇文章就是一个例子。

音符碎在地上

《音符碎在地上》的象征意义十分深刻，它是"文学的语言"，是"感性的描绘"，虽然缺乏"官方数字"，但"理性的分析"已寓于"感情的描绘"之中。

高丹娜和尤今的谈话中还提到了农村人口大量涌到都市来，造成的"许多令人头痛的问题"、青年人道德败坏的问题等。

尤今说："我似乎听到了高丹娜心坎深处叹息的声音。"她这篇文章，最后也是以"文学的感叹"来结束的。她写道：

> 唉，唉，唉。
>
> 这天晚上，我们的谈话是在一种沉重的心情下结束的。
>
> 沿着士卡达丽亚街走向大路，经过街首的餐馆，那位乐师还在奏乐，只是神情比刚才更慵懒，意态也更阑珊。一个个的音符，继续不断地从他的手风琴里掉出来。我朝下一看，满地都是音符碎片。
>
> 人，无数无数的人，若无其事地坐在音符的碎片上，喝大杯的酒，吃大块的肉。
>
> 今朝有酒今朝醉哪！
>
> 走出士卡达丽亚街，回首望望，裂满一地的音符碎片，在月色的映照下，冷冷地闪着寂寞的微光……

文章结尾，深具一咏三叹的韵味。

一九八八年十一月

杜运燮和他的诗

"十年浩劫"结束之后,我也得到一个"意外的收获",许多久已断了音讯的朋友,好像雨后春笋似的,忽然又"冒"了出来,和我也重新恢复了联系。杜运燮就是其中一个。

说起来已经是三十年前的事了,《新晚报》创刊那年(一九五〇年),他是翻译兼编副刊,和我做了大约半年的同事。后来他走了,他编的那个副刊"天方夜谭"就是由我接手的。

虽然是同一个部门的同事,但最初的一个月,我们却很少交谈。他给我的印象是沉默寡言,好像很难令人接近。后来渐渐熟了,发现彼此的兴趣相同,我这才发现,原来我对他的"表面印象"完全错了。他的热情其实是藏在"质朴"之中。

我是先识其人,然后才识其诗的。他写过一首小诗《闪电》,开头两节是:

> 有乌云蔽天,你就出来发言;
> 有暴风雨将来临,你先知道;
> 有海燕飞翔,你指点怒潮狂飙。
> 你的满腔愤慨太激烈,
> 被压抑的语言太苦太多,
> 却想在一秒钟唱出所有战歌。

这首诗是一九四八年他在新加坡写的,四十年代后期,他曾在新加坡南洋女子中学及华侨中学教书。他写这首诗的时候,也正是他准备回国的时候。大概他是因为看到当时的那个正处于"方生未死"之间的中国有感而发吧？但这几句诗写的，不也正是有点像他自己吗？

公路满载激情

他最出名的一首诗《滇缅公路》，写于战时，也是充满激情的：

路，永远兴奋，都来歌唱啊！
这是重要的日子，幸福就在手头。
看它，风一样有力；航过绿色的田野，
蛇一样轻灵，从茂密的草木间
盘上高山的背脊，飘行在云流中，
俨然在飞机的座舱里，发现新的世界，
而又鹰一样敏捷，画几个优美的圆弧
降落下箕形的溪谷，倾听村落里，
安息前欢愉的匆促，轻烟的朦胧中
溢着亲密的呼唤、人性的温暖，
于是更懒散，沿着水流缓缓走向城市。
而，就在这粗糙的寒夜里，荒冷
而空洞，也一样担负着全民族的
食粮；载重车的黄眼满山搜索，
搜索着跑向人民的渴望；
沉重的橡皮轮不绝滚动着，
人民兴奋的脉搏，每一块石子，
一样觉得为胜利尽忠而骄傲！
微笑了，在满足而微笑的星月下面，
微笑了，在豪华的凯旋日子的好梦里。

袁可嘉评论这首诗的特点是把"静止的公路作为动物来写，使它进入充分的动态"。诗人是以跳跃的想象，歌颂这条为中国争取抗战胜利的公路。

冷静的智者

但杜运燮的诗的风格并不限于表面的激情，他更多的诗是像冷静的智者一样，观察万物，用隽永的语言，用机智和活泼的想象来写。举他两首分别写于少年时期和中年时期的小诗为例：

> 异邦的旅客像枯叶一般，
> 被桥拦挡在桥的一边，
> 念李白的诗句，咀嚼着
> "低头思故乡""思故乡"……
> 仿佛故乡是一颗橡皮糖。
>
> （节录自一九四八年他在新加坡写的《月》）

> 一年年地落，落，毫不可惜地扔到各个角落，
> 又一年年地绿，绿，挂上枝头，暖心窝。
> 无论多少人在春天赞许，为新生的嫩绿而惊喜，
> 到秋天还是同样，一团又一团地被丢进沟壑。
> 好像一个严肃的艺术家，总是勤劳地，耐性地，
> 挥动充满激情的手，又挥动有责任感的手，
> 写了又撕掉丢掉，撕掉丢掉了又写，又写，
> 没有创造出最满意的完美作品，绝不甘休。
>
> （《落叶》，一九六二年写于北京）

新奇的比喻、机智活泼的想象，在这两首小诗中可见一斑。

九叶诗人

三十年前，有九个年轻诗人出了一本他们在四十年代所写的作品选集，名《九叶集》，杜运燮就是其中之一。也因此，他和另外八位诗人——穆旦、陈敬容、郑敏、王辛笛、杭约赫、唐湜、唐祈、袁可嘉被称为"九叶诗人"。艾青在近作《中国新诗六十年》中曾这样评论他们："日本投降后……在上海，以《诗创作》为中心，集合了一批对人生苦于思索的诗人，王辛笛、穆旦、杜运燮等，他们接受了新诗的现实主义的传统，采取欧美现代派的表现技巧，刻画了经过战争大动乱之后的社会现象。"有一个尚未为外界知道的"佳话"是，艾青这篇文章原是一九八〇年六月在巴黎举行的"中国抗日战争时期文学研讨会"上宣读的论文，在这段评论"九叶诗人"的文字中本来还有一句——"这是属于四十年代后期的像盆景似的园艺"，后来有人对他提出不同的意见，艾青重读《九叶集》也发觉这句评论不大符合事实，因而当他把此文交给北京的《文艺研究》刊出时，就把这句话删了。

杜运燮是一九一八年在马来西亚吡叻州出生的华侨作家，在当地读完初中回国就学，毕业于战时昆明的西南联大外文系。一九五一年从香港回到北京，初时从事新闻工作，后来到设在临汾的山西师范学院外语系任教。"文革"期间和许多文化人一样，被送入"五七干校"接受"改造"，实则是被打入"牛棚"。有位朋友告诉我一件在当时被目为"大胆之作"的事，他在受批斗之余，闷极无聊，居然敢写信去给当时也被打入"牛棚"的巴金，问巴金借一部《陆游诗集》。陆游虽然是宋代爱国诗人，但在"文革"期间，陆游也是被列为"右派分子"的。（此事甚趣，原来因为陆游写的一首《钗头凤》词中有句云："东风恶，欢情薄，一怀愁绪，几年离索。""东风恶"犯了大忌，因而古代诗人亦不免获罪矣。）巴金也居然寄了给他。

一九八〇年十月

令人气闷的朦胧

欧美现代派的技巧之一是诉之于直接的感觉，要求意象更加鲜活，想象更加瑰奇。因而读者的联想如跟不上作者，就往往觉得不可解。杜运燮去年写的一首诗《秋》被人"批"为"令人气闷的朦胧"，原因恐怕就在于此。现录此诗第一节作为例子：

> 连鸽哨也发出成熟的音调，
> 过去了，那阵雨喧闹的夏季。
> 不再想那严峻的闷热的考验，
> 危险游泳中的细节回忆。

评者认为第一句就莫名其妙，"鸽哨"的声调有什么成熟与不成熟之分呢？而第二句据评者说，他和另一个写诗的朋友研究了一个多小时，才明白"那阵雨喧闹的夏季"是暗喻十年"文革"。因此认为其立意虽好，表现手法则未免写得过于深奥难懂，因而是"令人气闷的朦胧"了。

批评的文章出来后，杜运燮写了一篇《我心目中的一个秋天》替自己辩护："诗歌同其他一些艺术作品一样，也容许读者（观众）在欣赏时进行再创造，可以有和作者不同的联想、想象和体会。"这也就是古人所说的"诗无达诂"的意思吧。

替杜运燮辩护不仅只他自己，名诗人卞之琳也是替他辩护的。上月卞之琳来香港讲学，在某次一个关于中国新诗的演讲，就提出杜运燮这首《秋》作例子，也评论了对它的评论。卞是肯定此诗的艺术价值的，限于篇幅，他的论点我就不详加引述了。

香港报刊也有为此诗辩护的，引其中一个意见为例："如果我们设身处地想一想，在秋季里，诗人来到田野上，被周围成熟了的自然景物所迷醉，天上传来鸽哨，这声音也包围在成熟的气氛中，当时他自然会感觉到那声音也是成熟的，而不能去分析这声音是嗓子发出的，抑或是从发声器中发出的。这是鉴赏者起码应该有的认识吧？"（作者怀冰）

诗的好坏，见仁见智，各人的鉴赏能力也有不同。杜运燮那首诗是否是"令人气闷的朦胧"，还是让读者自行判断吧。

一九八一年二月

无拘界处觅诗魂

——悼舒巷城

（一）

在我的朋友中，舒巷城是文学领域的多面手，能诗能文能写小说，样样出色当行。我和他相识接近半个世纪，大家都已过了古稀之年了。

人到暮年，害怕的往往不是自身的死亡，而是朋友的"大去"。走一个，少一个，眼看着老朋友好像秋天的树叶，一片片随风而逝，死者已矣，生者何堪？朋友已经要讲缘分，更何况不是普通朋友，而是可遇而不可求的"文字知交"。龚定盦诗："多君娓雅数论心，文字缘同骨肉深。"[1] 说的就是这种缘分。巷城如今先我而去，忝属文字知交，虽然我的诗才远不及他，这篇文章也是不能不写的了。

舒巷城原名王深泉，王深泉有许多笔名，如秦西宁、邱江海、舒文朗、方维，等等，但都不及舒巷城的"名头"响亮。我和王深泉开始认识的时候（一九五二年），王深泉用的笔名是秦西宁，舒巷城则未"出世"。我和秦西宁也是好朋友，但不及"后来者"舒巷城的交情之深。

---

[1]　句出龚自珍《己亥杂诗》三六，"别王秋畹士会继兰"。多：佩服，欣赏。娓：有情致也。（根据万尊巇注）"多君娓雅数论心，文字缘同骨肉深。"万尊巇解释为："讨论学问，酬唱诗词，在文学上交往，这种因缘同骨肉之情一样深切。"

（二）

五十年代初，我在香港《新晚报》编副刊，秦西宁是在副刊上写短篇小说的作者。副刊名叫"天方夜谈"，短篇小说统称"都市场景"。顾名思义，可知他写的是形形色色的小市民生活，是属于香港这一片"乡土"的。

秦西宁的小说看似朴实无华，但却正如一个无须借助脂粉的美人，荆钗布裙，已是令人惊艳。也看得出他对新旧文学都有相当造诣，否则不可能写得那样简练和优美，在文字技巧上已经可以说得是挥洒自如。不过我虽然欣赏他的小说，但对香港这片"乡土"，我的所知和他的级数相差太远，要谈，只有他说我听的份儿；因此在我们之间能够作为"双向交流"的话题，就只能是彼此都有兴趣的诗词了。但也还要等到舒巷城"出现"之后，我才知道，他对诗词不仅"懂得"，且是"会家"。而我和王深泉的友谊也才突破"彼此欣赏"的层次，达到更进一层的"知心"。

舒巷城是以新诗人的面貌出现的，在六十年代中期，以中英合璧的抒情诗，成为香港诗坛一颗耀目的新星。不过我们的"诗词论交"，却是从他送给我的一首旧体诗开始的。那是他为《萍踪侠影录》作的"题赠"：

> 裂笛吹云歌散雾，萍踪侠影少年行。风霜未改天真态，犹
> 是书生此羽生。

"裂笛吹云"句出我少年时代写的一首词。[1]《萍踪侠影录》是我自己比较满意的作品，也曾给我带来一些虚誉，用世俗的眼光来看，梁

---

[1] 句出梁羽生《水龙吟》词："天边缥缈奇峰，曾是我旧时家处。拂袖去来，蒙尘初踏，丛城西住。短锄栽花，长诗佐酒，几回凝伫。惯裂笛吹云，高歌散雾，振衣上，千岩树。"（上半阕）

羽生大概可算是已经"成名"了的。"风霜未改""犹是书生"云云则是舒巷城眼中的梁羽生。

好一句"犹是书生此羽生",令我不禁大呼:"知我者,巷城也!"同时也令我明白,我和巷城,不只是诗词的同好,还有一样我们都有的"书生"本色。也正是这个"书生本色",维持了我们五十年不变的友谊。

（三）

"诗人舒巷城",对大多数读者而言,这个诗人只是属于新诗的,少数读者才知道他也擅长写旧体诗。原因除了数量的多寡不能相比之外,作者本人的"低调"也影响了他的诗名。舒巷城似乎从来没有在传媒上谈过自己的旧体诗,即使是用其他笔名,也只是在他晚年所写的一个专栏谈过一些。

专栏名"无拘界",笔名尤加多,一九八八年四月一日在《香港商报》副刊"谈风"这版"开档",一九九一年四月十四日结束(结束前专栏名称似曾改变,但性质不变)。

专栏很特别,内容也很有特色。每篇不到五百字,但在这个小框框内,题材却是非常广泛。新诗、旧诗、话剧大戏、西乐中乐、打波唱曲、红楼水浒、李白杜甫、莎氏乐府,进而至耳闻的巷议街谈,目睹的社会怪状……几乎无所不包,而且谈自己也谈别人,破了舒巷城的禁忌。龚定盦诗:"不拘一格降人才。""无拘界"则是"不拘一格找题材"。能够不拘一格就好。

"无拘"还有一重意思,那就是"无拘束"。小晏(晏几道)词:"梦魂惯得无拘检,又踏杨花过谢桥。"小晏是名相之子[1],恐怕也只

---

[1]　晏殊（991—1055），北宋著名词人，官也做得很大。庆历（宋仁宗年号）中，拜集贤殿学士（相当于宰相）同平章事，兼枢密使。晏几道是晏殊第七子，词名胜乃父，官运则远逊，亦不求仕进。

有到了梦中，才能享受到无须自律（拘束、检点）的乐趣。我和巷城都很喜欢这两句词，至于巷城是否也有小晏那种"自我解放"的欲求，是不能起巷城于地下而问之了。

舒巷城很少写政治诗，但"很少"不等于没有。一九九〇年八月三十一日见报的"无拘界"就有讽骂"四人帮"的旧体诗，骂姚文元那首，铸词炼句，对仗工稳，功力俱见：

　　一自此猪成怪后，妖风阵阵压人来。教条乱贴唯心动，帽子纷飞任意裁。艺苑横刀强夺理，文坛舞剑快成灾。屠猪可有英雄在，那日春归百世开？

骂江青那首也甚精彩：

　　毒蛇吐雾上仙山，欲采灵芝带药还。揭破画皮爬不得，嗟嗟寒月一江残。

他还写过风格完全两样的打油词，与"家国"无关，纯属"私人"事体。例如下面两首"戏赠老友"的打油词，调寄《西江月》：

　　惜墨如金才子，抛开妙笔行街。灵思神剑暂时埋，张张原稿变坏！　不是从前风月，电炉何用烧柴？闲愁"懒化"可安排，碎了诗情万块！

又：

　　近来脑中多事，常忘着袜穿鞋。如何抽步上天街？应放腰围皮带。　岁月如风飘过，何妨享受抒怀。红尘远胜食长斋，莫笑斯人姓赖！

> （见一九九五年七月二十日的"无拘界"，题目就叫《懒化》。）

这两首词读来令人发噱，但亦可见作者性情。

当然也还有功力深厚、气韵生动的"雅词"。例如下面这首《读辛弃疾词》调寄《如梦令》：

> 一夜花开枝灿，雪柳莺声如幻。众里去寻他，百转壶光耀眼。无限，无限，何似稼轩绚烂？

> （选自三联书店出版的《舒巷城卷》旧体诗词部分）

辛弃疾有咏元夕的《青玉案》词，脍炙人口。[1] 舒巷城取其词意，作读后感，别开生面。是可谓善读辛词者矣。

（四）

舒巷城的新诗评论者甚多，无须我再饶舌。我只想补充一点，在他的新诗之中，往往也能咀嚼出旧诗的味道。如《雨伞》中的"啊，你撑起满天银雨，在一个晴朗的日子前。""在谁家沉睡的门外，雨伞，你在雨夜中绽开，如一朵水中的睡莲。"意象之美，令你一下子就会明白什么是"诗境"。就以诗中的莲花为例，我们再看舒巷城写的两句旧体诗，那是咏羽毛球比赛的："铿然一瓣莲花去，如雪飘飘眼底明。"新诗中那朵睡莲是雨伞，旧诗中这瓣莲花是羽毛球。前者是从动态中显出静

---

[1]　辛弃疾《青玉案》词："东风夜放花千树，更吹落，星如雨。宝马雕车香满路。凤箫声动，玉壶光转，一夜鱼龙舞。　蛾儿雪柳黄金缕，笑语盈盈暗香去。众里寻他千百度，蓦然回首，那人却在，灯火阑珊处。"结尾三句，尤为人所传诵。

态（撑起满天银雨是动态，水中睡莲是静态）；后者是由静态突变成动态（本是静态的莲花，加上"铿然"二字，立即就变成"运动中"的羽毛球了）。同样奇特的比喻，加上同中有异的构思，同样能将读者领入诗境。可知重要的不在于形式的新旧，而在于"诗心"的有无。

一九九九年五月五日于悉尼

舒巷城的文字

　　舒巷城是"土生土长"的香港作家，熟悉香港的小市民生活，他的作品可说是最有香港的"乡土"特色。但在这里，我只想谈他的文字的特色。（"艺术性"和"思想性"的全面评论我是不够格的，留待文艺批评家去发挥高见吧。）

　　我认为他的文字最少有三个特色：一、不事堆砌，朴实自然。他和徐迟喜欢用夸张的描写不同，和何其芳（少年时代）的"唯美是尚"也不同，但却正如一个无须借助脂粉的美人，自然而然地显露了他的文字简练和优美。二、他善于观察事物，因此不论是写人物的内心或周围的风景，笔触都很细致，而人物的内心和周围的风景也是做有机的配合的。三、他对新旧文学都有相当造诣，这就是说他的"基本功"打得很好，因此文字技巧的运用可说已是挥洒自如，你很难在他的文字里找到一粒"沙石"。

　　还是举一些实例吧。他有一篇题为《鲤鱼门的雾》的短篇小说，写一个在筲箕湾（面对鲤鱼门）长大的水上人，父亲某次出海捕鱼，消失在鲤鱼门的大雾中，他在父母双亡之后，出外漂泊了十五年，又回到了故里。回来那天，恰好又碰上大雾。

《鲤鱼门的雾》

　　请看舒巷城是怎样写《鲤鱼门的雾》：

雾喘着气，在愤懑地吐着一口口烟把自身包围着。……那包围的网像有目的地又像漫无目的地循着一个大的浑圆体抛开去，扩展着，缠结着，或者来来去去地在低沉的灰色的天空下打滚，一秒钟一秒钟地把自身编成一个更大更密的网。偶尔碰上了大浪湾外向上喷射的浪花时，它，雾的网，便会无可奈何似的，稍一回避，似乎让开一条路来了；但很快地，等那兀突而来毅然而退的浪花由白色的饱和点——那颗颗向上溅起的水点——随着一阵哗啦的哀鸣而败退下来还原成海的一部分——蓝——的时候，雾，喘着一口口气的雾，又慢慢地向海的平面处降落，伸出，开展……

从四面八方，雾是重重叠叠地滚来的呀——

从清水湾，从将军澳，从大浪湾，从柴湾，从九龙的山的那一边，雾来了；雾集中在鲤鱼门的海峡上，然后向筲箕湾的海面抛放出它的密密的网——它包围着每一只古老的木船，每一只身经百战满身创痕的捕鱼船……它包围着每一只上了年纪而瘫痪在水浅的地方的可怜的小艇，连同那原不属于筲箕湾海面的仅有的几只外来的舢舨……

如在雾中的迷失感

这段文字，是我所曾读过的写雾写得最细致的文字，而且他不是泛写一般的雾景，而是具有浓厚地方色彩的鲤鱼门的雾景。被雾包围的古老的木船、瘫痪的小艇、满身创痕的捕鱼船、不属于筲箕湾海面的几只外来的舢舨……既是鲤鱼门特有的景物，也象征了主角梁大贵漂泊了半生的坎坷命运。

"雾喘着气，在愤懑地吐着一口口烟把自身包围着。"一开头就是把雾"人格化"了，这个"雾"不也可以理解为主角的化身吗？和生活搏斗得遍体鳞伤的主角，仍然好似被浓雾包围那样找不到出路，不也会感到无可奈何的"愤懑"吗？

在读了全篇小说之后，我们还可以理解得到主角那种"如在雾中"的迷失之感。他漂泊了十五年，回到故地，是既感到熟悉又感到陌生的。因此有一个老妇人向他问路，他只能回说："阿娘，我也不知道哩，我是刚来的……"小说的最后一段是这样写的：

> 他把头抬得高高，他做梦似的望着鲤鱼门海峡上那还没有完全散去的雾。
>
> ……啊，雾，去了又来，来了又去的——唔，十五年啦。
>
> "嗯，我是刚来的……"他迷惘地自己和自己说。他的嘴唇在微微地颤抖着。

唱歌人仔几时还

雾，去了又来，来了又去。人，也是去了又来，来了又去。梁大贵回到了既熟悉又陌生的旧地，最能够唤起他回忆的是埠头小艇一个姑娘唱的"咸水歌"：

> 日出东山——啊
> 云开雾又散
> 但你唱歌人仔
> 几时还呢？……

这首咸水歌，他的母亲唱过，他儿时的女友唱过，而现在他也是唱着这首咸水歌又再离开鲤鱼门的。依稀景物似当年，只不过并没有如歌词所说的"云开雾又散"，而是令得他在离开的时候，还要"做梦似的望着远处鲤鱼门海峡上那还没有完全散去的雾"。

《唐诗三百首》中有一首贺知章写的《回乡偶书》："少小离家老大回，乡音无改鬓毛衰。儿童相见不相识，笑问客从何处来？"以白描手法，表达了游子回乡的怅惘心情，成为传诵千古的名诗。但若论起感情的"层次"，它还是比较"浮面"的。《鲤》文的层次则似乎更深。当然，我这样说并非是认为《鲤》文的艺术性比这首诗更高，《鲤》文是写特定的人在特定的环境的表现，这首诗则是写"一般"的游子，它的感情是更有"代表性"的。

人景时空交叠融化

香港文学研究社出版的《舒巷城选集》，编者在"前言"中也曾特别谈及这篇《鲤鱼门的雾》，评曰："作者通过自出机杼的艺术处理，将人、景、时、空、现场与回忆、环境与心境，交叠、融化，前后呼应，成为一篇感人的出色作品。"这评语我认为是很恰当的。

这篇短篇小说是舒巷城在一九五〇年用另一笔名写的，当时他大概只有二十多岁吧，文字的功力已是颇见不凡了。如果要勉强挑剔的话，有些句子似乎稍嫌长了一些（我个人是把三十个字以上的句子就当做是长句的），但舒巷城的"长句"也是写得流畅自然，不能说是"含有沙石"的。

二十四年之后（一九七四年），舒巷城写了另一篇短篇小说《雪》，写一个香港的"新界少年"（新界是香港的郊区）到英国谋生，也是用细腻的笔触，写出离乡别井的感情。文字则是比《鲤鱼门的雾》更加简练和优美了。

下面是摘录自《雪》中的两段写景的文字，是写那个新界少年在航机中作鸟瞰所见的景色。和《鲤鱼门的雾》一样，这里的写景也是和人物的身份以及心境配合的。

云点云块　豆芽白菜

转眼间，窗外的下面是沉睡的海、山，远方有淡淡的云，明灭不定的星星，跟着，云过后，亮着一颗特大而孤单的星子。童年时在新界的乡下，他白天看过离群独飞的鸟儿，夜晚呢常常看过这一颗离群的星子——它像一盏低挂的火油灯，亮在门外，榕树前。现在它却在窗外伴着他，很久很久都没有失落。

……

他吃了一惊，睁开眼睛拉开窗帘看时，天已渐亮了。云点云块像鱼鳞像豆芽像白菜似的铺在铅灰色的天角那边。他能望到的机翼下的灯光不知什么时候隐去了。放眼望去，前面有一些奇形怪状的山峰从茫茫的云海里钻出来。霞光开始在青褐色的起伏的山峦间镀上一层黄金。然后他看见云海上映射着一阵炫目的光辉。接着，是满窗的红霞。他身旁的旅伴也醒过来了。余华道过早安之后，怔了一下，只见对方的脸颊、下巴一片墨黑，那些密密麻麻的胡子几乎像新界乡下的野草一般粗，仿佛突然在他的睡梦中长起来似的……

切合身份的形容词

这两段文字，好像画家的速写，勾画下航机所见的景物。但并不是一般的"所见"，而是一个特定人物——"新界少年"余华的所见，文中一些"特别'的形容词，如把一颗离群的星子形容为"一盏低挂的火油灯"，把云点云块，形容为"像豆芽、像白菜"；把旅伴一夜间就长得密密麻麻的胡子形容为"像新界乡下的野草一般粗"，等等，都是切合这个特定人物的。

舒巷城是一位有多方面才能的作家，写诗，写散文，写小说，都有他自己的风格。我在上面摘录的是他小说中的文字，现在，再介绍他散文中的一些佳句。他有两篇题为《小流集》和《浪花集》的散文，形式比较特别，是用三言两语，来表达一种"意念"，来说明一个"人生哲理"，或只是像摄影机一样"捕捉"下一个有美感的镜头，既是散文，又具有诗的韵味。我很欣赏这两组散文诗，就在其中摘录一些片段吧。

隽永的文字

(一)

如果生命停留不进，连美丽的清溪也将是一堆发臭的烂泥。这世界将会满身肮脏。

流吧，小河。

(二)

自高自大的人来自盲人国。

他把别人想象得比他矮许多小许多。

(三)

在爱情的路上，我是个流浪汉。

你来了，我不再流浪。

(四)

我们相逢，我们分别，我们长相忆。

我们曾同地同时为同一事物笑过哭过呢。

(五)

我站在窗里，你站在窗外。

一片薄薄的玻璃把我们隔开。你向我招呼着，微笑着走了。

我打开了窗。

然后把你的微笑关在窗里。

（六）

深沉的夜。

沉睡在群山。沉睡的树林。静。

我们听夜潮拍岸。

寂寞间，有月亮升起。

这些片段，是摘录自舒巷城的《小流集》。从这些片段，你可以品味到舒巷城文字的隽永。

智慧的火花

《浪花集》和《小流集》一样，都可以当做一组散文诗来读。不同的是，《小流集》是"无题"的散文诗，《浪花集》则是在每个片段之前，都加上题目。这里摘录三段，以见其风格。

山　泉

山泉的路是曲折的，它要越过许多障碍才能走到山下去。

穿过草丛，绕过山石，山泉缓缓地走着曲折的路。

暴风雨后，山泉很快地越过障碍，向山下奔去，向大海奔去。

瀑　布

谁说对自己热爱的工作全力以赴会有一天形枯力竭呢？

我想起了瀑布……

谁说对人倾心而谈会有一天把所有的倾尽呢？

我想起了瀑布……

青　春

青春向每一个人告别。

但青春对那些热爱生活的人说："我一定会回来！"

　　每个片段，都含有一点哲理。篇名《浪花》，它的文字则是闪耀着智慧的火花的。

一九八二年八月

铿然一瓣莲花去
——谈舒巷城的诗

连日滂沱大雨，想起舒巷城的一首小诗《雨伞》（分两节），录如下：

(一)

有人雨阻归程
在淅沥声中羡慕
一个手中有你的行人

啊，你撑起满天银雨
在一个晴朗的日子前。

(二)

在谁家沉睡的门外
雨伞，你在雨夜中绽开
如一朵水中的睡莲

哦，你穿过灯下的迷蒙
去时，越过路上的泥泞
归时，携着一个无尘的梦

这首诗的"意象"很美，如"撑起满天银雨"，"如一朵水中的睡莲"，"归时，携着一个无尘的梦"等，都是很新鲜、很有"诗境"的构思。他并不刻意押韵，但在音韵上也予人以一种和谐的美感，是一首经得起咀嚼的好诗。

舒巷城的诗常有"神来之笔"，再举他的一首《邮简上的诗》为例：

（一）

远航的窗外，云在天涯

踏千层白浪而来

人向东行，又是向西飞去

而西飞却是向东行

谁知道我耳畔的机声

响过了多少

鲤鱼门海峡的潮音

（二）

此时在遥远的东边

正是万家灯火

这里，客中的时间

已渡过了昨夜的银河

但你可曾想到，我的思念

竟像星光一样飞奔

向着前一夜陆地上

抬头与我共看星星的人

从"耳畔的机声"，突然联想到"鲤鱼门海峡的潮音"，堪称"飞跃的联想"。从这首诗可以领悟到"时空交错"的写法。

舒巷城能写新诗，也能写旧体诗，选录他的三首七绝，如下：

看羽毛球比赛（两首）

铿然一瓣莲花去，如雪飘飘眼底明。白羽翻飞千变化，横空急鸟挟风声。

峰回路转轻盈过，看似闲云却不停。各挽天河分界上，龙腾鱼跃扑流星。

乒球曲

横空跃马银球转，去也蹁跹急箭催。直到旋光奔似电，四方霹雳爆春雷。

写球类比赛，一要写出该种球类的特点，否则若是只用泛泛的形容词，就可能弄到羽毛球和乒乓球不分了。二要写出"动态"之美，一般而言，"动态"是比"静态"更难写的。作者在这里用上新奇的比喻，比喻又十分贴切，这就能够具体生动地写出了。例如写羽毛球之如"铿然一瓣莲花去"，之如"横空急鸟挟风声"，都是设想奇特的比喻，尤其在"一瓣莲花"前用上"铿然"二字，本来是静态的莲花，也就显出"动态"了。这也可称为飞跃的联想吧。他的旧体诗和他的新诗一样，都是风格清新，时有神来之笔。

一九八二年八月

罗孚给徐铸成的祝寿诗

一九八七年六月二十五日，上海新闻界和《文汇报》为名报人徐铸成的八十大寿举行庆祝活动。徐铸成是上海《文汇报》的创办人，和上海新闻界的关系最为密切，因此"官式"的庆祝活动在上海举行。北京方面，徐氏一些新闻出版界的朋友，则因未能来沪参加庆祝，在他寿辰之前的一个月，趁他还在北京的时候，联合欢宴他。香港《新晚报》前总编辑罗孚也是参加欢宴者之一，并即席赋诗二律，为徐氏祝寿。

罗孚这两首诗从北京传到了香港，香港报纸的专栏作者亦有几位谈过。不过由于传抄之误，报上刊出的诗有一两个错字；同时由于诗中涉及一些《大公报》的故实，外人不易明了，解释亦难详尽。最近有友人从北京来，他在北京时曾与罗孚晤谈，罗孚为他解释诗意，并录原作给他。因此，特为转述。

先说第一首，诗云：

> 金戈报海气纵横，六十年来一老兵。早接瓣香张季子，晚传词赋庾兰成。大文有力推时代，另册无端记姓名。我幸及门惭堕马，京华众里祝长生。

今年既是徐铸成的八十大寿，也是他从事新闻工作六十周年，故罗孚以"六十年来一老兵"誉他。至于"金戈"二字，除了是作为"报海气纵横"的形象化形容词之外，还有切合徐铸成身份之处，"金戈"是徐氏在香港某报写的文章的笔名。

在"六十年来一老兵"之下，有罗孚自注云："张季鸾先生晚年作文，署名老兵。"这个注解是和第三句"早接瓣香张季子"有连带关系的，同时还有另一个意义。

张季子即张季鸾，曾长期担任《大公报》总编辑；徐铸成三十年代入《大公报》受张季鸾赏识。"早接瓣香张季子"云云，意即谓徐铸成得传张季鸾的心法也。有人以为这一句是罗孚自咏，认为辈分不对。其实不是，这首诗前面六句都是说徐铸成的，只有最后两句是罗孚说他自己。

罗孚在给徐铸成的祝寿诗中插入"张季鸾晚年作文，署名老兵"一事，除了是含有以徐铸成可与张季鸾比拟的这层意思之外，还有一个掌故。

一九三五年，张季鸾五十岁，于右任写了一首《寿张季鸾》诗。诗云：

> 榆林张季子，五十更风流。日日忙人事，时时念国仇。豪情托昆曲，大笔卫神州。君莫谈民立，同人尽白头！（注：季鸾为《民立报》旧同事。）

"张季子"之称，就是首见于于右任此诗的。张季鸾虽然署名"老兵"，其实年纪并不很老，他卒于一九四一年，享寿不过五十六岁。当然，论起张季鸾在报界的资历和贡献，足可称为老兵；但若论年纪，则徐铸成从事新闻工作六十年，是"实指"的。于右任给张季鸾写祝寿诗，罗孚给徐铸成写祝寿诗，两事相类。

"晚传词赋庾兰成"，庾兰成即南北朝时期梁朝的文学家庾信。杜甫有诗云："庾信平生最萧瑟，暮年诗赋动江关。"这一句是把徐铸成比作庾信。不过我以为这个比拟略为牵强。

不错，徐铸成的平生，固然也可用上"萧瑟"二字，但他晚年的作品，却不是以"词赋动江关"，而是以他愈老愈辣的文章名闻中外的。

"大文有力推时代"也有双关意义。"大文"二字，固可解释为徐铸成的"大文"，但也可以作为《大公报》和《文汇报》的缩写。徐铸成在抗战胜利后离开《大公报》，在上海创立《文汇报》，其后又在一九四八年来香港办港版《文汇报》，任总编辑。《大》《文》二报对推动时代的进步是有贡献的。

"另册无端记姓名"，说徐铸成在"反右"及"文革"的遭遇，人所共知，不细述了。第七句"我幸及门惭堕马"才是罗孚自述。"堕马"二字，用得很妙。

再谈第二首。

> 桂岭何曾鬓有丝，巴山长夜史如诗。江南风雨挥戈际，海角欢呼奋笔时。万里神州欢五亿，廿年噩梦痛三思。老来一事尤堪羡，依旧冰河铁马姿。

报上刊出的这首错了两个字，一是"鬓"字错作"髯"，一是"如"字错作"为"字。

先说"本事"，四十年代初，徐铸成任《大公报》桂林馆总编辑，其时罗孚刚入《大公报》不久，他们就是在桂林相识的。但徐铸成当时不过三十五六岁，怎能"鬓有丝"呢？原来这个"丝"字不是指白头发，而是徐铸成有个笔名叫做"银丝"。他曾用这个笔名在《大公报》副刊写文章。（徐铸成不是"虬髯客"，错作"髯"字，更不可解了。）

桂林沦陷后，罗孚、徐铸成先后到重庆，又同事于《大公报》重庆馆。"巴山长夜史如诗"说的就是这段时间的事。其时是抗战的最后阶段，是黎明前最黑暗的一段，但也是长期抗战的壮丽诗篇。罗孚与徐铸成巴山夜话，都感到这个长期抗战有如壮丽史诗。若把"如"字改作"为"字，虽亦可通，但徐铸成和罗孚都没有把抗战史写为诗篇之事，就无实事可指了。

"江南风雨挥戈际，海角欢呼奋笔时"，说的是一九四八年、一九四九年两年，他们在香港的事。一九四八年，《大公报》香港版复刊，罗孚任副刊编辑；同年，徐铸成来香港办《文汇报》，任总编辑。其时是大陆解放战争的后期，一九四八年下半年的淮海战役共产党取得决定性胜利，一九四九年四月解放军总司令朱德下令渡江，徐、罗写的文章都曾为解放军的胜利欢呼。

　　"万里神州欢五亿，廿年噩梦痛三思。"这就说到"四人帮"垮台之后的事了。"四人帮"垮台之后，徐铸成获得平反。从一九五七年的"反右"算起，约数是二十年。二十年噩梦虽成过去，惨痛的教训，还是值得三思的。

　　"老来一事尤堪羡，依旧冰河铁马姿。"徐铸成近年已七十多岁的高龄，依然"奋笔"为文，言人之所不敢言，故罗孚以"依旧冰河铁马姿"赞他。"冰河铁马"云云，说的既是品格，亦是文格。罗孚此诗亦堪称"善颂善祷"了。

　　罗孚本是擅长写杂文、散文的，写旧体诗似乎是七十年代以后的事。就我曾见过的而论，以这两首诗写得最好。

一九八七年七月

从两首诗看徐訏

《鬼恋》的序诗

名作家徐訏已于本月五日病逝，终年七十二岁。他写的小说很多，其中如《风萧萧》《吉卜赛的诱惑》《荒谬的英法海峡》等都是流行一时的小说。他的处女作则是《鬼恋》，处女作亦成名作，《鬼恋》的知名度是不在上述三部小说之下的。《鬼恋》最初在林语堂编的杂志《宇宙风》（一九三七年元月及二月号）发表，出单行本时，徐訏在卷首写了一首诗：

> 春天我葬落花，
> 秋天里我再葬枯叶。
> 我不留一字的墓碑，
> 只留一声叹息。
> 于是我悄悄地走开，
> 听凭日落月坠，
> 千万的星星陨灭。
>
> 若还有知音人走过，
> 骤感到我过去的喟叹，
> 即是墓前的碑碣；
> 那他会对自己的灵魂诉说：

"那红花绿叶虽早化作了泥尘，

但坟墓里终长留着青春的痕迹，

它会在黄土里放射生的消息。"

徐訏是北大哲学系毕业生，此诗颇有"哲理"味道。

章士钊赠徐訏诗

章士钊的《南游吟草》中有赠徐訏的五古一首。诗云：

> 莃氏创心解，本隐以之显。孤光洞万源，无幽不开阐。徐生精是术，照澈穷与变。料量儿女事，不审自成谳。发意写说部，四角流英眄。万点酸辛泪，流向无言辩。早岁读君书，晚年识君面。得心真应手，圜视一轮扁。而翁苦用心，阴何自流衍。稍忆徐卿雏，孔释并善遣。

"莃"是指开创近代精神分析学的心理学家弗洛伊德，"弗氏"心理学的精义在阐发"潜意识"的重要。此说把人类的意识比喻为一座漂浮在大海上的冰山，冰山有十分之九藏在水底，只有十分之一露出水面。藏在水底的那十分之九即是潜意识。徐訏的爱情小说擅长心理描写，故章赞他"徐生精是术"。徐訏的父亲是章的故友（此诗原有注云：尊君曼略为吾畏友）。"阴何"指南北朝时期南梁的诗人阴铿与何逊，他们的风格是善于炼句修辞，杜甫诗有"颇学阴何苦用心"句。

一九八〇年十月

梦境是一片胡言？

流行时代曲有句歌词："梦境是一片胡言。"其实关于梦的研究，有不少心理学者写过专书，其中最著名的当推弗洛伊德的《梦的解析》（*The Interpretation of Dreams*）。

据他的理论，每一个人的精神领域中，都有"潜意识"存在。所谓"潜意识"，简单的解释就是不敢表现出来，埋藏在心底的一种意识。例如性的欲望、想偷东西的欲望、憎恨父亲的思想——诸如此类不容于道德习俗的东西。这些欲念由于受到压抑，平时是想也不敢想的。弗氏把人类的意识比喻为一座漂流在海中的冰山，冰山十分之九藏在水底，只有十分之一露出水面。那藏在水底的十分之九，就是潜意识了。

被压抑的欲望虽然不敢在意识中表现出来，但却常常在梦中出现。可是由于道德习俗所加于精神的"制裁作用"，即使在梦中，这些欲念也不可能赤裸裸地按照本来面目出现。弗氏把这种压制精神活动的道德观念比喻为"心灵的看门人"，梦也要经过看门人的检查，没有问题才能通过。因此表现潜意识的梦，都要经过"化装"，要通过"检查"。这就是梦的现象，常常稀奇古怪，难以解释。根据这种理论，据说在梦中和猛兽搏斗，常常表示憎恨自己的父亲，因为父亲是代表一种令人害怕的威严；梦中上青天去摘月亮，则据说是一种性的欲念。

有一种梦叫"前征的梦"，梦中的内容常常和以后的事相符。有人梦见他患了盲肠炎而被开刀，割口在腹上，很痛。过后不久，他果然真的患起盲肠炎了。原来人在睡眠中神经最易知觉，炎症发生的最早期常在睡眠中出现，因此刺激而成梦。"前征的梦"意思就是代表一种将要到来的"征象"。这种梦境，更不是"胡言"了。

一九八〇年五月

梦谶的解释

研究梦的书，有一章专讲"梦的分类"，其中最怪的是"预告的梦"，相当于中国所说的"梦谶"，即所梦的事，带有一种"预兆"性质。据说有人发梦搭飞机，机场人员一个个叫唤旅客名字，叫到他时恰好是第十三个。他正想上机，忽然见着十几具烧焦的尸体被抬出来，心中一惊就醒了。他本来第二天要搭飞机到某地，因为有此怪梦，临时改期。结果这一班飞机当真失事，死了十二个人。但即使真的有人发过这个梦，也不含有神怪成分。心理学家的解释是：因为一个人常会梦到他所关心的事，会做着各种各样的梦，好的坏的都有，这样便可能有偶然的巧合。他自己相信这是一种"预兆"，别的人也相信了。但须知人的心理都是好传播奇怪的事的，其实更多的梦和以后发生的事并不相符，不过没人"津津乐道"罢了。

我们也常会听人说起这类的梦，儿女在异乡接到家书，知道父母生病，于是发了怪梦，梦见父母死去。结果他的父母真的在他发此怪梦的那晚或第二天死去。因此怀疑至亲至爱的人，大约心灵上有冥冥的联系。其实这也不过是一种巧合。儿女关心父母是极自然的事，得知他们的病后，在所发的"好梦"和"噩梦"中，又必然是"噩梦"占大多数，这就有可能真应了"梦谶"了。

梦和人的年龄、生活经验等也有关系。心理学家吉敏斯（Kimmins）曾详细研究了好几千个梦，发现许多梦都随着年龄而变换其内容。例如做神仙的梦最多是在儿童时代；爱情的梦是在青春期；贫苦孤儿常常在梦中见着他的父母和得到玩具；老人的梦常是往事的重现。"不同的人，不同的梦。"这两句话倒是真的。朋友，你昨晚发了什么样的梦？

一九八〇年五月

从《雷雨》到《阿当》

少年时候，我曾是话剧的爱好者，没想到来到悉尼，也能够看到华人演出的话剧。悉尼话剧社是澳洲首个华人话剧团体，演员大都来自香港，对我来说，尤其感到亲切。

话剧这种艺术形式是在"五四"时期从西方引进的，从民初春柳社演出的《茶花女》算起，到抗战时期演出的曹禺剧作《雷雨》《日出》《北京人》……夏衍的剧作《上海屋檐下》《法西斯细菌》……到大陆近年演出的《潘金莲》和《过客》，前者运用时空交错的表演手法，把古今人物置于同一舞台，后者类似西方的"荒谬剧"，题材可说是多姿多彩，和西方话剧发展的潮流也是配合的。

中国大陆如此，香港亦然，香港各个话剧团体曾经上演过表现社会现实的《三十六家房客》、移植自北京人艺表现"历史的荒谬"的《小井胡同》，甚至还有取材于武侠小说的改编自金庸作品的《乔峰》和改编自我的《还剑奇情录》的同名话剧——角色是中国古代的人物，但却运用了西方剧坛的表演手法。

我之所以要简单提一提大陆和香港的话剧发展史，只是想说明两点：一、中国近代的话剧是中西文化的结合（在各个不同地方演出又有其各自不同的地方特色）；二、它的题材是日益趋向于"多样化"的。从《雷雨》到《阿当》，看来也正是表现了这两点。

《雷雨》，人所共知，是曹禺先生的第一部剧作，它明显受了希腊悲剧的影响，而且谨守着西方古典戏剧的"三一律"。有人说中国的话剧是陶瓷瓶子装上威士忌或白兰地，但尽管如此，这威士忌和白兰地也是"中国的"了。在提倡"多元文化"的澳洲，陶瓷瓶子装上白兰地，也是合乎观众口味的。

《雷雨》是表现旧中国的家庭、社会悲剧，看后令人心情沉重；《阿当》则是城市轻松喜剧，可以令人捧腹大笑。一个悲剧，一个喜剧，却都有其现实意义，这也说明了悉尼话剧社是可以"不拘一格取题材"的。城市喜剧目前在西方剧坛相当流行，如在伦敦演出的 Women Law，以半抽象的景物演出三个女娃的故事，剧评家就认为"它能带出问题而不说教，使种种妇女的忧郁在轻松的感觉中表现出来"。相信《阿当》也是能令观众在大笑之余引起思考的。

喜剧免不了"艺术的夸张"，但却是"更高的真实"（Higher reality）。它的题材来源自"生活的现实"，但经过提炼、集中，往往更具"典型化"，这就是"更高的真实"了。（其实不仅喜剧如此，其他文艺作品亦然。）这不仅是西方的文艺理论，中国古代对于戏剧的看法也有这样观点的，例如下面这副"戏台联"：

> 想当年那段情由，未必若此；
> 看今日这般光景，或者有之。

上下联自问自答，用观众的口气说出来，即戏中的"事"虽未必符合史实，但比对今日"这般光景"（现实情况），却令观众感到是会有的。此联虽然是针对"历史剧"的，但也未尝不可用于反映现实生活的戏剧。

从《雷雨》到《阿当》，我作为观众的一份子，谨祝悉尼话剧从各个不同方面的题材，取得一个接一个的成功！

一九九二年十月

《啼笑姻缘》题诗

张恨水是近代写"通俗小说"的一大名家，他的每一部作品都很流行，尤以《啼笑姻缘》为最。只以香港一地而论，就曾经三次改编成电影（张瑛、梅绮主演的同名粤语片，葛兰、赵雷主演，电懋改编的《京华烟云》，以及李丽华、关山主演，邵氏改编的《故都春梦》），并且改编成电视片集（陈振华、李司棋主演）。

这部小说，在结尾处有张恨水自己写的一首诗：

> 毕竟人间色相空，伯劳燕子各西东。可怜无限难言隐，只在拈花一笑中。

解放后，北京通俗文艺出版社重新出版《啼笑姻缘》，由编者加上内容提要："《啼笑姻缘》是张恨水先生的旧作。这本书写三十年前北洋军阀统治时期，一个杭州的青年樊家树到北京上学，与天桥一个唱大鼓的姑娘沈凤喜的恋爱故事……今天来看这部小说，对于描写旧社会青年男女的恋爱悲剧，暴露当时封建军阀的丑恶腐朽，仍然有着现实的意义。"但上述那首诗则已删去。我觉得此诗不过是表达作者对他所写的"爱情悲剧"的感慨而已，给新一代的读者看也并无"害处"，其实是不须删去的。

一九八三年三月

章士钊的南游诗

一九五六年章士钊南来香港，一九五六年、一九五七年间写了古近体诗共一百多首（包括在广州所作的在内），分为《广州集》《香港集》和《怀人集》三部分，总名为《南游吟草》，由刘伯端辑印，并为之作序。一九五七年三月在香港出版。刘伯端字景唐，广东番禺人，晚年定居香港。他是和章士钊平辈论交的老词人（已故），著有《沧海楼词钞》。现在香港中文大学当研究教授的刘殿爵就是他的公子。

这本诗集是非卖品，但由于章先生交游广阔，分赠朋友的为数不少，经朋友复印送给朋友的朋友的那就更多了。我得刘伯端分赠一本，应朋友之情，曾复印了几十本之多。所以，这本诗集虽然不是公开出售，但流传之广，恐怕还是在许多正式出版的诗集之上。

《南游吟草》以赠友人诗最多，章士钊交游遍天下，得他赠诗的友人包括了许多当时还健存的台湾方面军政要员在内。也许这就是这本诗集只能作为"非卖品"的原因之一。

港澳知名人士得他赠诗的也不少，如最近在报纸上有人提及的他赠何贤的诗就是其中之一。诗云："区区赌国海南偏，骰子生涯不记年。隐隐扶余记人物，张坚怎抵一何贤。"张坚即唐人传奇中杜光庭所写的虬髯客。

另外，当时在香港的文化界名人，如左舜生、熊式一、费彝民、陈君葆、雷啸吟、黄雨亭、徐訏等人，他也都有诗相赠。不过最出名的是他写给萧芳芳的三首诗。

鸳鸯好好到当当，一例双文壮盛唐。回首萧关千载后，万人抬眼看芳芳。

婷婷嫋嫋已逢场，小小年华九度霜。待到梢头含豆蔻，琵琶学得更当行。

一星曙后吐孤光，金相飞扬色相庄。一段登场儿戏事，慎将书札问萧娘。

萧芳芳曾得过亚洲影展童星奖。章死于香港，出殡时，她曾以义女身份往吊。

刘伯端曾在序文中写道："先生以其高怀硕抱发为声诗，笔落韵随，无特点定，自臻神妙。友好等爱以所得先生古近体诗共一百余首亟付剞劂，颜曰章孤桐先生南游吟草，属序于余，余愧未学诗，无以窥其堂奥，然千虑一得，私谓先生古体有韩之豪，近体又得苏之趣，散原海藏而后，海内诗人，谁与争先，吟咏乃先生余事，一字一句，已足令读者低徊于无穷也。"把章士钊先生拿来与近代两位大诗人陈三立（散原）、郑孝胥（海藏）相提并论，亦可云推崇备至矣。章士钊对他的词也是极为欣赏，《南游吟草》中有他给刘伯端的《沧海楼词钞》的题诗三首：

不出里门黎简民，百年同调二刘亲。（二刘者，刘伯端与乃叔子平。）仲容更擅青云器，海内词坛后劲人。

温情细楷浣溪沙，珠泪抛残对月华。自录陈词自欣赏，再看微有梦魂加。

先后三家壮五羊，百年词客共飞扬。（陈述叔《海绡词》、黎季悲《玉蕊词》并伯端《沧海词》为后三家。）海绡玉蕊虽飘散，沧海楼高日月长。

刘伯端乃报以《踏莎行》一词答谢：

　　镜里花枝，梦中蝴蝶，唾壶敲碎清歌歇。高楼日日倚斜阳，等闲过尽芳菲节。　　吏部文章，翰林风月，云烟落纸成三绝。婆娑老眼看题词，只君知我肠千结。

　　章士钊在北洋政府时曾任司法总长兼教育总长，故刘称之为"吏部文章，翰林风月"。

一九七八年十月

两偈·顿渐·陈寅恪

达摩是禅宗初祖，五传而至弘忍，是为五祖。弘忍挑选接班人的办法可有点特别，他要弟子作一佛偈，看谁的偈语最合禅的精义，就把衣钵传给谁。他的大弟子神秀作的偈语是："身是菩提树，心如明镜台。时时勤拂拭，莫使惹尘埃。"偈成，同门同声赞美，但有个舂米的僧人名叫慧能的却说："这偈语似乎少了一点东西。"慧能是文盲，不会写字，他把偈语念出来叫旁人代写贴在神秀的偈旁。偈曰："菩提本无树，明镜亦非台。本来无一物，何处惹尘埃？"两相比较，弘忍认为慧能的偈说得更好，就把衣钵传了给他，是为六祖。

这是禅宗著名的两偈，代表两种不同的修行方法。神秀的偈语重在按部就班，尘埃是扫不完的，所以必须不断去扫，才能保持清净。他这修行方法在佛学中称为"渐悟"。渐悟的观点是把烦恼和领悟对立起来，再慢慢地把迷惑拂拭，以求达到原来所期望的领悟。慧能却不做这种假设。"本来无一物"，把一切拘束，完全祛除，和"佛"直接沟通，重在一个"悟"字。他这修行方法在佛学中称"顿"悟。他的偈语可说是对"直指人心""见性成佛"的诠释。

对六祖的偈语从来都是只有赞美，没有批评。直到四十年代，才有陈寅恪写的一篇文章提出与众不同的见解。他直率指出六祖偈语有两个毛病，一曰譬喻不适当，一曰意义未完备。何谓譬喻不适当？因印度禅学往往比人身于芭蕉等易于解剥之植物，而菩提树则为永久坚牢之宝树，不能用来比作变灭无常之肉身。何谓意义未完备？偈文是将身心对举的，心的方面，偈语是将它的本体作用（明镜台的光明普照）说了；身的方面，则仅言及譬喻，故可谓只得文意一半（详见陈氏所作之《禅宗六祖传法偈之分析》一文）。陈寅恪精通梵文，对佛学也是很有研究的。我是外行，不敢置辞，但对陈氏的敢于提出创见，则是衷心佩服。

一九八二年五月

饶宗颐初会钱锺书

饶宗颐和钱锺书都是以渊博著称的学者，一在香港，一在大陆。有人曾把钱氏的《管锥编》与饶氏的《选堂集林》相提并论，誉之为南北的学林双璧。但这两位大师级的学人，虽然彼此闻名已久，却是直到去年八月，方始得到见面的机会。

去年八月，饶宗颐应邀往北京作学术交流，在京期间，曾特地去拜访钱锺书。据饶宗颐说，钱锺书非常健谈，一见面就滔滔不绝地谈论当代治文史各家的得失。月旦同行，本是一种禁忌，对学术界的名人尤其如此。但钱锺书就是钱锺书，他是不讲这套"世故"的。从这方面可以见到钱氏的学者本色，也可见到他和饶氏是如何的惺惺相惜，一见如故了。

钱、饶二氏有相同之处，也有不相同处。钱氏兼搞创作，是学者而兼作家。他的小说《围城》享誉中外，夏志清著的《中国现代小说史》对它评价极高。学术研究方面，钱氏的特长是在中西文学和哲学的比较，饶氏的特长则在中国古文史的研究，方面甚广，而最有贡献则是甲骨学、敦煌学和"楚文学及楚辞"之研究。我觉得若就治学的范围和性质来说，将他和陈寅恪相比，似乎更为适当。但饶氏则谦称："这怎么敢当，陈老是我的前辈，我是不能和他相比的。"

饶氏获得的学术荣衔甚多，重要的有一九六二年的法国汉学奖，一九八〇年又获推选为巴黎亚洲学会荣誉会员，这是学术界的一项极大殊荣，因为海外的华人学者入选该会会员的只他一人。今年三月港大颁给他以名誉文学博士学位，另外他还受聘为北京的"古籍整理规划小组"的组员，这个小组是直属国务院的，组长是李一氓，组员有五十三人，香港的学者，担任组员的除了饶氏之外，还有中大退休教授牟润孙和郑德坤。大陆著名学者、曾被列为"北京新四皓"的冯友兰和周一良也是这个小组的组员。

一九八二年七月

饶宗颐与敦煌学

今年三月，饶宗颐获得香港大学颁发的名誉文学博士学位，在颁发学位的典礼中，校方所做的介绍是："饶教授是杰出的古文字学家，所出版的权威著作极丰，尤其在甲骨及楚辞方面的研究。港大颁发名誉文学博士学位予饶教授，用以表扬他显赫的学术成就，特别是他在古文字学方面的出色研究。"

这个介绍虽然表扬了饶氏显赫的学术成就，但却漏了最重要的一项——饶氏在敦煌学方面的贡献。饶氏的学术贡献主要有三方面：甲骨、楚辞、敦煌学。国际学术界对他的敦煌学最为重视，他获得法国的汉学奖，主要就是由于他的一部敦煌学著作。饶氏本人的意见，也认为他在上述这三方面的研究中，是以敦煌学为第一的。港大对他的介绍，只提甲骨和楚辞，未免有点"疏失"了。

饶氏获得法国汉学奖的那部著作是《敦煌本老子〈想尔注〉校笺》，《想尔注》是道教的一部经典著作，尤其在唐代，几乎是道教徒必读的经典。（道教讲"冥想"，这个"想"就是冥想，"尔"是语气助词。）但说也奇怪，这部在唐代流传甚广的道教经典，却不知从什么时候开始，久已失传了。饶氏摄英国所藏敦煌卷子残本，加以考证、注释，确定为张道陵一家之学。饶氏的《校笺》是一九五六年发表的，现在早已为法国高等研究院宗教组定为必读的教材。饶氏即因此书和他在甲骨的研究（如同年发表的《巴黎所见甲骨录》），而获得法国学士院颁给的"儒莲汉学奖"，并于一九六四年受聘至巴黎研究敦煌卷子。饶氏对敦煌经卷的研究还有两大贡献，一是《敦煌曲》，一是《敦煌白画》。前者可补王重民、任二北的缺漏，后者利用唐五代画迹对于前代画稿作深入研究，更是为画史开一新页。这两部书都是在法国出版的，《敦煌白画》有中、法文本。

一九八二年七月

敦煌学是伤心史

　　敦煌宝藏的发现，说来甚为有趣。敦煌县东南有座鸣沙山，山麓有三个界寺，寺旁有石室千余，旧名"莫高窟"，俗名"千佛洞"，以四壁皆佛像也。清光绪二十六年（一九〇〇）；有个姓王的道士扫除积沙，于复壁破处见一室，内藏书甚丰，都是唐及五代人手写本，珍贵无比。（当然这个王道士是不知道的。）其后，陆续有所发现，至今的莫高窟，已发现有四百九十六个石窟，保存着二千四百多个彩塑佛像和无数五光十色的壁画。敦煌也早已成为举世知名的中国艺术宝库了。

　　发现，说来有趣；发现之后，却就不怎么有趣了。王道士不知是宝，叹为废物，随便送人。清政府知道此事，也不加重视，不派专人保管。识宝的反而是外国人，英人斯坦因、法人伯希和、日人橘瑞超、美国人华尔纳等，先后跑到敦煌，大批大批地捆藏而去。敦煌文物，流落在外国的恐怕比保存在中国的更多。

　　最早研究"敦煌学"的当首推陈垣，第一个创立这个名词的则是陈寅恪。陈垣的《敦煌劫余录》出版于一九三〇年，陈寅恪替他写序，他感慨于当时国人治敦煌学者人数甚微，反不如国外，因有警句曰："敦煌者，我国学术之伤心史也！"

　　敦煌学涉及的范围甚广，研究中国古代的历史、地理、宗教、文学艺术、民族关系等，都可以从敦煌文物文献中吸取养料。敦煌学亦已成为国标性学科了。尤以日、法、英、美等国研究成就显著。但中国则至今尚未成立一个专门研究机构，说来也是大堪慨叹的事。或许有鉴于此吧，北京目前正在推行一连串活动，准备在今年内召开敦煌学座谈会，成立敦煌文物文献委员会，展览从未公布过的敦煌文献文物，并举办国际敦煌学会议等，声言要"夺回敦煌学中心"！但愿能够实现。

一九八二年七月

澳大利亚的中国移民文学

　　澳大利亚居民来自世界各国的一百四十多个民族，历史很短，不过二百一十年，因而，澳大利亚文学太年轻了。澳大利亚和中国不同，它并无多少本土的文学遗产可以继承。澳大利亚的土著虽然也有他们的文学艺术，但对之有研究的，恐怕只是少数的民俗学家，谈不到什么影响。澳大利亚文学基本上也可说是"移民文学"（最大的影响来自英国，但越到近代其多元化的现象就越显著）。移民文学一方面和母国的纽带相连，一方面受到所在国的文化浸润，故本文虽然侧重于谈"中国的"，但对"澳大利亚的"也不能偏废，而且得先从主流的移民文学谈起。

著名民歌的移民精神

　　澳大利亚最出名的一首民歌叫 *Waltzing Matilda*，用节拍极快的舞曲唱出一个浪人的故事。妙的是，不但这首歌的诞生地说法不一（澳大利亚的维多利亚、新南威尔士和昆士兰都争着"认头"），其来源更加引起国际争夺。英国人说歌曲是来自英国的一首民谣，苏格兰人说是来自苏格兰土风舞调子改编的进行曲，还有法国、德国和美国也都有人说是来自他们的本国民谣。从歌曲的名字推断，似乎以来自德国的较为可靠。浪人在旷野里独自抱着行李卷跳舞叫做"Waltzing Matilda"。行李卷，英国俗语叫"Swag"（旧日的澳大利亚内陆浪人多是头戴毡帽，背负行李卷，故称之为"Swagman"），澳大利亚浪人把它女性化昵称作"matilda"，则是当时（十九世纪后期）的德国移民所引起的。曲词较快，结局却是悲剧，那个"快乐的浪人"最后是因偷羊拘捕而投湖死的。据说这是一个真实的故事经过"浪漫化"的改编。一个德国移民在昆士兰牧场剪羊毛，由于抗议不合理待遇，带头把工棚烧掉，结果被警察枪杀在一棵大树下。作者把故事的主角改成偷羊的浪人，浪漫的气氛加浓，悲剧的色彩淡化。不过他描写的那个独往独来、追求自由、不肯屈服于权势的"乐天浪人"却是栩栩如生。

这种移民精神，其来有自。原来澳大利亚的第一批移民，就是英国来的囚犯。十八世纪，英国习惯将囚犯放逐海外，初时的目的地是北美洲，至一七七六年美国宣告独立，英国必须另找放逐囚犯的地方，结果选中了澳大利亚。一七七一年，英国的曲克舰长（Captain Cook）发现澳大利亚东海岸，登陆在今天悉尼的"植物湾"（Botany Bay）。之后英国决定以澳大利亚为囚犯充军的地方，由费力舰长（Captain Fleet）带领军队押解第一批囚犯来到澳大利亚，登陆于悉尼的环形码头（Circular Quay），那天是一七八八年正月二十六。自此那一天就被定为"澳洲日"（Australia Day），亦即澳大利亚的国庆日。那些囚犯，其中不少人是政治犯，极具知识和专业水平，包括有医生、律师、建筑师，等等。因此，要求"自我解放"就是原始的移民精神，至于"放荡不羁"，则其"余裕"也。创造财富，开辟新天，才是他们共同的愿望。

为何那样沉重

今日的华人移民和当年的囚犯移民，当然绝不相同，和其后从各地来的浪人移民亦有很大分别，但其移民精神则可说是一脉相承。

有相同也有相异，相异之处也许更加突出。例如像 *Waltzing Matilda* 那样轻快的调子，在华人的移民文学就似乎比较少见。悉尼有一份中文杂志曾经出题请作者讨论"中国人怎样才能活得像澳洲人那样潇洒自在"，何以华人的移民文学显得比较沉重？我想恐怕是因为他们所背负的历史包袱比较沉重。

近百年来的中国正是处于历史剧变的时代，风云动荡，有大喜亦有大悲。从中国来的移民，尤其是经过"文革"的中年这辈，恐怕很少是身上没有"历史的伤痕"的。香港来的陈耀南教授赋诗道："丹枫皓雪景常新，袋鼠荒原亦可亲。传语仲宣休揾泪，他生谁选做华人。"结语云云，当然是书生的愤慨语，并非作者真的不想做华人。但孰令置之，恐怕要那十年负责了。

从北京来的老作家黄苗子说的更加全面，国内作家李辉为苗子、郁风夫妇写了一本传记，书名《人在漩涡》，苗子因而填了一首《客中自嘲》的词，调寄《金缕曲》：

> 好个书呆子，笑平生摸爬滚打，在漩涡里。八十五年真白活，剩下几确破纸。也不怪张三李四，不怪天官悭赐福，更不该错怪先皇帝。怪只怪，耽文艺。　　蝴蝶梦中家万里，总不甘考拉袋鼠，陪他一世。乌鹊南飞曹孟德，咱俩共尝滋味。曾几见豪门别墅，问舍求田心力歇。叹长安居也真不易，缺则缺，人民币！

尽管"平生摸爬滚打"，身上满是"历史伤痕"，但一旦移居海外，总不免有去国怀乡之思。"蝴蝶梦中家万里，总不甘考拉袋鼠，陪他一世。"可说是道出了澳大利亚移民的心境。

文化冲击

"文化冲击"是移民文学的热门题材，在澳大利亚的华文作家，如黄惟群的《不同的世界》、张奥列的《悉尼写真》与《澳洲风流》都曾在许多方面描绘出在文化冲击下的新鲜感受。例如在《未成年少女》这篇小说中，奥列就有很精彩的描写。母亲不满意女儿的暴露，不满意女儿要带男友回家，打了她两巴掌，结果女儿把警察叫来了。母亲向校长投诉，校长说不能管学生的私事。尊重"隐私"，这是西方文化；大多数中国人恐怕还没有"隐私"这个观念。

文化是生活方式的整体表现，冲突往往是由于不能接受对方的生活方式所致。香港来的女作家梁绮云的《澳洲风情画》一书，对于澳大利亚主流社会的风土、人情、生活、心态，等等，有相当全面的描绘。

移民文学的另一个热门题材是华人在澳大利亚的奋斗史，那可真是在生活中的拼搏了。这类作品可以李承基的《第二故乡》与刘观德的《我的财富在澳洲》作为代表。李承基是老一辈作家，今年已八十多。《第二故乡》写其父李运周在澳大利亚创业、在上海经商的故事，极富传奇性。李父本是一个农村的失学少年，在澳大利亚奋斗的结果是学问事业两皆有成，能说牛津口音的英语，且成为旧上海四大公司之一新新公司的创办人。刘观德则是从大陆来的新进作家，但《我的财富在澳洲》写的却是"打工仔"（新移民身份）的故事。两本书的主角际遇不同、背景有异，但都有其时代意义。

要说明的是，澳大利亚的中国移民文学丰富多彩，我的所知有限，挂一漏万，定所不免。这里所谈的也只限于已经出版的文集，没提及的也不表示它不够精彩。

一九九九年六月

走近黄惟群

——读《黄惟群自选集》

（一）

我是从《不同的世界》开始认识黄惟群的。《不同的世界》是黄惟群的第一本小说与散文集，所写的人和事都是属于现代的、澳洲的，他希望我能够写一篇推介文字。那时（一九九五年）我正在致力于对联文学的研究，几乎谢绝应酬，大部分时间用于"神交古人"，那些古人都是"中国的"，所以与黄惟群也好像处于"不同的世界"。不过我好古而不薄今，对于现代文字，还是有兴趣的，就答应了。

说实话，我的确很欣赏他的作品——人物刻画生动，对白简洁有力，手法也很不俗，但却未想过作进一步的作品分析。至于有系统的研究，更谈不上了。因为我看到的只是黄惟群世界的一面，且还没有进入他的"世界"，不免有雾里看花的"距离"。于是我就只能做个"点评"，权充"小序"了（名副其实的小序，只有三百字）。而"点评"云云，也真是只评其"一点"，这一点即评论"移民文学"必不可少的"文化冲击"是也。自觉所评虽然"在理"，但"不及其余"，总是遗憾。

好在我终于看到了黄惟群的自选集。黄惟群也好像知道我有此遗憾似的，把他在中澳两地的历年作品，编成了一部《黄惟群自选集》，在即将出版之前，让我先睹为快。读罢，我的第一感觉就是：我终于走近黄惟群了！

在这个自选集中，他写了外婆、父母、妻子、儿女，写了父母那一辈的知识分子，写了自己在"文革"期间的"知青"朋友，也写了那个时代的干部、农民、寡妇、孤儿。这些人和事，十九是"中国的"。（剩下那十分之一是在澳洲出生的，第一次随父母回中国的只有七岁的儿子和四岁的女儿。新一代的"澳华"，应该说是"跨国"的。）至于属于"澳洲的"人和事在他笔下出现的，有给他女儿接生的大夫，有托儿所的阿姨，有俱乐部的洗碗工，有乐于助人的金矿矿工，有慷慨的矿场游客，有乐于亲近华人的洋妞……诸式人等，生、旦、净、丑，贤愚不肖，各有因由。《黄惟群自选集》把两个不同的世界连接起来，在让读者对他的人生历程有所了解的同时，大概也可以令读者对于像他这样一个作家是怎样成长的有所了解吧。在中澳两地和他有关的人和事，可不正是他所凭借的创作源泉吗？

（二）

走近黄惟群，多少也会有点"新发现"，限于才力、体力，这里只能拉杂谈些杂感。

《红楼梦》中有副对联："世事洞明皆学问，人情练达即文章。"我对黄惟群的作品，就作如是观。"世事"含有时、地、人三个因素，一个作家在他所处的那个时代必须懂得"特定的人物"在"特定环境"下的心理状态，才能算得上是"人情练达"。黄惟群那篇《黄昏的柠檬树下》写他父母在"文革"中的遭遇，可作佳例。

走近黄惟群，我才发现，黄惟群是个一身而二任焉的作家，既写"澳洲的"，也写"中国的"。"中国的"写得更好。

在《黄昏的柠檬树下》，黄惟群写了一件令他父亲大为生气的小事。他的父亲有个老朋友，是上海滩大亨，他父亲曾经帮大亨创业，关系匪浅。解放后大亨去了北京，他父亲自知有"历史问题"，怕连累朋友，没去找大亨。但在落魄的日子里，却曾去找过大亨的儿子，想把一条地毯卖给他。大亨儿子没要，拿出一些钱给他父亲，把他父亲气走了。黄惟群写道："爸爸落魄到卖地毯了。可卖地毯，他理直气壮；人家不收要给他钱，他却感到蒙受了莫大污辱！"

世事有所谓"不能承受的轻"，这件小事大概也算得是吧。有人写"文革"故事，把具有这样风骨的"旧"知识分子称为"最后的贵族"，黄惟群的父亲和他们一样，虽不是真正的贵族，却也是精神上的贵族。

黄惟群也写了母亲的一件小事。母亲来澳洲，给他带来了一个烛台，是他出国时扔掉的。他记得小时候常跟妈妈去旧货店，把从家里带出来的东西一样样递上柜台，母亲不懂讨价还价，一件貂皮大衣也是在那时廉价卖掉的。黄惟群写道："我相信妈妈从来也没搞清楚，什么值钱，什么不值钱。"

我相信黄惟群故意没写一段潜台词，留给读者想象："可在我的心目中，这个烛台，比那件貂皮大衣值钱得多！"

西方流行的诠释学（Hermeneutics，亦称阐释学）有所谓"阐释之循环法"，钱锺书将之概括为"积小以明大，而又举大以贯小；推末以至本，而又探本以穷末；交互往复，庶几乎义解圆足以免于偏枯。"（《管锥编》第一册，一七一页，中华书局出版）。这个方法论似也可以用于文艺创作。

试看，从黄惟群所写的"文革"往事中，即使你未经过"文革"，是不是也可以"积小明大，举大贯小"，甚至从小事中略窥"文革"的"本质"呢。

钱锺书的阐释是学术语言，再听听黄惟群用的文学语言吧。他在谈到新移民的"回归现象"时说："一段经历、一段往事、一个记忆中的人和一条梦里赶不去的路，全都成为文学创作的素材。"

不错，这些小事，不仅可以以小喻大，甚至你还可以从小事中领悟到一点人生哲理。

我想到了两句佛家语："一花一世界，一叶一如来。"

走近黄惟群，看到的其实不止这一些。比如说他的《海外华文文学思考》，就写得颇有深度。思考的问题有：海外作家的优势是否局限于写海外生活，海外文学是否已经过时，海外作家多元化的思维，等等，不乏精到之见。

这本自选集，除了小说、散文、随笔之外，还有文艺评论，对王安忆《长恨歌》的读后感尤其精警，足见他的理论造诣（这也是我的一个新发现），值得重视。

但我年过八旬，体力脑力，两俱衰退，恐怕也只能到此为止了。对黄惟群作品的深入研究，还是留给更具新思维的新一代作家及理论家吧。

"横看成岭侧成峰，远近高低各不同。"只要你走进黄惟群，相信你也会有所发现。

二〇〇四年五月于悉尼

《雷雨》《阿当》《耍花枪》

悉尼话剧社的《雷雨》上演时，我初到贵境，躬逢其盛，转眼已是十年有多。十年间我在悉尼看过的话剧，除了《雷雨》和《阿当的故事》之外，还有《俏红娘》《移民一族》《双宿双栖》，等等。这几个话剧都是该社制作的。从剧目也可以看得出来，题材是多样化的，有古典，有现代，有创作（移民一族），也有改编。我爱看话剧，在香港的时候，心杂事忙，往往只能"目送芳尘"，待到移居悉尼，方始可以"旧欢重拾"——碰上华人演出的话剧，我都不会放过。上周末，我就看了一部由现代经典话剧团演出的《我爱耍花枪》。

现代经典话剧团是悉尼最年轻的话剧团，成立至今，未满周岁，第一部制作就是《我爱耍花枪》。和《阿当的故事》一样，都是现代城市喜剧，令人捧腹大笑。舞台上同时有三个家庭的布景，说的却是四对夫妻的故事。何以少了一个家庭布景？因为其中最"搞笑"的一对是欢喜冤家，耍花枪老是要耍到别人的家里去。其他三对夫妻，也是各自各精彩。总之"花枪"随处可耍，不论"自家""他家"。灯光亮到哪儿就在哪儿做戏。演员十九都是来自香港，有曾在"无线"的《欢乐今宵》做过主持的廖安丽；有被誉为"香港最后一位幽默大师"的霍达昭；还有一位名气或者稍逊，但演出却是"最放"的陈丽文，也有曾在香港有过电台工作的经验。这些演员对香港移民来说，是倍感亲切的。

城市喜剧"往往能令种种现代人的焦虑和忧郁在笑声中发泄出来，笑声带出问题而不说教"，这是一位剧评家对流行喜剧 *Women in Law* 的评语，这个评语亦可移用于《我爱耍花枪》。

从《雷雨》《阿当的故事》到《我爱耍花枪》，悉尼的华人话剧，其发展的轨迹，亦可说是和中国的轨迹大同小异。"同"是中西文化的结合，只是加上了海外华人社会的地方特色。

二〇〇一年八月

展艺华堂信有缘

——听雨楼诗札书画拜嘉藏品展览

（一）

去年（一九九六年）十一月八日，悉尼中华文化中心成立，我送了一副对联："中土传薪，文辉德溥；华堂展艺，化俗扬光。"表达我的祝愿。"传薪"是需要时日的，短短一年，成果言之尚早。"展艺"则是有目共睹的。我想，最少也可说得是"颇有可观"的了。即以这次为了配合周年纪念而举办的"听雨楼诗札书画拜嘉藏品展览"来说，就很有意义，也很有特色，甚至在具有"特色"之外，还很"特别"。道理何在，后面再说。

听雨楼是赵大钝先生的书斋名。"拜嘉"是"拜领""嘉惠"的简缩。钝翁把师友写给他的诗、札（信）、书（字）、画当做嘉惠于他的厚礼来拜领与珍藏。钝翁今年高龄八十，师友中名家不少。相识已是有缘，从言谈投契（相识），到书信往还（相知），这缘分就更厚了。而我们这些观众，能够在华堂看到名家的作品，也可说得是有缘吧。

（二）

旧日文人所写的信，不但富有中国文学的特色，而且也是一种"综合艺术"，其特别之处在此。

作为文学而言，它的形式也是不拘一格的。李陵《答苏武书》、司马迁《报任安书》、李白《与韩荆州书》等，都是文学史上有名的好文章。除了散文之外，"诗词代信"亦是常见。例如苏蕙（前秦苻坚将领窦滔之妻）写给丈夫的信是回文诗，世称《璇玑图》。清初词人顾贞观为了救好友吴汉槎，写了两首《金缕曲》寄给纳兰容若（当时宰相纳兰明珠之子），人称"赎命词"。用书信体裁写的文学作品，在近代作家中也有，例如冰心的《寄小读者》和朱光潜的《给青年的十二封信》。

文人书信，可以是优美的文学作品，还可以是一种雅致的综合艺术。书法是最突出的一面，好的书法，赏心悦目，未读内文，已是一种享受。而且朋友的书法，篆、隶、草、行、楷，各个不同。其笔致或则恣肆流动，或则沉稳凝重；其体势或则磊落波磔，或则剑拔弩张，字体不同，各如其面。看到朋友的笔迹倍增亲切之感，这更是非"手写"的信所能给予的。

更进一步讲究的话，专用的印章、信笺、笔（不同的字体用不同的笔）、墨（色泽与香味）等，都是雅致的艺术，可供鉴赏。听雨楼藏品，"写札（信）写诗写联语，更多名辈写丹青"（楼主诗束句），异彩纷呈，都各自有其艺术特点。

（三）

古人非常重视"翰墨因缘"，龚自珍《己亥杂诗》（别王秋畹大令继兰）："多君婉雅数论心，文字缘同骨肉深。"将文字因缘与骨肉之情相比。清代袁子才在随园设一诗廊，把朋友送给他的诗，张满廊壁，但随园是他的私人产业，未算"公开展览"。近代已故掌故名家郑逸梅，出版了一本《近代名人手札百通》，附有作者简介，甚受欢迎，但印刷不佳，与听雨楼的真迹相比，相去远矣。不过从古人重视翰墨因缘这一点，也提醒了我们，在欣赏之余，最好也能感受他们"论心"的情谊。

钝翁屡经离乱，饱阅沧桑，知己们给他的诗，自然不免有感旧怆怀之情，亦有前瞻期许之意。试读以下的佳句："诗人总有宗邦恋，叔世休令国故沦。""絮絮刀圭今扁鹊，披披须发老相如。"（潘小磐）"当日种花忧地老，几朝遗史愿人忘！""云路短长书雁到，兼葭斜照水茫茫。"（张纫诗）"文章已不关轻重，尺寸何须论短长。"（吴梦庵）"湖山一支笔，风雨卅年灯。菜付英雄种，花蒙隐逸称。"（傅静庵）"肯笑惊弦余悸在，但伤分雁老怀酸。辛勤岭雅苗方绿，可有人来继抱残？"（梁耀明）"夷居岂便忘吾道，辎采无妨度彼阡！渺渺神州愁北顾，王孙归计定何年？"（吴天任）想当不难领略。

（四）

文化是生活方式的整体表现，生活方式有变化，与之相应的文化也就有变化。"书信文化"即一显例。

古人因为交通阻塞，音信难传，所以对书信非常重视。杜甫的"家书抵万金"、李商隐的"双鲤迢迢一纸书"，分别说明了对亲友来函的珍视。虽然情绪上有喜悦与盼望的不同，但到了韦庄的"碧天无路信难通"，那就更是难以明说的惆怅了。

时至今日，不但有了电话、电传，还有电子邮件，不论海角天涯，都可传音传信。科技的发展，难免在某些方面影响了雅致的艺术，不过物质生活的改善和精神生活的提高，原可以并行不悖。工作之余，放下计算机，听听音乐，那也未尝不是一种享受。

希望你也来看这个画展，因为这些装裱精美的诗、札、书画，不仅展出了传统文人笔下的风采，且还展出了这个世纪末华丽的沧桑。

一九九七年十一月

不拘规格的名联

《中国对联大辞典》（一九九一年出版）中收有孙中山写的一副对联："革命尚未成功，同志仍须努力。"周策纵教授说："过去党人成千上万的文献，恐怕没有一件拥有这副对联那么多的读者和观众。"[1] 孙中山逝世后，全国所有机关、学校逢星期一都要举行总理纪念周，在总理遗像两旁，悬挂的就是这副对联。有人以为这是《总理遗嘱》中的句子，其实只说对一半。《遗嘱》中有一句"现在革命尚未成功"，但并无"同志仍须努力"。吴稚晖把此联改成"同志尚未成功，革命仍须努力。"周策纵评为"大幽默家的杰作"。

此联还有一个特别之处，对联的上联一般以仄声字结尾，下联一般以平声字结尾，此联则反是。可说是打破了陈规。

由于"约定俗成"，有些学联的人以为只有"仄起平收"一种格式，甚至认为根本就未曾有过以仄声字结尾的对联。其实例子虽然非常少，但还是有的。且再举两个堪称名联的例子来看看吧。

第一个是杭州西湖仙乐酒店联：

> 翘首仰仙踪，白也仙，林也仙，苏也仙，我今买醉湖山里，非仙亦仙；
>
> 及时行乐地，春亦乐，夏亦乐，秋亦乐，冬天寻诗风雪

---

[1]　周策纵：《续梁启超〈苦痛中的小玩意儿〉——兼论对联与集句》，香港：求自出版社，一九六四年二月初版，第五十页。

中，不乐亦乐。

"白"指白居易，"林"指林和靖，"苏"指苏东坡，都是和西湖有关系的名人。"白""林""苏""我"并列，作者、读者都飘飘欲仙了。六嵌"仙""乐"二字，具见才情。

江苏泰州光孝寺联：

> 三世诸佛，无非戒生定，定生慧，磨炼到皓月场中，直入
> 下如来宝藏；
> 六道众生，皆因贪生嗔，嗔生痴，漂流于黑风队里，何时
> 见妙明真性？

"戒定慧"是修习禅定的法门。"贪嗔痴"是"无明"的造因，以"诸佛"与"众生"的业报作对比，是阐释佛理的名联。

说到不拘规格，在诗联中，甚至有连平仄都不对的呢。崔颢《黄鹤楼》诗的"颔联"（律诗中第三、四两句）："黄鹤一去不复返，白云千载空悠悠。"颔联是必须用对仗的，"黄鹤"对"白云"可以，"一去"和"千载"只能说是"半对"，"不复返"和"空悠悠"就全不对了。但崔颢此诗，却能令青莲（李白）搁笔呢！有谁敢否定它是诗中极品？

孙髯翁的《大观楼长联》也有好些地方并非严守格律，因有阮元擅改孙联、点金成铁的故事，众所周知，这里就不赘述了。

在《红楼梦》中，曹雪芹借黛玉之口论诗，说："若是果有了奇句，连平仄虚实不对都使得的。""第一立意要紧。若意趣真了，连词句不用修饰，自是好的。"（见第四十八回"香菱学做律诗，向黛玉求教事"）。律诗是对联的一个源头，曹雪芹此论，亦可用于对联。不过当然要有一定根底，这才可以无招胜有招。

二〇〇〇年四月

丁辑

读史小识

"万岁"从来多短命

在封建王朝，臣下叩见皇帝的时候，先要山呼"万岁"，这"万岁"二字，等于是皇帝的尊称，其实真是莫大的讽刺！

有史以来，皇帝总是要比普通人短命得多，而且大都是开国的皇帝比较长寿，越到后来，就越是短命。

前几年我无聊时，忽发傻劲，拿中国各个朝代皇帝的寿命，做过一个统计，最短命的是南北朝的皇帝。（例如南朝的"宋"，在南朝宋、齐、梁、陈四个朝代中，算是最长命的王朝，共五十九年，而五十九年中，却换了八个皇帝。最短命的"齐朝"，二十四年中换了七个皇帝。）但南北朝是中国历史上最混乱的时代，皇帝有死于非命的，有被废立的，这个不算。其次，皇帝寿命平均最短的是东汉，开国皇帝刘秀（汉光武帝）算最长命的，活到六十二岁。其他十二个皇帝，有四个都是未过十岁，在孩童时代就夭折的；有六个皇帝是三十岁左右就死掉的；只有两个皇帝活上四十岁（明帝和献帝）。十三个皇帝总共的岁数是三百八十五岁，平均寿命不到三十岁。

比较来说，皇帝最长命的是中国最后的一个皇朝——清朝，从入关之后算起至辛亥革命止（一六四四——一九一一）共二百六十七年，只不过换了十个皇帝，其中还有一位"古稀天子"乾隆，活到八十九岁，算是历代皇帝中最长命的。（无信史可考的、传说中的长命皇帝不算。）

清代十个皇帝的平均寿命是多少呢？有数得计：顺治（二十四），康熙（六十九），雍正（五十八），乾隆（八十九），嘉庆（六十一），道光（六十九），咸丰（三十一），同治（十八），光绪（三十八），宣统（六十一）。十个皇帝总共的岁数是五百一十八岁，平均寿命不到五十二岁，亦不过"中人之寿"而已！

这种现象，看似奇怪，实是"理有必然"。我们平常也可以看到，劳动人民多是健康长寿，而富贵人家娇生惯养的子弟，却常常都闹毛病，经不起风吹雨打。富贵人家子弟尚且如此，何况"贵为天子"的皇帝。皇帝的家庭是与社会隔离的，也是与大自然隔离的，他们过着皇宫的阴暗生活，又哪里会长命？而且更大的原因是，荒淫的生活方式本来就等如慢性自杀，就是健康的人也受不了，更何况那些皇帝在遗传上已经是体质脆弱的呢！

溥仪的身体本来也很弱，据潘际坰所写的《末代皇帝》一书说，他的许多毛病，还是由于在俘虏营中的时候，一方面得到适当的医疗，一方面从事合乎体力的劳动，因而才转弱为强，健康起来的。

一九六四年二月初稿

一九七一年二月重校

一九八〇年六月再校

圣明天子半庸才

皇帝自称"天子"，自认是"天生圣人"，除了欢喜人家叫他"万岁"之外，又欢喜人家称颂他是"圣帝""明君"，其实这也是一个讽刺。

可惜古代没有"智力测验"（当然，即使有也没人敢去测验皇帝），但从史实上看，在中国二千多年约三百个皇帝中，至少有半数以上，乃是庸才。

举几个著名的例子来说。如晋惠帝就是位典型的白痴，有一次他听说老百姓都穷得没饭吃，许多人都饿死了，他就说既然如此，"何不食肉糜"呢？又一次他游御花园，听得蛤蟆叫，又问左右道："此鸣者为官乎？私乎？"

南北朝时，南朝的宋，有一位皇帝刘昱，五六岁时，就常常爬到一丈多长的帐竿上，学做猴子。十多岁时，常常夜晚跑到寺院去偷狗肉吃，还和左右商量，想毒死太后。左右说，你毒死她便要做孝子，要守灵，不能再跑出宫去胡闹了，他这才不敢。

南朝的齐，有一位做过皇帝、后来被废掉的东昏侯，夜晚捉老鼠捉了一个通宵，他觉得捉老鼠比什么都好玩。

再举一些比较有名的皇帝为例。宋徽宗时，金人入侵，已经包围京师了，他不想法子抵抗，反而相信一个道士郭京的话，说可以施用"六甲法"，招来天兵天将退敌，结果做了金人的俘虏。明宪宗朱见深专讲"房中术"，搜罗淫僧妖道，各赐官号，如僧继晓，擅长"秘术"，受封"通玄翊教广善国师"。上有好者，下更甚焉，他的宰相万安也精研此道，尝收集各种房中术，密封一小箱，进呈朱见深。朱见深见太不成话，这才遣一个太监去问他道："这是大臣该做的事吗？"

又有一个进士侯进贤，自称善医阳痿，曾自煎汤药亲手给宰相熏洗，得升御史，人称"洗鸟御史"。朱见深此人又是个"瘾君子"，尝令内监到市上去收买鸦片。他做了二十三年皇帝，从不见朝臣，仅成化七年，召见大学士万安、彭时、商辂一次，说了几句话，万安就叩头呼万岁退朝。

蠢材皇帝的荒唐笑话实在太多了，举不胜举。曾有人要写"怪人列传"，依我看来，许多皇帝都有"入传"的资格。

一九六四年二月初稿

一九八〇年六月重校

末代皇帝的命运

　　清朝的末代皇帝溥仪所写的自传——《我的前半生》真可说得是一部"空前绝后"的"奇书"，因为在溥仪之前，中国皇帝从无自传之作；在溥仪之后，则不可能再有皇帝出现了。

　　一九二四年，溥仪十九岁的时候，被冯玉祥赶出皇宫，后来悄悄逃往日本公使馆。当时作为溥仪和日本人的桥梁的，是大汉奸郑孝胥，他在"护送"溥仪前往日本公使馆途中，曾写了一首诗，其中有两句道："手持帝子出虎穴，青史茫茫无此奇。"

　　郑孝胥这首诗是"丑表功"，实际上正是他把溥仪送入"虎穴"——逃至日本公使馆之后，终于被敌人利用，做了伪满的傀儡皇帝。

　　不过"青史茫茫无此奇"这一句话，对于溥仪来说，却是百分之百的适合。

　　现在就让我们翻翻历史，看看中国历代的末代皇帝的命运。

　　概括来说，末代皇帝的命运，大致离不开后面所列的三种下场。

　　第一种，被权臣或悍将所篡位，成了"废帝"之后，绝大多数被杀掉。例如汉献帝刘协被曹丕所篡，晋恭帝司马德文被刘裕所篡，南朝的宋顺帝刘準被萧道成所篡，齐和帝萧宝融被萧衍所篡，梁敬帝萧方智被陈霸先所篡，唐哀帝李柷被朱温所篡等都是。上述诸例，除了汉献帝得"寿终正寝"之外，其他都被新皇帝杀死。

　　第二种是被农民起义所推翻，到了穷途末路之时，自杀或被杀。前者如明代的崇祯皇帝，后者如隋代的隋炀帝。

　　明崇祯帝朱由检在外敌压境之际，采取了消极抗敌甚至妥协求和的政策，但对内却毫不放松，当时全国闹大饥荒，激成民变，他积聚了大批库存（《明季北略》载李自成入京后，发现他"旧有镇库金积年不用者三千七百万锭，锭皆五百两，镌有永乐字"），却丝毫不肯拿出来救灾，反而用了全力去镇压那些"逼上梁山"的农民军。终于在李自成攻进北京的时候，迫得在景山上吊，上吊之前还把自己的女儿长平公主斩断了一条手臂。

隋炀帝则是因为奢侈荒淫，而又穷兵黩武，造成了全国大混乱的局面，引起"十八路烽烟"（其中大多数是农民起义军，如瓦岗寨、高鸡泊），终于在众叛亲离的情况下被杀。这位末代皇帝在全国大混乱中还纵情淫乐，常常对皇后说："外间大有人图侬，且不管他，快乐饮酒吧。"又常取镜照面，对皇后说："大好头颅，不知该谁斫之？"结果"十八路烽烟"未烧至江都（今扬州，隋炀帝其时已离开京城，躲在江都享乐），他最亲信的卫士已在宇文化及率领下叛乱起来，他怕挨一刀之苦，自己解下巾带给叛军绞死。

第三种是在国亡家破之后，做了敌人的俘虏。如南唐的末代皇帝、著名的词人李后主与北宋的徽、钦二帝。

李后主被宋太祖俘去后，封为"违命侯"，据说因他填了一首《虞美人》词，里面有两句道："小楼昨夜又东风，故国不堪回首月明中。"宋太宗（宋太祖赵匡胤之弟赵光义，其时宋太祖已死，由弟接位）说他有"故国之思"，就赐他吃"牵机药"，这是一种很厉害的毒药，服下之后，"柔肠寸断"而亡！

北宋徽、钦二帝的遭遇更惨，他们被金人掳去，北解燕京（今北京），途中受尽折磨。据宋人平话《徽钦北狩》所说，他们吃的是粗粝，想求一碗汤饮都不可得，离开自己的皇宫后，两人未洗过面，押解他们的金朝小官，拿余酒残食给他们，还揶揄他们说，你们如果不吃，将来更没有吃的了。又调戏钦宗的皇后，叫她在筵前陪酒唱歌；徽、钦二帝也被迫以青衣侍酒。父亲徽宗赵佶，未到燕京，便病死在均州。儿子钦宗赵桓到了燕京之后，被金主囚在一个和尚庙里，有一个胡娣料理他的饮食，两个人吃饭，每月只发五斗米、一捆柴。如此折磨，还嫌不够，到了他六十三岁的晚年，金主亮还要他和另一个也是当了金人俘虏的辽国皇帝耶律禧赛马。就在他们赛马的时候，下令叫骑兵用箭从他们的后心射入，前心射出，钦宗坠马死。金主不准收尸，用马蹄践踏到泥中，作为葬礼。

与中国历史上的末代皇帝相比，溥仪的遭遇最"奇"，也最"幸运"。

前面所说的三种情况，可以说他都遭遇过。他是被辛亥革命所推翻的；他又是被袁世凯用权术迫他"退位"的——袁世凯篡夺了辛亥革命的果实，从溥仪这方面讲，也可说是被袁世凯篡位的；他曾做了苏军的俘虏，一九五〇年八月，苏联政府把他交还中国，他的"身份"是战犯，被安置在抚顺的战犯管理所。

兼有三种遭遇，但结局却大大不同。他在经过"改造"之后获释，在北京文史馆工作，并曾任政协委员。在"文革"中他也比许多人"幸运"，虽曾受"批"，却是寿终正寝的。

用他自己的话来说，他在被释放后是第四次做"皇帝"，是中国的一个公民，真真正正做了国家的主人。而在以前，他三度为"皇"，却都是傀儡皇帝。

以前他的"忠臣"之一的陈曾寿，曾因他做了"满洲国"的傀儡皇帝被日人挟制而感到悲痛，在丁巳复辟二十周年（一九三七年）的时候，赋有诗道："旧恨惊心耿不眠，沉沉影事渺如烟。羊求歧路途何向，葛采茫丘岁几迁？同梦未甘成己背，销魂难再是丁年。分明后剧非前剧，苦语何由诉九泉。"诗中颇有慨叹他误入歧途之意。但要是陈曾寿未死的话，这种慨叹是可以烟消云散了，因为溥仪毕竟还是从歧路上回过头来，他是以中国一个公民的身份度过他的后半生的。

一九七〇年十一月初稿

一九八〇年六月重校

霸王难免别虞姬

历史上"英雄的悲剧"很多，"英雄的悲剧"各各不同，但最具典型意义而又最为人所熟知的一个恐怕是应数"霸王别姬"了。有一首流传很广的广东话诗就是咏他的。诗道：

> 又高又大又峨嵯，临死唔知重唱歌。三尺多长犀利剑，
> 八千靓溜后生哥。既然凛泵争皇帝，何必濒沦杀老婆。若果乌
> 江唔锯颈，汉兵追到屎难屙。

（按："峨嵯"是广东话的"高大衰"之意。"凛泵"在广东话中是"纷纷"貌，"濒沦"是"匆忙"貌。这两个词语在字典中是没有的，只能用同音字替代。）

此诗夹叙夹议，用诙谐的口吻评论历史人物，堪称通俗文学的上乘之作。

作者据说是廖凤舒，但在廖凤舒的《嬉笑集》中却不见有此诗在内，不知是否属实。不过我们也无须详加考证了，还是言归正传吧。

项羽是自负可以"力拔山兮气盖世"的英雄，他自立为"西楚霸王"（俗称楚霸王），直到现在，人们还通称勇猛横蛮的人作"霸王"，它的由来，就是由楚霸王项羽而起的。但这位"力拔山兮气盖世"的"霸王"，末路却是被迫"别姬"，却是"乌江自刎"！"固一世之雄，而今安在哉？"这其间是值得深思的。

原来当秦末陈胜、吴广起义之时，一时风起云涌，起来参加倒秦运

动的"各路英雄"不知多少。到最后剩下两支最强的队伍，一支是刘邦的，另一支就是项羽的。刘邦是农村里的流氓，他自己也有些田地，做过"泗上"（地名）亭长。（秦朝定十里为一亭，十亭为一乡。亭长是地方上最低级的官吏。）他是代表当时的新兴地主阶级的。而项羽则是六国残余的贵族之后，代表当时遗留下来的贵族领主势力。论军力，项羽要比刘邦强得多，但结果却是被代表新兴地主阶级的刘邦打垮了。

司马迁在《史记》里曾极力描写项羽的"英雄气概"，说他少时跟随叔父项梁，学书不成，学剑又不成，项梁责骂他，他就说："学书只能够记姓名而已，学剑也只不过抵挡一个人罢了，我要学就要学能敌万人的本领。"又描写他和刘邦同见秦始皇出巡时的情形：刘邦见秦始皇的威势，非常羡慕，叹道："大丈夫不当如是耶？"而项羽却坚决地说："彼可取而代之！"这段描写，深刻地表现了两个人的性格，而项羽的个人英雄主义，也跃然纸上了。

项羽和他的叔父一同起兵后，一面立六国中楚国之后的楚怀王心，以资号召；一面与刘邦相约共同进军，约定谁先入关（函谷关），能直捣秦的巢穴的，谁便为王。

当时秦的主力由大将章邯率领，项羽的叔父项梁就是碰上了章邯而兵败身亡的。章邯打败了项梁后，渡河攻赵，围巨鹿（今河北巨鹿县），项羽带兵去救巨鹿，破釜沉舟，和秦兵大战九次。项羽的军队以少胜多，呼声震天，当时各国救赵的有十余支军队躲在壁垒里不敢出战，将士们都站在壁上观望（"作壁上观"这个成语就是这样来的），吓得心惊胆战。项羽大破秦军之后，召见诸侯，诸侯都"膝行而前，不敢仰视"，此时的项羽，真是威风极了。

对项羽的评价，史学界似乎还未有统一的看法，作为一个历史人物，他有过失也有功劳。在推翻秦的统治，他作了很大的贡献。秦以暴政而失人心，他敢想（彼可取而代之）、敢干（不畏强秦，以少胜多），历史功绩，不容抹杀。明代思想家李贽（卓吾）写到巨鹿之战，就大赞项羽是大英雄。不过，他要恢复六国的贵族统治，那就是违反历史潮流了。

在推翻秦的统治上，项羽的赫赫战功，那是比刘邦大得多的。可是项羽在大战章邯的时候，耽误了时间，却让刘邦先入了关。刘邦一入关，首先就笼络地主阶级，收买人心，宣布废除秦的严刑酷法，"与关中父老，约法三章"（杀人者死，伤与盗抵罪。其他秦朝刑法通通废掉）。这样他的政权就得到地主阶级的积极支持了。

项羽当然不甘刘邦为王，他挟着优势兵力，跟着也进了关，自立为西楚霸王，更违约立刘邦为汉王，另外还把许多六国遗臣都封了王。他入关后的措施与刘邦截然两样，他一把火将秦的宫殿烧个干净，据说烧了三个月才熄，还纵兵劫掠妇女珠宝。如此措施，当然不能收拾残局，也大失人心了。

楚汉相争，楚强汉弱，但刘邦终于能够打败项羽。刘胜项败，原因虽然很多（主要原因是刘邦得到新兴地主阶级支持，而关中是富庶之区，经过刘邦的经营，支持战争的经济能力也要比项羽的强），但项羽性格上的弱点也是他失败的原因之一。

太史公评项羽，说他"自矜功伐，奋其私智而不师古"。这批评有对有不对，施政要合乎历史潮流，原不必"师古"，而且项羽在政治上的措施，小处不谈，从大处说，他要恢复六国的贵族统治就恰好是"师古"的（效法古代的封建割据制度）。不过太史公批评他"自矜功伐，奋其私智"则是说对的。项羽把灭秦的功劳都归于自己，样样以为"老子天下第一，忽略了帐下英雄"（清代稽永仁在剧作中借剧中人物社默间接批评项羽的话）。他常常自以为是，不肯采纳部下正确的意见。刘邦能用张良、韩信、萧何三杰，项羽有一范增而不能用。（范增劝他在鸿门宴杀刘邦，他不听。后来反而信了刘邦的反间计，怀疑范增对他不忠，气得范增出走，至彭城，疽发背死。）不善于采纳众议，搞"一言堂"的人，总是免不了要如楚霸王那样被迫"别姬"的。

项羽败亡时的结果是很悲惨的。据《史记》描写，他在垓下（今安徽灵璧县南山下）被包围时，汉的谋臣张良教汉兵四面唱起楚歌，叫项羽部下出征的农民想起了故乡，都不愿拼死，纷纷逃散。项羽这时知大势已去，唯有向他宠爱的虞姬唱"力拔山兮气盖世，时不利兮骓不逝，骓不逝兮可奈何，虞兮虞兮奈若何？"的哀歌了。到逃亡至乌江时，"无面目见江东父老"，这位力能拔山举鼎的"大英雄"，终于只有以"乌江自刎"而告终了。

一九五三年九月初稿

一九八〇年四月重校

"六国大封相"纵横谈

　　过去粤剧的演出惯例是，第一晚的开台戏，必定是上演《六国大封相》。全班老倌出齐，仪式隆重，热闹非凡。

　　《六国大封相》讲的是战国时代苏秦的故事，他一身而配六国相印，可说是前无古人，后无来者，的确好像是在戏台演出那样，威风之极。

　　他何以会有这样"非凡"的际遇呢？这就要谈及当时的历史背景了。

　　谈起《六国大封相》，先要说一说春秋战国时代"士"这一阶层。

　　在春秋时代，统治阶级是一个金字塔形，王、诸侯、大夫以下的这一阶层就是"士"。"士"是贵族中最低的一级，再下去就是庶民和奴隶了。因此它是介于上下层两阶级之间，一方面他们有机会学上层贵族的文化，一方面他们又比上层贵族多接触平民，也多懂一些实际生活的知识。到各级贵族逐渐为奢侈的生活腐化时，他们把土地紧握在手里，慢慢形成一种新的地主阶级。

　　到了战国时代，他们成为了社会上的中坚分子，在政治舞台上也就扮演了一个重要的角色，为他自身的利益活动起来了。

　　当时的"战国七雄"，大致分为两个阵营，一边是秦，一边是燕、赵、韩、魏、齐、楚六国。六国要对付强秦，不惜用"珍器重宝肥饶之地，以致天下之士。"（贾谊《过秦论》）秦也极力招致其他各国的士以为己用。于是"士"在政治上便大大活跃起来。

　　战国时代，"养士"之风极盛，当时有出名的"四公子"——齐的孟尝君、赵的平原君、楚的春申君、魏的信陵君。这"四公子"都各"养士"数千人，俨然好像后世的政党领袖，拿着数千之"士"，作为自己的基本群众，也作为自己的"政治本钱"，呼风唤雨，左右政局。例如孟尝君，他的名望就比齐王还大，齐王想把他废掉不用，也不能够。

历史上许多有趣的故事，是和这"四公子"对"士"的尊重有关的，随便举几个谈谈。

平原君有一个很宠爱的美人，有一天在楼上看见一个跛子走过，大笑起来。第二天那个跛子跑来对平原君说："听说你很尊重贤士，所以许多士都不远千里而来，现在你的美人笑我残废，我希望能得到那个美人的头。"平原君以为他是说笑话，也笑着答应他，却不放在心上，美人始终没有被杀。不料后来他门下的士，一个个走掉，一年多就走掉一半，说他"爱美色而贱士人"，不愿为他所用了。逼得平原君最后还是不能不杀掉他所宠爱的美人，向那跛子道歉。

又如春申君，门下三千食客，都穿着珍珠镶嵌的鞋子。"珠履三千"的典故就是这样来的。

又如孟尝君门下有一个老头冯谖，发了好几次牢骚，要求食饭时有鱼吃，出门时有车坐，还要孟尝君给他养家，孟尝君都答应了。

战国时代，"士"的政治活动，规模最宏大的要算苏秦的"合纵运动"和张仪的"连横运动"。在这两个运动里，苏秦、张仪的身份已经成为了一时政治舞台上的主角，远非"门客"可比了。尤以苏秦的"合纵运动"最为成功。

苏秦的"合纵"，是主张六国联合起来，对付秦国。他游说燕、赵、韩、魏、齐、楚，获得成功。六国都赞成他的主张，推他为"纵约长"，并为六国共同的宰相。

据《史记·苏秦传》的记载，在"六国大封相"后，苏秦回家时，诸侯都派使臣送他，人数车辆很多，隆重极了，就像王者出巡一样。连周天子也要派人给他"开道"，远远去迎接他。苏秦的兄弟和嫂嫂，伏在地上，头也不敢抬。苏秦的嫂嫂以前是很轻视他的，至此苏秦得意极了，对他的嫂嫂说："何前倨而后恭也？"他的嫂嫂顿首道："以季子（苏秦字）位高而多金也！"从《史记》这一段记载，可以想见苏秦当时的"威风"。"位高而多金"，这也正说明了"士"这一阶层为什么要向上爬了。

香港俚语把"六国大封相"引申为用残酷手段做出的大案件，例如杀掉别人全家，也可称为"六国大封相"。于"史"虽然"无据"，但也从另一角度说明了"六国大封相"的威风煞气，可算得是"天才创造"。一笑。

和苏秦"合纵运动"相对的是张仪的"连横运动"。"连横"即要使得六国诸侯联合和秦交好，拆"合纵"的台。但"连横"比不上"合纵"的成功，不到一年就失败了。但张仪在秦的地位，也曾佩相印，煊赫一时。

到秦始皇统一六国后，"士"的活动已丧失了"浑水摸鱼"的有利条件，以后他们成为封建社会中的"支柱"地主阶级，虽然仍是实际政权的掌握者，但已经与战国时有所不同，他们是在皇帝之下"效忠"，要依据着一定的官僚制度去做官，而不能像苏秦、张仪那样，自己兴风作浪，俨然和"国君"们"分庭抗礼"地大搞政治活动了。

一九五三年八月初稿

一九八〇年四月重校

汉代女尸背后的王侯

从长沙墓的发现反映了两个历史事实，一是令人惊异的古代文明，两千多年前的女尸居然还是栩栩如生！二是封建贵族剥削的残酷，一个小小的诸侯（只有封地七百户），妻子的墓葬竟是如此穷奢极侈！

汉代王侯的荒淫残暴，只是根据"正史"的记载，就已经举不胜举。以上谈过的中山靖王刘胜是一个，"汉初三杰"之一的萧何也是一个。萧何是刘邦的宰相，封地八千户，不算少了。但据《史记·萧相国世家》的记载，他也曾强买了平民的田宅数千万亩。"贤臣"尚且如此，其他可想而知。

刘胜的妻子窦绾（满城汉墓的女主人）是当时窦太后（汉文帝的皇后，刘胜的祖母）的侄孙女，窦家就是有汉一代的赫赫世家，出过几个皇后，子孙封侯的更是不计其数。西汉的那个窦太后权势已经很大了（所以窦绾的坟墓比丈夫宏大，陪葬的器物中并有太后宫中才能有的长信宫灯），但东汉那个窦太后还更厉害得多。

据《后汉书·窦宪传》记载："窦宪一门四侯，父子兄弟，并列高位，充满朝廷，刺史（州刺史）、守（郡守）、令（县令），多出其门……收容缇骑，依倚形势，侵凌小人，强夺财货，篡夺罪人妻。商贾闭塞，如避寇仇。"照这段"官修"的史书看来，窦宪竟然派许多州、郡、县官来帮他搜刮；养了许多打手，来抢夺平民财物；还霸占囚犯的妻子。（所谓"罪人"，焉知不是给他陷害的良民？）你看这岂不成了强盗头子吗？窦宪是什么人呢，就是汉和帝窦太后的哥哥。

另一个外戚，也是诸侯身份，是汉顺帝时梁皇后的哥哥梁冀，他的胡作非为，亦是不在窦宪之下。他经常随便找一些借口，就把别人关起来，非敲诈到一大笔钱不放。一面又出卖官爵，以致"买官"的、"请罪"（要求免罪）的，挤满了去梁家的道路。最骇人的是，他还把洛阳京城周围千里之内的民田，一齐圈为己有。这种野蛮的掠夺方式，在封建时代也是很少见的。

汉初封侯之滥，历史上亦是罕见。汉初功臣封侯的有一百四十三人，其后汉武帝大削诸侯，到太初年间（公元前一〇四年—前一〇一年），最少的时候，曾经只剩下五个。但到了东汉光武帝（刘秀）从王莽手中夺回帝位之后，封侯又更多了。据统计，功臣"食邑"者三百六十五人，外戚"恩幸"者四十五人，刘姓贵族一百三十七人，一共是五百四十七个列侯，最小一列侯，也有食邑五百户（即可收五百家农民的租税），但他们尚不满足，还要利用特权强占土地。如刘秀的儿子济南王刘康就曾强夺农田八百顷、马一千二百匹、奴婢一千四百人。刘秀的妹夫樊弘占田三百余顷，姐夫邓晨占田四百余顷。这些都是见于"官修"的史书的。

汉代女尸得以保存完整，我想或许是和当时贵族的迷信风气有关。有钱有势的封建统治者进一步就想长生不老，秦始皇曾派人去求"不死药"，汉武帝也信神仙，希望长生不老，他修筑了一个"集贤台"，造了一个金人，捧着露盘，希望得到延年益寿的"仙露"。有两句唐诗"侍臣素有相如渴，不赐金茎露一杯"，就是嘲笑他的。司马相如是他的文学侍从之臣，患有"消渴症"（糖尿病），但汉武帝的"仙露"，却不能给他治病，还说什么长生？

次一级的王侯贵族没能力也不敢像皇帝那样去求不死药或建高台造金人，于是就竞倡厚葬，设法保全尸体，希望灵魂将会回来得以复活。这种汉代迷信风气，从两座汉墓的发现，可以得到实物的证明。

一九七八年四月

中国历史上第一次筹码不足的风潮

筹码风潮不可轻视

最近香港卷起了"挤提"潮，银行的现钞不够应付，港府除了从英伦运来英镑之外，并限定银行户口，每户每日最多只能提款一百元，在这禁令施行期中，一般商民都有"筹码不足"的苦恼。

中国古代没有银行，当然也没有"挤提"这个名词。但在中国经济史上，"筹码不足"的风潮却是屡见不鲜的。而且第一次"筹码不足"的风潮就淹没了一个政权。

这个被淹没的政权是汉代的王莽政权。（按：王莽在公元九年篡汉，改国号曰"新"，为时不过十五年。而王莽当政，远在他篡汉之前。"筹码不足"的风潮在他当政不久即已发生，直至他的政权倾覆为止。所以我把时间仍算作汉代。）

汉代币制相当稳定

汉代的货币制度，在中国各个朝代之中，算得是相当稳定的。但在西汉初年，也曾有过一度紊乱。当时除了中央政府所铸的钱币之外，还有享有铸制钱币特权的私人，如吴王濞和汉文帝的宠臣邓通就是。文帝时"吴邓钱满天下"，由于钱币的成色高低不同，发生"轻钱"要"贴水"的现象，交易很不方便。而货币制度的混乱与"无政府状态"，也很影响西汉商业的发展。后来吴王濞造反失败而亡，邓通在汉文帝死后，失了靠山，也被汉景帝抄没了他的家财，终于穷愁潦倒而死。他们的铸币特权当然也就取消了。

货币史上信用昭著

汉代的货币制度统一于汉武帝，他所铸的"五铢钱"重量有一定标准，七十七个五铢钱合青铜（铜锡合金）一斤，轻重适宜，币值稳定，商民称便。这种五铢钱流通于整个汉朝，直至南北朝仍有使用，是中国货币史上一种信用昭著的法定货币。

到了王莽当政，样样讲究复古，同时也是为了应付经济上的困难，乱铸各种面额大的钱币，巧立名目，如什么一当"五十"的"大泉"，一当"五百"的"契刀"，一当"一千"的"错刀"，等等，但它本身所含的金属价值和表面价格相差太远，这就不能不发生"劣币驱逐良币"的恶劣后果。

劣逐良币　乃系定律

"劣币驱逐良币"是经济学的一条定律。价值稳定、信用昭著的是良币，反之，就是劣币。两者并行，人们必然是先把劣币先使出去，而把良币保留，非到必要不用。这个现象，以经济学的术语来说，就是良币被劣币驱逐于流通过程之外。举大家所熟知的例子来说，蒋政权崩溃前夕，金元券几乎无人敢留过夜，一到手就马上得设法用出，人民多收藏银元，或把金元券兑换别的东西，以求保值。这就是"劣币驱逐良币"的现象。

由于王莽滥铸各种名实不副的大面额钱币，造成了"劣币驱逐良币"的后果，黄金、白银当然是被贵族所宝藏，不久，连原来流通的五铢钱也不复见于市面，都被人藏了起来。这样，就一方面是"通货膨胀"，一方面是"筹码缺乏"，这情形看似矛盾，其实也是必然的，因为大量货币尚不能完成一宗交易也。再以金元券为例，广州解放前夕，万元大钞大约只能买米四两，商民经常要背起一麻袋的金元券才能完成一宗交易，当然也就感到筹码不足了。

到了王莽篡汉后，索性把"大泉""契刀""错刀"和原来流行的五铢钱等一律废止，另发金、银、铜、龟、贝五种不同币材的货币，凡二十八品。他这个措施打的是个如意算盘，用大量不值钱的龟、贝，混杂在金属货币中，拿他新铸的少量金银币作幌子以掩人耳目，希望吸收民间的金银和铜币。他当时是用政令强制推行的，《食货志》和《王莽传》里有"禁列侯以下不得挟黄金，输御府受直（同值），然卒不与直"的记载。当时他的国库也曾因此换得了黄金六十余万斤，其他铜银之属，无明文记载，大约数量也不少。但如此一来，币制更混乱，社会经济更是崩溃得不可收拾了。（蒋政权在败亡前夕，强制百姓以金银外币到银行去换金元券，古今如出一辙。）

措施失败　政权淹没

王莽失败的原因很多，经济措施的失败是其主因之一。而在经济措施失当的恶劣后果之中，"筹码不足"又是最突出的一个现象，当时社会上普遍人心惶惶，无法进行交易。所以王莽政权也可以说是淹没在"筹码不足"的风潮中。

一九六五年二月

五胡十六国

——略谈当时的民族问题

在中学里读历史这一科，大约最怕的，就是读到五胡十六国这个时期了。"五胡十六国"，那么多的名字，怎么记得了呢？假设历史先生出一条题目："试述五胡十六国之名称。"那准会"难倒"许多同学。（我以前就被先生这样考过。）其实，这样的题目是没有什么意思的。如果我教历史的话，我就不主张学生去死记那些国名。谈到"五胡十六国"，最重要的还是该弄清楚汉族与其他各民族之间的关系问题，以及在汉族与其他各民族相互之间的混战中，中国社会发生了什么变化，等等。

自从三〇四年匈奴族的刘渊自立为"汉王"，并派遣"刘曜石勒入洛阳"之后，晋室被迫南迁，到长江流域去立国。广大的北方就形成"五胡十六国"的局面。此伏彼起，互相并吞，一直到四四〇年，鲜卑族的拓跋氏统一北方为止，先后共一百三十六年。在这之后就是南北朝的对峙，一直到隋朝再统一南北时，已经是六世纪的晚年了。三国、两晋、南北朝，这约四百年的时间，是中国历史上的"黑暗时期"，也是大分裂的时期。在这长时期的大分裂中，有大破坏，也有民族的大混战与大和同。在这篇中，我想单以"五胡十六国"这一时期为例，说明历史上的一些民族问题。

在中国旧诗里有一首很出名的描写塞外莽原的诗歌："敕勒川，阴山下，天似穹庐，笼盖四野。天苍苍，野茫茫，风吹草低见牛羊。"这首诗写得美极了。但实际上，在塞外的大莽原上，却并不是这样和平宁静，而是经常交响着金戈铁马之声。

汉族政权和外族之间，是时时冲突的，汉族（实际上该读为汉族统治者，下同）有时是作为侵略者出现，有时则是作为被侵略者出现。当汉族统治者的政权，在国内比较巩固时，它就想向外发展。这或者是由于要抢掠财富，打开贸易的通路（如汉武帝之对匈奴），或者是由于在建立统一政权的过程中，产生了大量的职业军队，无法复员，就只好不断地用之于对外战争，使"天下英雄"眼光对外，专制政权的危机就可削减了。

但在对外族的问题上，汉族统治者想利用对外战争转移内部危机的如意算盘也是打不响的，反而是对内越专制，危机越大，就越引起外族的入侵。例如西晋政权对外族杂居人民的压迫，卒而给外族野心家如刘渊等利用把本族人民号召起来，覆亡了晋室。

历代专制政府的"大汉族主义"，常常采取不正义的手段去对待外族，那是不容讳言的。例如西晋的统治者，就常常把"胡人"捉去贩卖，充作军费，出卖时每两个胡人用一个枷锁住。"五胡乱华"中的一个主脑石勒，就是被并州刺史司马腾贩卖为奴的。但这个事实，也不能"解脱"外族侵略者的罪恶，外族侵略者侵入后，不单是倾覆了汉族的统治政府，而且是沦汉族人民为外族奴隶，使汉族人民陷于千百倍的苦难中。例如石勒在攻下青州时，打算把居民通通杀尽，被派来当青州刺史的人不高兴道："留下我是为了管理人民的，杀完了人民要我干什么？"这才留下七百人不杀。又如石勒的后赵再传而至石虎，荒淫残暴之极，曾一次征了二十六万人做苦工去修洛阳宫。

外族的侵入，不仅仅只是普通朝代更换的意义，异族侵入者不单承继了旧统治者的衣钵，而且还加上民族统治的迫害，这就使在异族统治下的人民苦难更深。异族统治者一方面把原有的封建剥削关系维持下来，另一方面再加上由奴隶社会带来的奴役制度（把被征服者当做奴隶，有处决其生死之权），因此他们的统治就显得特别野蛮，而对中国社会的损害也就越大了。

汉族与异族之间的民族问题，是一个非常复杂的问题。这里只非常粗浅地谈了一点点，以后有机会还要随时提到。最后简略谈一谈什么是"五胡十六国"呢？"五胡"即：匈奴、鲜卑、羯、氐、羌。氐与羌，属今之西藏族，其聚居之地，大抵在今之青海、西藏；向东部、南部发展，则常入今之甘肃、陕西、四川、云南等省。匈奴、鲜卑、羯，属今之蒙古族，其聚居之地，大抵在今之宁夏、内蒙古、河北、辽宁诸省。"十六国"分配于匈奴族的共三国：前赵、北凉、北夏。羯族一国：后赵。鲜卑族五国：前燕、后燕、南燕、西秦、南凉。氐族三国：前秦、后凉、蜀。羌族一国：后秦。另外的三国却是属于汉族的：前凉、西凉、北燕。实际上还不止十六国，有些小国还未算入。而诸国的兴起，也并非在同一时间之内。

一九五三年十一月

武则天是否淫妇

武则天被攻击得最多的一条罪是"荒淫"。骆宾王的《讨武氏檄》一开头就是这么说的：

"伪临朝武氏者，性非和顺，地实寒微。昔充太宗下陈，曾以更衣入侍。洎乎晚节，秽乱春宫。潜隐先帝之私，阴图后房之嬖。入门见嫉，蛾眉不肯让人；掩袖工谗，狐媚偏能惑主。践元后于翚翟，陷吾君于聚麀。"

举出武氏的淫行有二：一是"洎乎晚节，秽乱春宫"；一是"陷吾君于聚麀"。"晚节"，此处是指晚年。"洎乎晚节，秽乱春宫"，是指责她在做了皇帝之后，秽乱宫廷的罪行；"陷吾君于聚麀"，则是指责她在未做皇帝之前，"狐媚偏能惑主"，颠倒伦常的"淫罪"。

依时间先后为序，我们先谈她的"陷吾君于聚麀"。

"麀"是母鹿，宋晶如注释"聚麀"云："禽兽不知父子夫妇之伦，故有父子共一牝之事也。"武则天入宫之初是做唐太宗李世民的"才人"（地位不高的妃妾），后来又做了李世民儿子唐高宗李治的皇后。"陷吾君于聚麀"说的就是这件史实。

李治娶了父亲的小老婆，责任本来不该由武则天负，但身为李唐臣子的骆宾王，当然是不便指责皇帝如同禽兽的，只好归咎于他是受了武则天的"陷害"了。

先后嫁给父子二人，是否"禽兽之行"，这是属于道德范畴的问题。不同的时代，不同的民族，也有不同的观念。本文不想讨论。

但这种事情，出现在唐代，尤其是初唐，却不是偶然的事。它有其种族及文化的因素。

陈寅恪在《唐代政治史述论稿》里一开首就引《朱子语类》一一六"历代类三"云：

> 唐源流出于夷狄，故闺门失礼之事不以为异。

陈氏论述此条云："朱子之语颇为简略，其意未能详知。然即此简略之语句亦含有种族及文化二问题，而此二问题实李唐一代史实关键之所在，治唐史者不可忽视者也。"

"若以女系母统言之，唐代创业及初期君主，如高祖之母为独孤氏，太宗之母为窦氏，即纥豆陵氏，高宗之母为长孙氏，皆是胡种，而非汉族。故李唐皇室之女系母统杂有胡族血胤，世所共知，不待阐述。"

唐室既然是杂有胡族血胤，则它受胡族的风俗文化影响，那也不足为怪了。

"胡俗"是怎样的呢？以大家都知道的王昭君为例。王昭君在西汉元帝时被选入宫，竟宁元年（公元前三三年），匈奴呼韩邪单于入朝求"和亲"，她已入宫数载，不得见帝，自请嫁匈奴。入匈奴后，被称为"宁胡阏氏"。呼韩邪死，其前妻阏氏子立，成帝又命昭君从胡俗，复为后单于的"阏氏"。

同样是嫁给父子两代，而且王昭君还是以呼韩邪正室（阏氏）的地位，又嫁给他的儿子做正室的。

"胡俗"如此，深受"胡俗"影响的李唐王室，出现武则天"陷吾君于聚麀"这样的事，那就不值得大惊小怪了。虽然在汉族的士大夫看来，还是被认为是不知羞耻、不可饶恕的"淫行"，但这只是风俗不同、观念不同的缘故。

再谈到她的"泊乎晚节，秽乱春宫"，她晚年的"淫行"比"陷吾君于聚麀"受到更多的非议。

"秽乱春宫",看来也似乎是"事实"。骆宾王的檄文是那么说,许多史家也那么写。在稗官野史中,更有难以胜数的、离奇怪诞的关于她荒淫的"绘影绘声"的传说。

稗官野史的传说不必管它了,现在我只选出两件见于正史的记载来说。

一件是说她宠爱一个名叫薛怀义的和尚。薛原名冯小宝,是个市井无赖,武则天喜欢他,要她的女婿——太平公主的驸马薛绍认他做季父,改姓名为薛怀义,时常召他入宫行乐。后来封他为白马寺主,大建佛寺,大塑佛像,登时使这个市井无赖成为显赫一时的僧侣大地主。

另一件是说她宠爱一对同胞兄弟张易之、张昌宗。这两兄弟相貌很漂亮,又懂音乐,武则天要他们进宫"侍奉",各自封官赐爵,哥哥是"奉宸令",弟弟是"秘书监",事实上只是天天陪她饮酒作乐。

由于二张的得宠,许多美男子都想自荐入宫。因此引起了一位大臣朱敬则的劝谏。

朱敬则的谏疏公开说:"陛下内宠,已有薛怀义、张易之、昌宗,固应足矣。臣闻尚舍奉御(官名)柳谟,自言子良宾,洁白美须眉;左监门卫长史(官名)侯祥云阳道壮伟,过于薛怀义。无礼无仪,溢于朝听,臣愚职谏诤,不敢不奏!"

这样亵渎的奏表,见于史册,也是从所未有的。据说武则天读了这个奏疏,说道:"非卿直言,朕不知此。"不但不责怪这个渎犯她的臣子,反而赐彩百段。

然则武则天晚年的"秽乱春宫"是事实了?

我们对此颇有怀疑,怀疑史书过甚其词。因为高宗死时她六十一岁,史书记载薛怀义受宠时她六十九岁,朱敬则谏美少年入宫时她已经是七十八岁了!七八十岁的老太婆能否做出"淫秽"之事,似乎应属生理学范围。通常来说,可能性是不大的。

然则那个谏疏为什么公然奏上,毫无隐讳,且见于史册?陈寅恪解释说，武则天既然做了皇帝，做皇帝就得有做皇帝的排场制度，男皇帝可以有三宫六院，三千宫女，她为什么不可以有几个男人侍奉？在武则天的立场来说，也许她正是要男人进宫侍奉，来表现她做女主的威严呢。

据正史记载，有个故事。御史中丞宋璟性刚直，力争要杀二张，武则天不得已令张昌宗到肃政台受审。宋璟正在审问，宫中出特敕赦免，宋璟发怒道："恨不一来就打碎这小子的脑袋！"她听说后，叫张昌宗到宋璟处谢罪，宋璟拒不见。她知道宋璟刚直，二张进谗言她都不听。从这件事情来看，她对待男宠还是有分寸的，不许他们仗势弄权乱朝纲。看来也只是把男宠当做"倡优之畜"罢了。

一九七九年五月

脉脉争新宠　申申詈故夫

　　最近有人在报上谈起马君武先生的诗，其中有一首《三卅纪事》诗，是讽刺汪精卫在南京成立伪组织的。（按：其时是民国二十九年三月三十日，故题曰"《三卅纪事》"。）很有意思。诗云：

　　　　潜身辞汉阙，矢志嫁东胡。脉脉争新宠，申申詈故夫。赏钱妃子笑，赐浴侍儿扶。齐楚承恩泽，今人总不如。

　　这首诗不带一个骂人字眼，而把叛国臣姜的丑态刻画得淋漓尽致，确是一首上乘之作。

　　中国历史上每当外敌入侵的时候，广大的民众总是不甘屈服、要反抗敌人的。但统治阶级却有一些媚敌求荣、丑诋祖国的人。"脉脉争新宠，申申詈故夫。"正是此辈的写照。

　　历史上也的确曾出现过一个"申申詈故夫"的具体人物，这个女人乃是晋惠帝的后妻羊皇后。晋惠帝是历史上有名的"蠢材皇帝"，叫穷人"何不食肉糜"，就是他的杰作。这个蠢材皇帝的第一个"正宫"贾后，却是个非常厉害的悍妇，后来引起"八王之乱"，被赵王伦矫旨赐死。羊皇后没贾皇后那么凶，也不似她那么弄权，但却是个丝毫没有骨气的女人。（前后两妻，一悍一贱，这个蠢材皇帝，亦可谓倒霉矣。）现在我们就从这个"申申詈故夫"的女人谈起。

　　公元三一一年，匈奴族的"汉王"刘渊，派遣他的侄儿刘曜、大将石勒，率兵入侵，攻入洛阳，晋怀帝被掳，晋惠帝的未亡人羊皇后也就成为了刘曜的战利品。

羊皇后被掳后，刘曜见她徐娘半老，风韵犹存，又纳她为皇后，并问她道："我何如司马家儿？"她竟无耻地回答道："胡可并言？陛下开基之圣主，彼亡国之暗夫，有一妇一子及身三耳，不能庇之。……妾何图复有今日？妾生于高门，谓世间男子皆然，自奉巾栉已来，始知天下有丈夫。"不但"申申詈故夫"，还向"新夫"大抛"生藕"！

但若依中国传统的"君子责人从宽"的古训，羊皇后毕竟还只是一个女人，虽为皇后，并未当权。另外有一些秉国当权，且又自夸是饱读诗书的"名士"，也向敌人摇尾乞怜，那就更加可耻了。这类人的代表，我们可以举出一个与羊皇后同时的西晋大臣王衍。

王衍是当时数一数二大的豪门，《晋书》称他"既有异才美貌，明悟若神，常自比子贡，声名藉甚，倾动当世"。当时士风尚清谈，他做了大臣，仍以"名士"自居，有客来访，唯谈老庄。洛阳城破后，他被石勒所俘虏，怕石勒怪他，他说自己一向不问政治，并且再三劝石勒"称尊号"，做皇帝。石勒很鄙视他，骂他："君名盖四海，少壮登朝，至于白首，何言不预事？"就把他杀了。又有另一个豪门王浚，平时门第的观念极深，但到了"胡乱"来时，就把女儿献给鲜卑的一个小官，并帮助敌人转过来侵略自己的国家，其后也被石勒处死。

可见媚敌求荣，不一定就能够从心所欲，而且更多的是"求荣反辱"。

我们再以马君武诗中的"齐楚承恩泽"的伪齐皇帝刘豫来作例子。

刘豫的"大齐"是南宋时代金人在中原地区所树立的傀儡政权。本来金人在攻破汴京、掳走徽、钦二帝之后，最初立的儿皇帝是张邦昌，僭号"大楚"。金军去后，他自己没有军队，害怕民众起来杀他，便听部下吕好问之劝，将"帝号"取消，迎奉当时还是天下兵马大元帅的康王赵构回京，仍立赵氏为主，算是一个比较"识时务"的人。刘豫就不同了，他本身是宋的高级将领，降金之后，掌握有一部分伪军，可作为政治资本，因此当他听说金主要选择一个傀儡继张邦昌之后做儿皇帝时，他就多方运动，送了很多珍宝给其时金国的当权者粘罕，于是粘罕在金太宗吴乞买面前力陈刘豫可用，终于在一一三一年，金主正式册立刘豫为"大齐皇帝"。册文写明要他"世修子礼，永贡虔诚"。刘豫也欣然受命。

刘豫做了儿皇帝，十分卖力，不断南侵，作为金侵略者的前驱。初时金主也曾夸奖他，可是他也没得意几年，到了一一三七年，他派遣他的两个儿子刘麟、刘猊与孔彦舟三路进兵淮南，被韩世忠、杨沂中打得大败，他的伪军残部的战斗力便不大了。

恰值其时金兵也因在屡败之后，想与南宋划河为界，形成"南北朝"的局面。金的大将挞懒便建议废弃刘豫的伪组织，与宋谋和。初时粘罕不同意，后来见刘豫的力量已残存无几，失了利用的价值，也就只好同意了挞懒的主张。

一一三八年，金国四太子兀术，轻骑突入汴京，擒了刘豫，次日兀术召集伪朝文武，宣读废弃刘豫的诏书。诏书内有十六个大字："建尔一邦，逮兹八载，尚动兵戎，安用国为！"伪齐就这样被消灭了。

刘豫解出汴京，尚图幸免，哀求挞懒、兀术开恩。挞懒说："你自己瞧吧，当年赵桓（钦宗）出京的时候，老百姓还头上顶着香，哭泣号啕，替他求恕。今天你解出汴京，老百姓没一个可怜你，你自己怎不惭愧？"

可见被老百姓唾弃的媚敌求荣者，连敌人也是看轻他的。

一九六四年二月

秦桧是"两个中国论"的祖宗

最近翻阅宋史，发现一件事情，原来主张"两个中国"者不自今日始，而是古已有之了的。倡此论者，即"鼎鼎大名"的汉奸秦桧是也。

秦桧在未做宰相以前，曾扬言道："我有两条妙策，可安天下。"当时相位出缺已久，有人问他道："你既有妙策，何以不言？"秦桧道："朝廷没有宰相，说出来也没人执行。"意思即是："等我做了宰相再说吧。"

后来秦桧果然做了宰相，而他这两条"妙策"也真的向皇帝（高宗赵构）提出来了，是什么呢？八个大字："南人归南，北人归北。"

原来当时金人入侵，长江以北的土地大都被金国占领，金人还在中原建立了大伪齐国，以刘豫作傀儡皇帝。南宋偏安江南，以临安（今杭州）为首都，只是一个小朝廷的局面。这八个字的内容，包括了承认金人吞并的领土为金国的合法土地；承认刘豫的伪齐国；宋国放弃两河、中原、江淮之地，不许再谈"反攻复国"；从北方逃难来的老百姓，一律送回他们的原籍，使他们成为金国人或伪齐国人；凡非江南人而为金国俘虏去的臣民，一律不须送还，任由他们为金人或伪齐人均无不可。

"南人归南，北人归北。"换句话说，就是要使"两个中国"合法化。秦桧的理由是：反正北方已非我有，这是已成的事实，何不承认事实来换取和平呢？

赵构本来是害怕敌人，准备和敌人妥协求和的，可是听了秦桧这个主张，也不禁迟疑起来。他考虑了许久，与其他的大臣说道："桧言南人归南，北人归北，朕北人，将安归？"因为他自己是"北人"，不可能赞同秦桧的计划，这计划才搁浅下来。

秦桧卖国求荣，提起他谁都要骂他一声汉奸，直到现在，民间还叫炸油条做"油炸桧"，表示了人民对于秦桧的憎恨。（广东人读如"油炸鬼"，只是一音之转，同时也是表示秦桧其人，不过是"鬼东西"而已。）不过，说起来也很有意思，秦桧最初却并不是以汉奸的面目出现，相反，是以"爱国忠臣"的面目出现的。

　　历史上凡大奸大恶之辈，大都有些"才能"，此所谓"无才不足以济奸"也，而且还装出"爱国"的样子。（或许最初不是伪装，最后变伪装的也有。）宋代的秦桧，近代的汪精卫都是典型。汪精卫从做"革命党"到做汉奸的事情人所熟知，不必赘述。秦桧最初在南宋的政治舞台以"忠臣"姿态出现，则或许还有人不知，不妨谈谈。

　　秦桧在徽宗政和五年（一一一五）考取头名状元，写得一手好文章，"词学兼茂，才华卓绝"（详见《宋史·秦桧传》）。靖康元年（一一二六），金兵围攻汴京，要求割中山、太原、河间三镇，当时的宰相李邦彦、白时中、张邦昌等一致认为可以割让。秦桧却上疏反对割三镇，并提出兵机四事。第二年，徽钦二帝被俘，金人立张邦昌为伪楚帝，秦桧又申状到金营反对立张邦昌，要求仍旧在姓赵的当中选一人为帝。申状一开头就侃侃言道："桧荷国厚恩，甚愧无报。今金人拥重兵临已拔之城，操生杀之柄，必欲易姓，桧尽死以辨。"他在说明了赵氏不可废的理由后，申状最后道："桧不顾斧钺之诛，言两朝之利害，愿复嗣君位，以安四方。"

　　当时大臣差不多都被金国的军威吓得发抖，没人敢道个"不"字，秦桧这张申状当真是"一士谔谔"，朝野上下，人人都赞他是个"忠臣"。金兵的统帅粘罕阅状大怒，把秦桧抓到了金营，一同掳往燕京。

　　可是这个"忠臣"一到金营，稍受折磨，就变了节。他到了燕京，买通粘罕左右，替他说好话，粘罕奏明金主吴乞买，将秦桧夫妇赐给另一位掌握军权的左元帅挞懒，供军前使用。

　　秦桧聪慧过人，学会金国语言文字，熟悉了风土人情，成为了标准的"金国通"。秦桧的老婆王氏生得伶俐俊俏，挞懒对她特别垂青。秦桧处处在挞懒面前，表示他忠于大金帝国，连老婆也在所不惜，挞懒渐渐便日益倚重他。后来挞懒攻楚州，金军诱使楚州举城投降的那篇檄文，就出于秦桧的手笔。

建炎四年（一一三〇），挞懒把秦桧放回来，要他在南宋政府中设法取得权柄，作为内应。当时秦桧假称是杀了金人的监使逃回来的，杭州全城轰动。虽然也有些人不信，但到底为他过去的"声名"所迷惑，大多数人仍然把他当做"忠臣"。

秦桧察觉宋高宗的意图，知道他只是想苟安于小朝廷的局面，便约略地把他和金人相得的情形，透露一点给高宗。高宗正需要这样一位和他"志同道合"的臣僚，且又在金人面前说得上话的，因此很快就把他的职位提升到宰相。高宗曾对人说，他和秦桧见面，听到秦桧的一番高论之后，喜欢得几夜睡不着觉，失眠了。

狐狸的尾巴不久就露出来了，自从他的"南人归南，北人归北"的主张一提出来，朝野反对之声四起。到了后来，甚至杭州的大街小巷，都贴满了"秦相公是奸细"的标语。

可是宋高宗虽不赞同他这个主张，但仍然是想求和的，只希望敌人的条件较宽，能够接受。绍兴八年（一一三八），高宗决定向金国臣服，派王伦到金国去商谈议和条件，表面的理由是想接回被金人所俘的他的妈妈韦妃。（其实他还不知生身之母早已改嫁金国的盖天大王了。）

当时宋大将岳飞、韩世忠等人在军事上正节节胜利，情况与徽、钦二宗被掳之时不同，朝臣大都反对和议。这位以前反对屈辱求和而现在则主张求和的秦桧说道："陛下不惮屈已议和，此人君之孝也。群臣见人主卑屈，怀愤愤之情，此人臣之忠也。君臣之心，两得之矣！"真是"聪明绝顶"，善于说辞，既捧了皇帝，又安抚了那班朝臣。（当然也有不受他安抚的，例如枢密院编修胡铨就上疏请杀秦桧。）

后来金国派张通古做"江南诏谕使"，要宋高宗赵构跪接大金国"诏书"，摆出的"格局"根本不是"讲和"，而是"受降"。

　　赵构愿意投降，但却不好意思下跪，双方商议之后，金人同意以秦桧作为宋帝的代表跪接诏书。秦桧不以为耻，反以为荣，率领百官，大张盛典，在张通古面前三叩首，双手举过头顶，把诏书接了下来。

　　老百姓都是痛恨卖国奸贼的，无怪后代的人们都只知道秦桧是个"汉奸"，而很少知道他还是个"才高学广"的状元，而且还曾经扮演过"忠臣"的角色了。

一九六四年三月

元宵杂谈

中国的情人节

农历新年过后，接着来的就是元宵佳节了。元宵在古代是一个很热闹的节日（尤其宋代最为盛行，甚至比新年还要热闹），到了近代则渐渐冷淡了。可见风俗也是随着时代而变的。但因元宵既是中国的一个传统节日，故此有不少佳话或者并非佳话的故事流传，不妨拉杂谈谈。

由近及远，先从"洪宪皇帝"的一则笑话谈起。

元宵的应节食物是汤圆，汤圆的别名叫做"元宵"。袁世凯因"元宵"谐音"袁消"，认为大不吉利，于是在他"登基"做"洪宪皇帝"那年，就下令不准百姓叫汤圆为"元宵"。同时又下令要把"元宵节"正名为"上元节"。

时人因袁世凯取消"元宵"，作了一首儿歌讽刺他道："袁总统，立洪宪，正月十五称上元。大总统，真圣贤，'大头'抵铜角，元宵改汤圆。"袁世凯所铸的银币有他的肖像，一般人都叫做"袁大头"。

统治者诸多忌讳，又最害怕百姓的讽刺，古今一例。明代就曾发生过一宗"元宵惨案"，这是明太祖朱元璋干的"好事"。

元宵习俗是喜欢打灯谜的，那一年元宵，朱元璋微服出游，在南京城里某家人家看见许多人围着打灯谜，他也挤进去看。这灯谜是一幅"谜画"，画的是个大脚妇人抱着个西瓜。朱元璋猜不着，回去和他的马皇后谈起，马皇后大怒道："这刁民在讽刺我，那谜底不就是'淮（怀）西妇人好大脚'吗？"原来这马皇后是临淮县人，属于淮西，她又恰恰有一双大脚。在那个时代，富贵人家的妇女以缠足为美，有一双"三寸金莲"的女子就可以夸耀邻里。马皇后认为这是讽刺她出身贫贱，故此就勃然大怒了。

朱元璋为了替他的皇后"出气"，竟下令将那家人家所在的水西门一带的百姓斩尽杀绝，从水西门杀到升新桥，杀了数百家人家，只漏网七家。据说南京现在还存在的"七家湾"这个地名，就是因此而来的。

元宵节是古代百姓喜爱的节日，尤其最受妇女的欢迎。因为在古代的所谓"闺秀"，平日是不能踏出闺门的。（宋代礼教最严，尤其如此。）只有到了元宵这晚，可以不分男女，一同玩乐，大家赏灯。到了近代，男女之防，日渐"开禁"，这也许就是元宵在近代受到冷淡的原因了。

由于在古代的元宵佳节，可以男女无拘，同游共乐，好像西方的情人节一般，故有许多关于爱情的佳话流传。《今古奇观》里便有若干这类故事。

这些爱情故事有美满的也有凄凉的。如宋代女词人朱淑真的故事就令人为之感伤。朱淑真遇人不淑，嫁了一个庸俗的市侩，在元宵节曾有怀念她旧日情侣的一首词道："去年元夜时，花市灯如昼。月上柳梢头，人约黄昏后。　　今年元夜时，月与灯依旧。不见去年人，泪湿青衫袖。"此词或有云是欧阳修所作的。我想这可能是由于古代文人囿于礼法观念，想为朱淑真洗脱"不贞"的嫌疑，故而把这首《生查子》词说成是欧阳修所作，亦未可知。

有关元宵的诗词很多，我最欣赏的是辛弃疾的《青玉案》，词云："东风夜放花千树，更吹落、星如雨。宝马雕车香满路。凤箫声动，玉壶光转，一夜鱼龙舞。　　蛾儿雪柳黄金缕，笑语盈盈暗香去。众里寻他千百度，蓦然回首，那人却在，灯火阑珊处。"最后三句，是历代词家所推许的名句。王国维在《人间词话》说这三句词可以代表人生三个境界中最后的一个境界——毕生执着以求的事情（为学或者追求某一理想），在不知不觉之间，得到了最后成功的境界。

一九六七年二月

灯会·灯谜

元宵何处去？最好宋城游。不是替宋城做广告，盖因今岁元宵，宋城将有"西湖灯会"之举也。元宵在古代是一个很热闹的节日，尤其在宋代，甚至比新年还更热闹。元宵又称为"灯节"，元宵观灯乃是传统习俗。这个灯会，由宋城举办，自然是最合适不过了。

这个习俗据说始于东汉永平十年（六十七），汉明帝下了一道圣谕，不论平民贵族，元宵都要张灯结彩，表示对佛的尊敬。而这个习俗在宋代最为流行也是有原因的，因为宋代提倡"理学"，礼教最严。宋代的"闺秀"平日不许踏出闺门，只有元宵节前后三天，才可不分男女，一同玩乐，称为"元宵驰禁"。上篇提到的朱淑真那首著名的《生查子》一词，就是在这样的社会背景下产生的。

把谜语写在花灯上，称为"灯谜"，这也是传统的元宵玩意儿。不过到了近代，由于花灯的制作费时费力，谜语多是写在悬挂的纸条上，而这个玩意儿也不限定是在元宵才能举行了。

猜灯谜是颇费心思，也颇多趣话。据说大陆解放初期，有一灯谜，谜面是"日本投降"，猜古代名人一。谜底是"苏武"，许多人却猜作"屈原"。"原"者，原子弹也。也有人用脱帽格猜作"李世民"，意思是日本投降，乃世界人民的力量。这是"老笑话"，另一个"新笑话"是，"文革"期间有一灯谜，谜面是"闻足下要取西川，亮窃以为不可"，用《三国演义》诸葛亮劝阻周瑜取西川的故事打毛泽东诗词一句，标明"折腰格"。谜底是"问讯吴刚何所有"，折腰格要去当中一字，去了"刚"就成为"问讯吴何所有"，意即问吴国有何力量去取西川。这灯谜本来做得很好，但当时却犯了"大不敬"罪而受批斗，理由是毛主席怎能"折腰"？令人啼笑皆非。

一九六七年二月

论南北朝之庄园经济

一、绪论

如果将汉代与罗马帝国相比，认为同是奴隶制度的没落，则二百余年南北朝的对立，内部君主、大族、寺院，三者相互的斗争、城市的孤立 [1]、边地的荒凉 [2]、地域割据经济 [3] 与自然经济的发展，都和欧洲中古，罗马帝国亡于日耳曼后的封建社会相似，佛教也许比不上基督教在欧洲的地位，但不失为中古中国社会的一大构成分子，而豪门大族的庄园"坞壁" [4] 则有过于欧洲封建领主的"堡垒"。

对于南北朝的经济，钱健夫先生最近提出"豪门经济"的名称（本年四月二十一日《大公报》刊《南北朝的豪门经济》），然豪门经济只是南北朝经济的一环（虽然是最主要的一环），在封建社会的形态之下，皇族、豪门和寺院都是庄园的领主，正如欧洲中古，国王、诸侯（附

---

[1]　如货币的使用"利于京邑之肆，而不入荆扬之市"，"便于荆郢之邦，则碍于兖预之役"，在交换经济上表示出都市的孤立。

[2]　如《南齐书·州郡志》描写淮南一带的情况，说是"十家五落，各自星处，一县之民，散在州境"。《魏书》一〇六《地形序》说："孝昌之际，乱离尤甚，恒代而北，尽为丘墟，崤潼以西，烟火断绝，齐方全赵，死于乱麻，于是生民耗减，且将大半。"表现出关中的荒凉。

[3]　据陶希圣、武仙卿之《南北朝经济史绪论》："水利设施既偏重首都附近，通货使用，亦划首都为一区域。至于受田纳税，京畿之内也似乎与州郡地方有些不同。由中央之重视首都，推而至于地方政府之重视地方城市，及寺院大族之重视其庄园附近，遂使当时南北的政治经济情形，表现浓厚的地域性与割据性。"

[4]　坞壁乃中国中古战乱时，大族所做的堡垒。

庸）、教会都是封建主一样，不能以一概括其余，故笔者以为似以"庄园经济"一名，较适于解释南北朝的经济状况。

溯自汉代铁的普遍应用、生产技术的改良（如灌溉与轮耕），农业生产力得以提高，土地兼并愈烈[1]，仲舒名田之论，未见实行[2]，师丹限田之法，亦未生效[3]。西汉后，一夫百亩的小自耕农地位，已不易维持。魏晋南北朝，所谓屯田制和占田制、均田制者，都是想安定社会经济的补苴罅漏的土地政策。

然而正如杜守素先生之所指出："在魏晋南北朝中，经过补苴罅漏的土地政策的结果，一方是庶民农奴化，另一方则为奴隶农奴化；同时，所谓'客户''庄户''佃户'之类（实质的农奴），便渐次为兼并了的大地主所诱致，到处建立起豪门贵族的庄园。"[4] 这是社会内部的矛盾（生产力与生产关系的矛盾），发展为庄园经济的原因。

而由于汉末、三国，以至西晋战争的频仍、农民暴动的蜂起、人口凋零、土地荒芜，更因南方的开发，北方人口，渐向南移。至永嘉南渡而形成中国中古民族的大流徙。南渡的政府权贵固然在南方"封山锢泽"[5]，霸占土地，成为大庄园的领主；而在北方，则由于在丧乱流徙中，土地所有权的丧失和混淆，平添了许多无主的土地，作为国有土地（国家庄园）和豪族建立大庄园的基础。这是庄园经济外在的成因。

---

[1]　如萧何之广买田宅，武帝时田蚡之"治舍甲诸第，田园极膏腴"。成帝时尚书张禹"内殖货财，家以田为业，及富贵，多买田至四百顷"。（《汉书》八十一《张禹传》），皆是汉时土地兼并之例。

[2]　仲舒限民名丹之议，至哀帝时因师丹之建议，曾预备实行。但为权贵所不喜。故丹定法之时，"田宅奴隶，贾为减贱，丁傅用事，董贤隆贵，皆不便也，诏书且须后，遂寝不行。"（《汉志》）

[3]　同上。

[4]　见《文讯》八卷四期，杜守素之《魏晋南北朝的社会经济及其思想动向》。

[5]　《晋书》六九《刁逵传》："刁氏素殷富，奴客纵横，固吝山泽，为京口之蠹。"又《宋书》五七《蔡兴宗传》："会稽多诸豪右，不遵王宪，又幸臣近习，参半宫省，封略山湖，防民害治。"可为权贵们"封山锢泽"之例。

南朝与北朝的经济状况虽有若干的不同，如北朝保有较广大的国有土地，其豪门大族为极团结的大家庭制；而南朝则商业较北朝为盛，社会经济情形比北朝进步（然政治的动荡则比北朝犹甚），但其社会的本质则同为封建社会，政府、豪门、寺院，为庄园的主人。

二、庄园领主之一——政府

在长期战乱、百姓流亡、土地荒芜、主人难考之际，政府常先借政治的权力，收荒田为国有，或以之与国家的军队屯垦，是为军屯，或以之与民屯垦，是为民屯，或计口授田，分配与农民耕种，而国家收其租税。总之，政府将其所占有的土地，通过上述各种形式，而榨取农奴的剩余劳动价值。（士兵为动乱时农民身份的转变，在屯田时兵队代替了农民作国家的基本公民，是一种变相的农奴。见钱穆氏《国史大纲》十九章节"农民身份的转变"。）政府则作为国家庄园的主人。

南朝的国有土地，远不及北朝的广大，因南朝的政权完全是建立在大族支持之上（如东晋南渡，就是依靠王敦王导兄弟，时人有王与马共天下之语），在土地与人民的争夺上，政府是常常走在下风的；而北朝则不然，元魏入主中原，第一流的大族多已率部曲南渡，荒芜之地极多，而北朝的政权主要是靠本身部落的支持，受豪门的左右远不及南朝之大，故保有广袤的国家庄园。

南朝的国家庄园，一为官有地，二为屯田。宋代有田曹经理官田[1]，梁武帝与陈宣帝时都有赋给民田之事。[2]

而屯田则在淮泗流域与荆汉一带，如梁武帝时之在芍陂屯田。

---

[1] 见《宋书》四二《王弘传》。

[2] 见《梁书》二《武帝纪》及《陈书》五《宣帝纪》。

（普通四年）是冬始修芍陂（《梁书》二八《裴邃传》）并在司州、荆州、竟梁、北梁、北秦等州兴立屯田；

时军旅之后，公私空乏，憺励精图治，存问兵死之家，洪其穷困，民甚安之。（《梁书》二二《始兴王憺传》）

出为竟陵太守，开置屯田，公私便之，迁为游击将军……北梁秦二州刺史，复开创屯田数千顷，仓廪盈实，省息边运；民吏获安。（《梁书》二八《裴邃传》）

（中大通二年为南北司州刺史）罢义阳镇兵，停水陆转运，江湖诸州，并得休息，开田六千顷，二年之后，仓廪充实，高祖每嘉劳之。（《梁书》三二《陈庆之传》）

屯田制的租率是特别高的，南朝之前的魏为"兵持官牛者，官得六分士（田兵）得四分，自持私牛者，与官中分"，至晋竟为八（官）二（兵）分，至刘宋时是按丁壮来课赋，更为苛酷，竟至有"年应及输，便自逃逸""产子不养，户口岁减"的情形。

（元嘉三年）表陈三事。其一曰：郡（始兴）大田武吏，年满十六，便课米六十斛，十五以下至十三皆课米三十斛。一户内向随丁多少，悉皆输米。且十三岁儿未堪田作，或是单回，无相兼通，年应及输，便自逃逸，既过蛮僻，去就益易。或仍断裁支体，产子不养，户口岁减，实此之由。谓宜更量课限，使得存立。今若减其米课，总有交损，考之将来，理有深益。（《宋书》九二《良吏》徐豁）

南朝的屯田制剥削虽深，但到底因豪族侵占公地，国家庄园并不很大，若北朝就不同了。

北朝"自永嘉丧乱，百姓流亡，中原萧条，千里无烟"。肥沃的土地，置之荒芜，政府乃加以利用，没收无主的土地，成为规模极大的国家庄园，而分与农民。"劝农课耕"，以期增加政府的税收。而一般耕作的农民，则变为国家农奴，耕种国家的田园。这种关系的史实表现，就是北朝的均田制度。据《魏书·食货志》及《策府元龟》所载，均田制的要点可得分析如下：

（一）乃政府以公田授予农民，对于豪门的大庄园，并无侵犯。其规定"收为公田以供授受者，仅限于远流配谪，无子孙及户绝者之墟宅桑榆。"（马端临《通考》）

（二）其主要目的，在无令"人有余力，地有余利"（太和元年诏书），这种"含有强迫垦辟土地制度，只能认为是国家庄园下一种课耕政策"（陶希圣、武仙卿《南北朝经济史》），将一些无主土地，重新确定所有权，永业田只授不收，露田准予买卖，使土地略具私有性而刺激耕者的努力。

北朝对于国家庄园的经营方式，除表现为均田制度外，尚有屯田制度。北朝的屯田，其规模远较南朝为大。取州郡民户，行普遍的屯田。《魏书》一一〇《食货志》载李彪的建议说："又别立农官，取州郡户十分之一以为屯民，相水陆之宜，断顷亩之数，以赃赎杂物市牛科给，令其肆力。一夫之田，岁贡六十斛，甄其正课并征戍杂役。行此二事，数年之中则谷积而民足矣。"帝览而奇之，寻施行焉，自此公私丰瞻，虽时有水旱，不为灾也。

这种制度与均田制并行于国有土地之中，作为中古庄园大领主之一的国家榨取农奴的工具。

三、庄园领主之二——豪族

（一）豪族的由来

在南北朝的庄园经济中，豪族是最主要的庄园领主，有自给自足的庄园，有佃农、客、门生、故吏、义附、部曲、苍头、奴隶等来依附[1]。不纳税、不服役、与政府俨如敌体，这岂不像欧洲封建社会中的诸侯、酋长或一个典型的封建领主吗?

豪族的兴起，从社会的内因说，是基于大地主的转化，上承两汉、盛于东吴[2]，从东汉以降，世家大族即把持了地方政权，至九品中正制施行，选拔人才全操之于本地"才德重望"者之手，本地的才德重望者，当然是豪门世族，于是"上品无寒门，下品无世胄"乃必然的结果。

豪门的形成，固是封建社会成长时的必然结果，然而若不是由于当时的大动乱，则豪门之势尚不至若是之盛。由于当时战争之频仍，汉末黄巾之乱，三国混战之烈，西晋八王五胡之乱，直至刘曜石勒入洛阳，永嘉南迁，形成中古民族的大流徙，这时期国家权力衰微，大族做坞壁以自守，或率部曲而南迁，农民无力自保者不得不要求大族予以保护。依附大族的坞壁，或随大族南迁，而仗其保护，本身即为大族的客，而不入国家编户。[3]

敦煌石室本《晋纪》："永嘉大乱，中原残荒，保壁大师（原注"师"当为"帅"）数不盈册，多者四千家，少者千家五百家。"（《晋书斠注》元帝纪注引）

当时无以自保的小民，多投附于这些堡垒，如苏峻、刘遐、郭默、李矩、魏浚、邵续等都是当时的大坞主，领有颇多依附的人口。据史学家陈寅恪氏最近的考证，《桃花源记》里的桃花源也似乎属于坞壁的一

---

[1]　客、门生、故吏、义附、部曲与大族封建主之关系，见《食货》二卷十二期鞠清远之《两晋南北朝的客、门生、故吏、义附、部曲》一文。

[2]　《三国志·邓艾传》："吴名宗大族，皆有部曲，阻兵仗势，足以建命。"《朱治传》："公族子弟，及吴四姓，多出仕郡，郡吏常以千数。"可见东吴豪族之声势。

[3]　《续晋阳秋》载："自中原丧乱，民离本域。江左造创，豪籍并兼，或客寓流离，名籍不立。"

种。这种平民依附豪族的堡壁情形，甚似欧洲日耳曼入侵罗马帝国后，农民依附诸侯堡垒，以求保护一样。

（二）豪门庄园经济概况

由社会内部发展而形成的豪族，因时代的变乱，日益加强其地位，当时南北朝都形成了若干著姓巨族。《新唐书·柳冲传》说："过江则为侨姓，王、谢、袁、萧为大；东南则为吴姓，朱、张、顾、陆为大；山东则为郡姓，王、崔、卢、李、郑为大；关中亦号郡姓，韦、裴、柳、薛、杨、杜首之；代北则为虏姓，元、长孙、宇文、于、陆、源、窦首之。"

以南北朝的大族比较，则北朝大族的势力远逊南朝。南朝大族势力，远承西汉，迄未稍衰；北朝则至北魏末叶，始见兴起。大抵南朝大族势力凌驾王室，而北朝大族势力，则不及王室。

南朝自晋室渡江以迄宋齐梁陈数朝，历代政权，都建筑在豪门巨室的支持上，北方的巨家故族，南渡后简直将江东土地随意分割，设置庄园。"各自占地名田，封山锢泽，做南方的新主人翁。"（钱穆语）

当时豪门庄园经济的发达，从下列几个实例，可以看出：

《晋书》六九《刁协传》："隆安中，逵为广州刺史，领平越中郎将假节。畅为始兴相，弘为冀州刺史，兄弟子侄并不拘名行，以货殖为务，有田万顷，奴婢千人，余资称是。"

《宋书》五七《蔡兴宗传》："会稽多诸豪右，不遵王宪，又幸臣近习，参半宫省，封略山湖，防民害治。"

《梁书》五二《顾宪之传》："司徒竟陵王于宣城临城定陵三县界立屯，封山泽数百里，禁民樵采。"

其他如山水诗人谢灵运《山居赋》里描写他的庄园农产果林，莫不具备，他自己说"春秋有待，朝夕须资，既耕以饭，亦桑贸衣，艺菜当肴，锄药救颓"。画出一个自给自足的小庄园，而他还不知足，还想将贫民依以为生的湖沼——会稽的回踵湖与始宁的岯崲湖决之为田。[1] 竹林七贤之一的王戎也是园田和水碓遍天下的富豪。

豪门还享有免税与免役的特权，《南齐书·顾宪之传》："山阴一县，课户二万，其民赀不满三千者殆将居半。刻又刻之，尤且三分余一。凡有赀者，多是士人，复除，其贫极者，悉皆露户役民，三五属官。"《南史·沈客卿传》："旧制、军人、士人、二品清官，并无关市之税。"皆为免税之证。《颜氏家训》："播越他乡，无复资荫，使你等沉沦厮役，以为先世之耻。"是为豪门免役之证。

非特此也，附属于豪门之下的人民，也不用对国家纳税，谓之"荫附"，西晋法令中，官人士人荫庇的规定，多可及九族，也可至三世，南北朝承袭之。北朝是"魏初不立三长，故民多荫附，荫附者皆无官役。"[2] 而南朝沈约奏请梁武帝改定《百家谱》云："臣又以为巧伪既多，并称人士，百役不及，高卧私门，致令公私阙乏，百事不举。"[3]

大族既利用特权以荫庇户口，人民亦因欲免徭役而依附豪强，于是多成为豪门庄园经济中的构成分子，成为豪门大族半自由的农奴。（大族与领户之关系，何兹全在《中古大族寺院领户研究》中曾有详细论及。）

（三）政府、豪门的冲突

豪门大族，一方面封山锢潭，扩大庄园，一方面荫庇户口，增多农奴，自与政府所领有的国家庄园有冲突之处。因而双方为了经济的利益，遂时有对领土与人民的争夺。

晋成帝咸康二年《壬辰诏书》曾规定："占山护泽，强盗律论，赃一丈以上皆弃市。"[4]

---

[1] 见《宋书》六七《谢灵运传》。

[2] 见《魏书》一一〇《食货志》。

[3] 见《文献通考》一二《职役考》，引沈约表语。

[4] 见《宋书》五四《羊玄保传》。

宋孝帝特设官品占山制。"官第一第二品占山三顷，第三第四品二顷五十亩，第五第六品二顷，第七第八品一顷五十亩，第九品及百姓一顷……有犯者水土一只以上并计赃依常盗律论停。"[1]

但条文自条文，占山封水仍是不能禁止。

> 晋《壬辰诏书》，占山护泽，以强盗律罪，然并不能禁，占山封水，渐染复滋。（《羊元保传》）

百姓薪采渔钓，皆责税直。宋高帝又禁断之（见《南史·本纪》），然仍不绝。

北朝则因国家庄园的得势，封固较少，至北魏末年，始见发生。如《关东风俗传》所说："河渚山泽，有司耕垦，肥饶之处，悉是豪势，或借或请，编户之人不得一垄。"故武定四年及颁禁令"富贵之家不得占护山泽"（《北史》六《齐纪上》高澄令）。

但政府与大族争夺土地尚远不及争夺人口激烈，因南北朝时人口甚少而荒芜地多，租役调以户口作征集单位，人口成了权力与财富的源泉，为了扩张自己的庄园经济，自然要拼命争夺人口。

政府争取人民的方法，表现于：

1. 整理户口，加密管理。

南朝方面，《晋书·颜含传》："除郡太守，王导问含曰，卿今莅名郡，政将何先，答曰：王师岁勤，编户虚耗，南北权豪，竞招游食，国弊家富，报事之忧，且当征之势门，使反田桑，数年之中，欲令户给人足。"

北朝方面，魏采用李冲的建议："五家立一邻长，五邻立一里长，五里立一党长，长取卿人强谨者。"实行之后，据说"计省昔十有余倍"，可见收到相当功效。

---

[1]　何兹全：《中古大族寺院领户研究》。

2. 搜括户口，向大族夺取。

如南朝山遐为余姚令，到县八寻，出口万余。王彪之为会稽内史，居郡八载，亡户归者三万余口。宋武帝亦曾努力想打破大族势力，夺回被分割的户口："帝既作辅，大示轨则，豪强肃然，远近禁止。至是会稽余姚唐亮复藏匿亡命千余人，帝诛亮，免会稽内史司马休之。"（《南史·宋武帝本纪》）

北朝方面，则搜括更烈，慕容垂之检括人户，仅山东一隅，出户十余万。慕容垂的检括，出户廿余万。而北齐时，（宋世良）寻为殿中侍御史，诣河北括户，大护浮惰……还，孝庄劳之曰："知卿所括得丁倍于本帐，若官人皆如此用心，便是更出一天下也。"（《北齐书》四六《宋世良传》）

3. 土断。

专行于南朝，是要侨寓的人，亦编入所在地的户籍，不得借口侨居而避课役。桓玄、刘裕诸人曾行之见效。宋世祖时，刺史王谟亦请在雍州施行土断。（见《通鉴》一二八）《通考》卷二亦云："齐神武秉政，乃命孙腾高崇之分责籍之户，得六十余万。于是侨居者各勒还本。"

由此可以见到政府对于争取人民的激烈。

四、庄园领主之三——寺院

南北朝社会第三个大势力是寺院，虽无欧洲基督教会可以压倒君主的势力，但仍不失为中古时一大封建领主。

溯佛教自西汉传入，东汉渐有宗教性质的寺院组织，其后名僧东来日众。纪元三〇一年石勒时佛图澄来洛阳，三七三年释道安至襄阳，苻坚破襄阳后迎之于长安，四〇一年鸠摩罗什至长安，后秦姚兴待之以国师之礼，佛教新经陆续翻出，与中国固有的老庄思想结合，为佛教发展，奠下思想的基础。加以时代的动乱，佛教正适合人们逃避现实的心理，于是乃日益兴盛。

"中古寺院以北朝魏齐及南朝梁时最为兴盛，尤其在北朝成为一种很大的组织，领有几百万的户口，北魏时有僧众二百万，北齐时有三百万，举国上下，信崇佛教，国家每年以大部财富，用在佛事上。"[1]

寺院土地的由来，一由于赠与或施舍：

《魏书·释老志》："未几天下丧乱，以河阴之酷朝士死者，其家多舍居宅以赐僧尼，京邑等舍，略为寺矣。"

《梁书·太宗王皇后传》载："时高祖于钟山造大爱敬寺，慕王后别墅在寺侧，有良田八十余顷即晋承相王导赐田也，高祖遣主书宣旨，就慕求市，欲以施寺。"

一是由于寺院直接侵占人民的土地，元魏任城王澄上书云："寺夺民居，三分且一。"又云："非京邑如此，天下州镇，僧寺亦然，侵夺细民，广占田舍，有伤慈矜，用长嗟苦。"由此书可见寺院"广占田宅，寺夺民居"的事实。

僧尼也同样享有特权（免税与免役），徐陵《谏仁山深法师罢道书》曾有提及："寸绢不输官库，升米不进公仓。库部仓司，岂须求及，其利四也。门前扰扰，我且安眠，巷里纷纷，余无惊色，家休大小之调，门停强弱之丁，人出随心，往还自在，其利五也。"

因逃入寺院一样可以免税免役，于是有许多人遂避入寺院。《魏书·释老志》曾云："愚民侥幸，假称入道，以避输课。"《高僧传》初集《竺佛图澄传》亦云："今沙门众甚，或有奸宄避役，多非其人。"

僧众因中古寺院的俗化庄园化，变成了寺院庄园经济的劳动者。下面所举，即是一例：

释道安姓卫氏，常山扶柳人……年十二出家……不为师之

---

[1] 何兹全：《中古大族寺院领户研究》。

所重。驱役田舍，执勤就劳，曾无怨色。

　　政府因国家领户向寺院投附者日多，北魏北齐占数百万户，而南朝梁时僧户亦极众，《南史·郭祖深传》中有云："道人又有白徒，尼则畜养女，皆不贯入籍，天下户口几亡其半。"像这样情形，已妨碍国家庄园的发展。政府又因与寺院的经济冲突，而打击寺院，淘汰检括僧尼。

　　国家向寺院领民的夺取，其方法约有下列几种：

　　（一）限制州郡度僧数目，禁止奴婢出家。

　　太和十六年诏："四月八日，七月十五日，听大州度一百人为僧尼，中州五十人，下州二十人，以为常准，著于令。"[1]

　　熙平二年灵太后令："……今奴婢悉不听出家，诸王及亲贵亦不得辄启请，有犯者以违旨论。"[2]

　　（二）逼令僧侣还俗，禁止私度。

　　《魏书》四《世祖纪》："大延四年三月罢沙门年五十已下。"

　　《魏书》一一四《释老志》："私度之僧，皆由三长罪不及己，容多隐滥，自今有一人私度，皆以违旨论。"

　　（三）沙汰检括。如：

　　《魏书》四《世祖纪》："（太平真君五年）诏曰：'自王公以下，至于世人，有私养沙门师巫及金银工巧之人在其家者，皆遗诣官曹，不得容匿。'"

　　《魏书》一一四《释老志》："延兴二年诏曰：'比五不在寺舍，游涉村落，交通奸滑，经历年岁，今民间五五相保，不得容止无籍之僧，精加隐括，有者送付州镇，其在畿郡送付本曹。'"

---

[1]　见《魏书》一一四《释老志》。

[2]　同上。

（四）以强力夺取。

北周武帝灭佛，佛教史上为有名三武之祸之一。武帝灭佛，周国僧尼还俗者二百万，灭齐后，又毁北齐佛寺，僧尼还俗者三百万，《广弘明集》载："尔时魏齐东川，佛法崇盛，见成寺庙，出四十千，并赐王公，充为第宅。五众释门，减三百万，皆复军民，还归编户。"

由此可见政府对于寺院打击之大。

五、结论

南北朝的二百余年动乱，确有点像欧洲中古时的漫漫长夜。一般都认为中西的中古时期的社会，都有几分逆转的形势。庄园的自然经济发达，而交换经济与商业经济式微。

双方都是典型的封建社会。南北朝的豪门大族，等于欧洲中古的大小诸侯，附属于豪门的客、部曲、门生、故吏之类等于欧洲诸侯城堡里的附庸和食客。而佛教的寺院之在南北朝也和基督教寺院之在欧洲相似。

在名义上，南北朝虽有君主的存在，但实则并不是统一的标志。政府、豪门、寺院三者都是庄园的主人。以政府的国有庄园而论，则北朝远胜南朝；以豪族庄园而言，则南朝远胜北朝。寺院的庄园则以北朝为大。

这三者（政府、豪门、寺院）在剥削农奴上尚可一致，政府靠豪门以维持统治，靠寺院以怀柔人民，而在经济的利益上又各自冲突。

而农奴无论归附于哪一领主，都须受经济的剥削，于是择其税轻者面趋附之，固不论其为政府、寺院与大族。[1]

其间的学术思想，因社会的经济构成而决定其内容，因土地庄园化，定于一尊的儒家正统经学，已因失其经济背景而不能存在，代之起

---

[1] 例如北魏初年，有杂管户课税轻易，人户遂多为杂管户（见《魏书》——○《食货志》）。

的是清谈玄学，与夫菲薄周孔、反抗礼法的一种贵族反抗王权的思想。

而文学上则因有大规模的庄园存在，于是乎有山水诗人、田园诗人等辈出，而以生活的优裕，矫饰华丽的骈文遂盛行一时。

要之南北朝当时社会的一切表现，都为庄园经济的反映，而豪门大族则为庄园的主要主人。

一九四八年五月最后一日完卷

戊辑

旅游记趣

悉尼桂林山水观

澳洲的香港移民甚多，但香港人对它的"了解"程度却似乎甚浅。我是因为"老来从子"，在一九八七年的秋季移民澳洲的，记得当时曾在报上看到某教授写的一首《咏移民潮》的诗，涉及澳洲的一句是："袋鼠荒原亦可亲。"似乎移民澳洲的人都是饥不择食，无可奈何，才自我充军到蛮荒之地去的。我虽然不是"自我充军"，但总之是要到"蛮荒之地"去了，因此也就不免有点心惊。

来了澳洲五年，发现澳洲不但是个吸收移民的国家，也是一个吸引游客的国家（从移民局每年发表的统计数字可知）。澳洲的确是地广人稀，在七百四十万平方公里（大约相当于中国的四分之三）的土地上，只有一千六百万人口（还不到广东省的一半），但却绝非穷山恶水。

和桂林作个比较

一篇文章要"细说澳洲"是不可能的，就只谈我的居留地悉尼，只谈悉尼的山水吧。悉尼卡市新华埠有副碑坊联："四海皆兄弟焉，何须论异族同族；五洲一乾坤耳，底事分他乡故乡。"这是"宏观"立论。若论"个人观感"，我也是"常把他乡作故乡"的，因为它们都有山水之美。我出生的地方（蒙山）距离有"山水甲天下"之称的桂林，大约是两个小时车程，我的少年时期是在桂林度过的，桂林可说是我广义上的家乡。那我也不妨就把这两个地方的山水作一比较吧。当然山水之美是很难定出标准的。"骏马西风冀北，杏花春雨江南"，各有各的美感，根本无须强分甲乙。我的"比较"只能说是我个人的观感。

蓝山九岩

桂林的地理特点是"喀斯特"地形,中国地质学会定名为"岩溶"。桂林风景,最著名的也就是它的奇岩怪洞。悉尼也有岩洞,虽因地形有别,不似桂林的星罗棋布,但若论到像七星岩、芦笛岩那样"超一流"的大岩洞,桂林也只是这两个而已。悉尼的数量可就多得多了,不是一两个,而是共有九个之多,全部集中在悉尼市西面的蓝山(Blue Mountian)。从市区往蓝山,行车约半个小时,登山前要跨过一条纳班河(Nepean River)。纳班河流经山谷,清澈见底,有若桂林的灵剑江。最大的一个岩洞叫珍娜莲岩(Jenolan Caves),用"复数"的"Caves",是因其洞中有洞,走马看花也要一个半小时。我没有具体的资料在手头,只凭感觉而言,"她"即使不比七星岩更大,恐怕也小不了多少。

悉尼的超一流岩洞,不只是以"大"以"多"取胜,并且是各有特点的。珍娜莲的洞中之洞,形如圆屋顶的宫殿,人称为"Temple of Beal"(巴荷神殿)。殿中景观全以神话的物事命名。第三景"天使的翅膀"横空耸峙,色泽有如多彩璀璨的玉雕,给人的印象尤其深刻。丝带洞(Ribbon Cave)中的钟乳石,也是难得一见的奇观。

海上看云

桂林山水,以山为主,著名的独秀峰就在它的市中心、旧日的"王城"内;悉尼的市区却是没有山的。

多年前一位闻我有"封刀"之意的朋友,曾集龚(定盦)诗两句送我:"且莫空山听雨去,江湖侠骨恐无多。"小居悉尼后,我告诉他:"悉尼雨量很少,附近也没空山,只能海上看云。看云的情调也不差于听雨，人到晚年，例应退休，想天上白云也不会笑我懒了。"当时我还未游过蓝山，但即使把蓝山也包括在"大悉尼"的范围之内，悉尼的风景也还是水色更胜山光。

悉尼大桥附近这段海面是最佳的看云去处，这一段海面水流稳定，波平如镜。沿岸景物，有著名的悉尼歌剧院和植物园。悉尼歌剧院像一幅抽象派的画，从远处的水面看过去，像是浮在海中的帆船（也有人说像贝壳）。沿岸一带是悉尼的高级住宅区，有许多颇具特色的建筑。

诗人徐志摩有一个特别的审美观："数大便是美。"在他所举的例子中，其中两个是："泰山顶上的云海，巨万的云峰在晨光里静定着，是美；大海万顷的波浪，戴着各式的白帽，在日光里动荡着，是美。"（见《志摩日记》）我不尽同意他的见解，但在悉尼的海上看云，却不能不承认他说的有几分道理。从桂林到阳朔这段江面，人称"六十里画廊"，可观的景色似乎更多；但在悉尼海上看云，你才真正可以领略到"水色天光，一碧万顷"的美妙。

其实水色山光都是大自然的艺术，只需悠然心会，大可以不必有酒，不必有诗，甚至也不一定要在乎山水之间。

一九九三年五月

敢夸眼福胜前人

春光明媚，又是旅游的季节了。这十年来，尽管钱闲两缺，但因性之所好，也曾抽空、凑钱，游过一些地方。北登万里长城，西至大理苍山，南探桂林、阳朔岩洞之奇，东赏西湖、太湖烟波之胜。计算起来，足迹也曾到过十三个省份。比之徐霞客，虽是大大不如；跑马看花，也远不及他的寻幽探胜。我固然羡慕他，但有些地方，只怕他也要羡慕我。因为在他那个时候，尽管是他游过的地方，有些奇妙的风景，也还不是他所能看到的。

徐霞客非常赞赏云南和广西的风景，在他的游记中，"滇游日记"占了十三篇，"粤西游日记"四篇，其他除了"黔游日记"是二篇之外，都是每个地方，单独一篇。

云南最奇特的风景是石林，有"天下第一奇观"之称。据地质学家研究，这一高原地带，远古原是一片海洋，以后地壳变动，海底变成了陆地，这些风姿绰约的巨石，正是当年海底的岩石，在逐步露出海面时，受海水冲刷而成。后来海枯了，石烂了，就变成了千姿百态、魁伟无俦的"石林"。

五年前，我曾和一个旅行团在石林玩了整整一天，也不过是"跑马看花"地游了风景荟萃的中心地区而已，若要遍游石林，据当地人说，恐怕最少也要三天。

但尽管如此，我们的眼福已是胜过徐霞客当年。此话怎说？从我们今日所具备的旅行条件看来，我认为石林风景，可以分为两部分，一在地下，一在天空。徐霞客当年只能在石林之中寻幽探胜，我们今日则可直上"林梢"，驰目骋怀。比徐霞客所能看到的风景，是更为全面了。

石林深处，有无数曲径、石廊彼此相通，潜瀑暗流，在错综复杂的石罅中缓缓穿流，闻水声而不见水迹。可以看见的"水色"则有剑峰池、爱情海、幸福湖，这些山水奇景构成了地下的迷宫。徐霞客当年看到的就是这一部分奇景，当然眼福也很不浅了。

但石林是千万根石笋构成的，有的高十多丈，有的高二三十丈，峰峰相连，站在上面，几乎伸手就可摸到第二根石笋。但问题就在，你怎么能够攀登石笋之巅？其中最奇的一景，是两峰之间夹着一个巨石，游人经过，真担心它会被风吹落。其实它保持这个姿态已有数万年。古人是做梦也不敢想到上面游玩的。

现在当然也不是每个石峰都可攀登，但在许多地方，已修好了循着奇岩峭壁迂回曲折的道路，并还开山凿石，在险峻的地方，装了扶手。那次和我同游的有电影演员韦伟小姐，还有一位六十二岁的梁老太太，她们体力当然远不及我，但也都上去了。石林面目，因观赏位置而不同，在上面看，一簇簇峥嵘危石，万态千姿；朝东面看，如万千铁骑，披甲待发；朝南面看，如十级火箭，即将冲天；朝西面看，如刀林剑树，锋芒毕露；朝北面看，如雄狮猛虎，巨爪擎云。当时我曾有一首小词道："临异境，林石涌奇峰，万笏朝天惊鬼斧，千岩竞秀诧神工。人在画图中。"而这幅画图，徐霞客当年是没眼福看到的。

足以与石林的奇景比美的是桂林的岩洞。桂林群山，山山有洞，数不胜数。在以前最出名的是栖霞山的七星岩，号称世界最大的岩洞。抗战期间，几万人跑进去躲警报也不觉拥挤。洞中各式各样奇特的钟乳石琳琅满目，构成的景物已被命名的有一百多个。（入门第一个景叫做"乌龟抬头"，这大约是当地人故意如此命名，开游客玩笑的。）

徐霞客曾两游七星岩，作了相当精细的探测。他对七星岩景物之奇，是赞不绝口、叹为观止的。

可惜他不知道，桂林还有一个岩洞，比七星岩还要奇丽得多。

不过这也不能怪他"见闻不广"。不但三百多年之前的他不知道，七年之前土生土长的桂林人也根本没听过这个岩洞的名字。

这是在一九五九年发现的芦笛岩，在桂林市西北郊，距市中心区仅六公里。但知道这个岩洞的只有所在地于家村的少数村民。

用"发现"二字也许很不适当，原来这个岩洞在很早以前，就是村人远祖的避难之所，何时"发现"，已不可考。从石壁的题字考察，最早的是唐德宗时的笔迹，距今已一千多年。从明代开始，这个村的人就相约"保密"，绝不告诉外人。岩洞前后，还故意遍种荆棘，定下规章，世代相守，不许斫伐。平日用石头封闭洞口，到兵荒马乱之时，才将洞口打开，进去避难。直到一九五九年，庆祝建国十周年的时候，当地人觉得无须"保密"了，才向人民政府"献宝"。

芦笛岩比七星岩略小一点，但后洞的一个广场，正面像一座大宫殿，可容纳二三千人。而景物之奇，则胜过七星岩不知多少。

前两年我去游玩的时候，只开放三分之一，其他部分，大约还要经过几年整理，才能全部开放。

但仅仅这三分之一，已足令人目眩神迷了。你只要一踏进去，就像进入了神话世界。全世界的珊瑚、翡翠、琥珀、玉石似乎一下子"堆"到了你的眼前！说是"堆"，这只是霎时的印象，仔细看时，你又要惊诧于神工鬼斧、匠心独运的安排——那是石钟乳构成的各种奇景！我只说其中一景，浅红色的岩壁上，出现一组乳白色的石雕，中间恍惚有仙子一人，坐在汉白玉砌成的宝座上，冰纨雾鬓，长裙曳地，翠带迎风，秋水盈盈，含情如有所待！这神态，丹青妙笔，恐怕也画不出来！

徐霞客倘若地下有知，知道在他当年足迹踏遍的桂林，竟有这样一座阆苑仙宫，失之交臂，恐怕他也要死不瞑目吧。

桂林郊外，还有一个"西林公园"，是清末曾任山西巡抚岑春暄的别墅，风景极佳。这也是在徐霞客之后才有的。抗战时是广西大学所在，现在则是广西农学院院址，修建得更美了。限于篇幅，不加详述了。

最后要说一说的是，今日的旅行，比徐霞客当年省钱省时，那更是天渊之别。我游云南，从广州坐飞机三个半钟头到昆明。旅程包括昆明、石林、大理等地，半月时间，仅仅用去一千三百元（港币）。游桂林七天，下午五时从广州坐火车，中途从衡阳转车，第二日中午便到。全部用费五百多元已很宽裕。徐霞客当年，从广西到云南（包括在贵州的游览），却走了一年零五个月呢。

一九六六年三月

谈天气　怀大理

"今天天气……""怎么样？"唉，实在"哈"不出来，连日来，乍暖还寒，阴晴无定，好几位朋友都已患了感冒了。

朋友看了我几篇谈旅游的文字，和我天南地北地谈起各地气候，问我最喜欢哪个地方。

香港天气不能算坏，但距离理想还远。最理想的是冬温夏凉，不太寒，不太热，但又有四季之分，而这个地方又要是山明水秀的风景绝佳之地。

那么"杏花春雨江南"的西湖所在地杭州如何？"若把西湖比西子，淡妆浓抹总相宜。"西湖的风景世界驰名，那是没说的了。江南的春天，不知多少诗人曾加以吟咏。"若到江南赶上春，千万和春住。"我曾在不同的季节三到杭州，杭州的春天也的确是醉人如酒的春天。但我却嫌杭州的夏天，西湖在阳光之下蒸发，"暑气"未免浓了一些。

"桂林山水甲天下"，桂林如何？尽管杜甫曾有"五岭皆炎热，宜人独桂林"的诗句，但以我曾在桂林住过三年的经验，我并不喜欢桂林的天气。山都是石山，奇丽是奇丽了，但夏天晚上，散发的热气可是相当令人难受，冬天也冷了一些。当然这只是我的感觉，它怎么冷也总是地属南国，冷不到哪儿去的。我这是与其他气候理想的地方比较而言。

昆明四季如春，气候之好，天下知名。在昆明你真正可以领略到"沾衣欲湿杏花雨，吹面不寒杨柳风"的妙处。我们那年在昆明游玩，从没用过雨伞，披过雨褛，有时也碰上毛毛雨，转眼就过。"欲湿"的衣裳，转眼也就干了。

但昆明的天气虽好，我却还是更喜欢大理。

大理的气候，平均来说，要比昆明稍为冷一点，我们那年是春游大理，清晨午夜感到少许"春寒料峭"的滋味。但正由于它较昆明稍冷，人也似乎觉得更清爽，不必走到郊外，你都可以在空气中嗅到泥土的气息，甚至花草的芳香。

夏天我虽然没在大理住过，但我曾读过描写大理气候的竹枝词，夏天那一首是这样写的："五月滇南烟景别，清凉国里无烦热。双鹤桥边人卖雪。冰碗啜，调梅点蜜和琼屑。"气候之好，可想而知。大理有"苍山雪"，我相信这竹枝词所写的。我问过在大理住过多年的人，他们也证实这是真的。大理是亚热带上的高原，气候与昆明同一类型，冬天不会太冷，那是无须亲身体验的了。

大理的春天，那才真叫美呢！不要说人，连蝴蝶也特别喜欢大理。大理有个蝴蝶泉，岸边有棵树，似榆树而非榆树，我问当地人，他们也说不出究竟是什么树。每年阴历四月初开花，花状如蝶。花开之后，就有许多蝴蝶飞来了，尤其在四月十六那天，千千万万蝴蝶齐集，在树上结成一串一串，下垂直到水面。这是大理一个奇景。可惜我们那年来早了一个多月，蝴蝶是看见了，却没碰上这样结串下垂的奇景。

大理的"风花雪月"，知者谈者均多，不必我来说了。我只想说说我对中国三个著名风景区的观感，西湖似"淡妆浓抹总相宜"的华贵少妇，昆明似"荆钗裙布惹人怜"的蓬门碧玉，而大理则是"粗头乱服亦倾城"的天真未凿的山野姑娘，她的美纯出自然，没半点儿造作。

一九六六年四月

何必江南赶上春

"暮春三月，江南草长，杂花生树，群莺乱飞。"每到暮春时节，人们总会动起游兴，想到江南赶上春天。"若到江南赶上春，千万和春住。"说的就是这样的心情。

是的，江南春好，湖山胜景，足堪游目骋怀。但对于这里大多数的人来说，要到江南春游一次，恐怕还不是一件很容易的事情，不说金钱，只是到西湖打一个转，作三日小游，加上来回的时间，至少便是一个星期了。

画家黄宾虹说过这样的话，中华大地，山水清奇，何处无之？大意如此，原文我记不得了。前几天我在报上读到美国女作家路易斯·斯特朗的文章——《八十岁南下，迎接广东的春天》，她最欣赏广东的春天，特地从北京南下，到从化来春游的。

不错，江南春好，岭南的春天何尝不美？对这里的人们来说，到广东各地，作一次短途旅行，还有时间和经济上的便利。

每一年的复活节假期，我都与家人来一次这样的短途旅行。以我的经验，最少有三个地方值得介绍，适合于这里大多数人的旅游条件，可以在三四天之内来回，二百元港币左右便可以玩个痛快。一是从化温泉，二是肇庆的星湖、鼎湖，三是南海的西樵山，都是从此地动身，当天便可到达的。

这三个地方，各有特色，从化以温泉出名，住得最舒服。最好是能够住在竹庄的别墅式房间，每个房间都有浴池，将温泉之水引来，而窗外就是修竹摇曳，花影扶疏，在你所住的地方，便已是图画之中了。这是一个最适宜休养的地方，怪不得斯特朗每一年都要到从化泡泡温泉。

星湖、鼎湖风景集中，要赏玩风景的话，这条路线可能给你更多的满足。星湖的七星岩，论岩洞之大，那当然是远远不及桂林的七星岩，但它也有一个特色是桂林七星岩所无的，那便是有山有水。游肇庆的七星岩是坐船去游的，大约要半个钟头的时间。洞内钟乳下垂，奇形怪状，不一而足，状物拟名，有所谓骆驼、猴子、马头饮水、观音坐莲，等等。而最奇妙的则是近洞口的一个大石，卷席拍打，砰砰作响，酷似鼓声。这和云南石林中的一块石头，敲之便作钟磬声，有相似的奇妙。

西樵山则最适宜于精力充沛的年轻小伙子，它有七十二峰、三十六洞，而以西部白云洞一带风景较为集中，你若不怕爬山的疲累，那便可以领略到"无限风光在险峰"的佳趣。

一九六六年四月

雁山红豆之忆

　　"红豆生南国，春来发几枝？愿君多采撷，此物最相思。"红豆相思，每到春来，我则不禁相思红豆了。

　　南国的红豆，最出名的大约是桂林雁山之麓、西林公园中的那一株了。西林公园是一座真山真水的公园，山水都是原来所有，不像别的公园是以假山和人工湖来布置的。园中有一座相思山，山脚就是那株著名的相思树。高约三丈，大可合围，枝叶茂密。据说是每三年才开花结实一次。令湄兄在他的"西窗小品"里曾谈过这株红豆树，但他却没有见过开花。我则是见过一次的，花如乳白，大似茉莉，远远望去，就如一树堆银。有人把莲花比君子，若是容许我也作一个比喻的话，我要把红豆树的花比作高士，雅淡清幽，不带一丝俗气。但红豆子则恰恰和花的颜色相反，是赭红色光泽如宝玉的。花和实都是赏玩的佳品，在别种树上，恐怕是很少见的。

　　西林公园，原名"雁山别墅"，第一位主人是清代曾做过贵州提督的唐子实，此人罢官之后，鱼肉乡里，但却附庸风雅，别墅中许多建筑的命名，是从《红楼梦》所写的大观园中照搬过来的，如稻香村、潇湘馆，等等。及至清末，他的后人家道已经衰落，岑春暄正以护驾有功，大红大紫（八国联军之乱，西太后与光绪皇帝逃往西安，岑春暄率兵"勤王"，自此得西太后重用），回乡建筑别墅，强迫唐家后人卖给他。岑春暄是西林县人，其后西林公园的名称就是这样来的。

　　抗战时期，西林公园是广西大学校址。那时我在桂林读中学，但因为有好几位朋友在西大读书，所以我也常常去玩。有一年暑假，我还曾在雁山租过一间房子，消磨了两个月的假期。山下是一片大草坪，战时那里开有几间茶馆，月明之夜，几位少年侪侣，就在草坪上品茗清谈，吃桂林特产的"无渣马蹄"（即荸荠），看草上流萤，天边明月，意气风发，议论纵横，少年情事，至今未能忘怀。

西林公园除了红豆之外，桂花之多之美，也是值得赞赏的。每到秋天桂花盛开的时候，整座园林都似浸在桂花的芬馨之中，沁人肺腑。除了桂花之外，园中还有在梅花围拥中的"梅调亭"和湖边遍栽桃李的"碧云湖"等名胜名花。尤其是碧云湖，花时落英缤纷，一片片铺满湖边小径，湖中泛舟或湖滨散步，都是绝佳去处。

雁山离桂林不过六十华里，许多游桂林的人都把它忽略了，这实在是可惜的事。但我前几年的桂林之行，却也因来去匆匆，没有到雁山再赏红豆，这则是更为遗憾了。

一九六六年五月

小国寡民之乐

《论语》里记载有一个孔子叫几个得意门生各言己志的故事。

子路说："一千辆兵车的国家，处在几个大国的包围当中，既要防备外敌侵犯，国内又有连年灾荒。这样一个国家，假如让我去治理的话，只要三年光景，便可以让人人有勇气，而且懂得和列强抗争的办法。"（大意）

孔子微微一笑，问另外一个门生道："冉求，你怎么样？"

冉求说："一个纵横六七十里，或者五六十里的小国，让我去治理，等到三年光景，可以使人人丰衣足食。至于修明礼乐，那只有等待贤人君子来了。"

跟着问公西赤，他的志愿是当"傧相"。（与本文所要说的无关，不引述了。）最后问到曾点，那时曾点正在弹瑟，一听孔子问他："点，尔何如？"他把手中的瑟放下，站起来道："我的志愿跟他们三位不同。我只想在暮春三月，春天的衣服做好了，我就穿着轻暖的春装，陪同五六位成年人，六七个小孩子，在沂水里洗洗澡，在舞雩台上吹吹风，一路唱歌，一路走着回来。"孔子听了赞叹说："我与点也！"意即："我的想法和曾点一样。"

子路和冉求是想从政，曾点则是"逍遥派"。我无意评论他们的志愿，只谈我的感想。

子路和冉求的志愿都说明了一个事实，治理人口少的小国家容易做出成绩，所以他们都有把握在三年光景便可见效，让人人可以丰衣足食。但假如是一个人口论亿计的大国，要想在三年内"大收成效"，恐怕就很难了。

曾点的志愿虽说和他们不同，但也必须丰衣足食，才能做"逍遥派"。只要政治上轨道，人口少的小国人民，也总要比人口多的大国人民，可以享受到更多的幸福。

去年欧游，令我印象最深刻的是"小国寡民之乐"。

从瑞士往奥国的途中，有一个小国叫做列支敦士登（Liechten-stein），全国只有三万人口，警察七名，警犬一条，没有军队。我们曾在它的首都瓦杜兹（Vaduz）食午饭。所谓首都，不过几条街道，恐怕还没有香港湾仔区这么大，但每户人家、每间商店，门前都有花圃，踏进他们的首都，就好像置身在花园中一样。碰见的每一个人，几乎都是面上带着愉快的笑容。

这个国家主要的收入，一是做游客的生意，一是发邮票。每天平均只要做一千几百过境游客的生意，收入已可观了。他们的邮票也是很有名的，据说他们珍藏有一批名画，以名画作图案的邮票是很值价的。另外，他们的牙科医疗器械在欧洲也颇著名，按人口比例来说，这方面的产量是居欧洲第一位的。一个只有三万人口的国家，有这几项收入，当然是不难做到丰衣足食了。

或者你会说到列支敦士登只是一个十分特殊的例子，那么我再说瑞士。瑞士的面积大约是四万平方公里，人口不到一千万。但这个小国的人民，生活水平之高，却是远在英、法、意等"大国"之上的。有人说出生在瑞士，就等于"上天"注定你要享福一生。瑞士的银行业、钟表制造业和旅游事业的发达冠于欧洲，人民长期生活在和平安定的环境中，根本无须为衣食担忧，人民的享受甚至已经超过丰衣足食的程度了。我们在卢赛恩（Lucerne）住两晚，在日内瓦住一晚，没见过一个衣衫褴褛的人。接触到的每一个人也都是彬彬有礼，显得甚有教养。（衣食足才能修明礼乐，再求那个进一步的要求也是有物质基础的。从瑞士可以得到例证。）卢赛恩是欧洲的度假胜地，风景比日内瓦更美。

瑞士的例子或许也还是有点特殊（它是永久中立国），又如比利时、荷兰等小国，平均来说，人民的生活也都是比大国的人民幸福得多的。小国寡民之乐，的确不是人口众多的国家容易做得到的。

　　欧游所见，我不能不佩服马寅初的先见之明，远在五十年代，他已经指出，中国必须提倡节育了。当时中国还只有六亿人口，如果听他的话办事，国民经济的复兴将会迅速得多。"那个权威理论家"却对北大学生公开骂他"马克思姓马，马尔萨斯姓马，你们的校长也姓马，只不知是姓哪一家的马？我看还是马尔萨斯的马吧？"（大意）结果罢了他的北大校长职，他的提倡节育更被打成"反动理论"，中国的人口也从六亿多增加到现在的十亿了。"一言兴邦，一言丧邦"，此其所谓欤？虽然中国还未到"丧邦"的程度，但增加了四亿人口，这给国家增添的困难，亦已是"够瞧"的了！

一九八〇年二月

在朴茨茅斯食海鲜

　　长长的海滩，比香港的浅水湾长得多，海滩上，一张张帆布椅排成长龙，躺在椅上晒太阳的多是上了年纪的人，年轻人则在海滩嬉戏，但下水的却寥寥可数。因为在八月的朴茨茅斯，天气已是有如香港的初冬了。

　　"今天天气哈哈哈"，但在朴茨茅斯，这可不能算是一句无聊的套语。它在英国，本来就以气候宜人见称，每到冬天，往往有许多人前来避寒，而在七、八、九这三个月，尤其是一年中气候最好的季节。那些躺在帆布椅上晒太阳的老太太，对我们这些陌生脸孔的东方游客，也会满面笑容，对我们说声"Sunny day"。（直译是有阳光的日子，在英国有阳光的日子即是好日子了。）这令我想起"阳光与海滩，个个都有份"的"香港歌词"，而对我这个来自香港的人来说，对这种像是初冬的天气，也是觉得不冷不热，恰到好处的。

　　不知是否天气和水土的关系，朴茨茅斯到处都是玫瑰花，家家户户门前都种有玫瑰花，开得又多又大，红艳照人。但听说若是移植别处，却是开不出那么大朵的玫瑰花的。在朴茨茅斯住了三个星期，赏花就是我们日常的节目之一。

　　但最吸引我们的还是它的海鲜，又好吃，又便宜。记得有一次我们在南湾（地名"South Sea"本应译为"南海"，但恐生误会，故意译为"南湾"）港口的鱼市场买海鲜，四只海碗般的大蟹，外加两条"挞沙"鱼，总共不过一个半英镑（约合港币十八元），已足够九个人大快朵颐了。九个人中，有六个还是年轻力壮的小伙子呢。当地盛产的龙虾，也便宜得很，一磅重的龙虾，售价约两英镑；一只两磅重的大龙虾，约合港币五十元还不到。

海鲜便宜，当然因为它是海港的关系。就全世界范围来说，朴茨茅斯也是一个非常著名的海港，从一四九五年开始建成第一个船坞算起，至今已有将近五百年的历史了。其后，它更变成英国最著名的军港，两次世界大战，英国的海军总部就是设在朴茨茅斯的。它的南湾海旁大道，不知有多少公里，步行大约要两小时。南湾尽头，有一堡垒，有古炮陈列。据说鸦片战争的时候，英国的战舰就是从这里开出去的，陈列的古炮就是当年的大炮。在南湾，有纪念英国历史上若干个对外重大战役阵亡将士的纪念碑，鸦片战争也包括在内。不过，这也是属于"俱往矣"的"历史"了。随着大英帝国的没落，中英之间的新友谊也早已在新的基础上建立起来了。就我在朴茨茅斯住的这段时间来说，我倒是觉得它的"人情味"比英国别的地方更浓。

不过还有值得一谈的历史，在朴茨茅斯，有一艘全世界船龄最长的军舰——"胜利"号（Hms Victory），它是英国人引以为荣的名舰，是大不列颠帝国黄金时代海上霸权的标志。旅游册子是这样介绍这艘名舰的：The best-known and best-loved ship in Britain is Hms Victory. She is also the longest-serving ship in the world. 意译为"'胜利'号军舰是在英国知名度最高和最得人爱的一条船，也是在全世界服役年龄最长的船"。英国人对它的感情之深，于兹可见。它在一七六五年建成下水，在十八世纪后期英法之战中，曾经充当英国海军名将纳尔逊（Nelson）的旗舰。当时拿破仑称雄欧陆，已威胁到英国的生存。一八〇五年，纳尔逊驾"胜利"号军舰从朴茨茅斯出发，在西班牙海岸附近的特拉法加（Trafalgar）海面，打败了法国和西班牙的联合舰队，这才挽回国运，令得大英帝国能够继续保持海上的霸权。但纳尔逊却也在那次战役中牺牲了。

"胜利"号现在还是属于英国海军总部编制的舰只，不过，它早已不作战舰使用了，目前它是供给游客观光的"名舰"，是到朴城旅游的主要节目之一。在停泊这艘"名舰"的附近岸上，还建有纳尔逊展览馆。

说来有趣，这艘名舰不过三千五百吨，有"土炮"一百零四门，当时船上官兵共八百五十人。但不要忘记，当时是一八〇五年，距今一百七十五年，在当时这已经是第一流的战舰了。

更有趣的是展览馆中的陈列品，最多的是纳尔逊情妇汉密尔顿夫人（Lady Hamilton）的情书、画像和遗物，但正牌纳尔逊夫人的照片却一张都找不到。有同游的太太说，英国人是怎样搞的，竟然让妍头压倒了元配！我倒觉得这是英国人实事求是的作风，对纳尔逊一生影响最大的女人，毕竟是汉密尔顿夫人而不是他的元配。记得四十年代有一部电影（港译《战魂鹃血》），就是写他们恋爱故事的。汉密尔顿夫人的丈夫是当时英国驻意大利的公使，她和纳尔逊有私情在先，和丈夫离婚在后，她和纳尔逊生有一个女儿，但终其一生，只是"外室"地位。

一九八〇年九月

签证·食宿·交通

一位朋友今年暑期往英国探亲，顺便带了她在英国读书的儿子去巴黎游玩几天。想不到在回程的时候，发生了一件令她进退为难的事情。

问题就在签证上。

一般参加旅行团前往英国的签证，大都是批注"Good for two journeys to the United Kingdom"的，亦即可以准许进入英国两次。不知是否因她单独申请，而她又没有事先要求准许两次，签证的批注只是"Good for single journey"，那就是只能进入英国一次了。她从巴黎回来，到了多佛（Dover，入境的港口），过关的时候，方始发现这个错失。结果英国的入境事务处不许她回家，她只好重回巴黎。

她订的机票是香港到伦敦的来回廉价机票，必须在英国的机场起飞，日期也是限定的。怎么办呢？

好在她有一个持有英国护照，不须另外签证便可往来英法之间的儿子，儿子先回英国，替她办理更改机票日期和重新申请的手续，问题方始解决。

但撇开改换机票的损失不谈（退票重订，只能七折收回。这已经算是好的了，有一种廉价机票，是根本不能更改日期的），在办理重新申请入境手续的这段时间，她单独留在巴黎等候，可是急得有如热锅上的蚂蚁了。证件何时可以批出，不知。她带的现金有限，一切都失了预算，即使巴黎是天堂，她也没心情玩了。

我这次到英法两国旅游，在签证问题上，也碰上一点小小麻烦。

由于估计错误，我的太太以家庭主妇身份申请签证，原来估计两个星期左右可以批出，结果是超过了三个星期方始批出。我们夫妇的机票早就订了，证件批出时，还有六天就要起程了，我们恐怕来不及等候法国的签证，只好先飞伦敦，在伦敦再行申请前往法国的签证。事先我们也曾经问过法国的领事馆，在伦敦是可以办这个手续的。

哪知到了伦敦去法国使馆办签证手续时，那位法国小姐却说，她们只能办理伦敦居民的签证；香港来客的签证，恕不代办。后来我们找了一间旅行社，旅行社的人替我们再去打听，原来还是可以办的。不过要把证件寄回香港签，收费十五英镑，时间可能要等待三个星期。结果是办妥了，但在等候这段时间，我们也捏了一把冷汗。据旅行社的人说，在伦敦办旅游法国的签证，规例似乎比以前严了，想往法国旅游，最好还是在原居留地先办妥为宜。

旅游的费用，飞机票是比以前便宜了，可所占的比例有限，最大的支出是食宿两项。

食的问题，我倒觉得比较容易解决，这是丰俭随人的。在巴黎游玩的时候，我们常常只是买个"热狗"就解决了午餐问题。一个热狗所费不过六法郎（约合港币七元），但这个热狗若在餐馆（一般餐馆）坐下来吃，就要九法郎了。原来在外国，人工最贵，你要人替你服务，那就最少要准备多花百分之五十的价钱。我曾经有过一次在酒店喝一杯可乐，要花港币约十四元的经验，但若在超级市场买一瓶可乐，却只需约合港币三元五角就行了。

若知门路，法国餐其实也并不贵，我们在法国巴黎铁塔附近一间中级餐厅吃散餐，有鱼，有牛扒，有甜品，水平相当不错，五个人合计三百八十法郎，约合港币四百五十元。若是一个人吃中级水平的全餐，则只需三十五法郎，已是包括小费和税项在内了。

每个地方也有特别便宜的东西。如在朴茨茅斯就是一例，我们曾经只花十个便士（港币一元二角）就在市场买到一个相当大的鱼头，由太太下厨烹饪，做砂锅鱼头，滋味还真的不错呢。水果在法国和意大利都很便宜，并不比香港贵。

住是比食更花钱的，尤其在伦敦，稍为像样的旅馆，双人房就要四十多镑（港币五百元左右），但若有识途老马指引，也可以找到比较便宜的旅馆。在伦敦维多利亚车站附近，有一种BB公寓（Bed and Breakfast），意思即只提供一张床和一顿早餐，双人房只需十一镑。房间里其实也不只一张床，还有洗脸盆和一张桌子。

在法国，我们住的是一间位于大学区的家庭式旅馆，五个人合住一间套房，相当大，每晚一百一十五法郎（连税），每人分摊不过二十三法郎，那是比伦敦更便宜了。不过，若是住在热闹的市中心区，当然是要贵许多了。

最后说到交通，你若出入"的士"代步，这笔费用是相当惊人的。所以必须利用当地的地下铁道，乘地铁，在法国是最方便的，十张一套的车票，十七法郎，每张不过合港币二元多点。只要你不出地面，一张票就可以到巴黎的任何地方，转车是不用另外买票的。车站入口有地图，不懂法文也走得通。（你要去的地方，那几个法文字母你总会认得出的，和地图一对照，相信是绝不会弄错的。）

在英国旅游，还有一种最省钱的办法，是买可以在一个月内到处通用的火车票，价钱我忘记了，总之十分"相宜"就是。听说在欧陆旅游，也有可以在一个月或三个月内通用的火车票。我确实知道的是，从伦敦往巴黎，限三天来回的水陆联运的票价（包括英法两国的火车和过海船），每人也不过二十三镑而已。

一九八〇年九月

"买嘢"和"睇嘢"

往外地旅游的人，大概可分为两派："买嘢派"和"睇嘢派"。

当然这样的"二分法"，并不是说"买嘢"的就不"睇嘢"，"睇嘢"的就不"买嘢"，而是以哪一方面为主的意思。有的人是宁愿逛百货商场而放弃游览名胜风景的。

假如是单独旅游的话，当然可以随自己的意思，自由支配"买嘢"和"睇嘢"的时间；但假如是参加旅行团的话，这两者就经常会发生"矛盾"了。

去年我曾参加一个旅行团到欧洲旅行，就曾发生过这样一件"趣事"。

到巴黎的第二天，我们在游了埃菲尔铁塔、圣母院、凯旋门、协和广场、香榭丽舍大道之后，跟着的节目是参观卢浮宫，时间大概已经是下午三时了。

卢浮宫是法国的艺术宝库，其中名画之多，在世界范围来说，也是有数的。对卢浮宫我是向往已久的了，心里在想：还有三个小时时间（旅程安排，下午六时要回到旅馆），虽然恐怕仍是难免有跑马看花之感，也总可以一饱眼福了。哪知心念未已，领队（Tourist Guide，随团照料团友和安排旅程的旅行社人员，虽然兼任导游，但又不是纯粹的导游。到了某一个国家的某一个特别地方，如罗马的斗兽场、梵蒂冈、伦敦珍藏皇室珠宝的伦敦城堡等地，另外还要请当地的专业导游，因此我只能姑名为领队）已在宣布："请你们掌握好时间，给你们半小时，就要回到车上。过时不候！"

包括我在内的"睇嘢派"当然大加抗议："什么？参观卢浮宫只有半小时，怎么够？"

　　"先生，我们的安排是照顾大多数人的，游了卢浮宫还有别的节目呢。"时间是早已限定的，领队拒绝"睇嘢派"的抗议，铁价不二。

　　我们这一团，女士比先生多，太太们多数是"买嘢派"，但并未经过举手表决，究竟哪一派多，还是未知数。但领队坚决站在"买嘢派"这一边，再"嘈"下去，"睇嘢派"只有更加"蚀底"，只好乖乖从命了。

　　哪知情况之"糟"更有甚于我们的估计，卢浮宫除了星期天不用买票外，其他日子必须买票才能进去。也不知是否那天的游客特别多，一看乖乖不得了，买票处的长龙直排到外面的走廊。

　　好不容易，大概轮了二十分钟，我们这班"睇嘢派"才买到了票。事前有"好心人"指点，卢浮宫最出名的一幅画是《蒙娜丽莎的微笑》，这幅名画挂在三楼，他怕我们找不到，再加指点："你看最多人挤在哪一幅画下面，一定就是《蒙娜丽莎的微笑》了。"

　　于是我们以火箭式速度冲上三楼，挤在人丛中伸长颈看一看《蒙娜丽莎的微笑》，马上就要离开，回到车上，刚好是半小时。《蒙娜丽莎的微笑》究竟如何"神秘"，美在什么地方，谁也说不清，只好买一份复印品，回去再仔细欣赏了。

　　下集续演，旅游车开到一间香水店门前，领队宣布："这间香水店是巴黎最出名的香水店，你们可以在这里两个半小时，从容选择你们喜爱的香水！"

　　我们早已知道所谓别的"节目"就是"买嘢"，但想不到的是在领队心目中，香水店的"价值"竟然等于卢浮宫的五倍！

　　同样的情形也发生在意大利的佛罗伦萨，佛罗伦萨是中世纪文艺复兴的胜地，同时又以产皮革著名。我们从威尼斯往罗马那天经过佛罗伦萨，在那里进午餐，别的什么也不参观，只参观了一间皮革厂，用了两小时。三天后我们从罗马往日内瓦，又经过佛罗伦萨，这次在那里住了一晚，有半天游览时间，结果又用了两个小时"参观"皮革厂，而且和上次"参观"的是同一间皮革厂。所谓"参观"当然又只是"买嘢"而已。我和几位"睇嘢派"朋友抽时间去参观该市的天主教堂，教堂有米开朗基罗（Michelangelo）画的壁画，但要从侧边螺旋形的楼梯到教堂顶层才看得清楚天花板上的壁画，爬楼梯爬到气喘如牛，匆匆一瞥，又得赶上车了。

或许我是"睇嘢派"吧，我总觉得旅游应该以"睇嘢"为主。折中的办法是，每天留一些时间给"买嘢派"，如规定参观节目在下午五时以前结束，剩下来的时间，"买嘢派"可以请导游陪他们去买嘢，以不侵占"睇嘢"的时间为原则，这样就不至于发生冲突了。

一九八〇年二月

长屋风情

去年十一月，亚洲象棋大赛在马来西亚的名城古晋举行，我应邀前往参观。这次古晋观棋，除了过足棋瘾之外，还有一个意外的收获——见识了充满神秘感的"长屋风情"。

节目是由亚洲棋赛筹委会安排的，棋赛结束的第二天，筹委会招待棋手们旅游成邦江，主要目的就是参观达雅人居住的长屋。结果不仅止于参观而已，我们被安排作为一间长屋的客人。主人用本民族的传统仪式招待我们，歌舞通宵。我随队前往，也分享了他们的友谊。

未到长屋之前，我对达雅族的确是有着神秘感的。神秘感从何而来，因为我知道达雅族是沙捞越州一个著名的猎头族！（其实我的"所知"连一知半解都谈不上。）

猎头族，可不可怕？奇风异俗还在其次，只"猎头族"这三个字就充满神秘感了！

但这个"猎头族"却是善良的民族、好客的民族，我见到的达雅人都是和蔼可亲的人。

你或许不信。"猎头"和"善良"怎能连在一起？但我亲身的体验确是如此。

原来达雅人之所以猎头，并非由于他们生来嗜杀，而是因为他们过去迷信的风俗。他们迷信人头具有魔力，相信人头会带来好收成，会带给他们力量和兴旺。未婚少女择偶的标准之一（甚至是最重要的标准），就是看男子猎得人头的多寡，猎得越多，越受她们崇拜。因此，青年人习惯于把人头猎取回来装饰他们的屋子，不仅是为了装饰，也是为了向姑娘们证明他已经是一个堂堂的男子汉。

这个陋习现在早已消灭了，经过当地政府的教育和法律制裁，在第二次世界大战之后，猎头的事情就未听说发生过。

不过那天的长屋之游，还是充满刺激的。你且听我道来。

那天早上十时，我们从古晋乘旅游车出发，下午二时到达成邦江。成邦江棋会招待午餐，会长许兴蒲先生向我们介绍了达雅人的风俗习惯，并郑重说明几个必须注意的禁忌（下面再谈）之后，我们继续旅程，晚上七时三十分左右到达长屋。

天色已经入黑，有点小雨。忽听得锣鼓喧天，杂着几下乒乒乓乓的枪声，把我们吓了一跳。原来是达雅族的主人迎接我们来了，这几下枪声，是欢迎贵宾的仪式。

他们打着大光灯来给我们照路，先是一个欢迎仪式，男女排列两旁，穿的都是节日服装。男的戴着银制的装饰品和链子，女的穿着织有图案的衣服，戴着叫做"拉歪"的铜圈或用藤线串起来的银环，有的还戴了珠颈链。气氛十分热闹。

踏入长屋之前，各棋队的领队和古晋、成邦江棋会的负责人与他们的族长先来一个互相祝福的仪式，席地而坐，喃喃有词，颇为有趣。可惜我一句都听不懂。

仪式过后，我们方始受到邀请，一个个依次进入长屋。

简单说一说什么是长屋吧。长屋是一座搭在柱子上的木头建筑物，由斫着梯级的木头梯走上去。这种木头梯是可以拉起的，只能容一人上落。一间长屋有几个进口。长屋名为一间屋，其实是一排住屋。一间长屋，往往有几十户人家（我们参观的那间长屋有三十多户）。

长屋分为三部分，第一部分是公共的长廊，叫做"鲁爱"，等于是各家的客厅连接起来的大客厅（面积几乎占了长屋的一半）。那晚的舞会就在"鲁爱"举行。第二部分是排列两旁的各家房间，叫做"比勒"。第三部分是晒台，叫做"单珠"。长屋里还有一间小商店，有日用品和一些小饰物出卖，饰物主要是卖给游客的。

一进入长屋，立即就有人向你敬酒，而且一路走过，一路有人敬酒。这种特制米酒叫"都亚"，味甜而烈，呈乳浊状。

在成邦江时，我们已经听到几种关于达雅人的禁忌，不喝主人的敬酒，就是禁忌之一。但不会喝酒的人怎么办？这倒是可以通融的，只需略一沾唇，就算是表达敬意了。

另一种是"敬烟"，他们的烟筒是各式各样奇形怪状的竹管，叫"瑟鲁卜"，据说烟叶辛辣之极（我未试过），但"敬烟"比"敬酒"更通融，大概他们也知外人吸不惯，绝不勉强。但礼貌上他们有时会向你"敬烟"，你只需做个特定的手势，就算是还了礼。但那烟管你切不可弄坏，因为据说这种烟管是可以作为祭神用品的。

达雅人的食物多用竹筒来装，一擘即开。还有各种不知名的糕点，我尝了一小半竹筒饭，滋味也还不错。那晚长廊上摆了几十堆食物，每一堆食物的两旁，主客相对而坐，主人殷勤劝客，但我不懂他们的语言，只能用手势交谈了。

最大的禁忌是女性请你跳舞，不管老幼妍媸，她来请你，你就非跳不可，否则便是大不敬！据说以往有人拒绝跳舞，项上人头就给猎了去。现在当然没有这种事情了，不过为了表示对主人的敬重，当然还是以奉陪为宜。那晚我也只是稍为跳跳，就和新加坡的棋友一面下棋一面观舞了。主人也是很会体谅客人的，上了年纪或体型肥胖的客人，他们只在开始时邀请你，以后就随你高兴了。

集体跳舞之前，先有一个仪式，由他们的族人来跳战舞"开路"。战舞倒是甚有奇趣，服饰是一块胸背皮甲，上面点缀着贝壳或犀鸟羽毛，中间开洞从头上套下去。舞者手持轻型木盾，两侧尖形；另一只手拿一把有护符的弯刀或标枪，一面跳一面大声吆喝。

好，现在说到最刺激的事了。初进长屋之时我没留意，后来有位棋友拉我到屋子当中，叫我向梁上一看，哗，原来是七八个经过药水制炼的人头，挂在梁上！我没胆子欣赏，赶快走开。原来猎人头的陋俗虽已革除，但过去所猎取的人头，有些还是保留在长屋之中的！

　　但猎头的陋俗毕竟已成过去，今天的达雅人正在逐渐向文明社会同化。和我跳过舞的两个达雅族少女，她们就是任职于古晋最高级的那间"假日酒店"的呢。

一九七九年二月

还乡小记

一

我是在离家四十二年之后，才第一次回乡的。途经梧州游白云山时曾口占一诗道：

> 四十二年归故里，白云犹是汉时秋。历劫沧桑人事改，江山无恙我旧游。

"白云犹是汉时秋"是前人诗句，胡汉民题广州白云山五层楼时亦曾用以入联。我回乡的第二天（一九八七年二月十六日），《南宁晚报》的两位记者崔注厚和陈设清晨来访（他们是前一天得知消息，乘特快夜车到桂林，深夜再换乘小汽车到蒙山采访的。其"拼搏"精神可和香港记者比美），问及我回乡的心情，我就把这首诗抄录给他们。

其实我回乡的心情，万缕千丝，不知从何说起，这首诗只能勉强作个概括而已。记得四十年前，我在广州读大学时，曾写了一首调寄《一尊红》的词寄给饶宗颐教授（他是在抗战期间避难蒙山，与我成为师生的），词道：

> 梦深幽，渡关山千里，寻觅旧时游。树老荒塘，苔深苇曲，曾记心事悠悠。只而今飞鸿渐杳，算华年又过几清秋？珠海潮生，云山翠拥，尽悉凝眸。　　回首殊乡作侣，几同

消残漏，共读西楼。班固书成，相如赋就，闲招吟鹭盟鸥。
问长卿归来何日，向龙山醉与白云浮。正是菊芳兰秀，天涯
何苦淹留？

时隔四十二年，如今看来，这首词亦可作为我的"自咏"，只不过
已不仅是"华年"过了几个"清秋"，而是"少小离家老大回"了。

二

我的故乡广西蒙山县，旧称永安州，虽然是个山区小县，在历史上
却颇有名。一八五一年一月，洪秀全金田起义，同年九月二十五日攻克
永安州城，为太平军起义以来攻克的第一座城，定国号、改正朔、封诸
王等政治措施，都是在蒙山进行的（详见简又文《太平天国全史》第六
章"驰驱八桂"的第一节"克永安州"）。

简又文也是抗战期间避难蒙山的学者之一，当时我刚从桂林高中毕
业，以战乱所阻，不能升学，归家自修，与他相遇，拜他为师。他的第
一部有关太平天国史的著作《太平军广西首义史》就是在我家完成的。

一来由于我是蒙山人，二来也由于师承关系，我对太平天国史是
颇有兴趣的。太平天国在蒙山的遗址甚多，可惜此次回乡只住了三天，
不能一一游览。我祖居所在的文墟乡就是太平天国战史上一个有名的地
方，清将乌兰泰率军"反攻"蒙山时就是屯兵于此的。饶宗颐避难蒙山
时曾有《文墟早起》一诗道：

支颐万念集萧晨，独立危桥数过人。一水将愁供浩荡，群
山历劫自嶙峋。平时亲友谁相问，故国归期倘及春。生理懒从
詹尹卜，荒村只是走踆踆。

如今那座旧的文墟桥已改建新桥，不过墟口的那棵可为太平天国战史作见证的老榕树还在。

蒙山当局现正计划将太平天国的遗址开辟为旅游区。去年是太平军起义一百三十五周年纪念，太平天国史的研讨会在蒙山召开，除了国内的学者外，还有海外的学者参加。学者中有一位就是蒙山人——广西师范大学历史系教授、广西历史学会副会长钟文典。他在国内史学界，属于比较年轻的一代。不过所谓"年轻"，是和老一辈的名教授相对而言的，他今年亦已六十出头了。他的有关太平天国史的论文集，已在北京出版，获得颇高评价。我离开蒙山的前夕，恰巧他也从桂林回来，后来我到桂林，又得他陪伴同游，彼此有共同兴趣，谈今论古，令我获益良多。蒙山虽然在太平天国史占一个重要地位，但过去却从未有过专攻太平天国的学者，现在这个缺憾是弥补了。

三

"阔别"四十二年，蒙山的面貌当然大大不同了。我离家时，除县城外，乡镇都还未有电灯，如今电力已是输送农村，普通农家都有电灯了。公路的修筑也很不错，以前我到外婆家要翻过一座山，走七十多里山路，清晨动身，入黑才到。现在，行车时间只不过半小时。当然，若和发达国家的城市相比，那还是差得很远的，例如县城的电灯，也只能开到晚上十一时，自来水的供应也不足。"从纵的方面说，进步很大；从横的方面说，差距也很大。"这是我对蒙山建设的观感，我曾在蒙山县政府的座谈会上坦白说出来。

蒙山的建设，给我印象最深刻的，一是蒙山县立中学，一是蒙山制药厂。

先说蒙中，我在蒙中读书时，只有初级中学，学生百多人；现在则是兼有高级中学的"完全中学"了。学生更是增加十倍有多，有一千多了。图书馆的规模亦甚可观，有图书十多万册。听负责人介绍说，蒙中的办学成绩在全国也是有数的，中央电视台曾有一辑纪录片介绍。

蒙山制药厂更是从无到有，而且颇具特色。它的产品中有若干种的主要成分是从野生植物"绞股蓝"中提炼的成药，对高胆固醇和老年慢性气管炎有显著疗效；还有一种是对肝癌、肺癌、食道癌等癌症有一定疗效的，据厂长李广荣君说明，目前在临床试验阶段中，已有了颇多疗效良好的病例，但要等待专家的验证之后，方能"正式推出"。

四

这次回乡，恰值蒙山文笔塔重建竣工。文笔塔始建于清乾隆二十七年（一七六二），供奉"奎星"，故又名文奎楼。屹立于城郊鳌山之巅，踞山傍水，为蒙山第一名胜。光绪贡生温恩溥有题诗云："鳌峰文笔倚云悬，景占蒙州第一传。百尺奎楼金碧露，余辉掩映夕阳天。"

应邑人之请，我为蒙山文笔塔题一联一诗，均用嵌字体。联云：

> 文光映日，到最高处开扩心胸，看乡邦又翻新页；
> 笔势凌云，是真才人自有眼界，望来者更胜前贤。

"是真才人自有眼界"是用陈兆庆题黄鹤楼一联（此联评介见拙著《名联观止》）的成句，不过命意却不相同。我是因为旧日文笔塔的楹联多是从"奎星"（俗称"魁星"，古代天文学中二十八宿之一，亦称"奎宿"，在中国神话中是主管文章盛衰的神）着笔，不离功名利禄思想，故反其意而用之，意即有功名利禄思想者即非"真才人"也。

诗云：

> 蒙豁虑消天地广，山环水绕见雄奇。文人骚客登临处，笔

健诗豪立志时。

首句反用杜诗"忧来豁蒙蔽"之意，人之所以有忧虑，从内在因素说，多是由于事理未能通达，因"愚蒙"而起的"障"；从外在因素说，亦可能是受"蒙蔽"所起。不论内在因素或外在因素，"蒙豁"自能"虑消"也。

文笔塔的命名由主管文事的"奎宿"而来，故"蒙豁"云云，亦含有提倡文教，使得民智大开，而令愚蒙顿豁之意。

诗联都是即兴之作，不敢云工，聊志还乡的一段文字因缘而已。

一九八七年四月

己辑

棋人棋事

围棋

中国围棋的传统风格

围棋创始于中国，但自清代中叶以后，逐渐衰落，反不及日本盛行了。这一现象在解放之后，才开始有所转变。以现在的发展速度来看，相信在不久将来，可以追得上日本的水平。

近代的日本围棋，在布局方面有很大贡献。而中国围棋却有个优良的传统，那就是"阻杀力"特强。有人认为，假如日本今日的九段，如坂田、藤泽等人，和我国清初的高手范西屏、施襄夏等人对局，在布局方面，他们可能占优；但中局扭杀，则一定是范、施占胜，结果胜负如何，恐怕还是难以断定。

看中国的围棋古谱也比看近代日本的棋谱过瘾，因为中国自古以来，围棋名手的传统作风都是不大拘泥于胜负，在对局时总是竭尽心智，着着迫紧，步步争先，"初盘"（等于中国象棋术语"开局"）就展开激烈战斗，直至终局。双方"搏杀"之烈，在日本高手对局中是比较少见的。

我国清初几个大国手，如黄龙士、徐星友，范西屏、施襄夏等人，在紧要的对杀关头，可以算到四十着以后。但由于双方都过于凶猛，不愿避重就轻，舍难求易，所以在双方拼命争持之下，大国手有时也不免大败。据我个人的意见，对杀时算路的精确，清初高手强于日本现代高手，但转换战术的奥妙，则是日本的现代高手高明。

日本围棋是从中国传过去的，尤其是在唐代，日本派遣许多留学生、"学问僧"来华，从各方面学习中国文化，围棋也是其中之一。

日本围棋虽是以中国为师，但到了德川幕府时期（一六〇三——一八六七），棋风的发展已与中国不同。日本棋手认为，下棋的最高要求便是取胜，只要能胜，不论什么下法都好。日本的几个棋圣，如秀策、秀荣，都可以代表这个精神。他们下棋时稳扎稳打，每一子都尽可能下"本手"（围棋术语，相当于中国象棋的"官着"），不无故挑起危险和复杂的战斗。所以往往胜负之数甚微，一般都在二三子左右。这个战略观念可说是"先为不可胜，以待敌之可胜"，讲究谨慎、细微。日本现代围棋理论家岛村俊宏九段有句名言道："棋者，忍之道也。"充分说明了这种棋风。

日本现任"本因坊"坂田也是继承了他们本国传统的，每一局棋都着意求胜，以至于缺乏创造性的新着，为他们本国的棋评家诟病。有一次他持黑棋胜了吴清源，但吴之大胆创立新着，却不能不令他衷心佩服，就是一个例子。

中国的国手陈祖德也是继承了传统的。他战胜日本岩田九段那一局，在棋盘左边二角和边上下了三个黑棋，一看就是继承我国"扭杀"的传统。

中日围棋风格各有特点。弈虽小道，但从这里也可以看出文化交流和相互促进的好处呢。

一九六六年六月

围棋争说聂旋风

雕虫技，千古亦才难。

新拜龙江为上将，敢邀东国角中原，

勇斗本因坊。

《读卖新闻》标题

"危矣围棋日本，中国急追！"这是《读卖新闻》报道今年中日围棋赛结果的标题。

何以会有这样标题，请看战绩：

今年中日棋赛一共举行七场，一、二两场在北京，中国均以四胜三负一和的成绩获得小胜。其他五场分别在上海、南京、广州、桂林、无锡举行，上海一战，中国以五比二胜，另一局成和。另外四场则是中国输了。

场数是四比三，日本胜一场。盘数则一共比赛了五十六盘，也是日本多胜七盘。

但值得注意的是：一、除了首都北京之外，中国各地的围棋水平以上海最高，北京、上海这三战都是中国胜了。其他各场比赛，虽然也有今年前十名的国手参加，但却是和地方棋手混合出战的，实力较逊。二、个人成绩是中国的聂卫平最好，成绩是四胜一负。日方除了代表团团长名誉"本因坊"高川秀格九段与他一胜一负比对成和之外，其他三位高手窪内秀知九段、石博郁郎八段、户泽昭宣七段都败在他的手下。

聂卫平崭露头角

聂卫平是今年初登围棋冠军宝座的黑龙江新棋手，"老冠军"陈祖德就是给他打下马的。《读卖新闻》称他为"聂旋风"，意思是指他像旋风一样横扫棋坛，日本高段棋手也在旋风之下失色了。

过去中日棋赛中的个别对局，中国棋手虽然也有胜过日本九段的纪录，但个人冠军则从未得过，以每一场的比赛成绩来说，也未胜过一场。如今是七场中胜了三场，个人成绩也是中国最好，显见过去的形势是有所扭转了。

不过话说回来，《读卖新闻》的标题是表示了他们对中国围棋进步的重视，我们却不能因为今年取得较好的成绩，就认为已经和日本的水平业已接近了。

赶日本仍须努力

因为这次友谊赛还不能作为两国围棋实力的检阅。中国固然是各地棋手水平参差不齐，日本也没有尽挑一流高手上阵，他们近况最佳的几位棋手都没有参加。

假如他们的人选是上届"名人"石田秀芳、今届"名人"大竹英雄，加上善取外势的武宫正树、老将坂田荣男，和林海峰、大竹齐名的工藤纪夫等人，成绩一定好得多，个人成绩最佳的恐怕也不会是聂卫平了。

个人的看法是，中日的围棋水平还是有相当一段距离。但千里之行，始于足下，以今年获得较好的成绩作为起点，十年之内，当可有望赶上日本。

解放前中国围棋的水平和日本的距离是很大的，一般意见认为中国最高棋手也不能超过日本五段（吴清源在日本习技，不能将他的水平当做中国棋手水平），故此日本棋院送给段祺瑞只是"名誉五段"，解放后送给陈毅的则是"名誉七段"。

今昔对比，从这个意义上看来，今年的成绩则应该说是飞跃的进步了。

王国维论词："雕虫技，千古亦才难！"我于中国过去的围棋亦有同感。然何以过去人才寥落，而今则人才辈出耶？棋虽"小道"，是亦值得深思矣！

菲特级大师访华

附带一提，无独有偶，菲律宾国际象棋代表团十月下旬来华访问，赛事上月结束，个人成绩亦是以中国的戚惊萱（他是今年冠军）最佳。他与特级大师各胜一局，胜象棋大师四局。国际象棋的特级大师（Grand Master）东南亚只有一人，就是这次与他比对成和的菲律宾棋手。

一九七五年十月

聂旋风摇撼本因坊

四月樱花照眼明，千年友谊结楸枰。[1]

大地苍茫为相手，高飞终越少微星。[2]

三个纪录

今年的中国围棋访日代表团，创造了三个纪录：

一、自有中日围棋友谊赛以来，中国队第一次以二十七胜二十四负五和的比数，在总分上超过日本。

二、个人成绩，中国男女选手亦都破了过去与日本比赛的纪录。男子聂卫平六胜一负，女子孔祥明七战七胜。

三、聂卫平是第一位战胜日本现任"本因坊"的中国本土培养出来的"土生土长"的棋手。

欲到蓬莱亦不难

"蓬莱宫阙路漫漫，弱水回风欲到难。"日本的围棋虽然传自中

---

[1] 唐代日本数遣"学问僧"来华，围棋即所学科目之一，迄今约一千三百年矣。

[2] 少微星为象征士大夫的星座，喻位尊有才之士，可比作拥有"本因坊""名人"一类荣衔的棋手。

国，但青出于蓝，冰寒于水，自十七世纪开始，围棋在日本的发展已是胜于中国，解放前中国棋手的最高水平，大概只能相当于日本的四段、五段，要达到日本的最高水平，无殊可望而不可即的海上神山，蓬莱宫阙！水弱难负巨舟，况有逆风急浪？未有适合培养人才的土壤，追不上日本的围棋水平，那也是无可奈何之事。

但也正是囿于成见，许多人（包括我自己在内）都觉得中国的围棋要想追上日本，那是难之又难的事。去年中日棋赛，聂卫平胜窪内秀知九段，战和日本名誉"本因坊"高川秀格，中国队也取得比起过去较好的成绩。我做了最乐观的估计，也只敢期以十年，并断言聂卫平若是和日本近况最佳的顶尖高手较量，恐怕还是会败多胜少。如今事实证明，我已是大跌眼镜，难辞"陈郎堪笑妄谈兵"之诮了。

迎战聂卫平的日本高手

聂卫平去年一鸣惊人，日本棋界赐以"聂旋风"雅号，因此这次挑选出来迎战聂卫平的高手当真可说得是钢铁阵容。请看名单：五个九段：藤泽秀行、加田克司、桥本昌二、岩田达明、石田秀芳；一个八段：濑川良雄；一位业余高手：村上文祥。其中尤以藤泽和石田是当今日本顶尖的高手。

藤泽秀行是"名人赛"创办人（一九六二年，由他倡议《读卖新闻》举办），曾获第一届和第九届（一九七〇年）"名人"之位，而且是现任的"天元"（"天元"是日本棋院颁给"大手合"冠军的荣衔，今年新设）。"大手合"是日本棋院作为级别升降标准的大比赛，其近况之佳，可想而知。

这次唯一战胜聂卫平的日本棋手桥本昌二是一九七四年的"十段"（一种棋赛冠军的衔头，并非棋院所定的级别，地位不及"名人"和"本因坊"），当然亦非庸手，但还不能算是顶尖的高手。聂卫平能胜石田、藤泽而输给他，也可说是小小的意外了。

"人间电脑"石田秀芳

但最厉害的强敌还是有"人间电脑"之称的日本现任"本因坊"石田秀芳。

他是当今日本数一数二的高手，把林海峰从"双冠棋王"打成"白衣棋士"的就是他。（林海峰一度兼得"本因坊"和"名人"，故称"双冠棋王"。后来这两大荣衔，都给石田夺去。）

"本因坊"和"名人"是地位相等的两大棋赛冠军，去年石田的"名人"衔头虽然给大竹英雄夺去（四比三险胜），但在"本因坊"卫冕战中则是他获胜利。（获挑战权的是坂田荣男，大竹在循环赛中被淘汰。）大竹是否能够将石田取而代之，还要多看两年。目前石田秀芳还是大多数人承认的第一高手。

日本棋界对石田的期望极高，这期望是超乎"本因坊"和"名人"的！他们希望石田不以获得这两大荣衔为满足，希望他能继承被誉为"五百年来第一人"的围棋圣手吴清源！

日本近代棋手的缺点之一是把胜负看得太重，因此大都急功近利，墨守成规。但石田的棋风却比较接近吴清源，潇洒飘逸，常有"创意"，且"气魄"甚大。而计算形势的准确，更是比吴清源有过之而无不及。

两大高手的决战

日本棋院以"天元"藤泽把头关，"本因坊"石田压阵，对聂卫平的重视亦可想见了。

四月十九日，双方第一高手的最后一战在东京的日本棋院展开。

序盘阶段，聂卫平在第十三手就弈出新手，他以加厚外势的战略不理挂角之子，逼使石田的一条边被夹成三明治形。下至第四十一手，上方已有构成"大模样"的形势。《读卖新闻》围棋记者赞为"从所未见左上新型"。

中盘阶段，石田侵入上方敌阵求活，同时扩大自己右边的"模样"。聂卫平不理入侵敌骑，脱先压封敌方右翼，然后一个回马枪围剿入侵之敌。此时双方妙着迭出，尤以聂卫平的第四十三手，不假思索，下得恰到好处，被日本棋人赞为"真骨顶"。（真骨顶者真功夫也。）

石田的棋风本来是最擅长把盘面的"散兵游勇"串成一串串明珠的，此时发挥所长，在敌方阵内三处做活，但聂卫平始终保持大腹空，把对方的三块活棋都压缩在较小的范围之内。

聂一路抢先，骏马追风，饥鹰洒血，马不及旋，敌不及拒，胜势已成。石田使出"空投"等绝招，亦已难以挽回败局了。官子阶段，聂也下得很细致。结果是聂卫平持黑子，照日本棋院规定，贴还五目之后，实胜七目。一流高手对局，能胜七目已经是很不容易了。

这局棋聂卫平始终领先，对弈时许多日本精锐棋士来棋院观战。终局覆盘，群相惊叹："唉，这岂不是'本因坊'毫无还手之力吗？"

良朋仍可作良师

聂卫平今年二十三岁，过去曾获中国少年围棋冠军，父亲是围棋裁判。他在中国最北的黑龙江一处农场工作，极少与名手对局经验，能够得到的棋书也不多，但一有棋书到手，他就几乎可以完全吸收，并且触类旁通，自创新招。

日本专业棋士都是在棋院受过严格训练出身的，和聂卫平的条件完全不同。因此有人觉得聂卫平的棋艺造诣难以理解。《读卖新闻》说，他是以大地为"相手"（日语"相手"为对象、对手之意），加上"天赋的棋才"，可说得是赞扬备至了。

　　但话说回来，这次中国虽然获胜，但主要是因为聂卫平和孔祥明胜的盘数太多，拉高了比分，平均水平还是不及日本的。"不馁不骄求上进，良朋仍可作良师。"我们可千万不能因一时的胜利而骄傲自满！

一九七六年六月

赵治勋双冠在望

赵治勋是继林海峰之后的又一位"超级围棋明星"，对日本棋坛（只指围棋）来说，可以套用一句宣传术语："一九八一年是赵治勋的！"

此话怎讲？日本围棋的三大名衔，除了"棋圣"之外，赵治勋已经夺得"本因坊"的王冠，而且在"名人赛"中，他的"卫冕战"亦已成功在望。

"名人"和"本因坊"这两项棋赛，都是以七局来定胜负的。在"本因坊"的争夺战中，他是"挑战者"，向前任"本因坊"武宫正树挑战。（挑战者也是需要经过群雄角逐的阶段才能取得的。）他先胜三局，四、五局武宫扳回，第六局又是赵胜。结果是四比二，赵治勋把"本因坊"的王冠从武宫手中夺了过来。

在"名人赛"中，他是现任"名人"，挑战者则是加藤正夫。截至作者执笔时，赵治勋已经连胜三局，如无意外，当可卫冕成功。

赵治勋是韩国人，他和林海峰一样，都是以"外国人"的身份，自小在日本学棋。林海峰是第一个在日本获得这两项名衔的外籍棋手，无独有偶，看来赵治勋将是第二个了。

"名人赛"是六十年代中期创办的，"棋圣赛"更后，一九七六年方始举办。在此之前，日本的棋坛以"本因坊"地位最尊。日本是把围棋当作"国技"的，倘若是在战前的话，根本不可能想象"本因坊"会落在"外人"之手。战后的日本，毕竟是开放得多了。

说一个有关吴清源的故事。一九三三年二月，二十二岁的吴清源已是打遍日本无对手，日本棋界最后只能请当时的"本因坊"秀哉出来和他决战，"本因坊"有个特权，可以随时"叫停"，那局棋因秀哉不断叫停，拖延了四个多月，停战期间，秀哉的门人弟子都来帮老师拆棋，结果是吴清源输了一子。有人问吴："其实你还是可以赢的，为何输了？"吴微笑答道："还是输的好！"论者认为这是吴清源的聪明处。倘若他胜了这局棋，恐怕就很难在日本立足了。

一九八一年十月

三字真言：寻常心

我在《赵治勋双冠在望》一文中曾说，如无意外，他当可卫冕成功。"名人赛"是七局决胜负的，当时他已以三比〇领先。现在棋赛已经结束，不出所料，他不但卫冕成功，而且是以压倒性的大比数（四比〇）击败对手加藤正夫。在"名人赛"之前，他已经从武宫正树手中夺得"本因坊"的宝座。他是韩国人，以一个"外国人"的身份，而能在日本获得这两大名衔，他是继林海峰之后的第二人。

说起林海峰，有个小故事很有意思，值得一谈。一九六四年，他取得了"本因坊"挑战者的身份，向当时的"本因坊"坂田挑战。那年他只有二十二岁，是个出道未久的新进棋手。

坂田的地位可就高得太多了，他是本因坊的"九连霸"（九届冠军），日本围棋界因他棋风锐利，称他为"剃须刀坂田"。当时还未曾创办"名人赛"和棋圣赛，"本因坊"就是日本围棋的最高名衔。坂田可说是日本围棋的"至尊"。他曾对当时日本"将棋"的本因坊说："你还有可以和你一争胜负的对手，我却一个都找不到。"言下大有"无敌才是最寂寞"的凄凉意味。

以一个二十二岁的年轻棋手，能够打败围棋"至尊"吗？莫说别人不敢对他寄予厚望，他自己也不敢存此奢想，只盼能够不交白卷，已是心满意足，于是向师父吴清源求教。吴清源只给他说了三个字：寻常心。寻常心者即是要他把一切当做寻常，心中不存得失之念，对方是"至尊"也好，是"卒子"也好，我都如平时一般下棋，这才下得出最高水平。他领了师门心法，果然就击败了"剃须刀坂田"，初登本因坊宝座。

　　"寻常心"颇含禅味，佛家语云："住心于一境，冥思妙理，是谓'禅'定。"寻常心可说就是要求达到这个境界。胡荣华若能保有寻常心，当不致在全国象棋赛中惨败。

一九八一年十二月

迷上围棋的名人

围棋古称"木野狐",因为棋盘木制,意即它像狐狸精一样迷人。历史上著名的围棋迷可也真不少。

第一个见之正史的名人棋迷是曹操,陈寿的《三国志》曾记述他和当时的名棋手王九真对局。"建安七子"之一的王粲也是大棋迷,他看人下棋,可以把棋局搞乱,再摆出来,一子不差。这就是我们现在所说的"覆局"。但现在的覆局是有记录的,王粲只凭记忆覆局,记忆力可谓惊人!

晋朝的士大夫尚清谈,尤嗜围棋,以王导、谢安为首的"王谢世家"就是极力提倡围棋的。淝水之战时,谢安是东晋的柄国大臣,捷报传来,他还在和客人下棋,不动声色。姑不论他是否"作状",他对围棋之迷的程度,是不在曹操之下的。

宋太宗赵匡义也是一名围棋迷,曾与名棋手贾元下棋,贾不敢赢皇帝但又不想输,结果就把全局都下成"各活"(在棋盘上的一块地方中,两方互缠,谁都杀不死谁,称为各活或双活),其技之神,令人难以想象。此事见于宋人笔记《春渚纪闻》。围棋在宋朝有重大发展,北宋初文人徐铉所作的《围棋义例》,其中术语如"尖""飞""扑""顶"等,和我们现在所用的围棋术语,完全一样。

还有一位元首级的围棋迷是段祺瑞(民国十三年曾担任北方政府的临时执政),日本棋院赠他"名誉五段"。一九二六年他病逝上海,江东才子杨云史挽以联云:

佛法得心通，知并世英雄，成败一般皆画饼；

人间谁国手，数满盘胜负，江山无限看残棋。

名将陈毅也是围棋迷，日本棋院赠他"名誉七段"。名词曲家赵朴初曾赋《清平乐》一词志贺："乾坤黑白，尽扫寻常格。奇正相生神莫测，一着风云变色。　今朝隔海同欢，别张一帜登坛。两国千秋佳话，元戎七段荣衔。"写棋亦写人也。

一九八一年七月

挑战中日棋圣

曹大元是继陈祖德、聂卫平之后，又一颗在中国围棋坛上出现的新星。在去年十月到今年三月，他参加了三次重要的比赛，这"三战"虽然不是全胜，但不论胜负，都足以震撼棋坛。

第一战是迎战日本棋圣藤泽。去年十月，藤泽来中国旅游，由于他的时间有限，中国棋会只能安排两个年轻棋手与他对局，用意是让新人得到学习的机会。第一个是北京的刘小光。刘是好几届名列全国棋赛前茅的人物，名气本来比曹大元更大，但他与棋圣拼杀，算度不及棋圣之准确，不过下了一百三十二手就输了。围棋若下到残局，通常要下二百多手，因此这一局可说是藤泽赢得非常漂亮的"中盘胜"。

曹大元接着在上海迎战藤泽，围棋人士听说他在北京只花一百多手就赢了刘小光，都为曹大元担心。但曹大元却不怯场，一路与棋圣争持甚烈。棋圣可能有点轻敌，下了一着"欺着"，欺着是有破绽的着法，欺负人家看不出来，自己就可轻易取胜。但不料曹大元看了出来，马上抓着他的破绽，反夺先手。事后藤泽微笑说他是明知对方有个厉害的"手筋"（相当于"点穴"的着法），"但总觉得对方不至于有这样锐利的棋力吧"。他的轻敌也是有原因的，去年四月，曹大元在日本曾被他的弟子依田三段击败，他怎也想不到曹的棋力进步得这样快。他的微笑既是对错误估计的自嘲，也是对曹大元的赞许。结果这局棋下了一百九十九手，棋圣终于败在曹的手下。不过这一对局是曹大元拿黑子不贴目的"授先"棋，并非平等对弈。但虽然如此，他能力挫棋圣，总是十分难得的事。

曹大元在力挫日本棋圣藤泽之后，跟着的第二仗就是在"新体育杯赛"中挑战有"棋坛怪杰"之称的老冠军聂卫平了。

　　"新体育杯赛"和日本的"名人赛"性质相似，首先要在群雄逐鹿中夺得挑战权，然后才能向上届冠军挑战。群雄包括哪些人呢？按照大会规定，有过去两年全国围棋赛前六名、过去两届"本赛"（即新体育杯赛）前六名，还有由大会邀请的各省名手等。这张名单可说是囊括了全国围棋的精英。因此在围棋界的心目中，"新体育杯"的得主，他的地位是比全国冠军更高的。附带说明一点，每年"新体育杯赛"都是在全国棋赛过后才举行的，所谓"过去两年"，其实即上年度和今年度的意思。今年全国围棋冠军也是聂卫平，但因他已经是上届"新体育杯赛"冠军，所以就无须参加争夺挑战杯的邀请赛了。

　　去年十月，第三届"新体育杯赛"在杭州举行，曹大元刚刚打败藤泽，就赶去参加，挟战胜日本"棋圣"的余威，击败群雄，得到"挑战者"身份，和聂卫平作五局三胜的比赛。但毕竟姜是老的辣，第一、二两局，聂中盘胜，第三局最为接近，结果曹也输了四目半。聂连胜三局，卫冕成功。不过，曹大元是虽败犹荣，须知聂卫平是曾在一九七六年胜过藤泽的，曹与藤泽的对局是"授先"，与聂则是平手比赛，败是合理的。聂对他善于推陈出新的布局和扭杀的能力亦甚表赞许，在赛后的"对话"曾说："今年以来我和你们这些青年新手下棋都是格外小心的。有人说你长得善眼福相，可是我知道你只要一下起棋来，可就不善啰！"第二局搏斗最烈，聂自认曾为曹的一着棋费了很大心思，其后他采取"你打你的，我打我的"战术，方能摆脱困扰，克敌制胜。

　　曹大元的第三仗是今年三月在日本举行的"世界业余围棋选手锦标赛"中夺得冠军。

一九八二年七月

让子遇险冷汗流

　　说到心理因素对名棋手的影响，我还可以举出一个非常有趣的实例。去年十月，日本《棋道》杂志举办了一个别开生面的比赛，比赛双方都是得过"本因坊"荣衔的棋手，一个是有"人间电脑"之称的石田芳夫，一个是有"方块棋王"之称的武宫正树。石田是一九七六年的本因坊，他在那年的中日围棋友谊赛中曾被中国围棋怪杰聂卫平打败，其后就走下坡了；武宫则是上一届的本因坊，在这个棋赛之前不久，刚刚被赵治勋打下马来的。

　　主办者《棋道》杂志是日本棋院发行的，可说是日本最具权威的围棋刊物。担任解说的人也是来头不小，他就是第一个以外国人身份在日本获得"本因坊"和"名人"两大荣衔的林海峰。

　　别开生面之处在于，石田"授"武宫三子，围棋中授子的意思等于象棋的让子，即石田让武宫先下三子。围棋让三子大约等于象棋让单马。因此这个比赛若是打个比喻的话，等于是叫杨官璘让胡荣华单马。杨当然是让不起胡单马的，同样，石田当然也让不起武宫三子。但何以要举办这样的棋赛呢？原因是两人棋艺的特点，石田号称"人间电脑"，精于细算，破坏力强；武宫最长于围中腹，重视气势，围了一大片腹地，形状往往像个方块，因此号称"方块棋王"。这个让子赛是要让双方得以尽展所长。

　　但这就涉及一个心理因素了，武宫被让三子自是必胜无疑，但应该赢多少呢，林海峰认为最少赢三十目。这等于是杨官璘让胡荣华单马，胡荣华就必须在中局获胜一样，否则若被杨缠到残局，胜亦失威。

因此武宫获胜不难，难就难在是否能胜三十目，这就形成了他的心理威胁了。何况他刚刚失掉本因坊宝座，锐气难免稍受挫折。

　　石田与武宫之战，围棋界称为是"最强授子棋"，担任解说的林海峰也认为这是一个精彩绝伦的名局。武宫有先下子之利，战幕一启，就施展他最得意的"大模样作战"，把石田的白子逼进角隅。石田也使出看家本领，在微细处穿破对方封锁，到了中局，竟被他制造出连续的劫争。一个劫争往往有关全局胜负，何况是连续劫争？

　　在最紧张的时候，白棋已经侵入中腹，武宫倘若稍为疏失，不但赢不了三十目，整盘棋都会输掉。这可不是闹着玩的，以刚退任的本因坊身份，被人让三子还要输棋，是有可能被日本棋院取消段位的危险的。好在他当机立断，以弃子的手法，牺牲局部利益，保持大局优势，解消石田的劫争，这才渡过难关。

　　比赛时武宫全神贯注，还不觉得怎样，赛后他检讨全局，说到中腹之战的惊险处，真是应了一句俗话："过后方始知惊"，冷汗不禁涔涔而下了。

　　这一局的结果是，武宫胜二十九目。和三十目虽然尚差一目，但所差极微，也总算交代得过去了。

　　说起心理因素的影响，象棋史上也有个很出名的例子。三十年代末期，七省棋王周德裕和董文渊在香港进行十局金牌赛。论名气周德裕远在当时的董文渊之上，论棋力他也绝不在董文渊之下（董在事后写的文章也承认艺不如周），但结果却是董胜六和一，不必赛完十局已获金牌了。周何以如此不济，据名棋手黎子健说，董在第一局开赛时就在掌心写了"誓杀周德裕"五字，气得周乱了章法，首局一输，就连输了。后来周与董作私人博彩则是周胜。（原定十局，周胜二和一后，第四局因棋例争执，不欢而散。）从中也可见到周在金牌赛中之输是心理因素大于棋力因素了。得失心重，往往是致败之源，说到这里，我不能不佩服吴清源。

一九八二年三月

新老沉浮各不同

——围棋世界三事

曾炳辉劫杀沈君山

读友看了题目，请莫吃惊，本文的"劫杀"只是围棋的一个术语。围棋在互相可以"提吃"一子的情况下，甲方提子后，按照棋例，乙方不可以马上吃回，必须再下一着方能重新提子。为了争吃此子，就要向对方的要害攻击，令对方不能不应。这种情况称为"打劫"，用打劫手段吃了对方一片，称为"劫杀"。有时"劫"的胜负是有关全局的，所以往往争持甚烈。

沈君山是知名度很高的留美学人，喜爱围棋，而且下得很好，有"美国名誉本因坊"的名衔，台湾的围棋杂志称他为"名流中的高手"。上届奥运会开会期间，他曾向中国代表团团长挑战围棋，成为报纸的"花边新闻"。从那段新闻看来，他是颇有点"狂士"气味的。

曾炳辉则是去年才在香港棋坛崭露头角的围棋新星，在第三届世界业余围棋大赛香港区选拔赛中荣获冠军，台湾的围棋杂志称他为"香港强人"。去年八月，沈君山来港，到香港围棋社访问，与曾炳辉相遇，于是展开了"名流对强人"之战。对局记录在台湾的《围棋天地》（去年十一月号）和香港围棋社最近出版的专刊上都有刊载，可说是去年引起港台两地棋坛注目的一局棋。

这局棋也的确下得很精彩，沈君山以攻杀见长，下得很有气魄；曾炳辉则以棋风稳健、思路缜密见长。沈在中局时因疏于防御，右边地盘被曾打入，争劫失败，被吃了一大片。但他换得两先手之利，仍然对曾的腹地着着进逼，曾的一片棋与基地失去联络，也有被歼之势，但他的算度的确精密，看来似是无法做活，最后却仍然成"劫"。沈的"劫材"不够，又被劫杀了，曾遂以中局胜。

围棋近年在香港已日益流行，去年还有一事足记的是出现了一个小神童陈可名，年纪不过八岁，曾有过战胜资深老棋手陆大元一局的纪录。

一九八二年二月

林海峰功亏一篑

"东山再起倍艰难！"想不到这句话在林海峰身上又应验了。今年他获得了棋圣赛挑战者的身份，向藤泽挑战，按规定比赛七局，前五局林海峰三胜二负，只要再胜一回，便大功告成。谁都以为棋圣荣衔已是他的囊中之物，谁知功亏一篑，最后两局竟然全都输了，而且输得甚为冤枉！

第六局他持白子，白子是后下的一方，本来是较为吃亏的，他却开局便占优势，一路领先，在这样形势下，只要下稳健的"官子"，便可底定大局。不料他看差一步，被藤泽在腹地成"劫"。一子错，满盘落索，必胜之局竟然输了。第七局，林海峰持黑子，有先行之利，但不知是否受了前一局应胜反败的心理影响，似乎有点患得患失，在紧要关头，又走了一个软着，被藤泽反胜，终于又输了。"蓬莱宫阙路漫漫，弱水回风欲到难"，不能不令人为之扼腕长叹！至此，藤泽卫冕成功，成为了棋圣赛的六连霸。

林海峰和藤泽，说起来倒是有一段颇不寻常的渊源，论辈分，藤泽和林海峰的师父吴清源同辈，可以说是林的师叔。林海峰在关西棋院学艺时，每周把对局寄给在东京的吴清源批阅，情形类似"函授"，师徒之间的对局不多。给林海峰下"指导棋"下得最多的是藤泽,据说两人曾对弈三百局以上,林海峰因此而打下棋艺的坚实基础。藤泽一生嗜酒,有一时期颇为潦倒,他最潦倒之时正是林海峰光芒最盛的时候,身兼"名人"及本因坊(当时还没有棋圣赛)。有一次在名人赛中,林海峰输给藤泽,有人说那次是林有意让藤泽"翻身",以报他的三百局指导之恩。因此这次棋圣赛也有人猜测,说不定藤泽也会给林海峰一个翻身的机会。其实上场无父子,那两次棋赛胜负的里因,恐怕都是别人揣测之辞。棋圣一年的收入不少于六千万日元,藤泽怎肯轻易放弃。

一九八一年十二月

海峡两边的新星

今年三月,世界业余围棋选手锦标赛(第四届)在日本举行,参加的国家及地区共三十二个,中国选手曹大元获得冠军。香港也有代表参加,他是在港大毕业的、曾多次获得香港围棋冠军的林国彰,在这个锦标赛中获得第十三名的名次。三十二名中的第十三名,成绩也算得是中上的了。

其余棋手的水平和专家棋士的水平是有颇大距离的,业余六、七段往往不是专业二、三段的对手。日本下围棋的人很多,能够入段的业余棋手也很多。但一般而言,日本围棋水平之高,是高在棋院出身的专家棋士,业余棋手的水平则似乎不见怎样突出。因此赛前一般人都看好曹大元,而曹大元也果然以大热门的姿态胜出了。

曹大元在日期间,还有一段"小插曲"。日本棋院本来打算安排一次"新秀赛",由他和台湾青年围棋手王立诚对弈,可惜出于种种原因,终于流产。但虽然流产,却十分引人注目。因为一个是大陆围棋新星,一个是台湾围棋新星,海峡两边的围棋新星碰头,这份"戏码"的精彩，相信是绝对不逊于世界业余围棋冠军争夺战的。

王立诚是目前围棋界公认为林海峰的"接棒人"，他一九七一年赴日，拜在加纳嘉德九段门下，并即入日本棋院为院生，那年他十三岁，今年则是二十四岁了。一九七六年，他在棋院晋段赛的"大手合"中，曾创下三十三连胜纪录，从三段晋升四段，震惊日本棋坛。现在已是六段。林海峰也对他赞扬备至，认为他目前虽然只是六段，但已有九段实力。曹、王比赛流产，台北报纸颇有议论，认为是应该让他们比赛的。桥牌和网球的国际性比赛，海峡两边的选手都可以参加，棋手因何不能对弈？假如比赛能够举行，我个人的看法，还是王立诚胜面较大。但不论谁胜谁负，都是中国人的光荣。

一九八二年七月

围棋世界两新星

八月份一开始就是富士通杯世界职业围棋锦标赛决赛的日子，决赛两方是中国的常昊和韩国的李昌镐，他们都是围棋世界里光彩夺目的新星。

名师出高徒

常昊的师父是聂卫平，相信大家都是耳熟能详了。他曾经如旋风般横扫日本棋坛，当时（一九七六年）我有纪事诗云："大地苍茫为相手，高飞终越少微星。""相手"在日语中为对象、对手之意。由于聂卫平是在黑龙江一个农场长大的，有人觉得他有这样高的棋艺难以理解，故《读卖新闻》说他是以大地为"相手"，认为他是"天赋的棋才"。至于"少微星"则是象征士大夫的星座，喻位尊有才之士，可比作拥有"名人"、本因坊一类荣衔的棋手，聂卫平曾打败日本的现任本因坊石田和前任名人藤泽。

谁也没有想到围棋天地的少微星转动得那样迅速，不过十多年光景，就从日本的天空，掠过中国的天空，只稍作停留，就转到韩国的天空去了。聂卫平超越了日本的"少微星"，但第一次碰到韩国的棋手就栽了筋斗。那是一九八九年的事情，他在第一届的应氏杯决赛中，输给了韩国的曹薰铉。自此聂卫平步入低谷，在国内的战事也连连失利，马晓春逐一摘下他的"桂冠"（各种头衔），最后将他变成了"无冠王"。棋坛从"聂马时代"转变为"一马当先"。

马晓春也曾得过两次世界冠军（一九九五年），但仍然抵挡不住韩国的顶尖高手。聂卫平输给曹薰铉，马晓春则是输给曹薰铉的弟子。曹的弟子正是李昌镐。

李昌镐生于一九七五年，十六岁就获得了第一个世界冠军。（国际棋赛的种类有应氏杯、富士通杯、东洋证券杯、三星杯等等。国际棋赛的冠军都可称世界冠军。）现在他是获得围棋冠军数最多的人，棋界公认他是天下第一高手。马晓春碰上他几乎逢战必败，人称李昌镐是马的克星。拿多少次世界冠军不算什么，妙的是他对师父也毫不留情，曹薰铉每次输给他只能苦笑说："这是昌镐送给我的最佳谢师礼。"

常昊生于一九七六年，比李昌镐小一岁。他十九岁获得全国冠军，对别人来说是少年得志，相对李昌镐而言，则是迟了好几年。世界冠军还没有他的份儿，不过他在中日棋赛中的表现却是非常出色，接连两届，他都是过关斩将，获五连胜，比之师父当年不遑多让。最后一届（一九九六年）擂台赛在他打败了日方的主将大竹之后宣告结束，大竹对他说："你应该找个机会碰碰李昌镐。"

终生对手　终生朋友

机会很快来到，去年的"天元赛"，常昊以三比一击败马晓春，取得和韩国"天元"李昌镐比赛的资格。比赛结果是，常昊虽以一比二落败，但两人都表达了愿意成为终生对手，也成为终生朋友的愿望。

今年常昊能够打入富士通杯的决赛，果然又再次成为对手。本文见报之时，结果料已公布，胜负无关紧要，佳话则必永传。（二之一，写于一九九八年八月三日。）

> 敲枰谈艺斗心兵，漫说前贤畏后生。
> 双号齐吹谁的响，宫商调协谱新声。

八月一日，富士通杯围棋赛最后一仗在东京举行，中国常昊对韩国李昌镐。常昊今年二十二岁，李昌镐二十三岁，世界冠军争夺者双方都是如此年轻，实在罕见。更妙的是他们的名字"昌镐"和"常昊"，发音（尤其在日语中的发音）十分相似。"镐""昊"同音"号"（即号角的号）。因此在去年中韩天元战常昊第一次碰上李昌镐时，就有记者以"双号齐吹谁的响？"为题，预测胜负。今次的富士通杯赛，也还有人重提这个"双号齐吹"的问题。

双号齐吹

这次的"双号齐吹"，还是李昌镐那把号吹得较响，但情况却有点特别，那就是在吹奏这一乐曲的过程中，实在是常昊号声响亮的时间较长，只不过到了最后，才被李昌镐的号声压了下去。具体地说说战况吧。常昊持黑子，以先手之利，精心布局，重视大局的均衡感。中局李发动攻击，常小心应付下脱出危机，开始领先。可惜到官子阶段（残局），他连接几次微小的错误，终于给"官子天下第一"的李昌镐取得最后胜利。有评论家指出，下到第二二一手时（即已是在"终结篇"的阶段了），只要他下得对头，是还可以小胜半目的。你说可不可惜。

这局棋的另一个特点是，双方的棋风甚为相似。"大局感"常不逊于李，中盘攻守各有所长，官子则明显李优。这一局棋颇似同门较技，除了金戈铁马之声，亦有宫商协调之感。这是一种艺术上的圆满境界。围棋是中国文化，当然我们最好能处于领先地位，但即使暂时落后于他国，从宏观角度看，那也是中国文化的胜利。

谁能打败李昌镐

"谁能打败李昌镐?"如今已经成为围棋界最关心的问题。依我看还是常昊的希望较大,依据是两次比赛的成绩。去年的中韩天元赛,常昊虽以一比二落败,但在第一局(他中盘负那局)他亦曾有过强大攻势,令得李昌镐险遭不测。今次错过胜机,更无须说了。去年国际围棋赛重要的一役是李昌镐和小林觉的三星杯世界冠军战,此战李昌镐以三比〇胜,打得日方小林觉无还手之力,可作参考。

中国近年新人辈出,人所熟知的是"七小龙",即常昊加上邵炜刚、王磊、周鹤洋、刘菁、罗洗河和丁伟。"七小龙"平均年龄二十二岁,在中国目前的围棋等级分排名榜上,常昊第一,马晓春第二,邵炜刚、王磊、周鹤洋、罗洗河依次是四、五、六、七,丁伟(十四岁)、刘菁(十六岁)也不弱,聂卫平则已跌至第十。今年四月,常昊、王磊等"七小龙"组成的青队和马晓春、聂卫平、刘小光等七名老九段组成的蓝队比赛,结果是青队以九比五大比数胜出。"七小龙"除丁伟外都是聂、马二人的弟子。"青""蓝"队的命名当是取义于韩愈《师说》的"青出于蓝而胜于蓝",新闻界称为"报恩赛"。"七小龙"都是有希望打败李昌镐的。(二之二,写于一九九八年八月八日。)

象
棋

象棋国手杨官璘
——其人·其艺·其事及其《棋国争雄录》

不辞北战与南征，三十英年有霸名。

心血此时归笔底，可从一卷识楸枰。

杨官璘的出现，在象棋棋坛上创造了空前的奇迹，他是中国自有象棋历史以来，成就最大的棋人。

为什么说杨官璘创造的奇迹是"空前"的呢？第一，他没有师承，棋艺完全是靠天才加上毅力，这在象棋名手中实在不可多得。而自己学棋，能达到他那样炉火纯青、前无古人的境界，更是自古以来，只此一人而已！

扫荡群雄　保持不败

第二个更大的"奇迹"是，以往的象棋名手虽多，但却没有一个人能保持不败的纪录。原来象棋之道，相生相克，各家各派，出手不同，甲能胜乙，乙能胜丙，甲却未必能胜丙。例如以前的国手"七省棋王"

周德裕，和卢辉公私对弈，每战皆胜，却在公开赛中，惨败于董文渊；但董文渊却又从未胜过卢辉一局。因此要评论一流名手的等第，实在很难。过去的"国手"也只是在总的成绩上超迈群雄，而并非能扫荡群雄。

可是杨官璘自一九五一年成名以后，遍游南北，大小数千战，与各方名手角逐，从未失败，真可说是所向无敌，战绩辉煌。而且古代的国手，或因交通不便，或因地方割据，或因保名避战，很少能与国中所有高手一一较量的。而大陆今日，南北一家，各方名手，此来彼往，杨官璘和国中有名气的棋人，几乎都对过局。所以杨官璘之称为国手，才是真正的国手，他的境遇，也是过去的国手所梦想不到的。

锋芒不露　大智若愚

杨官璘是广东东莞人，拙于言辞，长于思考，从外表看来，他像诚朴的"乡下人"，智慧的光芒并不炫露；但他却正是大智若愚，以朴实无华的作风，潜心研究，一步一步走到了光辉的顶点。

他是一个小商人之子，自幼就喜欢下棋，常和乡人对弈，年纪很轻，就获得了"东莞棋王"的称号。可是，东莞棋风虽盛，到底缺乏一流好手，那时他自己也不知道，若拿全国性的象棋水平作标准，他自己能达到什么境界。

正是因此，他不满足于只做一个县份的棋王，于是兴起了"问鼎中原"之念，像古代传说中的武师，技成之后就背起黄包袱游学四方，江湖较技，以求精益求精。他背的"黄包袱"是楸枰三十二子，他的第一个目的地是广州。

广州在近二三十年中，是全国象棋水准最高的城市，其中藏龙卧虎，能者颇多。他初出茅庐，自然还未能登峰造极，因此和名手对弈，初期还是负多胜少。但广州的棋坛老将，"华南四大天王"中硕果仅存的卢辉，已经看出了他的天才，当时就对人说："杨君的棋艺，现在虽逊于我，但将来一定会超越老夫。"卢老前辈的话，现在是完全说中了。

击败卢李　奠定地位

一九五〇年，香港举办港、穗、澳三角象棋赛，他从东莞出来参加，那时他的棋艺虽已有了提高，但和第一流名手的功力，距离尚远，在象棋圈里，也还没有什么声名。他感到天才必须辅以学力，无师必须觅师。他所觅的"师"乃是千百年来流传下来的棋谱。他在香港这段期间，曾闭门修炼，摆拆古今名谱，研究高手对局，终于豁然贯通，而且修正了不少古谱的错误。这时他功力大进，已跻进一流之列了。就在那年，香港的象棋会举办了一次会员赛，他击败卢辉的高足李志海而获得冠军，自此奠定了他在棋坛的地位。

可是他在香港期间，却是最郁郁不得志的时期。他的好友王兰友曾叙述他那段时期的生活道："在香港靠象棋吃饭实在不易，他没有圆滑的交际本领，又没有那些有钱有闲的人在后面捧场，尽管他棋下得很好，但找口饭吃，有时也成问题。于是他穷了，三番五次地，想在修顿球场摆棋摊来找生活。"在香港修顿球场的棋摊，那是失意的职业棋人的"出路"，做的是五角一元的"生意"，有时还要喝西北风，生活是够悲惨的。幸好，他的天才不该被这样埋没，朋友们告诉他在大陆艺人受到优待的事实，告诉他凡有一技之长都有发展的事实，于是他辞别了香港，回到他那古老的但又是年轻的国家，在新的社会中，将他的棋艺贡献给大众。现在他周游南北，在各大城市公开表演，所至都受欢迎。他不但不用忧虑生活，而且获得以前棋人所不能获得的尊重。

南黄北周　冶成国手

他是一九五一年回到广州的，回去后不久就参加在上海举行的华东华南区际赛，荣获冠军。第二年和华南另一名手陈松顺联袂北上，与上海、汉口、北京各地名手较量，从未输过一局，震惊了整个棋国。棋坛好手都认为他的棋艺，超妙稳健，两俱有之，已熔"南黄北周"（黄松轩与周德裕）于一炉，而且有凌驾之势。

杨官璘登上国手的宝座，这不是容易的。大陆的高手极多，每人都有看家本领，要保持不败纪录，那非但要有自己独到的心得，而且得通晓各家各派之长。有如唐代的玄奘大师，在印度那烂陀寺讲经论道，折服全印高僧，非但要精通大乘佛法，而且得熟习七十二派小乘诸宗一样。

杨官璘的辉煌战史，纸不胜书，这里只举出他几次重要的战役，也可看到他的惊人技业和成功之不易幸至。

几番猛战　名传遐迩

一、三败陈松顺。陈松顺是华南"棋怪"钟珍的首徒，钟珍的棋阴险毒辣是出了名的，当年"华南四大天王"之首的黄松轩以中炮夹马、大刀阔斧的攻势见长，但一对钟珍，却毫无办法。（据说新式象棋开局法中，屏风马当头炮里的炮二进一抵御攻方过河车的着法，便是钟珍首创的。）陈松顺青出于蓝而胜于蓝，深沉善变，尽得师门心法，而其绵密精炼更胜乃师。陈在抗战期间，走遍湘、桂、黔、滇，未逢敌手，又曾参加穗、港、澳埠际赛，获个人常胜将军。解放后，远游上海、南京，亦所至告捷。当时杨官璘也正是北征载誉归来，于是在一九五三年夏，两雄相遇，在广州岭南文物宫举行十局大赛，赛程经过，非常紧凑，结果杨官璘胜四负三和三，多胜一局。一九五四年与一九五五年，杨、陈又分别在广州、上海作十局大赛，结果也是杨官璘获胜。

二、击败董文渊与何顺安。董文渊饮誉棋坛二十余年，未满二十岁，即击败当时的国手"七省棋王"周德裕，震撼棋坛。杨官璘初到香港时，也曾败给董文渊一局。但自从一九五二年杨成名之后，杨、董先后比赛数十局，都是杨官璘获胜。尤其最近在武汉之战，杨更是大捷，在八局对赛中，董仅胜一局。何顺安是华东一流高手，成名在董文渊之后，但攻杀凌厉，却在董上。他在去冬今春，曾先后打败陈松顺、李义庭、朱剑秋等高手，于是在今夏挟战胜群雄之威，在上海和杨官璘作十局大赛，结果杨五胜五和，又以压倒之势大胜。

七雄之争　一人称霸

三、七雄夺鼎，保持长胜。广州是全国象棋高手最多的城市，今年春岭南文物宫主办"七雄夺鼎赛"，七雄乃：杨官璘、陈松顺、卢辉、袁天成、覃剑秋、朱德源、陈鸿钧，都是棋坛上顶尖的人物。结果杨官璘雄踞擂台，任由六雄轮流攻打，又保持了不败的纪录，夺得银鼎。

四、战胜李义庭。李义庭是最近两年最为突出的棋手，前年在上海棋坛出现时，年方十六岁，就击败朱剑秋、侯玉山，迫和陈松顺、董文渊、何顺安等名手，当时杨官璘和他对弈四局，也是比对成和。今年春他到广州比赛，又击败陈松顺，声名更著，有"棋坛彗星"之称。但最后碰到杨官璘，却以四和二负见败。其后几次公私对弈，也是杨官璘占胜。杨官璘初遇李义庭时，大抵因摸不住对方家数，才被对方战成平手。其后，杨官璘每战都采紧密缠打的对杀战略，李义庭究输在欠缺经验，走对攻局就不是杨官璘的对手了。

阐扬弈艺　大有功劳

除掉这几场重要的战役外，其他名手如谢侠逊（以前有"棋坛总司令"之称）、窦国柱（华东棋坛名宿）、林奕仙（棋坛老将，一九三一年曾代表华东至香港比赛，有"中炮大王"之称）、罗天扬（李义庭之师，湖北名宿）、朱剑秋（与周德裕、董文渊并称"扬州三剑客"）等，也都先后败在杨官璘之手。

杨官璘不但实战的成绩极其辉煌，而且对弈艺的阐扬，也有很大贡献。例如在布局法上创新式五六炮开局法，独成一家；对古谱拆法的错误，如五七炮弃车局、当头炮弃马陷车局等，都有所纠正，详列着法，真可说是"探古人未载之秘，穷古人未得之源"。

论局著书　句句精辟

象棋自印度传入中国，历代演变，而成为今日的中国象棋，在民间流行的普遍，远超于其他任何娱乐。千余年来，名手辈出，但论成就之大与际遇之佳，杨官璘都是第一人。照中国今日棋风之盛，我们有理由相信"后有来者"，但"后来者"却必须吸取前人的经验，因此对"前无古人"的杨官璘棋艺，实在是每个有志于学象棋的人，都该研究的。所以杨官璘《棋国争雄录》的出版，可算是棋坛的一大喜讯。

在《棋国争雄录》中，杨官璘将他与各方名手的对局，以及其他一流名手的对局，兼收并蓄，集取精英，详加评释，固可供读者揣摩，俾熟习各派大师的着法。是故既可作学习之资，亦可作棋坛文献。

本书还有一个特点就是，每局之后都附有杨官璘好友王兰友的按语，对于战况经过、赛时气氛，都有极其生动的描述。当其在报上发表时，由于按语是根据每日战情写的，结果如何，当要看"明日分解"，紧张精彩之处，就有如读武侠小说一样。现在全书出版，读者对每个战役，更可观其全貌，读起来当可更增加兴趣。

一九五五年十月八日于香港

九连霸胡荣华

　　"跃马驱车，投鞭处，几人失色！并世英雄谁抗手，粤东老将杨家帜。"在象棋史上，像胡荣华这样早熟而又成就辉煌的棋手是极之少见的。

　　"少年十五二十时，干云豪气捋龙须。一战群雄俱俯伏，顿教棋国换旌旗。"一九六〇年，他第一次从杨官璘手中夺得了全国象棋冠军的宝座，那一年他不过十五岁，杨官璘则是三十五岁，年纪比他大了一倍有多。

　　从一九六〇年开始至一九八〇年，他坐了二十年的冠军宝座。年纪之轻（十五岁即成为国手）与获得冠军次数之多（连续九届），在中国象棋史上都是前所未有的。

　　一九七七年，他在澳门象棋友谊赛的最后一晚，曾作了个别开生面的个人表演赛，闭目同时下四盘棋，对方都是澳门棋坛高手。结果两胜两和，令人叹为观止。但据笔者所知，他曾经在公开的表演赛中有同时下十二盘闭目棋的纪录。据说他最多可以同时下十五盘闭目棋，那更是令人难以想象了。

　　"有没有天才？"曾经是引起许多人争论的题目。但如果把"天才"解释为在某一方面的特殊才能，那么似乎是应该承认有的。

　　在象棋史上，像胡荣华这样的天才固然是罕见，但足以称为天才的棋手还是可以数出好些来的。如清代著《梅花谱》的王再越，著《反梅花谱》的巴吉人，及以《石杨遗局》传之后世的杨健庭与名字已失传的石某等都是。近代有华南"棋怪"之称的钟珍也可以算得是个象棋天才。不过成就大小不同，未必比得上胡荣华就是了。

原因是胡荣华生在今日，比他们"幸运"得多！

他是在新中国培育之下成长的天才，所走的道路，和老一辈的棋手不同。

老一辈的棋手，比如说杨官璘吧，在五十年代初期，就曾经在香港的修顿球场摆过棋摊，当时在棋摊下棋，一般是一盘棋"彩金"一元，甚至有少至五毫的，他就靠这点微薄的彩金维持生活。假如他不是回到内地，得以衣食无忧，专心棋艺，恐怕也未必有后来的成就。他是从艰难困苦的环境中走过来的老艺人。

胡荣华的道路就简单得多了，他在象棋方面的特殊才能一被发现，十一岁那年即被吸收进入上海象棋代表队，有名手何顺安、徐大庆等人给他辅导。

从这里，我们也可以发现一个"秘密"。"天才"常有，但适合于"天才"发展的环境则不易求。有了天才，还得有培养天才的土壤。我们还可以举清代的象棋大师王再越为例。

中国象棋的棋谱有两部经典之作，一是《橘中秘》，一是《梅花谱》。《橘中秘》是明代象棋艺术的总结，由朱晋桢编辑成书，那些局法是经过许多人心血集成的，每一局法最初的创造者是谁，已是难以查考了。《梅花谱》则是清代康熙年间的象棋大师王再越著的。《梅花谱》的影响比《橘中秘》更为深远，直到今天，它的"屏风马破当头炮"的几个局法，还是有它的实用价值，可说是中国象棋宝贵的遗产。

这位给中国象棋提供了宝贵遗产的天才棋手王再越，他生前的情况是怎样的呢？《梅花谱》序言中说："安襄先生姓王，名再越，字正己，康熙年间人。性刚直，家贫力学，不求闻达，而世无知之者。一生坎坷，抑郁无聊，为象戏以消岁月，得意疾书，爰成方则，名之曰：梅花谱。"序言是谁写的，没有注明，很可能就是王再越的夫子自道。

从序言中可以看到，他生前的情况是怎样的穷愁潦倒，以不世出的棋艺天才，竟"一生坎坷"，"世无知者"！何等可悲的"命运"！事实也是如此，他的《梅花谱》写成后，无钱刻书，在相当长的一段时间，只是靠手抄本流传。这情形和《红楼梦》作者曹雪芹的情况一模一样。中国最宝贵的文学遗产之一的《红楼梦》，最初也只是在好友中手抄传阅的。印之成书，那已是在他死后多年的事了。

中国象棋由于它在各个阶层普遍流行，精通虽难，学会却易，所以出身贫苦人家而有象棋天才的人，还可以有发展他们这方面天才的可能。虽然在旧社会中还是有种种限制，但比起其他学术、艺术领域，天才所受的限制已是少得多了。

在旧社会，统治阶级垄断学术，一般贫苦百姓，根本就没有受教育的机会，要想在学术方面取得成就，那真是难于登天。多少天才，就因为人为的不平，在旧社会给埋没了。

中国科学的落后，原因很多，姑且不谈。现在只谈文学方面。

打开文学史一看，著名的文学家几乎都是出身官宦人家，至少也是家有恒产。文学家本身也十之八九是有一官半职。陶渊明（县令）、杜甫（工部）、苏东坡（翰林学士）、辛弃疾（浙东安抚史）……指不胜屈。李白号称笑傲公卿的"诗仙"，也曾做过皇帝的清客，写过谄媚杨贵妃的诗。

文学史又常见所谓"文学世家"，南北朝时期宋朝的谢灵运、谢惠连兄弟，梁武帝萧衍、儿子萧统（昭明太子）、萧纲、萧绎一家，魏武帝曹操、儿子文帝曹丕、曹植一家，宋代"三苏"（苏洵、苏轼、苏辙）一家都是。萧家、曹家是帝王之家，谢家是豪门大族（灵运，东晋谢玄之后）。正因为他们的子弟有这种特殊环境，本身所具的文学才能得到可以培植的土壤，才成名成家的。从这里我们也可以发现一个秘密，哪有这许多天才集中在某一个家族的道理？不过是因为他们有特殊环境，容易培养罢了。别的人家也许有天赋比他们更高的，但却没有他们的条件。

旧社会的老百姓里难道没有天才？不，应该说天才更多。《诗经》三百篇所收的民歌，其中不乏天才闪耀的佳作；"刘三姐"所唱的山歌，也都是从无名歌手手中收集的，那些生气蓬勃的诗句，绝非"庙堂诗人"所能写出。可惜的是，这些无名诗人，在旧社会中得不到培养，不能进而成为"文学家"，甚至连名字也失传了。

一九六六年五月初稿

一九七九年四月重校

补记：胡荣华当时还只是九届全国冠军，现在则是拿了十三届全国冠军了。（一九九八年七月）

七大名手的棋风

十多年前（一九六四年），我曾应《新晚报》之请，在它主办的"专题讲座"中，主讲《解放后中国象棋的发展》这一专题。记得当时是借用大会堂的场所，演讲未开始就挤满了人，后来者许多不得其门而入，对"主办人"《新晚报》颇有怨言，埋怨它租的会场座位太少。其实并非《新晚报》做的准备工夫不够，更非我讲得精彩，而是香港的棋迷实在太多，远远超乎我们的估计。

最近我在《良夜》写"棋人棋事"，有几位棋友来函，问及当年我这个专题讲演的内容。（因当时我没工夫整理，讲词迄今未曾发表。）他们最感兴趣的一个问题是：在那次讲述中，我曾谈及七位名棋手的棋风，每人的棋风以一句诗作为评语，他们听人说过，但说的人也记不齐全，希望我在这个专栏中写出来。

读者有命，不敢违背，谨依所嘱，一一道来。

第一位是杨官璘，他的棋艺是全面发展的，尤以残局最为擅长，"功夫"可说是几乎到达了炉火纯青之境。他是在棋坛享誉最久的"老冠军"，无须详细介绍了。

他的棋风我认为是：要从平淡见奇功。

第二位是王嘉良，他有"关东悍将"之称，搏杀的勇猛，环顾棋坛，迄今尚无人能出其右。他的对局往往演出惊险绝伦的局面，令人叹为观止。站在棋迷立场，看他的对局是最为过瘾的。

他的棋风我认为是：无限风光在险峰。

第三位是胡荣华，他最拿手的本领是把盘面变化弄得非常复杂，虚虚实实，迷惑敌方。记得他第一次夺得全国冠军时，就是用这个战略打败杨官璘的。该局他先弃一马，让杨官璘背上"包袱"，于是他从容夺取先手，假如杨官璘见机，及早弃回一子，仍可成和。但因胡是初次"出道"，杨是"老将"，未知胡的厉害，以为可以倚仗"棋底"，化解对方的"先手"，多一子就可稳胜，因此不肯把既得利益放弃，结果就着了胡的道儿，失了冠军宝座。

胡荣华是七届全国冠军，他的对局，相信棋友看过的很多，亦无须我再介绍了。

他的棋风我认为是：乱云飞渡仍从容。

第四位是何顺安，他本有"华东之虎"的外号，但后期棋风一变，变为以绵密见长。在第五届全国棋赛（一九六〇年）中，王嘉良碰上他，用新创的后手归心马应中炮过河车开局法与他激战，结果给他用刚中带柔的战法破了。"何顺安巧破归心马"，传为棋坛佳话（见本辑《归心马战术的新发展》一文）。

他的棋风我认为是：绵里藏针不露锋。

第五位是李义庭，他曾在五十年代与杨、王并称"棋坛三杰"，最擅长用马，相信香港的棋友对他也是很熟悉的了。

他的棋风我认为是：天马行空矫若龙。

第六位是孟立国，是在东北名气仅次于王嘉良的棋手。棋风也是以搏杀见长，最擅长破象入局。

他的棋风我认为是：降龙伏象闯九宫。

第七位是刘忆慈，他的"仙人指路"曾在好几次全国比赛中创出佳绩。

他的棋风我认为是：仙人指路气如虹。

近年新手辈出，但有特殊个人风格的，似乎尚未发现。当然在这些新人中，将来一定会有人成为一派宗师的，但恐怕还要假以时日，才能形成、巩固与发展。

"要从平淡见奇功，无限风光在险峰，乱云飞渡仍从容，绵里藏针不露锋，天马行空矫若龙，降龙伏象闯九宫，仙人指路气如虹……"有人说像一首七言长诗，我希望这首七言长诗能继续写下去。

一九七六年十月

序《广州棋坛六十年史》

三凤四王威已振，杨陈并起日中天；

羊城名将知多少，细说棋坛六十年。

"雕虫技，千古亦才难。"这是王国维论词的名句，移之论棋，似亦未尝不可。棋虽"小道"，易学难精，此所以宋代诗人刘克庄的《象奕》诗有云："小艺无难精，上智有未解。"

中国象棋源远流长（有史可考的唐代"宝应象棋"已具现代中国象棋雏形），上至公卿大夫，下至贩夫走卒，喜欢下象棋的不计其数，可说得是最普遍的民间娱乐。但时至今日，仍未见有一本完整的《中国象棋史》出现，思之能不令人兴叹？

往史难稽，近史易考，那就不如先写近代的中国象棋吧。甚至范围还可以缩小一些，分地区，有重点地来写。作为一个象棋爱好者，这是我的一点不成熟的意见。

令我欣喜的是，这个工作已经有人做了。这个工作的成果就是徐骥、褚石编著的《广州棋坛六十年史》。

广州夙有"象棋城"之称，依我个人看法，从三十年代左右开始，在相当长的一段时间内，论棋风之盛、棋人之多，都是广州首屈一指。（直至现在，也只有上海能与广州抗衡。但我还是比较看高广州一线。）写中国近代象棋史，用广州来作重点，我认为是非常恰当的。

五十年代中期，我在写"三剑楼随笔"专栏时，写过一篇《纵谈南北棋坛》的文字，提出一个有趣的现象，那就是近代棋坛的盛衰，似乎是由北而南。清末民初，北京执全国棋坛牛耳，当时耿四、叶仪并称国手，至孟文宣一出，更是声光灿然。其后扬州好手纷出，先有王浩然、张锦荣、周焕文（周德裕之父，一九一二年即以擅用当头炮雄视华东棋坛）；后有周德裕、窦国柱、朱剑秋，可称先后三雄。又稍后广州崛起，华南四大天王（黄松轩、冯敬如、卢辉、李庆全），声威显赫，各有专长，黄的中炮夹马、冯的单提马、卢的五七炮、李的屏风马都是一时绝技。再加上"棋仙"钟珍（陈松顺之师）和曾展鸿（曾益谦之父）等人，棋风之盛，已有凌驾扬州之势了。（按：黄松轩、钟珍、曾展鸿又合称"粤东三凤"，本文开场诗的"三凤""四王"即指他们。）到了五十年代，杨（官璘）、陈（松顺）并起，广州在棋坛上的声威之盛，更是有如日在中天。五十年代以后，蔡福如、吕钦（今年全国赛曾打败胡荣华）等新秀辈出，象棋城的声誉，迄今未见稍衰！

但我说的只是一个梗概，欲知其详，那就非得阅读徐骥、褚石编著的《广州棋坛六十年史》不可了。

本书的第一个特色，就是这个"详"字。说到史料的丰富，在我看过的象棋书籍中，这部书称得上是前无古人的（当然这只是我个人的看法）。它不但介绍了广州第一流棋手，如"四大天王""粤东三凤"等人的出身经历、成名佳话以及他们有名的对局等，而且还介绍了"足以上榜"的次一等高手，让读者对广州棋坛全貌有更深认识。如"五虎将"：赵坤、刘寿彭、陈镜堂、赵培、黄志。"苏家四将"：苏兆南、苏天雄、苏秀泉、苏钧林。"十八罗汉"：黄汉、龙庆云、保玉书、何鲁荫等人，书中均有介绍。

不但如此，本书还旁及海外其他棋坛，如越南、新加坡、中国澳门等地棋坛的情况，重点叙述了国内棋手（以广州棋手为主）和海外棋手作棋艺交流的许多有趣故事。例如钟珍获得"安南棋仙"称号的由来，谢侠逊下南洋与新加坡粤籍棋手陈粤樵"棋战""笔战"的趣事等。这些资料，据我所知，他们参考了旅居越南的华人棋手李文雄所撰的《越南棋坛沿革史》和新加坡棋会出版的《新加坡棋会成立四十周年纪念特刊》。由此也可见到他们搜集史料之勤。

中国的象棋刊物，谈及海外棋坛的不多，这也应该算得是本书的又一特色吧。

第三个特色是文字生动，趣味性、故事性都很强，对每一个大战役的来龙去脉、鏖兵经过，都交代得清清楚楚。例如他写"东南大战"，从一九三〇年周德裕、林奕仙南下香港开始，到李善卿广州请将，终于促成华东、华南的四大高手之战止（华南的两名代表为冯敬如、李庆全。黄松轩因病未能参加），写得如火如荼，各人的神态，也跃然纸上，令读者好像看"演义"一般。试看他怎样写冯敬如登台的神态吧：

> 开赛的晚上，四位选手都身穿长衫登台。广州选手李庆全、冯敬如的风度颇使人刮目相看，特别是这位泽叔，和从前蹲在广州城隍庙摆开棋档候教的局促神态迥然不同。尺蠖之屈也有挺然而伸的时候，江湖棋人泽叔在这个大赛中还成为众所瞩目的大将！

冯敬如原名冯泽，一贯被人称呼为"烟屎泽"。香港知道他的人很多，读之当忍俊不禁吧。

有来龙还有去脉，"东南大战"由于黄松轩因病未能参加，其后又引出黄、周大战之事，本书也是写得非常生动有趣的。

听作者说，他们准备一直写到一九八〇年的广州棋坛，但为了便利于出版，现在这部《广州棋坛六十年史》大概只写了三分之一左右。（从一九一五至一九三五年，两名华东象棋名手罗天扬、方绍钦南征广东止。）我以一个象棋爱好者的身份，希望他们能够完成"巨著"，陆续出版。

一九八〇年十月

"棋坛三杰"的浮沉

五十年代的"三杰"

杨官璘、李义庭和王嘉良有"棋坛三杰"之称,不过要说明的是,五十年代的中国象棋坛。

五十年代之初,杨官璘北战南征,所向披靡,唯一堪称他的对手的,只有一个湖北李义庭。李十六岁出道,在汉口攻杨的擂台,可能是老杨见他年纪太轻,有点轻敌,竟然连败两局。老杨懊恼之余,邀他续赛,第二晚续赛,方以同样成绩扳成平手。自此演成杨、李争雄局面,第一、二两届的全国象棋冠军是杨官璘,第三届李义庭方始得遂心愿,从老杨手中夺得冠军。但第四届老杨又重振雄风,三登冠军宝座。

王嘉良是在一九五六年第一届全国象棋赛中成名的,他有"东北虎"之称,杀法极其霸悍,第一次交手,老杨竟然给他打下马来,积分一直是王领先。直到最后决赛那局,王嘉良输给何顺安,杨官璘力克李义庭,这才得以登上冠军宝座。杨、李之后再加上一个王,"棋坛三杰"遂从此得名了。

一九五九年全国棋赛之后,棋史名家徐骥写了一首《念奴娇》词,上半阕写李义庭,下半阕则用王嘉良的口吻评论"棋坛三杰",不但可见棋风,并且见其性格,甚为有趣。词道:

> 英年国手,谱梅花,曾奠东南霸业。甘肃传烽逢老将,一
> 局雌雄莫决。转旆图功,举棋翻误,惊报军初折。咸阳路远,

风云变幻难说。　　人道杨李才多，一时瑜亮，与我成三杰。我纵输杨能抑李，请试老夫黄钺。酒熟青梅，闻雷失箸，掌上杯还热。九宫夺帅，且看谁更英烈。

"甘肃传烽逢老将"的"老将"是农民出身的棋手武延福，他从未读过棋谱，积数十年经验，打入国手行列。小李和他的赛局成和，失掉最宝贵的一分。王嘉良又有"李义庭考试官"之称，在全国比赛中，李是往往输给他的。"我纵输杨能抑李"之说倒非吹牛。但到了今日，"三杰"的浮沉却又各自不同了。

一九八一年八月

六十年代的变化

一九六〇年，胡荣华年方十五，第一次参加全国象棋赛就打败了杨官璘。最后由于积分刚好相同，并列冠军。但自此之后，接连十届，都是胡荣华冠军，老杨的"翻身仗"始终没打成功。一九七九年的全国棋赛，最后一轮比赛，他还领先小胡一分，不料却被一个新进的棋手言穆江缠斗成和，胡荣华则胜了对手，结果场分相同，局分小胡较多，这一届老杨本是最有希望夺回冠军的，结果又成泡影。"美人自古如名将，不许人间见白头。"美人名将如此，棋手亦然。棋赛是限时间的，年纪大了，思路不够敏捷，难免吃亏。老杨毕竟是稍嫌年纪大了。去年他竟然打不进决赛，初赛就被淘汰。中国自有全国棋赛以来，去年是第一次没有杨官璘参加决赛的局面。

从今年开始，杨官璘已专任广东队教练，不再是现役比赛队员了。不过，教练有个"特权"，在比赛队员因事不能出赛时，可以作为后备。因此，他只能说是"半退休"。今年广东队夺得全国冠军，最后一仗，就是由他顶替第四台比赛员蔡玉光，打败了北京队的刘静而取得胜利的。

王嘉良则得过三次全国亚军，他体格很好，现在仍然是黑龙江队挂头牌的棋手。

比较来说，李义庭"沉"得最快，他在"文革"后因身体不好，已经不再参加任何比赛了。但他有一点值得欣慰的是，他的徒弟柳大华是去年的"新科状元"，胡荣华蝉联十届冠军，第一次被人取而代之。有徒弟争气，李义庭亦足以自豪了。

一九八一年八月

输杨抑李是耶非

日前碰上象棋名宿曾益谦先生，他和杨官璘、李义庭都是老朋友，话题很自然就落在棋人棋事上。他说："你在《话说棋坛三杰》中引用的那首《念奴娇》，其中一句似乎与事实不符。"这首词是别人借用王嘉良的口气来写"棋坛三杰"的，中有句云："人道杨李才多，一时瑜亮，与我成三杰。我纵输杨能抑李，请试老夫黄钺。"曾益谦指出"我纵输杨能抑李"这句，事实错了。他说王嘉良非但不能抑李，相反是为李所抑的。

这首词是一位署名"柳梢青"的作者（按：即徐骥。写此文时我尚未知是他的笔名）在一九五九年全国棋赛结束后写的。曾益谦对棋坛名将的对局记录烂熟于胸，他和我算了一笔"细账"：一九五六年第一次全国赛，王嘉良对李义庭两局均和；一九五七年全国赛，王胜；一九五八年全国赛，李胜；一九五九年全国赛，和；但在武汉的表演赛中则是李胜。即截至一九五九年，王比对李净胜一局。但依我猜想，那位作者可能是根据王的"自述"写的。王是比较好胜的人，记者访问他时，他一计成绩，在全国赛中，他和李刚好打成平手，就夸说能抑李了。

王、杨之间的胜负似乎也很微，我没查过详细记录，"输杨"之说，恐怕也还待考。一九五九年全国赛的王、李对局被大会评选为"最佳对局"；一九六〇年的"最佳对局"则是王、杨对局。王嘉良虽然从未获过全国冠军，却接连两届都是"最佳对局"的主角，亦堪自豪了。他是工人出身，体格甚好。一九七四年全国赛中，他和杨官璘缠斗九个小时，创下了棋赛时间纪录。杨精神不支，终于落败，成为棋坛"趣事"之一。

王嘉良颇有创新精神，如他所创的"归心马战术"就是一例。象棋俗语本来说"马归心必乱"，用归心马取胜，可谓别开生面。故我评他的棋风为"无限风光在险峰"。

一九八一年十月

棋事杂写（六则）

象棋冠军的冠军

说胡荣华是中国象棋史上难得一见的天才，相信没人否认。他曾创下两个"前无古人"的纪录，一是最年轻的全国冠军，第一次夺得全国冠军时只不过十五岁；一是连任冠军次数最多的棋手，从一九六〇年他第一次参加全国棋赛就击败了老冠军杨官璘开始，以后每次全国赛他都是以大热门姿态胜出，至一九七九年，他总共蝉联了十届全国象棋冠军，被人称为"十连霸"。

但最近这两年，他的棋运之不济，恐怕也是任何人都意想不到。一九八〇年的全国象棋赛，他在甲组棋手中名列倒数第三，惨遭降级；一九八一年全国象棋赛，他在乙组棋手中又只得到第四名，依然要"留级"一年。（按照规定，乙组前三名才升任。）

他"倒霉"了两年，最近方始在一个重要棋赛中得以吐气扬眉——夺得了"五羊杯"的"三王赛"冠军。

"五羊杯"是怎么一回事呢？它是广州《羊城晚报》和北京《新体育》杂志合办的一个棋赛，参加棋赛的资格只限于曾经得过全国象棋冠军的人物。换言之，"五羊杯"的冠军即是象棋冠军中的冠军。"五羊杯"是去年开始举办的，今年是第二届。第一届的冠军是柳大华，柳亦是近年蝉联两届的全国冠军，去年他在"五羊杯"中卫冕成功，今年却是要拱手让给胡荣华了。

曾经得过象棋冠军的共有四人，依次序是：杨官璘、李义庭、胡荣华和柳大华。李义庭因健康关系，早已"封刀"，只当教练。因此这两届的"五羊杯"都只是"三王赛"。

本届"五羊杯"，胡、柳争持甚烈。原定的赛程结束之后，他们还是同分。结果加赛两局，胡方胜柳。胡在这次比赛中可说出尽浑身解数，例如古谱的"金钩炮"局，近代棋手已经很少采用，他拿"古谱翻新"，获得良好战果就是一例。柳的特点是熟读兵书，胡的创新，正是针对他这特点的。

一九八二年三月

老将·心理·新招

杨官璘在五十年代曾横扫中国棋坛，有人拿他与金刀杨令公相比，称他为"杨无敌"。他的《棋国争雄录》出版时，我曾赠以诗道："不辞北战与南征，三十英年有霸名。心血此时归笔底，可从一卷识楸枰。"但近年的杨官璘，则早已由绚烂而归于平淡了。在两次"三王赛"中，他都是屈居榜末。对一个棋手来说，五十六岁的杨官璘毕竟是稍嫌老了。棋赛是有时间限制的，上了年纪，思考自是不及年轻棋手的敏捷，此所以老将常会输给新秀也。

环顾当世的围、象两棋坛，能够在实战中保持声威于不坠的老将，只有日本的"棋圣"藤泽。他今年五十五岁，比杨官璘只小一岁，从一九七七年《读卖新闻》开始举办"棋圣赛"至今，他已是接连五届获得这个最高荣衔。他的秘诀是不参加次要棋赛，养精蓄锐，只在棋圣赛力求卫冕。"棋圣赛"是七局定胜负的，所以有人说他每年只要下好四局棋就行了。（"棋圣赛"的奖金是二千万日元，约合港币五十万，足够他一年生活费用。）他这办法，或者可供杨官璘参考。

我曾说过，胡荣华接连两年惨遭降级，心理因素大于棋力因素，从这次他在"三王赛"中夺得冠军可获证明。他以乙组棋手的身份，成为"冠军的冠军"，这件事的本身多少也有点讽刺意味，我因此也不免有点怀疑中国现行的分组比赛规则（乙组棋手没有机会争夺全国冠军）是否完全合理了。

成名棋手除了受患得患失的心理影响之外，还有一个不利因素，以胡荣华为例，他的对局记录，别的棋手早已研究得滚瓜烂熟，别人是知己知彼，他是知己而不知彼，怎不吃亏？所以他要坐稳宝座，就必须有创造性的新招。但新招一使出来，不久又会变成老招，这个难题，恐怕就很难解决了。成名容易保名难，不仅下棋为然也。不过话说回来，长江后波推前浪，也未尝不是一个可喜的现象。

一九八二年三月

胡荣华与赵汝权

上月中旬，上海象棋手胡荣华和徐天利应邀来港比赛，港方迎战的两名选手是赵汝权和朱俊奇。胡荣华是人所熟知的"十连霸"，无须介绍；徐天利是前年全国象棋赛的亚军、去年全国象棋赛的季军，也是大师级的国手。港方之败是意料中事，稍为令人失望的是，港方主将赵汝权的演出似乎稍失水准。赵是和胡荣华交手次数最多的香港棋手，过去的战绩是总共比赛十局，赵二胜七负一和，虽然差距甚大，但也说得是"有胜有负"，曾胜过"十连霸"两局这个纪录，已经是足以骄人的了。这次港沪棋赛，港方棋友对他期望颇大，一般预测，赵虽败亦当有激战发生，没想到演出的结果却是一面倒的形势。倒是朱俊奇有出人意外的佳作，虽然同样失败，中局却曾予胡荣华以严重的威胁。

在欢送客队的宴会上，我恰好和胡荣华、赵汝权、朱俊奇同席，席间听他们"覆局"，颇为有趣。朱俊奇对胡荣华那局，在中局某一阶段，表面看来，朱似乎颇有可胜之机，但经胡反复解拆，朱最多也只能成和。他口讲指画，纵谈各种变着，整盘棋好似印在他的脑中。胡荣华的记忆力之强是出名的，他曾有过闭目同时下十五盘棋的纪录，即同一时间轮流应战十五个人，十五盘棋的局势各各不同，他和甲走了一步棋，立即又要和乙下一步棋了。其记忆力之强，在棋手中纵然不能说是后无来者，也可说是前无古人了。

胡、赵那局也很有趣，那局棋胡是用中炮过河车对赵的屏风马平炮斗车局，这个局法三年前在澳门主办的亚洲名手邀请赛中，胡曾用过击败赵。这次故技重施，赵虽有变着，但仍难免一败。赵承认是开局不如之故，这倒是知己知彼之谈。赵的象棋是无师自通，他曾自称学棋的心得是"看别人怎样走有效我就怎样走"，自是不及国内棋手对局法之有系统的研究了。

一九八二年四月

赵汝权无师自通

赵汝权的棋下得很有灵气，中路变化尤具特色，论棋风倒是和胡荣华颇为接近，可惜开局较差，这就难免吃亏了。他的象棋是无师自通，一九七六年，第六届亚洲象棋赛在马尼拉举行时，他曾和记者谈及他对棋谱的看法，认为谱是"死"的，而象棋千变万化，必须活学活用才行。所以他不很重视棋谱，而重视实战。从实战中吸收经验教训，"看别人怎样走有效我就怎样走"。不过，他说这话的时候，是尚未曾与胡荣华交过手的。现在，他吸收了败给胡荣华的经验教训，这看法不知改变没有。

他这话也未尝没有道理，但我认为只说对了一半。《宋史》有一段名将岳飞的故事：岳飞初为宗泽部下，他擅打野战，宗泽劝他多习战阵，他说因时制宜，因地制宜，行军布阵，只能隔阵以决，不能固阵不变。宗泽很赞许他的见解，但说兵法是前人经验所聚，亦不宜偏废。最后岳飞还是跟宗泽学了兵法，方成大将之材。我对棋谱的看法是比较接近宗泽的。其实学什么东西都有一个共通的道理，必须基本功十分扎实，方能变化自如。武侠小说中常说的"从有招到无招"，也正是这个道理。

国内棋手对局法是十分注重的，研究的趋势，一是推陈出新，一是向细微方面发展。例如上相局，过去是偏于防守的，现在则是攻守咸宜了。胡荣华就是善于用上相局的高手。又如归心马，过去是被当做象棋的禁忌，现在在王嘉良所著的《象棋后卫》中，已经有了用归心马来破当头炮的局法了。

顺带一提，据胡荣华透露的消息，今年的全国象棋赛，将取消分组比赛的制度。若然属实，则胡荣华又有机会可以争夺全国冠军的宝座了。且看他能否更上层楼，成为"十一连霸"吧。杨官璘今年或者不会参赛了，不过还有个进步神速的新人李来群，将是他的劲敌。

一九八二年四月

曼谷的兵车之会

这几个月来，象棋界有两件引人注目的大事，一是上篇已经谈过的、在广州举行的"三王赛"；另一则是去年十二月中旬在泰国曼谷的兵车之会——正式的名称是"亚洲城市象棋名手邀请赛"。参赛的名手共十六名，包括有中国的两个冠军级棋手胡荣华和柳大华。（另一老冠军杨官璘则只任领队，不参加比赛。）新加坡的代表是林明彦，香港的代表则是曾益谦和李旭英。

比赛的结果稍为有点"爆冷"，赛前预测，一般都以为冠军呼声最高的当是中国的"二华"，李来群也是热门人选。但结果却是另一中国棋手陈孝堃荣获冠军，李来群得亚军，胡荣华得季军，中国的"新科状元"柳大华则跌落第七。

其实陈孝堃之获得冠军也不算怎么"爆冷"，远在一九七五年，陈孝堃就曾经有过战胜胡荣华的纪录。他的归心马战术化腐朽为神奇，曾博得棋评家赞为"招里藏招"，我曾赞以词道："禁忌何妨，新招频试。敢将腐朽化神奇！添得梅花一瓣香，橘中胜负浑闲事。"《橘中秘》和《梅花谱》是著名的象棋古谱。"添得梅花一瓣香"者，意即对象棋艺术有一点一滴的新贡献也。在这次棋赛中，他是击败胡荣华而取得冠军的。至于李来群，则与胡荣华打成平手，各胜一局。

香港的曾益谦也有很不错的表现，他对陈孝堃的第一局，陈弃子取势，他本来有个机会可以化解陈方攻势而夺取胜利的，只因走了一步缓着，这就应胜反败了。不过他对中国另一名好手徐天利则是打成平手，两局均和。假如他不输给陈孝堃的话，是有进入前四名希望的。

柳大华之跌落第七，那是因为输给东马古晋棋手黄聪武。那局棋弈至残局时，柳以车马兵对黄的车炮兵，双方士象全，本是和局。柳要"硬杀"，弃了士相，结果反给工于残局的黄聪武"杀"了。另一印尼年轻棋手佘仲明也曾以凌厉的攻势战胜徐天利一局，获得很高评价。从这也可见到海外棋手的实力，与中国的棋手相差其实不远。

曼谷棋赛的前三名虽然是中国棋手包办，但从这些实战的例子，也可见到海外棋手的实力是和中国棋手相去不远的。

一九八二年三月

罗燕清力撼女棋王

曾益谦先生是香港专业教棋的"老师傅"，月前他有一件十分得意的事。今年七月，在澳门举行的"省港澳"象棋埠际赛中，他的女弟子罗燕清和广州女棋手黄子君以一胜一负打成平手，令得棋坛刮目相看。

黄子君可不是等闲之辈，提起此马来头大，她不但是代表广州队的女棋手，而且是中国的第一个女棋王。

中国是在一九七九年的全运会中开始增添女子棋赛项目的，黄子君就是第一个获得女子象棋冠军的人。她是广州业余体校象棋班的学生，指导她棋艺的老师是广州名棋手陈松顺。夺得冠军那年，她只有十七岁。

在她之前，中国最出名的女象棋手是安徽高华。高华也是第一个参加全国棋赛的女棋手，一九七五年的全国赛，她就以安徽队第二名代表的资格参加了。不过当时是男女混合比赛，所以她没有获得名次。但在那次全国赛中，她也曾打败黑龙江的名手孟昭忠，令得棋坛为之震惊。（孟是黑队的第二把手，第一把手就是王嘉良。）

一九七九年全国棋赛的时候，人们都以为高华将会获得第一届女子冠军的，哪知她却败给了北京女将谢思明，而黄子君则连胜京沪两女将（上海女将是单丽霞），终于登上冠军宝座。

广州的《象棋月刊》曾介绍她两件趣事，一是"棋廊练棋"，一是"擂台试剑"。广州文化公园有条走廊，在这条走廊下棋的人甚多，称为"棋廊"，其中不乏名手。黄子君是棋廊常客，常常走得最迟，买一两个面包当做晚餐，可知其对棋"迷"的程度。广州许多游乐场都设有象棋擂台，她几乎打遍所有擂台，称为"试剑"。

罗燕清胜她的那盘棋是抓着她的一个"软着"，就毫不放松而力克强敌。罗本来输了一盘在先，这盘走得又是后走，在不利形势下有此表现，更加难得可贵。她年纪很轻，今年也只是十七岁。

一九八一年十月

虎斗龙争一局棋

—— 一九七五年全国象棋赛杨胡决战述评

"蜀甲秦兵同朽木，齐城燕垒无坚壁！"胡荣华果然如棋评家预言那样"更从容七战霸诸侯，矜宏绩"，成为了中国象棋史无前例的"七连霸"了。（按："史无前例"陆续有来，现在他已是"十三连霸"了。）

这次他是以压倒性的胜利取得冠军的（踏入决赛阶段，他从未败过一局。老冠军杨官璘则输了两局），但却并非一帆风顺。

两次"有惊无险"

第一次他碰上的"有惊无险"的局面，是再战陈孝堃的一局。陈曾在预赛胜过他，决赛重逢，争夺升级（陈若能胜，可进入最后四强）。胡荣华抱必胜之心，陈孝堃亦有再撼"霸主"之志。开局未久，陈即用新招，计划以先手方而用归心马的战术。胡荣华虽然没有中他圈套，他也还是可以弈成和局的。惜乎走了一步弱着，逐渐给胡扩大先手，终于败了。

这局棋的胜负对胡影响不大，而且"中变"之后，陈孝堃即使全无破绽，似乎也难胜他。不过他当时是尚未知道他的后来战绩会那样好的，在陈孝堃使出新招的时候，可以看得出他是小心翼翼，用极为绵密的着法解拆的。故而可以说是稍为"有惊无险"的局面。

在最后四强决战阶段，他和杨官璘的一局，风险就较为大了。当时杨的积分比他领先一分，这一局的胜负很可能就是决定冠军谁属的。杨用屏风马双炮过河开局，中局反先，纵不能胜，也可上风成和，成和即是对杨官璘有利了。结果杨官璘也是在紧要关头，算错一着，比陈孝堃更糟。（陈不过是走了"弱着"，而杨则是"错着"！）应和不和，反成败局。

乱云飞渡仍从容

"乱云飞渡仍从容！"这是胡荣华的棋风，在这次的棋赛中表现得淋漓尽致！

正因为并非一帆风顺，才格外显出他的"从容"。

正因为有过惊险的局面，才更加看得出他的镇定功夫。"有惊无险"只是指盘面的形势而言，他本人是绝不惊惶失措的。

"蜀甲"并非不坚，"秦兵"并非不利，但在他从容应付之下，"坚甲利兵"竟如摧枯拉朽，这份镇定的功夫，在目前全国的名棋手中，似乎尚无人能出其右！

现在先让我们看看，他和杨官璘的对局。

上海　胡荣华（黑先胜）　广东　杨官璘

① 炮二平五	马八上七	② 马二上三	兵七上一
③ 卒七上一	马二上三	④ 车一平二	车九平八
⑤ 马八上七	炮二上四	⑥ 卒五上一	炮八上四
⑦ 车九上一	相三上五	⑧ 车九平六	士四上五
⑨ 卒三上一	车一平四		

弈至第六回合，成屏风马双炮过河应当头炮局。这是杨官璘的拿手名局之一，他曾在他主编的《象棋月刊》中有过专文论述。这个布局往往会演变成双方极为激烈的搏杀。

第九回合，过去一般人多走炮八平三兑车，演变下去，搏杀凶险。

近年国内棋手认为后手方走车一平四兑车才是正着。兑车后虽然稍处下风，如无错失，可以成和，比炮八平三较为稳健。

⑩ 车六上八　马三下四　　⑪ 卒三上一　相五上七
⑫ 卒五上一　兵五上一　　⑬ 马七上五　相七上五
⑭ 马三上四　车八上五　　⑮ 马四上六　车八平四
⑯ 士四上五　炮八下二　　⑰ 马六上八　马四上三
⑱ 炮八平六　炮二平九　　⑲ 马五下三　炮九平六
⑳ 车二上四　兵五上一

第十四回合，胡若改走炮五上三打中兵亦佳，可以稳握先手。但胡这着上马，则是比较深沉的攻法。

胡匹马走卧槽，杨车守将门，退八路炮河头固守，仗多兵之利与胡纠缠。

第二十回合，胡走车二上四与杨兑车，杨不能兑车，因对方有卧槽马杀势，因此只能过中兵。胡荣华这着棋，演变下去虽然能够抢回中兵，但却渐失先手。所以胡方这着，似乎应该走马三上四咬炮更有攻势。杨不能用车去马，否则胡一个卧槽马叫将，立成杀势，着法为马八上七、帅五平四、炮五上一。

㉑ 马三上五　炮六下五
㉒ 炮五上二　马三上五
㉓ 马五下七　车四上一
㉔ 马七上八　炮六平八
㉕ 车二平三（如图）
……

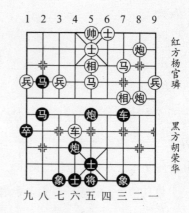

红方杨官璘

黑方胡荣华

胡抢回中兵却被杨占了先手。这几个回合，杨运子取势，俱见功力。弈至如图形势，杨重兵集结胡之右翼空门，胡之卧槽马被杨之士线炮射住，进退失据。形势已是可说对杨甚为有利。

但在这紧要关头，杨却走了一步"躁着"，更要命的是在"躁着"之后，又走了一步大漏着，竟把可胜可和的一局棋输了。

欲知杨如何躁漏，请看下篇。

　　瑜亮同时豪杰，十载雌雄未决。

　　老将图功，举棋翻误，

　　惊报军初折！

杨、胡二人可以说得是棋坛的"老对头"，自胡荣华崛起之后，几乎每一届的全国象棋大赛都是他们二人争霸的局面。用"功力悉敌，难分轩轾"这两句成语来形容他们，也可说得是最恰切不过的了。

功力悉敌　难分轩轾

从一九六〇年算起到一九七二年止（中间有几年停办棋赛，一九七三年胡荣华到广州与杨官璘作友谊赛，一九七四年全国棋赛恢复），他们之间公开赛的记录是：一共下了十七盘，四胜四负九和，恰好打成平手。

但最近这两三年，杨官璘则似乎渐处下风，到今年全国比赛之前，他和胡荣华公开赛的记录，多输了两盘。

这次的全国赛，杨官璘的成绩本来一直不错，在和胡荣华决赛之时，他的积分还是领先一分的，只要弈成和局，就对他有利。

如前图形势，胡之卧槽马被杨之士线炮射住，攻势无法展开，而右翼又有防务空虚之虞，这样的盘面，杨方已是可胜可和的形势。

此时杨方的最佳着法应是车四平二管马，在有利形势下与胡互缠，稳握先手。这样才是攻守兼备的上策。

一着棋差　铸成大错

杨官璘并非看不出这步棋，但他误认为发动攻势的时机已到，无须纠缠，这就走出了"躁着"了。

他走的是炮八进五叫将军。这着棋表面看似有攻势，但此炮一进，易发难收，反而造成祸患。

（接图）

㉕……　　前炮上五　㉖象三上五　　车四平八

进炮叫将之后，杨官璘续走车四平八，准备发动"三子归边"的攻势。

看来胡方右翼已成空门，杨方攻势甚为强劲。其实这一着车四平八却是更大的错着。

假如杨发觉得早，不走这着，仍然把躁进的八路炮退守河头，虽失一先，还可固守。此车一走，可就给了胡荣华可乘之机了。

不过倘若没有第一流高手的棋力，也看不出杨官璘的破绽。(请有兴趣研究的棋友在未看下文之前，先替胡荣华想一想，在这样形势下，应怎样走才能反败为胜?)

奇峰突起　扭转劣势

㉗后马上七　　前炮平九　㉘马七上五　　相七下五

㉙车三上三 ……

杨官璘失算，胡荣华则已是成竹在胸，不理会他"三子归边"的攻势，把八路的河头马跳过河吃兵，杨一平炮，他立即进马踩相。

这两步棋真可说是奇峰突起，把杨官璘杀了个措手不及！

胡荣华弃马入局，踩相后有双卧槽马杀势，杨官璘当然不能不吃他的弃马，一吃弃马，胡立即车三进三，"硬杀"杨的七路马。

此时杨方不能退马去车。（因胡有马八进六挂角马的杀着，可见车离开要线之害！）抽车也不行，只能借抽子兑炮，兑了对方中头恶炮，暂解燃眉之急。子力虽然仍是相等，但杨方失了一相，进入残局，自是大大吃亏了。

"诸葛一生唯谨慎"，杨官璘的棋风本来是以算度深远、谨慎细微见称的，按说不该有此失着。

我猜想，可能与他想在公开赛中扳回一局的"贪胜"心理有关，因此形势一有利就急于求胜，却不料欲速则不达。

当然更大的因素是年龄、体力方面的吃亏，在激战中他的精神自是比不上正在壮年的胡荣华。据杨官璘说，当时又恰值在拍电视，强光耀眼，对他也多少有点影响。

稳狠结合　终获胜利

但话说回来，假如不是胡荣华，换了别一个人，也未必能够在限时间的比赛中，在那样复杂的盘面之下，立即看出杨官璘的破绽。

而且杨官璘素来以残棋著名，虽然失了一相，要胜他也还不是易事。胡荣华在扭转劣势之后，着法非常绵密，又稳又狠，结果还是要经过六十九个回合的缠斗，方能取胜。

续着如下：

㉙ ……	车八上三	㉚ 士五下四	车八下四
㉛ 车三下七	车八平五	㉜ 车三平一	马五上七
㉝ 车一上三	车五平六		

三十三回合，胡车一上三守卒行线，是攻守兼备的佳着。此后杨失一相，已是难以对攻。

㉞ 士六上五	马七上六	㉟ 炮六下一	车六平四
㊱ 车一平四	车四上三	㊲ 车四上三	兵一上一
㊳ 车四平二	炮八平七	㊴ 车二平五	帅五平四
㊵ 车五下一	车四下五	㊶ 马八下六	相五下七

弈至三十六回合，杨以马兑炮，稍有和棋希望，但车炮缺相对车马，仍处劣势。三十九回合杨出帅诱胡吃相，胡若车五上一去相，杨车四退五捉死马，可以逼兑，胡当然不会上当。

㊷ 兵七上一	炮七上一	㊸ 马六下五	车四上三
㊹ 马五上六	车四平一	㊺ 车五平三	炮七平八
㊻ 车三上四	炮八上七	㊼ 象五下三	车一上三
㊽ 马六上七	帅四平五	㊾ 士五下六	车一平三
㊿ 车三下四	车三下四	51 车三平五	车三平六
52 将五上一	车六上四	53 象三上一	车六平四
54 马七下六	车四平三	55 马六上五	车三平四
56 兵七上一	车四下七	57 马五上三	帅五平四
58 马三下四	车四上六	59 将五下一	车四上一
60 将五上一	车四下八		

这十几个回合，杨破釜沉舟，竭力抢攻，虽然得破对方士相，但胡方车马卒配合已成杀势。

(61) 卒七上一　炮八下八　(62) 马四上三　车四上七
(63) 将五下一　车四上一　(64) 将五上一　车四下一
(65) 将五下一　车四下七　(66) 车五平八　车四平一
(67) 车八上四　将四上一　(68) 马三下五　炮八下一
(69) 卒七平六（胡胜）

弈至六十九回合，胡方卒七平六成妙杀！后着杨若士五进四去卒，胡马五进六杀；杨若帅四上一去卒，胡成“钓鱼马”（车八退二，帅四退一，马五退七）亦杀！

杨官璘输了这局，战意似乎颇受影响。最后四强决赛第三轮，又以“盲”了一马输给蒋志樑，只能屈居季军了。

一九七五年十一月

古晋观棋

橘中逐鹿消闲日，鸿鹄高飞拜弈秋。

收拾诗囊挟棋谱，乘风汗漫作南游。

生平最喜欢两件事，一是旅行，一是下棋。旅行要挤时间，下棋要找对手，两者有时都很难"恰到好处"。资质所限，今生是难望成为一流棋手的了，所以更喜欢看一流高手下棋。

两年一度的亚洲象棋赛，上一届（第七届）于去年十一月下旬在马来西亚的古晋举行，我恰巧比较有空，就随香港棋队前往观棋，当做度假。

古晋是东马名城，以风景幽美著称。能够参加亚洲象棋赛的选手当然是各地棋坛的一流高手，大过棋瘾与旅游之乐，此行可说是兼而有之了。因此虽说是"明日黄花"，似乎也还值得一记。

古晋给我的印象，令我想起一部古代棋谱的名称《适情雅趣》。它靠山面水，气候宜人，一年四季都好像香港初夏的气候，不会感觉太热。在市中心区，到处也都可以见到花草树木。人们在街上悠闲地走着，毫无香港那种挤逼的现象。

亚洲棋赛的举行，给古晋平添了热闹气氛，人们对棋赛的欢迎，也是十分热烈。而对我来说，古晋朋友的热情，更是令我永远难忘。

棋赛的地点，是在古晋最宏伟的一座建筑物——敦拉萨馆，每晚都是座无虚席。

报纸以大量的篇幅报道棋赛消息（古晋有七家报纸之多），街头巷尾，到处都可以听见人们谈论昨晚的赛事。

我们这些从外地来的客人，在街上行走，往往有车子在身旁停下，车子的主人热情地招呼我们，问我们要到什么地方，他可以义务送我们一程。

唯一美中不足之处，是中国棋队未获签证，不能参加比赛。

中国棋队虽然没有参加，但在棋赛进行期间，好几家报纸，包括当地销数最大的《国际时报》《世界早报》与在吉隆坡出版的《南洋商报》等，都以很大的篇幅刊载了去年中国全国象棋赛的名手对局，我在《新晚报》所写的杨官璘与胡荣华对局，许多报纸也转载了。有人笑说："中国棋队是没出场的主角。"可以见到他们对中国的重视。

这次亚洲棋赛办得成功，和古晋报界朋友的努力是分不开的。棋赛大会的主席就是《国际时报》的社长王文彬，负责宣传的是《沙捞越晚报》的总编辑黄优才。（为棋赛出力的朋友，恕我不一一列举了。）

说起《国际时报》，倒是和我有一段渊源。

十年前《国际时报》创刊的时候（一九六八年十月一日），该报的总经理兼总编辑郑宪文先生有信给我，请我为该报创刊号题词，我就以《国际时报》四字填了一首"嵌名词"，调寄《菩萨蛮》，词道：

> 当今国际风雷激，天南要仗如橼笔。描画好江山，雄文万众看。　　时评多卓识，报道夸翔实。公正自撑持，风行信可期。

时隔十年，《国际时报》如今已是古晋销数最多的一张报纸。"风行信可期"也可说是给我言中了。

我和郑先生并不相识，之后也没通过讯，这次在古晋方始会面，可说一见如故。他在报上写了一篇《神交十载的梁羽生》（一九七八年十一月二十四日《国际时报》）对我表示欢迎，并有赠诗一首。诗道：

神交十载仰高风，世事沧桑雁断鸿。文史论丛敷正义，诗词笔下尽英雄。猫城今日喜相会，香岛明春愿再逢。促膝谈心关社稷，萍踪侠影羡丹枫。

古晋别号"猫城"，《萍踪侠影》则是我一部武侠小说的书名，书中主角名张丹枫。

郑君盛情可感，但他对我的谬赞，则我是不敢当的。

我要感谢的不仅是《国际时报》，还有许许多多的热情朋友，这次我不过是随香港棋队来古晋观棋，并没列名报上此次棋赛的筹委会，想不到报界的朋友早已打听到我要来的消息，一到古晋，各报的总编辑和记者都来访问，不但是古晋的报纸，外省的报纸如诗巫的《诗华日报》、美里的《美里日报》、吉隆坡的《南洋商报》等都派了记者来访问，我只能用句套语："厚谊隆情"，在此一并致谢了。

回头再说棋事，还有一件小事是和我有关的。

亚洲各地区的棋会，这次在古晋开会，成立了一个统一机构，名为"亚洲象棋联合会"，蒙该会邀请，我为"亚洲象棋联合会"写了会歌，由槟城的作曲家黄振文先生配曲。黄先生也是西马象棋总会的秘书长。

歌词是：

小小棋盘，妙趣无穷。
这是亚洲人民的智慧创造，
这古老的东方艺术啊，
历时千百载，
今日更繁荣。

飞车跃马争雄，

平和竞赛乐融融，

友谊花开遍西东，

交流文化拓心胸。

啊，请把这艺术之花遍栽世界，

这是我们的衷心愿望啊，

五洲四海一枰通！

（最后两句重复一遍）

歌词匆匆写成，我自己并不满意。想不到在大会的闭幕礼中，沙捞越州的副地方政府部长罗佛机先生致闭幕辞，引用了"飞车跃马争雄，平和竞赛乐融融，友谊花开遍西东，交流文化拓心胸"四句，来说明"比赛的主要意义在于促进友谊，观摩棋艺"这一原则。对我的虚誉，我也实是愧不敢当。

但对我来说，"棋艺友谊，丰收双获，十日鏖兵亦快哉！"却是我和参加棋赛的棋手们有着同样感受的。

一九七九年一月

港澳棋队的表现

——古晋观棋之二

在第七届亚洲象棋赛中，香港和澳门的棋队，都有甚为出色的表现。先说香港棋队。

囊括三项锦标

"杯酒祝，祝射潮身手，风定帆回。"这是我在香港棋队出发之日，所写的祝词。

我的祝愿果然成为事实，在这次棋赛中，香港队获得了团体赛冠军、个人赛冠军（赵汝权）、个人赛亚军（曾益谦）三项锦标。在闭幕礼举行后的欢送宴上，香港队银杯满桌，引起全场注目，"哗、哗"之声大作。

上届亚赛，赵汝权以场分半分之差，屈居亚军，今届可说是得偿夙愿了。他是以七战七胜的成绩荣获个人冠军的。

说来有趣，他最惊险的一仗竟是在一开始的时候（第一场第一局）出现的。他的对手就是澳门小将梁永强。这局棋梁小将本来大有获胜的机会，可惜因搏杀过勇，残局不及赵汝权老练，终于败了。（这局棋甚有特色，留待谈及梁永强时再说。）

"两岸猿声啼不住，轻舟已过万重山。"赵汝权棋风的爽利，在今届棋赛中可说是技惊四座。他下子的快捷，给观众留下深刻的印象，也是当地报章谈及他的棋艺时，津津乐道的"特色"之一。

赵汝权精力惊人

他精力的充沛，也是惊人的。比赛期间，我和他同住一间房，他跟我学围棋，我跟他学象棋。围棋我让他二十子，把他杀得落花流水。象棋他让我二先，我也是一败涂地。赛程最后那天，他白天晚上都有比赛。

上午九时开始举行的比赛结束之后，他下午二时回到旅馆，和我下了四盘围棋、四盘象棋，时间接近六时方始罢战。六时半开始，他又要参加晚上最后一场的比赛了。我真有点为他担心，但他说不怕，结果最后一仗，果然又是全胜。那时许多棋手第一局还未下完。古晋销数最多的报纸《国际时报》，由总编辑郑宪文带了记者来访问香港棋队，首先访问领队梁利成，第二个就轮到他了。他却棋兴尚浓，还在和当地棋友下闭目棋，他闭着眼睛对付对方的三人联军，结果又下了两盘象棋才回来接受访问。

曾益谦宝刀未老

老将曾益谦也有十分出色的表现，他的棋路老谋深算，着法稳重，绝少侥幸成分。他的成绩是六胜一和，仅以场分半分之差，屈居亚军。但小分则和赵汝权一样，都是二十三分。他失去的那半分说来非常可惜。他对新加坡棋手许希焕的第一局，本来甚占上风，获胜机会颇大，可惜他刻意求胜，可能犯了象棋俗语说的"算过笼"的毛病，把大好的一局棋输了。第二场方始扳回，但这半分却失去了。

他喜欢诗词，比赛结束后，他和我谈天，曾引用刘克庄的两句词笑说："书生老去，机会方来。这次我本来很有机会获得亚洲冠军，可惜运气总是差了一点。"我说棋手的成就不是以一分半分之差来评价的，你成名三十多年，棋坛早已承认你是一流高手了，又何须如此介怀？虽是安慰之辞，但亦是事实。放眼棋坛，有三十年以上棋龄的人，有几个还能是现役战将？杨官璘出道比他迟四年，如今也已经升为教练了。他尚未封刀，已足自豪。

再说澳门棋队。澳门棋队在这次棋赛中获得团体赛殿军，个人赛第五名（梁永强）。比起上届，澳门队的成绩可说是有了飞跃的进步。

这次棋赛中，风头最劲的两位棋手，一是香港的赵汝权，另一位就是澳门的梁永强。当地的报纸与电台，把他们作为重点采访的对象。

天才小棋手梁永强

梁永强之所以受到如此重视，名次还在其次，主要是因为大家认为他是最有希望的新人。他今年只有十七岁，是本届棋手中最年轻的。

当然他在棋艺上的表现也是获得众口一词的称赞的，用"初生之犊不畏虎"来形容他最是恰当不过。众口一词的称赞，也就是称赞他这"大胆搏杀"的少年锐气。《国际时报》对他的专访，标题就是《天才棋手梁永强》。

以他和赵汝权的第一局棋为例，这局棋他可说是虽败犹荣。

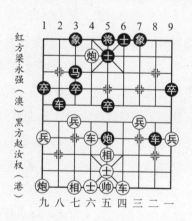

请看上面棋图。

下一着轮到梁方走子，如果他走卒五进一的话，一面可使中炮有根，一面可为三路马从中路盘出开道。胜算极大！但可能是他少年气盛，却用弃子抢攻的战略，走车二进五。后面着法变为：炮九进二、车二平三、车六平五、车三平四、士五下六、车八平五。这么一来，他以一炮换士相，攻势虽仍锐利，但少了一子，后援不继，遂败给工于残局的赵汝权了。

但话说回来，他这大胆搏杀的精神，还是得到很高评价的。大会特邀的棋评家严清秀对这局棋的评论就是这样说的："梁君为全场最年轻的选手，首次代表出席此盛大比赛，即逢成名悍将赵君，但却斗志如虹，毫无怯色，是有前途的后起之秀。观其在本局中的弃子抢攻，挑起复杂的搏杀，令敌一度沦于困境，实不敢等闲视之。……虽因经验不足，结果输棋，但那股拼劲确难能可贵！"

最后报道几件有关港澳棋队的"新闻"。虽然是过气的"新闻"，但仍有一谈的价值。

大会开幕礼中，代表来宾致谢辞的是香港棋队领队梁利成。

大会闭幕礼中，代表来宾致谢辞的是澳门棋队领队崔德祺。

新成立的"亚洲象棋联合会"，各棋队代表一致通过选出的会长是澳门的何贤。这个消息在当地的报纸是作为头条新闻的。

从这些新闻，也可以见到港澳棋队在本届棋赛中所受的重视了。

一九七九年二月

归心马战术的新发展

打破禁忌　大胆创新

"归心马"是象棋"禁忌"之一。

南方有句棋谚："马归心必死。"北方的棋谚则是："马走窝心，老将发昏。"

自古以来，无分南北，学象棋的人似乎已经形成了一个牢不可破的观念——"归心马"是走不得的。

今年（一九七五）的全国象棋比赛却推翻了这个千百年来的"禁忌"，牢不可破的观念似乎也必须破了。

预赛阶段，就有新闻报道，说是今年的局法丰富多彩，其中就有运用"归心马"来做攻击手段的开局法。（有许多棋友看了这段新闻，曾经问我"有有搞错"？）

决赛阶段，胡荣华再碰陈孝堃。陈孝堃是在预赛阶段唯一胜过胡荣华一局的人，两雄相遇，胡荣华抱必胜之心，陈孝堃也有再撼胡荣华之志，搏斗得十分激烈。陈孝堃开局未已，就计划用"归心马"的战术诱胡荣华上当，结果虽未得如所愿，其战术的新颖，已足令人拍案叫绝！

这正是："谁说马归心必死，如今腐朽化神奇！"

其实，"归心马"战术并不是今年才有的，据我所知，中国棋手对"归心马"战术的研究，最少有十八年的历史。（王嘉良是着力最深的一人，一九五七年开始研究，一九五九年他和李德林联合编著的《象棋后卫》就有五局"归心马"开局法。）若再推远一些，从周德裕开始用

"弃马陷车局"到杨官璘在《弈林精华》将这局法总结，则大约有四十年左右的历史了。（不过在这阶段，尚未成为一个开局体系。）

对"归心马"战术，我所知的仅是一鳞半爪，现仅就所知，姑妄言之，给同好略加介绍。

弃马陷车局

"推陈出新"！新的创造往往是从固有的基础发展起来的。

"归心马"战术也是如此，它是有所继承，有所创造，才有今天新的发展。

溯本寻源，谈到"归心马"战术，个人的看法，似乎应该从"弃马陷车局"说起。

《中国象棋谱》第一集（一九七四年人民体育出版社再版）对"弃马陷车局"曾有特别介绍：一、它在序言中说明，自解放后"屏风马应当头炮巡河车"已经发展为很完整的"弃马陷车局"，成为全局谱中最集中、变化又最复杂的典范。二、它在"布局研究"论述此一局法时并加有编者按语（一九七四年再版，三七页至三八页），说明"这个局势的全部着法是很复杂的，可以说，这是象棋全局中互相攻杀的典范。在过去，对于这一个局势的结果究竟红胜还是黑胜，有过很多争论，经过多方面的研究后，许多名手们认为，红方吃了黑方弃马之后，不论红方如何变化均处于下风。因为着法繁复而险要，一着之差，往往招致满盘俱败，所以这一局的编写工作比较详细。"

"弃马陷车局"的由来是怎样的？说起来有段"古"。

讲"古"之前，请先看看这个布局。

这是当头炮巡河车对屏风马的开局，着法如下：

①炮二平五　　马八进七　　②马二进三　　车九平八

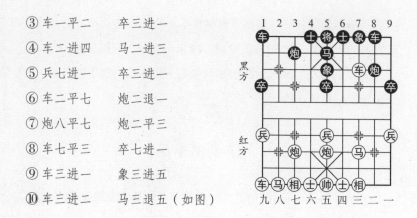

③ 车一平二　　　卒三进一
④ 车二进四　　　马二进三
⑤ 兵七进一　　　卒三进一
⑥ 车二平七　　　炮二退一
⑦ 炮八平七　　　炮二平三
⑧ 车七平三　　　卒七进一
⑨ 车三进一　　　象三进五
⑩ 车三进二　　　马三退五（如图）

　　如图，黑方退"归心马"后，红方必失一车，故此名为"弃马陷车局"。

　　这个开局法，据说是有"七省棋王"之称的周德裕最先使用的。

周德裕最先使用

　　三十年代初期，周德裕挟技南来，和"华南四大天王"之首的黄松轩较量，周后手用此局法，但走到第九回时，黄松轩不敢吃对方弃马，退车回河头。因此那一次对局，尚未演变成"弃马陷车局"。

　　后来经过名手解拆，有一派意见认为红方虽然失车，但演变下去，炮打对方中兵后"钉死"对方"归心马"，局面极优，可操胜算。

　　然而变中有变，正如《中国象棋谱》中所说："着法繁复而险要，一着之差，往往招致满盘俱败。"许多名手研究多年，仍未得到结论。

　　在这一阶段，"粤东三凤"之首的曾展鸿和他的大弟子黎子健可说是作进一步研究的开创者。据黎子健告诉我，他曾经想到极为关键的一着（黑方炮八进七可胜，演变着法见后），但由于不久抗日战争爆发，他没有再深入地研究下去，殊为可惜。

杨官璘总其成

其后，对这一局的研究用功最勤的是杨官璘，他解拆到一百个以上演变，结论是用"归心马"的黑方优胜。这一结论，如今已是被确定了。

这是"经过多方面许多名手"研究的结果而由杨官璘总成的，仅仅一个局法就有一百多个演变，要耗费这许多名手的心血，真是令人不能不兴"艺海无涯"的感叹。

现将《中国象棋谱》关于这个局法的"正本"着法介绍如下：

⑪ 炮五进四	炮三进八	⑫ 帅五进一	炮三平一
⑬ 炮七进二	车一平三	⑭ 炮七平五	车三进八
⑮ 帅五退一	车三退三	⑯ 兵三进一	炮八进七
⑰ 马三进四	车三平四	⑱ 车三平五	车四平五
⑲ 兵五进一	象七进五	⑳ 兵五进一	车八进三
㉑ 兵三进一	车八平五	㉒ 兵五进一	马五进三
㉓ 兵五进一	马三进二（黑优）		

第十六回合黑方的炮八进七是关键着法。

在"正本"（《中国象棋谱》为"一本"）中还有许多变化，限于篇幅不详列了。棋友对这局法若有兴趣，可看《中国象棋谱》第一集的"布局研究"篇，或杨官璘著的《弈林精华》。

不过"弃马陷车局"虽然是运用"归心马"战术成功的一例，但还不是主动的、有计划的"归心马"布局。作为一个主动运用"归心马"来布局而自成一个体系的，我认为最大的"功臣"应是王嘉良。

王嘉良在棋坛上号称"关东悍将"，我曾用"无限风光在险峰"来形容他的棋风，剽悍可以想见。但他最可贵之处，我认为还不在于"悍"，而是在于他富有大胆创新的精神。

《象棋后卫》的新布局法

一九五九年，王嘉良和李德林合作编写了一部《象棋后卫》，书中的精华所在就是用"窝心马"作进攻手段的五个开局法。（南方人称"归心马"，北方人称"窝心马"。"归心""窝心"，意义相同。）他是第一个创立有计划地用"归心马"来布局而自成体系的棋手。

他的"归心马"布局是用来应付先手方过河车压马的，不过似乎只限于对方摆七路炮时方最有效。

现在先把他的开局法介绍：

① 炮二平五　　马八上七
② 马二上三　　马二上三
③ 车一平二　　车九平八
④ 卒七上一　　兵七上一
⑤ 车二上六　　炮八平九
⑥ 车二平三　　炮九下一
⑦ 炮八平七　　马三下五

第七回合，黑方摆七路炮，准备猛冲七路兵，是明显、疾进的速攻着法。王嘉良认为如此着法，由于攻得过急，给己方酿成祸患。

红方（后手防御一方）此时退马归心，根据王嘉良自己说明的战略企图是：一、消散黑方七路炮的攻势；二、威胁黑方过河车（炮九平七打车）；三、给以后从左翼发起的反攻创造条件。所以他认为："红方退马堵塞自己将路，粗算起来，好像很拙劣，实质上却是一步老谋深算的妙着。"在如图的形势下退归心马，我同意他的意见是似拙实巧的高招。

如上页图之形势，黑方通常会有两种走法：一、炮五进四打中兵；二、车三退一去兵。限于篇幅，每种走法只能介绍一局，棋友若要知道更详细的变化，那就只好请看王嘉良的原著了。

似拙实巧　着着传神

一、黑方炮打中兵的应法

⑧ 炮五上四　　马七上五　　⑨ 车三平五　　兵七上一

第九回合，红方弃兵是步妙着，可以争取攻势，若走炮二平五，反落后手。

⑩ 卒三上一　　炮二平七　　⑪ 象七上五　　炮九平七
⑫ 马三上四　　……

第十二回合，黑方因局势紧张，故索性对攻。倘若改走马三退五则红车八上八、炮七下一、车八平六、象三上一、车六下一、象一下三、车一上二、马五上七、前炮上七、象五下三、炮七上八、士四上五、车六平八、仍是红方胜势。

⑫ ……　　　　前炮上七　　⑬ 象五下三　　炮七上八
⑭ 士四上五　　炮七平九　　⑮ 将五平四　　车一上二
⑯ 卒三上一　　车八上九　　⑰ 将四上一　　车一平六
⑱ 车五下二　　车八下四（红占绝大优势）

二、黑方车三退一的应法

⑧ 车三下一　　车八上八　　⑨ 马八上九　　炮九平七
⑩ 车三平八　　炮二平三

第十回合红方炮二平三是步要着，有冲三路兵与对方兑炮使对方右马脱根的作用，且可限制对方上士固中。若平中炮反为不妙。演变如下：炮二平五、士四上五（马七上八、炮五上四，红方马炮被压，黑方弃马有攻势）、炮七上五、炮七下一、车八下五、象三上一，黑方反夺先手。

⑪ 卒三上一　　炮七上四　　⑫ 马三上四　　车八平七
⑬ 象三上一　　炮七平八　　⑭ 炮五平二　　车七平六
⑮ 马四下三　　炮八下四

红方车炮灵活，双马出路宽广，占得先手。

"归心马"战术到了王嘉良的创新局法是一个重大发展。他自己也认为这五个"退窝心马局"是平生的得意杰作。故此在"结语"中"自评"："在平炮兑车应过河车压马类的开局中，用窝心马应七路炮是一种别出心裁的战术，似拙实巧，着着传神！"

但一个局法的创立是要经过千锤百炼的，对王嘉良的"归心马布局法"，我们当然不能否认他的贡献，他的奇招妙着层出不穷，值得我们赞赏，但也还有未够完备的地方。

《象棋后卫》出版后的第二年，他在全国大比赛中首次试用"归心马"来对付华东名将何顺安，就遭受挫折。

找第一流高手试招

一九六〇年，王嘉良的"窝心马布局法"刚创立不久，便即在当年的全国象棋大比赛中试用新招。

当然，王嘉良是必定经过许多实战的试验才能创立新局的，但是否已臻妥善，还必须找个第一流的高手来试一试招。否则若只能击败庸手，又怎知新招有效？

他试招的对手是华东名将何顺安。何顺安的棋风是"绵里藏针不露锋"，稳狠结合，绵密细腻，正是最理想的试招人选。

他们是在决赛阶段第八轮遇上的，积分形势是：王嘉良四胜二和一负得十分，何顺安三胜三和一负得九分，比对王尚多何一分。赛程已过一半，因此谁能名列前茅（取前六名），这一战具有决定性的意义。

倘若以胜负为重，王嘉良似乎不应该在这样紧张的关头，贸然试用新招，大家用"熟局"，和棋总是有把握的。王嘉良领先一分，形势岂非对他有利？但他还是这样做了。这也正是他的难能可贵之处。

他们这个对局被该届大会评选为"精彩对局"之一。王嘉良虽然输了，但创新精神则已得到表扬。而且这一局的胜负，也不等于宣判他的新局不能成立，反而是促使"归心马"的战术更加向前发展。

现在就让我们看看他们当年的这个精彩对局吧。

上海　何顺安（先胜）　黑龙江　王嘉良

① 炮二平五　　马八进七　② 马二进三　　兵七进一
③ 车一平二　　车九平八　④ 车二进六　　马二进三
⑤ 卒七进一　　炮八平九　⑥ 车二平三　　炮九退一

弈至第七回合，轮到何顺安走子，假如何走炮八平七，王一退马归心，那就刚好和王嘉良所创的"退窝心马应黑摆七路炮"的布局一模一样了。

找出对方破绽

但何顺安是有备而战的，岂能坠入他的圈套？

王嘉良的《象棋后卫》已经出版一年，何顺安当然看过，而且早已看出王嘉良布局法中的一个破绽。

破绽为何？这就是王的新局法对付敌方的摆七路炮最有效，但若对方不摆七路炮先上边马以求两翼平均发展，而己方仍用"归心马"的话，中防弱点立刻暴露，这个"归心马"就要失灵。

第七回合，何顺安按照计划上边马，王嘉良果然仍走"窝心马"，于是何顺安轻轻巧巧的一个飞炮，炮八进四，针对敌之中防弱点进攻，巧破王嘉良的"归心马"了。

⑦ 马八进九　　马三退五

⑧ 炮八进四（如图）　兵三进一

⑨ 卒七进一　　炮九平七

⑩ 车三平二　　车八进三

⑪ 炮八平二　　炮二进五

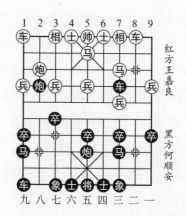

第七回合，王嘉良若改走车八进二，双方平稳。但王嘉良的目的是要试新招，那又另当别论了。

经过一轮拼兑，何顺安不但有过河卒子之利，且有先手开车捉炮的攻势。故王只好伸炮打马侵扰。

⑫ 马三退五　　炮二退一　　⑬ 车九平八　　炮二平七

⑭ 马五进七　　相七进五　　⑮ 卒七进一　　车一进一

⑯马七进六　　马五退七　　⑰卒七平六　　车一平六
⑱卒六平五　　车六进四　　⑲马六进七　　后马进九
⑳炮二进三　　相五退七　　㉑前卒进一　　车六退二

　　何方的过河卒横行敌阵，配合马炮进攻，大车未动，已是咄咄逼人。王嘉良虽然调兵遣将，结集左翼，意图反攻，但已无法挽回颓势。至二十一回合，王方若不退车捉马，改走后炮平八企图借捉子而搏杀的话，则何方卒五进一照便可造成杀局。着法为：后炮平八、卒五进一、马七退五（如士四进五，则车八进九胜）、车六平四、车八进七。下一手何方挂角马叫将军，王方无法抵挡，失车必败。

㉒卒五平四　　后炮平五　　㉓马七退五　　炮五进二
㉔卒四平三（何方得子占势，胜局已定，余着从略）

　　那次全国棋赛的结果，何顺安得亚军，王嘉良跌至六名以外。这个结果和这局的胜负关系很大。

　　但经此一战，"归心马"战术的发展却又向前迈进了一大步。因为只有发现破绽，才能修补破绽，更求完善。

　　"不破不立，不塞不流。"成功本来就是在不断地失败、不断地改正自己的缺点中取得的。

　　王嘉良的《象棋后卫》出版后，更多名棋手参加了"归心马"战术的研究，据我所知的就有上海屠景明和吉林赵震寰等人。何顺安能够"巧破归心马"，当然对这一战术也是有心得的，可惜他在解放前已患有血吸虫病，天不假年，"文革"前已经病逝了。

何顺安的意见

一九六二年，我到上海旅行，曾经和何顺安、屠景明会面（那次也是我和何顺安最后一次的会面）。谈起何顺安胜王嘉良那局棋，他们的意见都认为"归心马"局是可以成立的，但什么时候退"归心马"必须选择最适当的时机，先后着次序有误，往往就有极大不同的优劣互易的变化。王嘉良那一局的失败，就是因为"归心马"退早了一步。如要用"归心马"战术，应该在平炮兑车之前，先上一步相作为停着，再看对方来势。（先后着的次序问题，在围棋术语中称为"手顺"，也是围棋手十分着重的。）

经过许多名棋手的实践试验，"归心马"战术当然是发展得较前完整多了，可惜我知道的只是一鳞半爪，现仅就所知，再介绍两个"归心马"的开局。

新局法一例

第一个是属于"中炮进七卒过河车对屏风马类"的开局。

黑先：

① 炮二平五	马八进七	② 马二进三	车九平八
③ 车一平二	马二进三	④ 卒七进一	兵七进一
⑤ 车二进六	相三进五	⑥ 车二平三	马三退五

第五回合，黑走过河车后，红方有三种应法：一、平炮兑车；二、马七进六；三、相三进五。第一、二两种应法，各有不同的复杂变化。但如用第三种应法，则可能演变成"归心马"布局了。（第一种应法，也可能成为"归心马"局，即王嘉良所创的那五个局法，但只能对

敌方的摆七路炮才最有效。如敌方不入圈套，往往会弄巧反拙。）第三种应法，红方如不平车压马，另走他着，黑方亦不失先。

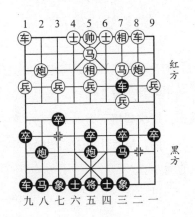

如上图之形势，黑方有三种着法：

（一）炮五进四打中兵

（黑先）炮五进四、马七进五、车三平五、炮八平七。结果黑方虽多得一中兵，但红方子路灵活占优。

（二）马八进七

（黑先）马八进七、炮二进一（伏有兵三进一打死车的圈套）、车三平四、兵三进一、车四退二、车一平三、卒七进一（若黑马七进六则炮二进二）、车三进四，红方先手。

（三）炮八进四

（黑先）炮八进四、兵三进一、卒七进一、车一平三，仍为红方占先。

王嘉良败给何顺安之局，因未曾上相，给何飞炮一攻，中防弱点即露。此局红方上相之后，车可平至相位，故不怕弃兵，先弃后取，反而可以夺先。

陈孝堃的新招

今年（一九七五）的全国象棋比赛，陈孝堃在预赛中以后手中炮对上相局战胜胡荣华，战术新颖，着法精妙，极得好评。决赛阶段，两雄相遇，陈孝堃又出新招。这次新招更为出人意料，他是先手方在顺手炮对局中计划用"归心马"的。虽然计划未能实现，但已经给"归心马"战术又开拓了一个新的境界了。

陈孝堃黑先

① 炮二平五	炮八平五	② 马二上三	马八上七
③ 车一平二	车九上一	④ 卒三上一	车九平四
⑤ 马八上七	车四上五	⑥ 马三上四	

第六回合，黑方以往的着法多是走炮五平四，陈使出新招——马三上四，战略企图是诱胡荣华走车四平三压马。假如胡压马的话，陈走马七退五，成下图形势：

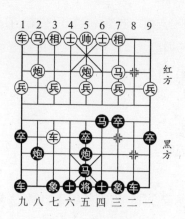

如图，红方若炮五进四打中兵则黑马四进六捉双，马兑炮后，"归心马"跳出咬车可连夺数先。若车三平五，黑亦跳出"归心马"捉车占先。(红若退车河头，黑亦是跃出"归心马"，马五进三。并辔神骏双双出矣！)

胡荣华是最善于打"乱仗"的，当然也看得出陈的企图。胡的应着是车四退一，结果陈即以马去对方中兵，双方兑马后，陈有先手立中炮之利。

⑥ 马三上四　　车四下一　　⑦ 马四上五　　马七上五
⑧ 炮五上四　　士四上五

本来胡虽然不上圈套，陈方仍是稍有先手的，可惜他后来走了弱着，把本来可以稍占上风成和的一局棋输了。

这局棋，陈孝堃的"归心马"新招虽然未能使出，但"行家一出手，就知有没有"，正如周德裕首次使用"弃马陷车局"时，虽因黄松轩没有吃弃马，未能演变成为该一局法，但他暗藏的后着，稍有功力的棋手都看得出是"归心马"。故而这个局法的创始者还应属周。

先手方而用"归心马"战术，这一新招（马三进四与暗藏"归心马"的后着变化）应该认为是陈孝堃首创的。

在已知的"归心马"战术看来，先手方后手方都可应用，应用的范围是更加广了。这一战术可以用于防守，也可以用于进攻，运用得好的话，实有另辟蹊径之妙。"刚柔攻守两相宜"，看来这一战术还大有发展的余地呢。

一九七五年十一月

皇帝与兵马

——谈象棋与西洋棋的差异

谈比较文学之风近年颇盛，文学固然可以比较，象棋也是可以比较的。倘嫌范围还是大些，那就只比较棋盘上的皇帝，也是很有趣的事。

中国象棋的"帅"和西洋棋的"王"地位相当，都可称为棋盘上的皇帝。但"帅"是不能走出九宫的；"王"就不同了，它可以走遍"天下"（棋盘任何一格），冲锋陷阵，本身就具有战斗能力，不像中国象棋的"帅"必须依赖士象保护。

东方的皇帝是神　西方的皇帝是人

我想棋盘上的不同，就正是反映了东西方皇帝地位的不同。中国的皇帝是"至尊"，是"天子"，除了起自民间的开国之君可能打过仗之外，皇帝是只能住在紫禁城中，不和外间接触的。不但御驾亲征少有，皇帝出巡也是惊天动地的大事。正德皇帝游江南，大大小小臣子跪在宫外谏阻他出游的有数百人之多，结果这位少年贪玩的皇帝发了脾气，各赏一顿板子，给打死的都有几个。试看，皇帝要走出紫禁城是何等不易。

西方的皇帝就不同了，皇帝带兵打仗，并不稀奇。有两部著名的电影《罗宾汉》与《劫后英雄传》，相信许多人看过，电影中的狮心王李察不但亲自带兵打仗，甚至与武士比武。

另一个不同是，中国象棋双方的"帅"不能见面，西洋棋则无此限制。这个差异，看来也是反映了东西方对皇帝的观念不同。中国的观念是"天无二日，民无二主"，皇帝只可召见属国的君主，和同等地位的敌国君主则是不会碰头的。只有在灭了敌国之后，那时敌国之君已经变成自己的俘虏，这才可以见面。但到了此时，对方的君主"尊号"当然早被削除，被封为"违命侯"之类，不能称为皇帝了。

西方的皇帝是人不是神，中国的皇帝是天子，介乎神人之间。西洋棋或者不及中国象棋深奥，但我则较喜欢能够冲锋陷阵的"王"。

东方老兵要报废　西方老兵有奖赏

胡志明很喜欢下中国象棋，曾有诗道："错路双车也没用，乘时一卒可成功。"诗虽浅俗，却是颇含哲理，也合乎棋理的。

"兵"的走法，也是中西两种棋的一大差异。

一局棋的胜负往往取决于兵卒的运用是否得当。著名象棋残局中，有个名为"蚯蚓降龙"的残局，就是卒子可以胜车的。不过，中国象棋的"卒"，却千万不能成为"老兵"，一成老兵，战斗力就消失了。在对局中，兵卒也往往成为换取胜利的牺牲品，这一点又颇令人有"一将功成万骨枯"的感慨了。

"兵"的走法，也是东西方两种象棋的一大差异，中国象棋的"兵"，到了对方底线，就变成"老兵"，起不了什么作用，但西洋棋的"兵"到了底线，那可是厉害之极了，它可以变成威力最大的"后"，或任何一种兵种（一般情形除了变"后"，就是变"马"，因为"后"可走直线、斜线，威力最大，但不能如"马"之行"日"字，所以只有在走"日"字才可把对方"将死"的情形下，变"马"才有作用）。一到有一方的"兵"变"后"，对方多半就要认输了。

身经百战的"老兵"，最后竟要"报废"，实在是令人惋惜的事。

因此在这方面我也觉得似乎是西洋棋合理一些，合乎论功行赏的原则。

西洋棋的"马"无"蹩脚"，这也是和中国象棋不同的。"马"无"蹩脚"，威力当然大些，不过加多一重限制，变化却更加复杂。艺术上的趣味，往往是既有一定的限制，而又能够在这约束之下尽量发挥得出来。比如律诗，中间四句是要讲究对仗的，假如取消这个限制，也就失去了律诗的趣味了。不知我的想法对不对，我是比较拥护"马"有"蹩脚"的。

中国象棋和西洋棋同源异流。其不同处，大抵是根源于东方和西方文化背景的差异。

如果深入研究的话，相信是件很有趣味的事。

一九八一年八月初稿

一九八八年八月重校

棋赛纪事词（两首）

沁园春

（送香港棋队赴古晋参加第七届亚洲象棋赛[1]仿稼轩体[2]）

　　铁鸟凌空，金鹏展翅[3]，共赴擂台。看地北天南，飞车跃马，橘梅[4]争秀，尽属将才。濯足香江，炎州[5]问鼎[6]，喜见棋坛盛会开。秋光好，好控弦逐鹿，剑倚天裁。　　酒酣战鼓如雷，看互显神通竞折梅[7]。溯源流千载[8]，而今尤盛，黄周[9]已矣，继往开来。棋艺友谊，丰收双获，十日鏖兵亦快

---

[1]　一九七八年十一月，第七届亚洲象棋赛在东马名城古晋举行，我作为香港象棋队的顾问，随军出发。

[2]　稼轩是宋代词人辛弃疾的号。稼轩词以豪放而著称，"仿稼轩体"即是模仿辛稼轩的体裁（文风、辞藻）。稼轩有为戒酒而作的《沁园春》词，词云："杯汝前来！老子今朝，点检形骸。甚长年抱渴，咽如焦釜；于今喜睡，气似奔雷。漫说刘伶，古今达者，醉后何妨死便埋。浑如此，叹汝于知己，真少恩哉！　更凭歌舞为媒，算合作、人间鸠毒猜。况怨无大小，生于所爱；物无美恶，过则为灾。与汝成言，勿留亟退，吾力犹能肆汝杯。杯再拜道：麾之即去，招则须来。"

[3]　古代棋谱中有"金鹏十八变"局法，故"金鹏展翅"具双重意义，"金鹏"可以比喻飞机，也可以比喻象棋高手。

[4]　"橘梅"指《橘中秘》和《梅花谱》，这是古谱中的两部经典之作。

[5]　"炎州"指古晋。古代习惯把南洋地方称为炎州。

[6]　鼎在古代作为帝王标志的传用之宝，此处比作棋赛的奖杯。"问鼎"即夺得冠军也。

[7]　"折梅"指夺得象棋比赛的冠军。此处的"梅"是《梅花谱》的简称，引申为与象棋有关的荣衔。

[8]　象棋起于何时，说法不一，但一般认为唐代的"宝应象棋"已具中国象棋的雏形，距今约千年。

[9]　"黄周"指近代中国象棋的两大名手黄松轩和周德裕。

哉！杯酒祝，祝射潮[1]身手，风定帆回[2]。

水调歌头

（一九九三年春，第三届世界象棋锦标赛在北京举行，余应邀作壁上观，为赋此词，以纪盛事。）

四海皆兄弟，情注一楸枰。喜看橘梅竞秀[3]，棋国任纵横。来自天南地北，打破语言隔阂，谈艺斗心兵。九战[4]风雷激，箛鼓动神京！　　帅棋立，擂台建，会群英。[5]亚欧美澳名将，纷起撼坚城。但有十连霸[6]在，不许雷池轻越，谈笑复清平。棋运今昌盛，国运亦当兴。

[1]　相传五代时吴越王钱镠曾在杭州用弓箭射钱塘江潮头，与海神交战。见孙光宪《北梦琐言》。苏轼《八月十五日看潮诗》云："安得夫差水犀手，三千强弩射潮低。"传说夫差有穿水犀皮的甲士三千人。此处以香港棋手比作射潮的弓箭手，"射潮身手"喻其棋艺。

[2]　第七届亚洲象棋比赛，香港队夺得团体冠军及个人赛冠亚军，可说是大获全胜。"风定帆回"喻其凯旋也。

[3]　《橘中秘》与《梅花谱》系以"炮马争雄"而著名的两部象棋古谱。此处之"橘梅"意指不同风格的棋手。

[4]　此次棋赛分九轮举行。

[5]　锦标赛举行期间，并设有擂台赛。擂台设五关，把守第五关之主帅为胡荣华。

[6]　胡荣华曾连续夺得十届全国冠军，人称"十连霸"。此次擂台赛之挑战者，只有一人能过四关，根本无人挑战主帅。

二〇〇四年再版后记
烟云吹散尚留痕

　　《笔花六照》再版，趁这机会，我把近年写的十一篇文字收入其中。增补的比例，约为初版的八分之一。真的是说多不多，说少不少了。年轻时候，或者我会等待贮足稿件，再出《笔花》二集、三集；如今我已年过八旬，限于自然规律，创作力日益衰退是意料中事，这本有所增补的《笔花》，很可能就是经我过目的最后的一个版本了。"昔时飞箭无全目，今日垂杨生左肘"，能不感慨系之？

　　老年人喜欢怀旧，我也并不例外。我这一生，和香港《大公报》的关系最深，《胡政之·赞善里·金庸》一篇，就是写《大公报》在香港复刊的轶事的。胡政之是旧《大公报》三巨头[1]之一，一九四八年南来香港，筹划香港《大公报》的复刊。在香港的日子，他住在坚道赞善里八号四楼，和他一起住在那里的有蔡锦荣、金庸等人。当时的职位，蔡锦荣是翻译科主任，金庸是翻译。"二战"后，胡政之曾经以中国代表团成员的身份，在《联合国宪章》上签字。其后，香港《大公报》的复刊，可说是他"在最后的日子，完成了最后的辉煌"。

　　在《大公报》的故人中，陈凡曾经是我的"顶头上司"，他也曾经在《大公报》写过一篇武侠小说，篇名《风虎云龙传》，笔名"百剑堂主"。一九五六年时他以《大公报》副总编辑的身份分管副刊，金庸和我则是副刊

---

[1]　其他两巨头是吴鼎昌和张季鸾。

编辑。在他倡议之下，我们三人合写一个名为"三剑楼随笔"的专栏。《亦狂亦侠　能哭能歌》记下了我和他的一段"诗缘"。我觉得在他的诗、文和小说中，诗最好，尤其是在"文革"期间写的一些旧体诗。钱锺书曾为他的诗集题句云："笔端风虎云龙气，空外霜钟月笛音。"据我所知，陈凡生前自编的《壮岁集》，即将由香港天地图书公司出版，除了钱（锺书）序之外，还有饶（宗颐）序。[1] 钱饶二公，乃是当今之世"超级"的文史大师。有关陈凡的诗就无须我来多说了。

相形之下，我的另一位老上司蔡锦荣似乎比较"平凡"，但他的"特别"处，就正是在平凡之中显出不平凡。在《荣辱关怀见性情》这一篇，我写了老蔡的晚年。我觉得他在澳洲以种菜为业终其一生，正是以另一种方式来表现"老大公人"的情操。

编入"师友忆往"这一辑的，还有《缘结千里　肝胆相照》一篇，说的是一位在新加坡有"文坛老园丁"之称、"编文织艺不知倦"的友人谢克。在我的笔墨生涯中，有很长一段时间，我的作品（包括武侠和文史）都是在中国香港和新加坡两地几乎同步发表的。在相关的副刊编辑中，我和谢克交往的时间最长，文学的理念也较为接近。我曾借用纳兰容若赠顾梁汾的词句："有酒唯浇赵州土，谁会成生此意？不信道遂成知己。"转赠他，这份友情维持至今。他在二○○○年，获新加坡文艺协会推选为"亚细安文学奖"得主。

在香港的文艺界朋友中，有一位和我相识半个世纪、相知甚深的朋友，他就是被称为香港"乡村派作家"的舒巷城。不过我认识他的时候（一九五二年），他用的笔名是"秦西宁"，舒巷城则未"出世"。

舒巷城是以新诗人的面貌出现的，在六十年代中期，以中英合璧的抒情诗，成为香港诗坛一颗耀目的新星。很少人知道他会写旧体诗，我也是和他

---

[1]　陈凡一九八三年选辑旧作名《壮岁集》，一九九○年得友人何耀光资助，"为之付梓，以公之于同好"，列入何氏"至乐楼丛书"，属于非卖品。二○○四年，其家人交给香港天地图书公司出版发行。

相识多年之后，方始知道他不但会写，而且写得很好，数量亦不少。他是用"尤加多"这个笔名，在香港《商报》发表的。熟悉舒巷城的人，怎想得到在一九八八年四月一日"出世"（开始刊出）的那个尤加多就是他。

一九九九年四月，舒巷城不幸去世。我写了一篇《无拘界处觅诗魂》，专谈他的旧体诗。"无拘界"是他在《商报》写的那个专栏名。由于在尤加多"出世"之前，我也曾写过一篇题为《铿然一瓣莲花去——谈舒巷城的诗》，收入《笔花》初辑，这一篇《无拘界处觅诗魂》，我就把它编入"诗话书话"这辑，以比较全面的评介，作为对故人的悼念。

《早期的新派武侠小说》这篇，也是属于怀旧的。二〇〇一年十一月，香港浸会大学中文系主办一个"讲武论侠会"，请我参加，讲这个题目。武侠小说我早已放下，本来不敢接招。但主其事的邝健行教授说："不必紧张，你只当做是讲故事好了，讲自己的故事。说不定从你的故事中，也可以提供一点资料，给研究武侠小说的专家学者参考。"有这几句话壮胆，我才敢自比"白头宫女"，来说"开元旧事"。

往事并不如烟，要说是说不完的，能说多少就多少吧。这正是："旧梦依稀记不真，烟云吹散尚留痕。"是为记。

二〇〇四年六月于悉尼

著作权合同登记号　图字：01-2015-0608

图书在版编目（CIP）数据

笔花六照/梁羽生著. —北京：北京大学出版社，2017.8
ISBN 978-7-301-27069-1

Ⅰ.①笔…　Ⅱ.①梁…　Ⅲ.①散文集－中国－当代　Ⅳ.①I267

中国版本图书馆CIP数据核字（2016）第080746号

书　　　　名	笔花六照	
	BIHUA LIUZHAO	
著作责任者	梁羽生　著	
责 任 编 辑	张丽娉	
标 准 书 号	ISBN 978-7-301-27069-1	
出 版 发 行	北京大学出版社	
地　　　　址	北京市海淀区成府路 205 号　100871	
网　　　　址	http://www.pup.cn　新浪微博:@北京大学出版社 @培文图书	
电 子 信 箱	pkupw@qq.com	
电　　　　话	邮购部 62752015　发行部 62750672　编辑部 62750883	
印 刷 者	三河市国新印装有限公司	
经 销 者	新华书店	
	660 毫米 × 960 毫米　16 开本　32.75 印张　440 千字	
	2017 年 8 月第 1 版　2017 年 8 月第 1 次印刷	
定　　　　价	99.00 元